中国科学技术大学
新闻辑刊 2015

中国科学技术大学新闻中心

中国科学技术大学出版社
2016 · 合肥

图书在版编目(CIP)数据

中国科学技术大学新闻辑刊. 2015/中国科学技术大学新闻中心编. —合肥:中国科学技术大学出版社,2016. 6

ISBN 978-7-312-03970-6

Ⅰ. 中… Ⅱ. 中… Ⅲ. ① 新闻报道—作品集—中国—当代 ② 中国科学技术大学—概况 Ⅳ. I253. 4

中国版本图书馆 CIP 数据核字(2016)第 113769 号

出版 中国科学技术大学出版社
安徽省合肥市金寨路 96 号,230026
http://press. ustc. edu. cn

印刷 合肥市宏基印刷有限公司

发行 中国科学技术大学出版社

经销 全国新华书店

开本 787 mm×1092 mm 1/16

印张 19. 75

字数 468 千

版次 2016 年 6 月第 1 版

印次 2016 年 6 月第 1 次印刷

定价 55. 00 元

主　编　杨保国

编　委　褚建勋　朱巧玲　杨晓萍　汪银生

　　　　曾　皓　刘爱华　范　琼　姚　琼

前言

2015年是“十二五”收官之年。这一年，中国科学技术大学制订并实施综合改革方案，深入推进科教结合，抢抓机遇，积极做好“十三五”谋篇布局，建设世界一流研究型大学的各项工作呈现出良好的发展态势。

本辑刊从2015年刊载在海内外媒体上的1400多篇有关中国科大的专题新闻报道中，选辑了170多篇，分为“综合报道篇”“人才培养篇”“科学研究篇”“校园文化篇”“科大学人篇”，并附录了2015年对外宣传报道作品的目录。她展现了过去一年中国科大创建世界一流研究型大学所取得的丰硕成果，记载了科大人又一年的辛勤耕耘，也体现了新闻媒体和社会各界对中国科大的关注。由于收集的资料有限和篇幅所限，一定有一些好的新闻作品未能收入，深表歉意。

多年来，中国科大的新闻宣传工作得到了新闻界朋友和广大师生、校友的大力支持，在此谨致衷心感谢！

编　者

2016年2月

目 录

综合报道篇

人才培养篇

科学研究篇

校园文化篇

科大学人篇

附　录

综合报道篇

中科大教授当选 IUGG 首批会士　中国仅 6 人当选

中新社合肥 1 月 20 日电（记者　吴兰）　记者 20 日从中国科技大学获悉，该校地空学院陈晓非教授于近日当选为国际大地测量与地球物理学联合会（IUGG）首批会士（Fellow）。中国仅有 6 位科学家成为首批当选的会士。

IUGG 成立于 1919 年，是国际大地测量和地球物理学界最具影响力的学会之一，IUGG 在 2013 年决定设立会士，旨在表彰在大地测量学或地球物理学国际合作中做出特殊贡献并在地球和空间科学领域取得卓越成绩的科学家。经过 IUGG 下属 8 个协会、各个国家委员会的广泛推荐以及 IUGG 会士遴选委员会的严格评议，最终评选出首批 79 位 IUGG 会士，包括陈晓非教授在内的中国 6 位科学家成为首批当选的会士。

IUGG 会士正式公告中表彰陈晓非教授在地震波传播、震源破裂动力学和强地面运动评估领域所做出的突出学术贡献，以及其对地震学界所做出的服务工作。

据悉，会士当选者将受邀出席于 2015 年 6 月在捷克首都布拉格召开的第 26 届国际 IUGG 大会，并在会上被授予证书和奖章。

陈晓非长期从事地震波理论与震源物理方面的基础理论研究，目前主要研究方向为震源动力学、强地面运动地震学与震害防御，2000 年入选中国教育部“长江学者”特聘教授，曾获何梁何利科技进步奖等。

本次当选 IUGG 会士的其他 5 位中国科学家分别是：中国科学院大气物理研究所吴国雄院士、国家测绘地理信息局陈俊勇院士、中国地震局地球物理研究所陈运泰院士、中国地震局地球物理研究所吴忠良研究员和北京师范大学李建平教授。

据悉，在全部 21 个国家中，中国科学家的当选比例位居前列。

（中国新闻网　2015 年 1 月 20 日）

注：安徽日报等也做了报道。

中科大量子通信安全传输成果入选十大科技进展

1 月 31 日晚，由两院院士评选的 2014 年中国十大科技进展新闻在京揭晓，中国科学技术大学科技成果“量子通信安全传输创世界纪录”成功入选。至此，中科大先后已有 14 项成果分别入选 12 个年度的中国十大科技进展新闻，入选数列全国高校第一。

去年，中科大潘建伟院士及其团队与中科院上海微系统所和清华大学合作，通过发展高速独立激光干涉技术，结合高效率、低噪声超导纳米线单光子探测器，将可以抵御黑客攻击的远程量子密钥分发系统的安全距离扩展至 200 公里，并将成码率提高 3 个数量级，创下新的世界纪录。2014年11月7日出版的《物理评论快报》发表了这一重要成果，审稿人评论认为其是“实用量子密钥分发的重要里程碑”和“物理和技术上的重大进展”，并被选为“编辑推荐”论文。同时，欧洲物理学会下属网站“物理世界”也以《安全的量子通信传输到远距离》为题，对其进行了报道。

年度十大科技进展新闻评选活动，由中国科学院、中国工程院主办，此项年度评选活动至今已举办了21次，对宣传、普及科学技术起到了重要的推动作用。

（记者　桂运安　《安徽日报》　2015年2月2日）

注：安徽电视台也做了报道。

中科大摘得中科院杰出科技成就奖

日前，2014年度中国科学院杰出科技成就奖颁奖仪式在京举行，中科大侯建国院士领衔的“单分子尺度的量子调控研究集体”榜上有名。

单分子尺度体系具有丰富的功能结构和独特的量子性质，是未来量子信息技术的最佳物质载体之一，在新能源材料中也发挥着极其重要的作用。10余年来，侯建国院士领衔的“单分子尺度的量子调控研究集体”坚持对上述体系开展系统探索，取得了一批重要创新成果。近5年来，他们进一步发展和提升了单分子尺度量子态的探测、操纵及调控技术，发展了一批具有重要学术价值的新方法和新理论，率先实现国际上最高水平亚纳米分辨的单分子拉曼成像，成功设计并实现具有多重功能集成的单分子器件，揭示出氧化物表面光催化分解水的微观机制，提出红外光分解水的全新原理。该集体创新成就受到国内外同行的高度赞誉，曾先后3次入选中国十大科技进展，奠定了其在相关科学领域的国际前沿地位。

中科院杰出科技成就奖设立于2002年，2003年首次颁奖，突出科技创新的原创性、突破性和实际贡献，每次评选出的获奖集体和个人不超过10个，今年为第7次颁奖。

（记者　桂运安　《安徽日报》　2015年2月3日）

中科大3名“85后”入选“青年千人计划”

近日，“27岁浙大美女博导陆盈盈”成为火爆新闻，尽管浙江大学化学工程联合国家重点实验室官网随后发布声明，解释陆盈盈的职务是特聘研究员，并非教授、博导，但入选“青年千人计划”的青年俊才们，还是引发了前所未有的关注。记者了解到，今年2月11日千人计划网公示的“青年千人计划”中，中科大有33人入选，其中两人出生于1985年，还有一人出生于1986年。

中科大也有海归学霸“小鲜肉”

记者了解到，这一批“青年千人计划”中，中科大有 33 人。截至目前，中科大“青年千人计划”入选者总数达 119 人。

在此次中科大申报的 33 人中，1986 年出生的蔡一夫是加拿大麦吉尔大学的博士后研究员，1985 年出生的李金金是美国加州大学圣塔芭芭拉分校的博士后研究员，1985 年出生的蒋彬是美国新墨西哥大学的博士后研究员。他们将于半年后回到母校中科大全职任教。

中科大摇橄榄枝　海归学霸待遇好

“学校提供的科研启动经费不低于 100 万元，实验室建设经费按实际需要拨付”；“提供校内精装修周转房，入职后即可拎包入住”；“为子女提供自幼儿园至高中的一站式优质教育资源，且地点都在学校生活区内”……

新年伊始，第六批“青年千人计划”刚刚结束，中科大校友基金会的微信上，就贴出了学校向千余位海外任教的校友学者发出的新年贺信，重点宣传学校的人才政策并鼓励校友们申报第七批“青年千人计划”。

对于年轻的海归学霸，中科大负责海外人才引进的人力资源部表示：“将以最好的条件引进潜心学术的高端人才，为海归学子打造‘没有天花板的舞台’。”

（胡霈霖　《安徽商报》　2015 年 2 月 28 日）

中国教授谢毅获“世界杰出女科学家奖”

新华网巴黎 3 月 4 日电（记者　尚栩）　联合国教科文组织日前发布消息说，包括中国科学技术大学谢毅教授在内的 5 位女科学家获得 2015 年度“世界杰出女科学家奖”。

教科文组织的消息说，谢毅教授凭借其在无机化学领域的杰出贡献而获得表彰。“她的工作致力于降低污染，提高能源利用效率，对未来大有裨益。谢毅教授致力于保护地球的事业，并坚持不懈地为应对环境挑战寻找具有创新性和智能性的解决方案。”

谢毅是第 4 位获得“世界杰出女科学家奖”的中国女科学家，在她之前的获奖者是中国科学院院士李方华教授（2003 年）、中国香港科技大学教授叶玉如（2004 年）以及中国香港大学教授任咏华（2011 年）。

“世界杰出女科学家奖”由联合国教科文组织和法国欧莱雅集团联合设立，每年从全球各大洲遴选出 5 位为科学进步做出卓越贡献的女性，旨在公开表彰女科学家的杰出成就，并为其科研事业提供支持。1999 年诺贝尔化学奖获得者艾哈迈德·泽维尔担任本年度评委会主席。

今年获奖的另外4位女科学家分别是摩洛哥穆罕默德五世大学拉贾·沙尔卡维·莫斯利教授、英国牛津大学卡罗尔·罗宾逊教授、巴西南里奥格兰德联邦大学泰莎·斯托尔基·贝格曼教授和加拿大多伦多大学莫莉·S·肖伊切特教授。

今年的颁奖典礼将于3月18日在巴黎索邦大学举行。

"世界杰出女科学家奖"创立于1998年，最初评选领域只限于生命科学领域，奖金为每位获奖者2万美元。从2003年起，评选领域扩展至基础科学领域，奖金也增至每位获奖者10万美元。

（新华网　2015年3月5日）

注：CCTV-13、光明日报、科技日报、中国青年报、中国教育报、中国科学报、新华网、人民网、中国广播网、中国新闻网、国际在线、中国妇女报、安徽日报、安徽广播电视台、新安晚报、安徽商报、市场星报、合肥日报、合肥晚报、江淮晨报、钱江晚报、日照日报、昆明日报、深圳特区报、江苏卫视、中国日报网、新疆经济报、南宁日报、重庆日报、长沙晚报、海南日报、贵州日报、三晋都市报、西安日报、郑州日报、南方网、中国时报、大连晚报、现代快报、华商报、青海日报、青岛财经日报、城市快报、商丘日报、云南信息报、内蒙古日报、石家庄日报、佛山日报、江门日报、青年时报、韶关日报、江西日报、焦作日报、成都日报、兰州日报、柳州日报、东江时报、新商报、荆门日报、大公报、闽西日报、大江晚报、烟台日报、云南日报、新消息报、潮州日报、信息时报、常德日报、邯郸日报、揭阳日报、天津日报、哈尔滨日报、信息时报、海南特区报、国际旅游岛商报、潍坊晚报等也做了报道。

中科大6人入选科技部创新人才推进计划

近日，科技部公布2014年"创新人才推进计划"入选名单，中科大刘世勇、龚流柱、李传锋、李厚强、韩良5位老师入选中青年科技创新领军人才，窦贤康领衔的"地球空间环境及其对太阳活动的响应研究创新团队"入选重点领域创新团队。目前，该校已有13位老师入选"创新人才推进计划"，并于2013年被授予创新人才培养示范基地。

"创新人才推进计划"由科技部等8部委组织实施，旨在通过创新体制机制、优化政策环境、强化保障措施，培养和造就一批具有世界水平的科学家、高水平的科技领军人才和工程师、优秀创新团队和创业人才，打造一批创新人才培养示范基地，为提高自主创新能力、建设创新型国家提供有力的人才支撑。对符合条件的入选对象，将择优推荐纳入中组部、人社部等11个部门组织实施的"万人计划"。

（记者　桂运安　《安徽日报》　2015年3月9日）

中国科大管理学院迈入国际精英商学院“俱乐部”

人民网合肥3月10日电(刘颖)　今日上午,中国科学技术大学管理学院召开新闻发布会,宣布该院正式通过国际精英商学院协会(简称AACSB)认证。中科大管理学院成为全球首家按照AACSB最新标准获得国际认证的单位,也是首家获得国内EDP(高层管理者培训与发展项目)认证的单位。

据了解,AACSB是世界上拥有会员多、历史悠久、认证内容全面的商学院联合机构,最先由哈佛大学、康奈尔大学等17所知名大学商学院联合发起,于1916年成立于美国,旨在促进已获认证和申请认证的学校提高学生入学标准、师资及管理水准。目前,全世界不到5%的商学院取得了这项精英认证,而中科大成为中国内地第10家通过AACSB认证的单位。

据介绍,2008年中国科大管理学院被批准成为AACSB的会员;2011年开始提出认证资格申请;2012年1月获得初始认证资格;2012年年底开始撰写认证计划。AACSB认证一般耗时5～7年,中国科大管理学院则是全球唯一一家跳过执行程序,直接从认证计划撰写过渡到现场认证阶段的单位,共用时23个月,创造了从认证计划撰写到现场评估的国内最短用时纪录。

“高质量的办学水平为认证提供了基础保证。”中科大管理学院执行院长余玉刚介绍说,近年来,中科大管理学院取得长足发展,国际高水平论文发表排名居国内商学院前列,单篇论文引用率排名第一,获得了教育部自然科学一等奖,连续4年获得国际企业管理挑战赛一等奖等。

据余玉刚介绍,能够通过严格而全面的评估取得国际认证,意味着国际上对该商学院办学质量和发展前景的充分肯定,是优秀管理教育的重要标志,这也为中科大管理学院未来的创新发展和加快国际化进程提供了更大的可行性。

(人民网　2015年3月10日)

注:新华网、中国教育报、中国广播网、中国新闻网、安徽日报、安徽电视台、安徽商报、新安晚报、市场星报、合肥日报、合肥电视台、合肥晚报、江淮晨报、大公网等也做了报道。

万立骏院士:坚持正确的办学方向

3月27日下午,在中国科学技术大学教授干部大会上,中组部有关负责同志宣布了中共中央、国务院关于万立骏担任中国科大校长的决定。万立骏院士正式成为该校第九任校长。

出生于1957年的万立骏，是一位成果丰厚的物理化学家，此前担任中国科学院化学研究所所长，兼任北京分子科学国家实验室主任、中科院分子纳米结构与纳米技术重点实验室主任。

作为恢复高考后的第一届大学生，万立骏的本科和硕士均毕业于大连理工大学。1996年他在日本东北大学获得博士学位，1998年入选中国科学院“百人计划”后回国到中国科学院化学研究所工作。

长期从事扫描探针显微学、电化学和纳米材料科学研究的他，发展了化学环境下的扫描探针技术，在表面分子吸附和组装规律、纳米图案化等方面取得系列成果。

2004年，万立骏当选为中国科学院化学研究所所长，2009年被增选为中国科学院院士。在中共第十八次全国代表大会上，万立骏当选为中央候补委员。

“我来自中科院化学研究所，与科大同属科学院系统，借‘全院办校、所系结合’的纽带，有幸早与科大结缘，这里有我崇拜的学术大师，有我尊敬的老领导，有我科研合作的伙伴和好朋友，在相知相识中，不断加深了我对科大的了解。”在就任大会上，万立骏一出场，就交代出自己与中国科大的深厚渊源。

作为中科院直属高校，中国科大不仅雄踞国内一流大学行列，而且能够名扬世界，一个重要的原因就是得益于“全院办校、所系结合”的办学方针。万立骏第一次走进中国科大，就是参加2007年5月中科院举办的“全院办校、所系结合”工作会议。此后，万立骏还多次与中国科大出现工作“交集”，比如2012年3月，万立骏应邀到中国科大进行教学交流，其间为化学英才班做了“新型能源材料与表界面研究”报告。

“不要命的上科大”——一句社会上流传的大学评价“顺口溜”，形象地反映了中国科大师生的教学科研状态。

“我钦佩你们始终坚定正确的办学方向，潜心向学，不怕困难，勇于探索、勇于创新、勇于攀登的时代精神和科教报国的崇高品质；惊羡你们教学与科研相结合，理论与实践相结合，学术水平和科研创新能力不断提高而取得的累累硕果。”在大会上，万立骏多次表达出对优良传统的盛赞，“你们为了科大的发展真是‘蛮拼的’！”

对于履新后的工作，万立骏低调而坚定。他表示，中国科大正处在建设世界一流研究型大学的关键时期，面临着全新的机遇与挑战。“我有决心和全校师生员工一起坚持正确的办学方向和教育理念，尊重科学，维护学术尊严，攻坚克难，为将中国科学技术大学早日建成世界一流研究型大学而努力奋斗。”

（本报记者　李陈续　本报通讯员　刘爱华　《光明日报》　2015年3月30日）

注：新华网、人民网、中国青年报、中国新闻网、科技日报、中国教育报、中国科学报、安徽日报、安徽广播电台、新安晚报、安徽商报、合肥日报、合肥电视台、合肥晚报、江淮晨报、河南商报、泉州晚报、财新网、澎湃新闻网等也做了报道。

《自然指数2015(亚太区)》发布　中科大居全国高校第四

3月26日,英国自然出版集团发布《自然指数2015(亚太区)》。数据显示,2014年,中科大在68种自然科学杂志上共发表536篇论文,自然指数为190.96,比2013年增长8.7%,位列亚太地区第九、全国高校第四,其中物理、化学领域研究实力较为雄厚。

自然指数统计的是全球国家和机构2014年1月1日至12月31日发表的论文,相比自然出版指数,该指数在计分方法上略有不同,增加了不同学科之间的权重因子,如天文学和天体物理因子降为0.2。自然指数用以追踪科研工作者在68种优选科学期刊上的论文贡献度,这些期刊由在职科学家组成的独立评选小组选出。2015亚太地区自然指数公布了前200位科研机构与高校,我国有5个科研机构与高校排名前十,分别是:中国科学院(排名第一)、北京大学(排名第三)、清华大学(排名第六)、南京大学(排名第七)、中国科学技术大学(排名第九)。

需要注意的是,自然出版指数仅统计18种刊物。2011～2013年,中科大连续3年自然出版指数名列全球前一百、大陆高校第一。

(桂运安　《安徽日报》　2015年3月30日)

注:市场星报等也做了报道。

合肥拟建“量子科技产业园”

量子通信产业化之路在合肥越走越宽。记者昨日从市科技局获悉,我市将规划建设“量子科技产业园”,并积极引入产业链上下游企业和机构,助推合肥公共安全产业等一批重点战略性新兴产业实现爆发式增长。

合肥量子通信技术依托中科大等高校院所的强力技术支撑,一直保持国内领先水平。多年来,中科大教授潘建伟率领的研究团队在2004年、2007年和2012年曾先后分别实现了五光子纠缠态、六光子纠缠态、八光子纠缠态的制备与操纵,都居于世界第一位次,连续刷新了世界纪录。同时,合肥城域量子通信试验示范网于2010年年中启动建设,一年多后建成,各项功能、指标均达到了设计预定要求。该项目已于2012年年初有计划、分步骤地投入了工程应用。合肥量子通信网的建成使用,标志着我国继量子信息基础研究跻身全球一流水平后,又在量子信息技术先期产业化竞争中迈出了重要一步。

(王弘毅　《合肥日报》　2015年4月21日)

日内瓦国际发明展大奖揭晓　中科大先研院斩获两金一银

日前，第43届日内瓦国际发明展在瑞士日内瓦巴莱斯堡展览馆举行，中科大先进技术研究院选送的3个项目斩获两金一银。

摘得金奖的项目分别是刘文教授组织指导的新型农业光伏系统、冯志华教授课题组选送的亚纳米分辨率的低温漂电涡流位移传感器，获得银奖的项目是顾春副教授课题组选送的一种小型倍频绿光光纤激光器。其中，新型农业光伏系统利用特殊光学多层薄膜，可以将太阳光分层，利于植物光合作用的光能可穿透薄膜，将其他对植物生长无用的光能利用槽型聚光技术发电，既减少过多太阳光照射造成的土地水分蒸发，又高效利用了太阳能资源；低温漂电涡流位移传感器具备了超高分辨率、热稳定性和环境兼容性，能在恶劣环境下实现亚纳米级的测量，在超精密测量领域具有独特的竞争优势；倍频绿光光纤激光器可以获得高效、宽带中心波长为532纳米的激光，是一种小型化、结构紧凑、稳定性高、高倍频效率的光纤激光器，适用于激光投影机等应用。

日内瓦国际发明展创办于1973年，是世界上举办历史最长、规模最大的发明展之一，本届国际发明展共有48个国家和地区的1000余件新发明集中亮相。

（桂运安　《安徽日报》　2015年4月23日）

注：安徽电视台、合肥日报等也做了报道。

中国科学技术大学理科、物理跻身世界百强

日前，上海交通大学世界一流大学研究中心发布2014年“世界大学学术排名”，列出全球领先的500所研究型大学，中国科学技术大学等6所内地学校进入全球前200名，其中中科大理科和物理排名跻身世界百强。

“世界大学学术排名”自2003年首次发布，排名以国际可比的科研成果和学术表现作为主要指标。今年排名结果显示：哈佛大学连续12年蝉联全球第一，斯坦福大学、麻省理工学院、加州大学伯克利分校、剑桥大学、普林斯顿大学、加州理工学院、哥伦比亚大学、芝加哥大学和牛津大学跻身前十。

今年我国内地位列世界500强的大学共有32所，相比2013年增加4所。清华大学、北京大学、上海交通大学、浙江大学、复旦大学和中科大6所学校进入世界前200名。在领域排名方面，理科排名中北京大学排在世界第50名，中科大和清华大学进入世界百强。在学科排名方面，中科大、北京大学物理排名入围世界百强。此外，中科大、北京大学等学校的“高被引科学家”数量增长明显，从绝对数上看正在逼近世界百强大学。

（《安徽日报》　2015年5月4日）

我市与中科大签署战略合作协议

本报消息(记者　吴振荣)　5月14～15日，市委副书记、市长暨军民率团考察了位于安徽合肥的中国科技大学，并与中国科技大学校长万立骏，校党委常委、副校长朱长飞，副校长潘建伟等进行了合作洽谈，签署了《金华市政府与中国科学技术大学战略合作协议》《中国科学技术大学金华技术转移中心协议》。

副市长傅利常、市政府秘书长周剑敏参加考察活动。

中国科技大学是中科院所属的全国重点大学，为国家首批实施"985工程"和"211工程"的大学之一，也是唯一参与国家知识创新工程的大学，曾汇集了严济慈、华罗庚、钱学森等一大批国内最有声望的科学家。该校目前拥有两院院士46人，建有合肥微尺度物质科学国家实验室等多个国家级科研机构。

中科大校长万立骏在合作洽谈时表示，金华是历史文化名城，人杰地灵，英才辈出，在科学技术、文学艺术等领域涌现出许多泰斗级人物。其中，深受中科大师生爱戴的第二任校长严济慈即为东阳人，曾为中科大的发展做出过杰出的贡献；如今，中科大东阳籍副校长潘建伟率领的科研团队，促使我国在量子通信领域达到欧美等先进国家水平，可以说中科大与金华渊源深厚。同时，金华也是中科大的重要生源地之一，历年来为学校输送了一大批有理想、有抱负的优秀青年学子，其勤奋刻苦的优良学风和精神风貌历来深受好评。

万立骏说，当前国家正在深入实施科教兴国战略，中科大将以更加强烈的使命感和责任感，遵循以原始创新催生变革性技术，进而培育战略性新兴产业的发展路径，切实增强科学技术向现实生产力转化的能力，为推动转型升级贡献自己的力量。金华是东部地区工业强市，产业基础良好、开放经济活跃，中科大愿与金华优势互补、协同创新，开展全方位深入持久的合作。

暨军民首先向中科大校领导简要介绍了金华经济社会发展情况以及对外贸易、信息网络经济等发展新亮点。他说，中科大雄厚的师资力量以及在前沿科学领域强大的科研能力、丰富的研究成果让考察团大开眼界，金华民营企业众多、民间资本充裕，对创新成果和技术人才需求巨大，希望抓住高铁时代金华、合肥时空距离大幅缩短的有利契机，加强双方在科技成果转化、高端人才培养等方面的交流合作，推进政商产学研强强联合，共同打造高校与地方合作的新典范。

在合肥期间，考察团一行先后考察了安徽量子通信有限公司、中科大先进技术研究院、中科大量子通信技术实验室、中科大校史馆、中科大加速器和火灾实验室。

(《金华日报》　2015年5月18日)

中科大教授夺电离辐射测量大奖

本报讯(记者　桂运安)　记者 5 月 21 日从中科大获悉,该校核科学技术学院“千人计划”教授徐榭,日前夺得美国电离辐射测量和标准委员会 Caswell“杰出成就奖”。

徐榭教授是目前唯一当选为美国核学会会士和曾担任美国大学核工程系主任的内地华裔学者。他长期从事核辐射测量和剂量学的科研和教学工作,涉及核电站安全、环境保护、医学影像和肿瘤放射治疗等不同领域,在用于蒙特卡罗计算机仿真的人体模型方面做出多个突破性工作,发表 150 篇同行评审的期刊文章、300 篇会议摘要、100 多个特邀大会报告或学术访问讲座。

美国电离辐射测量和标准委员会,是美国电离辐射测量和标准领域的最高学术机构。Caswell“杰出成就奖”以美国国家标准局第一任电离辐射物理部门主管 Caswell 博士命名,获奖人的评选是基于候选人在电离辐射领域所取得的终身成就。徐榭教授在 1999 年至 2000 年曾担任过该委员会主席,在辐射测量与剂量学领域做出了杰出成就,是杰出成就奖获奖者中最年轻的一位。

(《安徽日报》　2015 年 5 月 23 日)

科大毕业生创业上演“凤还巢”

去年 6 月,一批毕业于中科大的企业家,从北京、上海、美国硅谷回到了合肥,带来了自己的企业,带回了自己的智慧。一年过去了,记者再次来到位于庐阳工业园里的中科大校友企业家联合会。今天,这支队伍已经由去年的 16 家变为 40 余家,无数全球领先的科技产品,将在合肥诞生。而与去年成立之初所不同的是,新一批回到合肥的科大学子,有不少科学家、院士。他们带回自己的技术,从起步开始就在合肥孵化。或许,他们的回归,可以为合肥的产业升级与转型带来新的思路。

从“移栽”到“播种”

将自己的企业从北京、上海、美国硅谷搬回合肥,缘于对合肥的热爱,对中科大的思念。第一批回到合肥的 17 位中科大校友企业家们,把自己的企业搬到了合肥,为这座城市带来了很多全球顶尖的技术。

今天,这样的产业转型有了新的模式。

“过去是把已经成型的项目移栽过来,现在改变思维,在园区深度孵化——项目本地化,直接在合肥丢种子。从早期的天使投资，到本地化的资源配置，这样的项目成型、投产之后，才不会水土不服。现在，我们在广州、深圳、美国硅谷等地找项目，就是要从创业、想法、技术开始，进行本地孵化。"中科大校友企业家联合会副会长栾立刚告诉记者。中科大校友遍布全球，这个广阔的校友资源，织成了一张大大的网，组成了非常大的信息平台，通过这个平台，可以互相对接。

记者了解到，最近刚刚入驻的一家团队，就带来了自己的核心技术，并且把技术带回合肥。"这家企业是做3D芯片的，过去的2D芯片相当于盖平房。从2012年，盖平房改为盖楼，存储量大，体积极小，存储量相当于移动硬盘，可以帮助解决移动终端的小型化问题。但是，目前这个技术中国没有。在2D芯片上，中国已经很难超过其他国家，只能在3D存储芯片上进行弯道超车。这是在同一起跑线上，有超越的可能。"栾立刚告诉记者。

带动其他企业转型升级

目前，中科大校友企业家联合会的新入驻企业中，既有研究核磁共振、恒烁半导体的，也有发明自动炒菜机的。栾立刚说："很多项目缺资金，由于中科大校友企业家联合会的基金还没成立，我们就进行个人天使投资，帮助团队搭配、厂房建设，甚至子女上学等。因为我们清楚，好项目在选址时都会比较条件，而硬件条件是永远没有尽头的，我们就从做好配套入手。孵化器建设是深层次问题。现在全国各地创业孵化器很多，但缺乏专业化团队，光有办公室、桌子是不够的。从技术到产品的服务，都需要配备好。我们会建立大平台，其中包括的投资、融资、工业设计、园区信息化、软件配套正在建设中。"

现在，中科大校友企业家联合会发起人还将成立基金公司，配套引导基金和自然人，根据项目来找相应投资。

而中科大校友企业家们不仅着力于自己校友企业的建设，还带动了周边的其他传统企业。"我们旁边就有一家做数控的公司，在目前传统制造经济下行的状态下，企业或多或少遇到了一些困难。我们帮它联系了高校，进行产学研结合，帮助它对接政府相关部门，了解更多和本企业相关的利好政策。在资金上，我们也帮助它进行对接。既然我们回到了合肥，就会最大限度地为合肥多做一些实事。"

（赵明　谷薇薇　《合肥晚报》　2015年6月3日）

中科大教授陈仙辉获马蒂亚斯奖

2015年马蒂亚斯奖日前宣布获奖名单，中国科大教授、著名超导专家陈仙辉和该校校友、中国科学院院士赵忠贤以及美国加州大学欧文分校教授扎卡里·菲斯克被授予该奖，以表彰他们在超导研究领域的杰出贡献。这是中国内地科学家首次获得这一大奖。

超导是20世纪最伟大的科学发现之一，指的是某些材料在温度降低到某一临界温度或超导转变温度以下时，电阻突然消失的现象。具备这种特性的材料称为超导体，它在航空航天、信息通信、能源存储等领域有着重要的应用前景。2008 年，陈仙辉小组在国际上首次获得临界温度达到 43 K(零下 230.15 摄氏度)的铁基化合物超导体——氟掺杂钐氧铁砷化合物，突破麦克米兰极限，表明发现新一类高温超导体，这项成果发表在国际权威期刊《自然》上。2014 年 1 月，赵忠贤、陈仙辉等 5 位科学家合作完成的"40 K 以上铁基高温超导体的发现及若干基本物理性质研究"项目，获 2013 年度国家自然科学奖一等奖。

马蒂亚斯奖创建于 1989 年，为纪念美国著名超导物理学家马蒂亚斯而设立，授予在超导材料领域有杰出贡献的科学家，每 3 年颁发一次，每次授奖不超过 3 人。这一超导领域大奖将于今年 8 月 24 日在瑞士召开的超导材料与机理国际大会上正式颁发。

（桂运安 《安徽日报》 2015 年 6 月 17 日）

注：中国科学报、新安晚报、合肥日报、中国新闻网、大公网等也做了报道。

今日启程，你准备好了吗

4 年里，你们不分寒暑、无暇春秋，争先恐后、奋力拼搏，其中定有酸甜苦辣、欢乐忧伤，但是，更多的是成长和收获，大学为你们开启了命运的新篇章，奠定了你们一生事业的基础。四载光阴致科大，你们不负青春年华，勤奋苦读，和科大一起追梦前行，既锻炼提升了自己，也为科大的发展做出了贡献。为此，我代表学校向你们表示衷心的感谢。

今日启程，你们带着祖国和母校的重托，肩负亲人的期待，或雄心勃勃、胸有成竹，或瞻念前途、稍有不安。今日之后，你们不论是去国内外深造，还是踏上工作岗位，面对的都将是全新的挑战。此时此刻，你们准备好了吗？离开熟悉的大学校园，即将扬帆远航，你们将如何面对？在这里，我有几点心得，愿与大家共勉：

第一，千万不要忘记自己肩负的历史使命和社会责任。众所周知，中国科大是应研制"两弹一星"而诞生的，一直在急需、空白、尖端、前沿领域奋力拼搏，为国家富强、民族振兴和国家教育事业的发展做出了重要贡献，被习近平总书记誉为"一所值得敬重的大学"。在同学们扬帆远航之际，请你们不要忘记科大的光荣传统，牢记校训，牢记你们的命运和科大、和祖国始终紧密相连。

第二，要有从头学和不断学的准备。大学时代是人生最幸福的时光，你们学到了很多书本知识。步入社会之后，你们面临的是一个社会大课堂，这里的知识更丰富、更深邃，也是你们获得人生成功所不可缺少的重要力量。因此，你们要甘心做小学生，虚心好学，不耻下问，从头学起，从点滴做起，拜所有内行的人们为师。同时，在知识爆炸的年代，科学技术发展日新月异，这就要求大家要不断学习，养成终身学习的习惯，一定不能吃老本。积沙成塔，厚积薄发，机遇会垂青有准备的你们，未来的成功一定属于你们。

第三，要有不怕吃苦的精神和创新意识。当今社会，各种成功经验令人眼花缭乱，让我们觉得不知如何去复制。须知，凡事如无踏石留印、不怕吃苦的精神是断然不能获得成功的。不要蔑视劳动，不要热衷投机取巧，更不要眼高手低，大事做不来、小事不想做。成绩是干出来的，不是想来和等来的。

第四，要真诚待人，善待自己。成就一番事业，不仅要“优术”，还要“明道”。在社会上要与各种人相处，如何融入社会，获得他人的信任和支持，还要保证自己快乐工作和快乐生活呢？我想，最重要的是要“诚以待人，信以立身”。对人一定要真诚，少花言巧语，多忠厚老实；少斤斤计较，多一些奉献和换位思考。“做人要实”是做人的根基，也是中华民族的传统美德。还要学会尊重别人，学习他们的优点。

第五，要保持俭朴和儒雅的生活方式。李商隐有诗曰：“历览前贤国与家，成由勤俭败由奢”，说的就是俭朴生活的重要性。同时，高尚与儒雅是中国古代的君子之风、君子之魂。希望你们切勿在物欲横流、浮华喧嚣中迷失了自我。希望你们高雅而不孤傲，接地气而不庸俗；不要把骂人当成豪爽，不要把低俗当成时髦；凡事要理性思考，不可随波逐流，也不要感情用事。腹有诗书气自华，愿你们在中华文明和先进文化的熏陶下，在日常生活和举止言行中逐渐形成俭朴和儒雅的人生习惯，不断提升自己的品格，修身、律己、齐家，而后再谋治国、平天下。

同学们，今日启程、扬帆远航，无论你们走到何处、奔向何方，科大永远是你们的精神家园。愿你们在未来的道路上秉承坚持真理、崇尚学术的科大人风骨；弘扬奉献自我、科教报国的科大人精神；常备海纳百川、兼容并蓄的科大人情怀。

（作者是中国科学技术大学校长万立骏，本文为作者 6 月 21 日在中国科学技术大学 2015 年本科毕业典礼上的讲话，有删节。）

（《光明日报》 2015 年 6 月 24 日）

注：新华网、CCTV-13、工人日报、安徽商报、市场星报、山西日报等也做了报道。

中国科技大学刊物跻身国际免疫学期刊前列

日前，美国汤姆森科技信息研究所公布 2014 年度期刊引证报告，由中科大和中国免疫学会共同主办的学术刊物《细胞与分子免疫学》，影响因子达 4.112，在国内医学类期刊中排名第一位，在国内 173 种 SCI 期刊中排名第六位，并进入国际免疫学期刊前列。

美国科学引文索引(SCI)是国际公认的进行科学统计与科学评价的主要检索工具，其“影响因子”大小是学术期刊影响力的重要标志。《细胞与分子免疫学》创刊于 2004 年，是我国免疫学领域唯一的 SCI 期刊，该学术刊物主要针对医学免疫学领域，报道关于免疫病理学、肿瘤免疫、移植免疫等最新科研成果，目前已被美国科学引文索引(SCI)、美国《化学文摘》数据库、美国国立医学图书馆 MEDLINE/PubMed 数据库、中国期刊全文数据库、美国 SCImа-go、中国科学引文数据库等收录，论文多次被国际权威刊物引用。2012～2015 年，连续 4 年获中国科协“优秀国际期刊奖”资助；2015 年在中科院“科技期刊排行榜”中获得一等奖基金资助；连续 3 年获中国学术期刊杂志社和清华大学图书馆联合颁发的“中国最具国际影响力学术期刊”奖。

（记者　桂运安　《安徽日报》 2015 年 7 月 5 日）

全球规模最大机器人赛事开幕，探索体现应用价值——
机器人世界杯：“高大上”更“接地气”

机器人球员在绿茵场上摸爬滚打，机器人翻译在开幕式上侃侃而谈，机器人舞者在舞台上唱歌跳舞……第十九届 RoboCup 机器人世界杯 7 月 19 日在安徽合肥开幕。这项科技含量十足的著名国际赛事，吸引了来自 47 个国家和地区、300 多支队伍的 3000 多名选手同场竞技，是迄今为止全球规模最大的机器人专业赛事。会场展示区里，观众们扶老携幼、摩肩接踵，体现了机器人全年龄段秒杀的超级魅力。

“本届比赛是机器人世界杯创办 19 年来创新性最强的一届。”第十九届 RoboCup 机器人世界杯主席、中国科学技术大学机器人研究中心主任陈小平在接受《经济日报》记者采访时透露，“很多比赛项目内容有改变，难度有提升。”

机器人世界杯是专业赛事，已连续举办 19 年，比赛内容也由当初单纯的机器人足球，拓展为服务机器人、救援机器人和机器人足球三大类，每年都会根据机器人的前沿发展水平，在技术上提出新的要求和难度。

“创立机器人世界杯赛之初，我们就设定了一个目标，让机器人球队在比赛中赢过人类。朝着这个目标，参赛者每年都会不断挑战一些技术难关。”RoboCup 国际联合会主席野田五十树说。

今年的赛事与往年相比有哪些重要创新呢？陈小平介绍说，服务机器人比赛今年特别提出对用户的行为和姿态进行检测，这是以往没有的。“以往的服务机器人比赛主要对人脸识别有要求，近年来人脸识别技术发展较好，所以本届比赛降低了人脸识别的分值。而行为姿态识别技术还没成熟，新的比赛要求鼓励这方面的研究，这将推动机器人前沿研究的发展。”

本届大赛还对参赛服务机器人的硬件成本有要求——运动和感知系统加到一起，不能超过人民币 15000 元。“这个要求将推动服务机器人的研发注意力转向，从完全聚焦于基础研究，转向同时体现应用需求。”陈小平认为，服务机器人未来的市场前景广阔，需要不同单位之间的合作，探索研发更多成本低且能满足用户需求的机器人。

更重要的改变是在裁判上。过去机器人世界杯的裁判一般是人，而本届比赛首次对服务机器人和特种机器人提出标准测试要求，引进了一套自动裁判系统，通过 12 个不同位置的摄像头来观察，提供客观、精确的定位判定。“自动裁判系统未来可以发展为自动检测系统，这样服务机器人的产业化，特别是量产才有可能。”陈小平说，这个项目对突破服务机器人发展瓶颈有重要作用。因为目前的服务机器人处于起步阶段，出厂检验靠人工，“标准的竞争非常重要，如果没有服务机器人的自动检测技术和装备，标准就是空中楼阁，不能落地。

要支撑中国提出自己的服务机器人、特种机器人标准，必须从自动检测技术和装备工艺的研发入手”。

本次机器人世界杯赛分专业组与青少年组，专业组比赛包括机器人足球、服务机器人、救援机器人三大类共 11 项比赛，涵盖了当前智能机器人研究的主攻方向和研究热点问题。7 月 19 日至 20 日为小组赛，21 日展开半决赛，22 日进行决赛。

比赛期间，美国卡内基梅隆大学、日本大阪大学、德国波恩大学等国际顶尖机器人团队将亮相赛场，去年获团队总分第一名的中国科学技术大学将派出包括服务机器人“可佳”、“可佳工人”、“机器人足球”、“可佳低成本移动平台”在内的 4 支队伍参赛。

（本报记者　佘惠敏　《经济日报》　2015 年 7 月 20 日）

注：人民日报、新华网、CCTV-13 新闻直播间、光明日报、科技日报、中国青年报、人民日报海外版、中国教育报、中国证券报、安徽日报、安徽电视台、新安晚报、合肥日报、合肥电视台、江淮晨报、合肥晚报、人民网、中国经济网、中国广播网、中国新闻网、东方卫视等也做了报道。

放弃读博　中科大“技术宅”创业云计算

三位年轻人一起拼搏创业，最终实现梦想。一部《中国合伙人》电影曾燃起很多大学生的创业梦想。今天，我们就来一起分享两个“合肥合伙人”的创业故事，他们是科大的高才生，在进行着高大上的云计算技术研发；他们曾是创业路上的挫败者，正在利用“人脉”和资金帮助年轻的创业者少走弯路，他们的故事也许比电影还精彩。

决定为别人开设“创业梦工厂”

在这里，创业者可以跟名企高管、技术牛人、金融大鳄面对面交流；在这里，创业者不需要拉关系，凭借自己的项目和实力就能拉到投资。位于合肥高新区的“梦工厂”创业平台，已经成为很多创业者梦想的起点。

跟很多孵化器不同的是，这里不是给创业者提供办公场地的，而是人脉资源、技术指导。他们每 3 日举办一次产品打磨会，邀请名企高管、技术牛人、金融大鳄帮创业者答疑解惑，创业过程中还有导师一对一全程指导和支持。每月组织 5 场创业资源对接会，帮助创业者打造自己的社交和资源圈子。“360、百度、阿里巴巴，这些企业的牛人我们都能帮创业者联系上。”

除了人脉的优势，他们还会牵线搭桥，为创业者提供资金投资。说起创办“梦工厂”的初衷，CEO 陈拥权说，自己创业时走了弯路，尤其在极度渴望资金时有些“饥不择食”，只要别人给就要了，最终付出了高昂的代价。“我不仅为他们争取资金，还要教会他们，什么样的钱能拿，什么样的钱不能拿，不走我们曾经走过的弯路。”

首次将“创业咖啡”的理念带到合肥

2013年，摸爬滚打一番的陈拥权和另外两位合伙人，首次将“创业咖啡”的理念带到合肥。刚开始注册时，他的公司甚至被当成了一家咖啡馆。而当时，这一概念在北、上、广、深已经很流行，为什么会把这一新兴的理念带到合肥？他说，自己看中的就是合肥的成长空间和“大科技中心”的实力。地理位置上，合肥位于中部，动车、高铁开通以后，来自南航、交大、复旦等高校的导师均能在两三个小时内轻松到达合肥，这就给沟通提供了便利。另外，他们还能享受高新技术开发区、合肥国家大学科技园、合肥市科技创新公共服务平台、合肥市中小企业金融服务中心等多重优惠政策密集覆盖的有利条件。

他说，希望在扎根合肥的同时，借助区位优势走出去，使企业成为中部、长三角地区的创业孵化引擎。

技术“牛人”放弃读博来创业

合肥金寨路中国科技大学对面的一栋写字楼里，一台台电脑前是一张张稚嫩的面孔。跟员工一样，他们的老板也很年轻，全部都是“80后”。这家公司名为安徽斯百德信息技术有限公司，是三个合伙人发起的创业团队，他们三人都曾是中科大学生。公司里，技术“大牛”牛永伟的故事让员工们津津乐道。

“放弃科大博士学位，主动创业，这要多大的勇气！”另外一位合伙人吴鑫坤介绍，牛永伟原本享受着中科大理论物理专业硕博连读的机会，而在读硕士的第二年他放弃了，主动出来创业。“我不惊讶，每个人都有实现自己价值的机会。”对于员工们不能理解的举动，吴鑫坤说得很轻松。她认为，金子在哪都是发光的，也确实，牛永伟是现在公司的技术领导，而他做的这一块也是他们公司最大的强项。

主攻技术，让创业路数难以复制

在中国创业者中常常出现一窝蜂现象，一旦发现某一行业赚钱大家就一哄而上。而牛永伟他们的创业之路很难被抄袭，因为他们主攻的是云计算、软件产品开发，以攻克技术“打天下”。

提起云计算，很多人会觉得高大上。有人说，至少可以找到100种解释。而吴鑫坤就用一个简单的例子，让一群文科生对云计算有了直观的理解。“手机号码备份后，哪怕手机丢失了，号码也还在。它存在哪了？就在云端。”她说，这是云计算最基础的应用。

这一模式还有个好处就是成本很低，“不需要太多的投入，最大的支出就是人力成本”。2013年，他们的营业额达到300万元，利润率高达30%。值得一提的是，今年上半年他们的营业额就已经达到这一数字。

在创业的道路上，吴鑫坤和她的团队创造的产品也得到了市场的认可。

他们的第一个客户来自香港,“客户看中了我们研发的云计算产品之一——虚拟主机,就主动过来和我们联系,和北京、上海等城市的产品做了对比后,还是选择了我们,使用后觉得大大好于预期,又连续三年同我们合作了多个项目。”吴鑫坤说。

目前团队不仅做云计算等产品研发,还牵头成立了安徽省云计算促进会,期望联合云计算领域的创客们共同发展。这一产业正如他们的面孔一样,年轻、充满朝气和希望。

(记者 琚园园 《江淮晨报》 2015 年 7 月 21 日)

中科大机器人足球队实现世界杯仿真 2D 组三连冠

新华网合肥 7 月 22 日体育专电(记者 周畅 徐海涛) 22 日上午,在数百名观众的欢呼声中,中国科学技术大学蓝鹰机器人足球队以 4∶0 战胜日本 Helios 队,获得第 19 届 RoboCup 机器人世界杯足球赛仿真 2D 组冠军。这也是蓝鹰机器人足球队连续第三年夺得该项目的世界冠军。

“太兴奋了! 这是我们队的三连冠!”蓝鹰队队长李箫在赛后采访中一直面带笑容,“昨晚的小组赛中我们输给了日本队,所以连夜对程序进行了一些调整,没想到今天就起到了明显的作用!”

今年 24 岁的李箫连续参加了最近的三届 RoboCup 机器人世界杯赛,是三连冠的亲历者和功臣,明年他将要毕业。“4∶0 的成绩是对过去一年努力的最大肯定,三连冠的成绩也是我最圆满的毕业礼物。”他说。

当天的比赛一开始,蓝鹰队就抓住对方的防守漏洞迅速组织进攻,上半场刚开场不到一分钟就成功破门。在顶住日本 Helios 队的一波反扑后,防守反击再下一城,上半场以 2∶0 领先。下半场,蓝鹰队继续保持压倒性优势,在中场密集防守,并再入两球,锁定冠军。

RoboCup 是国际上最具影响力的机器人足球世界杯赛事,1997 年至今已连续举办了 19 届,分为仿真组、小型组、中型组、类人组等项目。据了解,中科大蓝鹰队自 2005 年以来已连续 11 年保持在世界前两名的水平。

(新华网 2015 年 7 月 22 日)

注:人民日报、科技日报、中国科学报、安徽日报、安徽商报、合肥日报、合肥晚报、江淮晨报、新快报、北京娱乐信报、宁波日报、春城日报、中国新闻网、中国经济网等也做了报道。

中科大斩获两金一银

本报讯(记者 桂运安) 7 月 22 日,第 19 届 RoboCup 机器人世界杯在合肥闭幕,经过激烈角逐,中国科学技术大学蓝鹰队分别在“服务机器人精确测试”“机器人足球仿真 2D”两个项目中夺冠,在"家庭服务机器人"项目中获得亚军。值得一提的是,在"机器人足球仿真2D"项目上,中科大已连续第三年夺得世界冠军。

"服务机器人精确测试"项目,今年第一次列入机器人世界杯正式比赛。"我们在场地中设置12个摄像头,从12个不同的方向观察机器人执行指令的速度、准确度和精度,并按照统一标准自动打分。"中科大教授陈小平介绍,这克服了传统人工评判误差大、效率低等缺点;更重要的是,这套系统在服务机器人产业化上有着不可估量的前景。在决赛中,中科大著名智能服务机器人"可佳"不仅能负重40千克,还能跨越3厘米高的门槛,且能很好地规避障碍物,以总分高出第二名20多分的成绩摘得桂冠。

在"机器人足球仿真2D"项目决赛中,中科大蓝鹰机器人足球队以4∶0战胜日本Helios队,成功实现了该项目三连冠。中科大蓝鹰队是机器人世界杯上最强的队伍之一,2000年成为我国历史上第一支进入机器人世界杯的团队,迄今已获得12项世界冠军、12项亚军,是参加此项赛事的所有中国队伍中成绩最好的一个,在全球参赛队伍中名列前三。

"家庭服务机器人"是机器人世界杯中发展势头最猛、竞争最激烈的项目。去年,中科大"可佳"曾代表中国首次夺得该项目冠军。在今年的比赛中,"可佳"本来一路领先,令人感到遗憾的是,由于决赛出现网络故障,最后以8分之差惜败德国Homer队,屈居亚军。

(《安徽日报》 2015年7月23日)

注:经济日报、科技日报、中国科学报、中国新闻网、安徽商报、合肥日报、合肥晚报、江淮晨报等也做了报道。

中科大教授获神经网络"青年科学家奖"

记者7月24日从中国科学技术大学获悉,该校计算机科学与技术学院"青年千人计划"陈欢欢教授因在神经网络研究领域的突出贡献,荣获2015年国际神经网络协会"青年科学家奖",今年全球仅1人获得该奖。

国际神经网络协会是神经网络领域的知名学术组织,主要研究神经网络在深度学习、机器智能上的理论与应用。该组织每年在全球范围内评选并颁发"青年科学家奖",旨在表彰他们在神经网络领域的突出贡献。

今年33岁的陈欢欢教授,2004年本科毕业于中科大,2008年获英国伯明翰大学博士学位,2011年入选中组部第二批"青年千人计划",并回到母校中科大任教。他曾获2011年电气和电子工程师协会(IEEE)计算智能协会优秀博士论文奖、2012年神经网络领域权威期刊《IEEE神经网络会刊》年度优秀论文奖、全英杰出博士论文奖。

(桂运安 《安徽日报》 2015年7月27日)

注:合肥日报等也做了报道。

中国科技大学:128 名贫困生获得救助

新华网合肥 8 月 16 日电(记者　周畅　徐海涛)　记者从中国科学技术大学了解到,该校开辟贫困生"绿色通道",确保每一位新生都能按时报到就读直至完成学业,今年共有 128 名贫困生获得救助。

日前,张强(化名)同学只身从银川坐了 20 多个小时的火车来报到,他身上只有 1000 多元生活费,学费、住宿费都没有着落。他的父亲患有尿毒症,母亲没有工作,全家只能靠微薄的低保和亲友的接济维持生活,学费问题使这个贫寒的家庭发了愁。

"科大的老师很热情,我说明情况后,很快通过'绿色通道'办完了入学手续。"整个入学手续不到 10 分钟,学校还免费为新生准备了寝具"大礼包",垫被、盖被、床单、席子、枕头、蚊帐、塑料盆等一应俱全,让小张又少花了一笔钱。

中国科技大学招生就业处副处长韦巍巍介绍,该校积极落实中央有关精神,增加农村贫困地区招生计划,2015 级新生农村学生比例为 25.6%,比去年增长了近 5 个百分点。

"绝不让一名同学因贫困而辍学,是我校向社会做出的郑重承诺。"中国科技大学学生工作部部长董雨说,贫困生可通过"绿色通道"先办理入学手续,之后学校再根据实际情况进行资助,确保每一位新生都能按时报到就读,直至完成学业。

据介绍,该校构建了包括奖、贷、助、补、减等在内的奖助学体系。2014 年,该校获得奖、助学金的本科生共 9300 余人次,人均近 2000 元。

此外,对那些家庭生活困难而又不愿意申请助学金或生活补助的同学,该校实施了"生活援助计划",对平均每餐低于 4.6 元的学生,通过校园"一卡通"直接为其一卡通充值。2014 年全年有 1980 人次的本科生得到了这种充满人性关怀的"隐形补助"。

(新华网　2015 年 8 月 16 日)

注:光明日报、科技日报、中国科学报、安徽日报、安徽商报、皖西日报、中国广播网等也做了报道。

2015 年度"求是奖"颁发　白血病专家张亭栋获得杰出科学家奖

新华网合肥 9 月 19 日电(记者　徐海涛)　2015 年度"求是奖"19 日在中国科学技术大学颁发,哈尔滨医科大学附属第一医院教授张亭栋获得"求是杰出科学家奖",厦门大学原核表达类病毒颗粒疫苗研究团队获得"求是杰出科技成就集体奖",马明明、焦雷等 10 人获得"求是杰出青年学者奖"。杨振宁、孙家栋、施一公等学者为获奖者颁奖并致辞。

“求是奖”是香港求是基金会1994年创立的华人科学技术奖项，创始人为实业家查济民先生，秉持“雪中送炭”的宗旨，倡导“科学精神，人文情怀”的核心理念，22年来奖励与发掘了一批杰出科技人才。

获本年度“求是杰出科学家奖”的张亭栋，是使用砒霜（三氧化二砷）治疗白血病的奠基人。他从20世纪70年代基于中医药方开始探索研究，并于90年代与上海血液病学研究所等单位进一步开展研究，确认三氧化二砷是药剂中治疗白血病的有效成分，对急性早幼粒细胞白血病（APL）患者效果最好。他的发现经过与合作者的研究推广后，成为全球治疗APL白血病的标准药物之一。

“求是杰出科技成就集体奖”在连续三年空缺后，今年颁给厦门大学原核表达类病毒颗粒疫苗研究团队。该团队1995年由夏宁邵教授创建，经过20多年的努力，在世界上首次成功应用大肠杆菌原核表达系统研制出重组类病毒颗粒（VLP）疫苗，开辟了疫苗研制的新途径。

“为了鼓励更多的海外优秀青年学者回国，在中国参与创建世界一流的大学，基金会2013年启动了‘求是杰出青年学者奖’，已经奖励了30名回国发展的优秀青年科研人员。”求是科技基金会顾问、清华大学副校长施一公在颁奖仪式上介绍。

中国科学技术大学马明明、清华大学焦雷、北京大学孙栩、浙江大学柏浩等10位青年学者，获得2015年度“求是杰出青年学者奖”。

（新华网　2015年9月19日）

注：China Daily、人民网、中国新闻网、中国科学报、安徽日报、安徽广播电台、安徽卫视、新安晚报、安徽商报、市场星报、合肥日报、合肥电视台、江淮晨报、辽宁卫视、巢湖日报、西安晚报、青岛早报、成都商报、大公网、重庆日报、深圳特区报、海口晚报、中青在线、中安在线、厦门晚报等也做了报道。

加快建设世界一流大学　更好服务地方发展

本报讯（通讯员　尚实）　9月21日，副省长谢广祥率省直有关部门和合肥市负责同志，赴中国科技大学调研并召开座谈会，中科大主要负责同志陪同调研。

谢广祥一行先后调研了中科大国家同步辐射实验室、反场箍缩磁约束聚变实验装置、微纳研究与制造中心，详细询问中科大近年来的科研成果，深入了解学校发展建设的有关情况。在随后召开的座谈会上，他指出，支持中科大建设世界一流大学，是深入贯彻习近平总书记重要讲话精神，落实国家创新驱动战略，助力调结构转方式促升级，推动安徽和中科大加快发展的迫切需要，要进一步提高认识，加大力度推进。他强调，要进一步拓宽视野，以战略思维谋划省校合作，以创新思维推动发展，以底线思维破解难题，推动学校发展与安徽发展紧密结合。要进一步充实工作方案，强化责任落实，同心同力推动中科大建设世界一流大学，推动更多科研成果在安徽转化为现实生产力，不断提升中科大对安徽经济社会发展的贡献度。

（《安徽日报》　2015年9月22日）

以创新领军智能语音产业　合肥打造具有全球影响力的“中国声谷”

在未来，各种智能产品将普遍进入人们的生活：动动“嘴皮子”，智能电视就能自动换台；不用打字，对着手机说话，短信就能编辑发送；家用服务机器人能说会听，完成你的各项指令……而这些功能的实现，都与一项技术有关——智能语音。

位于高新区的安徽省智能语音战略性新兴产业集聚发展基地，是目前国内规模最大的智能语音技术及产业的集聚发展基地。以科大讯飞等为代表的龙头企业，在智能语音核心技术方面居于国际领先水平。

预计到2020年，基地产业规模达到1000亿元，建成国际一流的智能语音产业集聚发展基地，打造具有全球影响力和语音产业主导权的“中国声谷”。

讯飞语音让机器人“能听会说”

7月19日在合肥举行的第19届机器人世界杯赛开幕式上，来自科大讯飞的机器人“飞飞”担任现场翻译，说得一口漂亮的英语，而且丝毫不会犯错，成为开幕式一大亮点。

“飞飞”是个个头只有30厘米的机器人，嘉宾每说一句话，“飞飞”不紧不慢娓娓道来，丝毫不见停顿卡壳。无论你是几个字的短句，还是一两分钟的长话，也都难不住“飞飞”。科大讯飞工作人员说，“飞飞”属于一种语言机器人。它是科大讯飞和深圳优必选联合研发的一款智能人形机器人，拥有丰富的传感器，可以实现高度的人机互动，实现自由的人机对话、翻译等功能。

除了让机器人开口说话外，目前科大讯飞正在启动“讯飞超脑”计划，计划开发第一个中文认知智能计算引擎，未来将实现在教育、客服、人机交互、医疗等领域的智能应用。这是科大讯飞启动的针对高级人工智能(即认知智能)的前瞻重大攻关项目，真正让计算机从“能听会说”迈向“能理解会思考”。

作为我省语音产业的龙头企业代表，科大讯飞的语音技术应用，不仅局限于机器人，还在智能家电、教育产品、语音玩具、手机软件等方面广泛应用，让原先“冷冰冰”的产品变得“人性化”，为人们的智能生活增添色彩。

把握中文语音产业“话语权”

记者了解到，2000年以前，中文语音产业大多控制在国外公司手中。作为一家合肥土生土长的企业，科大讯飞在创业阶段，就紧紧跟创新结合到了一起。

科大讯飞于1999年成立，历经15年的自主创新，如今不仅把握了中文语音产业“话语权”，而且将智能语音技术做到了全球最高水平，成为亚太地区最大的语音上市公司，产品遍及电信、金融、教育等诸多领域。现如今，作为中国最大的智能语音技术提供商，科大讯飞在智能语音技术领域有着长期的研究积累，并在中文语音合成、语音识别、口语评测等多项技术上拥有国际领先的成果。

创新，特别是核心技术的创新，是永不止步的。拿科大讯飞最为成功的语音助手产品来说，其拥有全世界最好的五个应用技术，在市场上受欢迎的程度远远领先于同类产品。即便如此，科大讯飞的语音助手还在不断地创新和完善中。记者了解到，科大讯飞每个月会为语音助手添加一项方言，“合肥话”“粤语”等都在投入使用中。

经过在智能语音及人工智能技术领域长期的研究积累，科大讯飞成为我国唯一以语音技术为产业化方向的“国家 863 计划成果产业化基地”“国家规划布局内重点软件企业”“国家高技术产业化示范工程”，并被工信部确定为中文语音交互技术标准工作组组长单位，牵头制定中文语音技术标准。

建成具有全球影响力的“中国声谷”

随着智能语音技术在合肥发展的势头强劲，安徽省要把合肥建成具有全球影响力的“中国声谷”。位于高新区的安徽省智能语音战略性新兴产业集聚发展基地是我国智能语音及人工智能领域规模最大的产业集聚区。

高新区相关负责人介绍，基地遵循“集聚发展，布局优化”的原则，正着力打造“一核、两区、多园”的高新技术产业集群空间布局。

“一核”是指以龙头企业科大讯飞为核心区，规划用地 208 亩(1 亩＝666.7 平方米)，主要依托科大讯飞开展语音核心技术研发，积极进行产业链条的完善和构建，快速形成产业集群。经过进一步建设，核心区具备了核心及工程技术研发、产品应用开发、人员培训等基础功能，并基于现有空间搭建了讯飞语音云平台，对外提供语音交互服务。

“两区”是指孵化区和产业区，主要用于企业和项目的孵化，培育中小企业和新兴业务。孵化区总建筑面积约为 25.54 万亩，其中一期研发中心楼项目已于 2014 年 6 月 28 日开工建设。

“多园”则是在产业区内建设互联网与大数据、智能终端、汽车电子、智能客服、教育与文化、智慧城市等多个具有鲜明行业特色的产业园，推动关联产业和要素集聚，形成产业集群。未来将建成总面积达 3～5 平方公里、产业体系完整、产业生态健康有序的国际一流、国内领先的产业基地。

力争 2020 年语音产业规模实现千亿元

当前，该基地已经形成了从基础研究到支撑平台及应用系统的产业生态链，产业集聚效应明显，基地在语音合成、语音识别、语音评测、机器翻译等核心技术领域达到国际领先水平。

记者了解到,2014 年基地实现产值 179.7 亿元,利润 26.3 亿元,税收 9.2 亿元,在国内主流语音市场的占有率超过 70%,整体市场占有率超过 50%。基地同时被科技部认定为国家级高新技术产业化基地,拥有国家及省部级创新平台 33 个。

根据相关规划,合肥将把语音及人工智能产业培育成具有国际竞争力的主导产业,把基地打造成为国内最大的智能语音及人工智能技术示范区。

预计到 2017 年,基地语音及人工智能产品用户数达到 10 亿,产业规模达到 500 亿元,实现利润 75 亿元,税收 18 亿元以上;力争到 2020 年,基地语音及人工智能产品用户数达到 15 亿,产业规模达到 1000 亿元,实现利润 150 亿元,税收 50 亿元。

(本报记者　蒋瑜香《合肥晚报》 2015 年 9 月 27 日)

中科院与安徽省政府举行会谈

共促合肥大科学中心及中科大先研院建设

本报讯(记者　倪思洁)　10 月 14 日下午,中科院院长、党组书记白春礼与安徽省省长李锦斌就推进院省合作举行会谈。

会上,李锦斌对多年来中科院对安徽省建设的支持表示感谢。他说,目前,中国科学技术大学先进技术研究院建设进展顺利,院地合作网络体系不断完善,产学研科技合作成果丰硕,支持中科院在皖系统的力度也在加大。

安徽省委常委、副省长陈树隆介绍了该省希望中科院支持的相关事项,建议双方共同争取将院省共建中科院合肥大科学中心列入国家"十三五"规划,将其建设成为综合性国家科学中心;同时,双方进一步加大力度,共同支持中国科大先进技术研究院建设。

白春礼表示,今年是"十二五"规划的收官之年,也是研究制订"十三五"规划的关键之年。院省合作完全可以,也完全应该积极主动抓住这一重要机遇,将合作重点纳入国家和院省"十三五"规划之中。

他表示,中科院将继续落实 2012 年院省全面科技合作协议,同时积极支持安徽省参与国家全面创新改革试验,推动院省合作面上工作迈上新台阶。

关于合肥大科学中心建设,白春礼表示,中科院正研究制订"十三五"大科学中心建设规划,中科院同意与安徽省一起努力,积极争取把合肥大科学中心纳入国家科学中心建设规划。对现有大科学装置建设发展需求,除已有支持渠道和政策外,中科院也将积极争取国家发展改革委、科技部等部门给予更多支持。

白春礼指出,在中国科大先进技术研究院建设方面,对安徽省提出研究院建设的下一步重点内容,包括智能语音、未来网络创新研究院和量子通信国家工程技术实验室建设工作等,中科院会结合"率先行动"计划和"十三五"规划,认真研究,统筹考虑,积极推动部署,并对先进院建设给予相应的政策支持。

会谈中,双方一致同意,由双方主要领导任组长,院省市相关领导和有关部门负责人为成员，成立统一的领导小组，统筹推进院省科技合作和中国科大先进技术研究院建设、合肥大科学中心建设等重点工作。双方同意加紧协调筹备，于近期召开领导小组会议，推动相关工作开展。

中科院副院长、党组成员王恩哥和安徽省委常委、常务副省长詹夏来，省政协副主席、省政府秘书长邵国荷等出席会谈。

（《中国科学报》 2015年10月19日）

中科大斩获iGEM金牌

本报讯（记者　桂运安）　记者近日从中科大获悉，该校USTC-Software代表队日前斩获国际遗传工程机器设计竞赛（iGEM）金牌。自2007年参赛以来，中科大已收获13金1银1铜，并获3个单项奖，获得的金牌和奖牌数在亚洲高校中名列前茅。

USTC-Software代表队由物理学院、数学学院、计算机学院和地空学院的20名同学组成，今年的课题立足于物理学科和合成生物学交叉，从真值表出发，将生物物质之间的关系抽象成调控网络，形成辅助设计基因网络和模拟分析的一整套流程。队员们在比赛期间积极准备课题展示和海报讲解，比赛课题的想法得到了其他队伍和评委的好评，最终斩获金牌。

iGEM是为推动合成生物学发展而于2003年开始发起的一项国际性学术竞赛，同时也是涉及数学、物理、电子、计算机等多领域交叉合作的跨学科竞赛。今年iGEM吸引了全球280支队伍参赛，其中包括麻省理工学院、斯坦福大学等世界顶尖学府的代表队。各参赛队伍均使用主办方提供的标准生物元件完成参赛项目，并通过网站、演讲、墙报等形式进行展示交流和评比。

（《安徽日报》 2015年10月19日）

中科大学子支教归来　收到李克强总理的亲切问候

日前，中科大召开研究生支教团历届队员座谈会，会上，最让同学们开心的是，收到了李克强总理的问候！大家都还记得，早在2012年，李克强就曾经给支教队写过一封回信。同学们纷纷表示，将不负总理嘱托，努力践行当代青年“志愿服务，报效社会”的价值追求。

记者了解到，此前，从宁夏海原完成一年支教工作的中科大第16届支教队的8名同学，提笔给李克强总理写信，汇报了支教过程的心得感悟、与当地学生的共同成长经历，并随信呈上中科大学生原创的支教主题歌曲《如果不是你》的MV。10月11日，李克强总理在中科院白春礼院长转呈中科大学生支教队员的这封信上批示：“请转达对支教队员的问候！”

实际上，这已经不是支教队员们第一次收到总理的问候！2012 年 7 月，李克强就曾给支教队队员回信，向同学们表示诚挚问候，勉励同学们把支教生活作为“加油站”，更加勤奋地学习工作，在报效社会中创造美好生活。

据了解，团中央、教育部“中国青年志愿者扶贫接力计划研究生支教团”项目自 1999 年启动以来，每年面向部分高校招募志愿者到中西部贫困地区支教一年。作为全国首批参加此项工作的高校之一，中科大迄今共有 17 届 111 名支教队员行走在“爱心接力、薪火相传”的西部支教之路上，在“想看绿色都是一种奢侈”的贫瘠、干涸的土壤——宁夏回族自治区海原县，奉献大爱与智慧。“支教是用一年时间做一辈子难忘的事情！”中科大支教学子们说。

三年前就曾回过信

中科大师生都记得，2011 年 7 月，时任国务院副总理的李克强来到中科大视察科技创新情况并看望师生。在郭沫若广场东侧的校风纪念碑前，恰逢研究生支教团第 13 届支教队举行出征仪式。他亲切地与队员们握手交谈，还在同学们递上的《梅与牛——中国科大文化传统》的扉页上亲笔题写“志愿服务，报效社会”八个大字，为支教团同学“壮行”。2012 年 7 月，中科大研究生第 13 届支教队圆满完成在宁夏回族自治区海原县的支教工作返校，同学们以《志愿服务，报效社会》为题致信李克强，汇报了一年来在西部支教的经历。当年 9 月 1 日，李克强给支教队队员回信，向同学们表示诚挚问候，勉励同学们把支教生活作为“加油站”。他在信中写道：“强国必须强教。一批批有知识、肯担当、能奉献的青年志愿者奔赴中西部贫困地区支教，不仅传授知识，为那里的孩子开启了一扇了解世界的窗口，照亮了他们的希望和梦想，而且自己也在实践中认识社会、历练成长，很有意义。”他还鼓励支教队员们：“经历铸就人生，奉献体现价值，希望你们把支教生活作为‘加油站’，更加勤奋地学习工作，在报效社会中创造美好生活。”

歌声唱响支教故事

“如果不是你，我不知道，是阳光让天空染成蓝，是你让我第一次看到沿着家乡的河可以到达的远方……”今年 7 月，正当中科大第 16 届支教队员完成了支教工作返回校园、第 17 届支教队员整装待发即将奔赴宁夏海原之际，一首由中科大在校学生作词、作曲并倾情演唱的原创歌曲《如果不是你》正式发布，讲述支教老师和孩子们的故事。“谢谢你翻过山穿过河不远千里来陪我；谢谢你大大的眼睛笑眯眯围绕着我；我们一起唱着歌，在河畔的沙丘，在璀璨的星空下书写那些美丽的传说……”这首旋律动听、歌词优美的原创歌曲，由中科大地空学院的赵若灿作词谱曲，地空学院的姚素丽和数学学院的冯万泉演唱，以支教队员与支教地学生互动演唱的方式，讲述了支教老师和孩子们一起生活学习、共同成长的深情厚谊。

支教感悟

“支教更多的是一种精神的传递。”——第16届支教队队长周鹏

“支教不仅仅是教授课本知识，更主要的是让支教地的孩子们认识外面的世界，懂得真善美。”——支教队员徐晶芝

“一年的支教经历，帮助我学会以一种新的视角去认识周围的世界。支教对我的工作能力和生活能力的提升也很有帮助。”——第15届支教队员张璐

（《安徽商报》 2015年10月21日）

中国计算机大会合肥开幕

本报合肥10月22日电（记者 叶琦） 22日，2015中国计算机大会（CNCC）在合肥开幕。会议主题为“互联网催生新经济”，由中国计算机学会（CCF）主办，中国科学技术大学和合肥市人民政府联合承办。

在10月22日至24日的3天会期里，除了举办30余场围绕“互联网＋”的学术、产业发展最前沿的报告和论坛活动外，还将同期举办大型展览，展示国内IT领域的创新成果。本次大会专题论坛为历年来数量最多、涉及领域最广，覆盖计算机领域的多个热门话题，包括自主可控软硬件、人工智能、类脑研究、工业大数据、信息安全、存储技术等，将有百余位专家发表演讲。

中国计算机大会创建于2003年，是一个体现高端性和专业性的综合会议。作为国内计算机领域的顶级会议，计算机大会重点探讨计算机及信息技术领域的最新进展，预测未来发展趋势，展示学术界及企业界最重要的学术技术成果及最新应用，促进科技成果转换。

（《人民日报》 2015年10月23日）

注：新华网、中央电视台、安徽日报、安徽人民广播电台、安徽卫视、新安晚报、安徽商报、市场星报、合肥日报、合肥电视台、合肥晚报、江淮晨报等也做了报道。

两科学家获何梁何利奖 中科大14位科学家获此奖项

11月4日，何梁何利基金2015年度颁奖大会在北京举行，中科大化学系教授、中科院院士钱逸泰获科技进步奖化学奖，生命科学学院教授、中科院天然免疫与慢性疾病重点实验室主任田志刚获科技进步奖医学药学奖。截至目前，该校共有14位科学家获何梁何利奖。

钱逸泰院士现为中科院化学部常委、中国化学会副理事长、省化学会理事长，1997年当

选为中科院院士，2008 年当选为英国皇家化学会会士。他长期从事催化和固体化学研究，发表文章 800 余篇，被国际重要杂志引用 5000 余次，相关成果曾获省重大科技成就奖、中科院自然科学奖一等奖、国家自然科学奖二等奖等。田志刚教授现为中科大医学中心主任、免疫学研究所所长、中国免疫学会理事长。他主要从事天然杀伤细胞的基础生物学特性、相关生物治疗技术与重组产品及其用于治疗重大疾病（癌症、传染病、自身免疫病、器官与骨髓移植）的应用基础研究，相关成果曾获国家自然科学奖二等奖等。

何梁何利基金由香港爱国金融家何善衡、梁銶琚、何添、利国伟于 1994 年创立，分“科学与技术成就奖”“科学与技术进步奖”“科学与技术创新奖”三大项。20 多年来，该基金共遴选奖励 1147 位优秀科学家，成为我国社会力量设立科技奖的杰出代表。

（桂运安 《安徽日报》 2015 年 11 月 6 日）

第 40 届 ACM 国际大学生程序设计竞赛亚洲区合肥赛区开赛

中新网合肥 11 月 7 日电（记者　吴兰）　7 日，第 40 届 ACM 国际大学生程序设计竞赛亚洲区合肥赛区在中国科技大学开赛。来自北京大学、清华大学、西安交通大学等 61 所高校的 94 支队伍参与角逐。

ACM 国际大学生程序设计竞赛（简称 ACM-ICPC）是由国际计算机学界著名的 ACM 学会（计算机界的“诺贝尔奖”——“图灵奖”的颁评机构）主办，旨在提高大学生运用计算机解析和分析问题的能力。大赛起始于 1970 年，是一项历史悠久、规模宏大、充分展示大学生计算机程序设计水平的国际性赛事，被誉为计算机界的奥林匹克竞赛，它所颁发的获奖证书在计算机界炙手可热，成为进入著名 IT 行业公司的通行证。

今年 ACM-ICPC 总部在中国内地共设立了五个赛区，中国科学技术大学是本赛季的第三个赛区，整个亚洲共设有 15 个赛区，竞赛时间将从 9 月开始至 11 月结束。地区预赛每年举办一届，将为来年初举办的全球总决赛选拔本地区优秀参赛队。决赛中的优胜队可获得业界青睐。

ACM-ICPC 赛事是目前国内所承办的唯一一项具有国际影响力的计算机竞赛，中国内地从 1996 年开始承办 ACM-ICPC 亚洲区预选赛，2015 年第 40 届 ACM-ICPC 亚洲赛区预选赛在中国内地设立了五个赛场，分别是长春赛区、沈阳赛区、合肥赛区、北京赛区、上海赛区。其中，合肥赛区共有来自北京大学、清华大学、西安交通大学等 61 所高校的 94 支队伍参与角逐。

（中国新闻网　2015 年 11 月 7 日）

注：安徽日报、合肥日报等也做了报道。

中航工业与中国科大签署战略合作协议

我国最大的航空制造企业提前布局"量子时代"

人民网北京11月13日电（杨铁虎　任毅）　13日下午，世界500强企业之一、我国最大的航空制造企业——中国航空工业集团公司（简称中航工业）与中国科学技术大学（简称中国科大）在京签署战略合作框架协议，双方将在量子技术、微电子机械系统（MEMS）技术、航空大数据应用技术和人才培养等方面开展深入的产学研创新合作。同时，双方将在安徽省合肥市共建中航科量子技术联合研发中心。

量子技术是信息领域的一项颠覆性技术，它从对微观世界的操控入手，彻底变革了信息获取、传输、存储和处理的原理与方法。目前，量子技术的持续突破，以及其在计算机、模拟系统、信息通信、计量科学和感应技术等领域的广泛应用潜力，已引起科技界、工业界和利益相关方的高度关注，国际上传统的科技强国都力争在量子技术大规模应用方面占据先机。

中航工业董事长林左鸣与中国科大校长万立骏签署了双方的战略合作框架协议，中航工业副总经理张新国与中国科大郭光灿院士签署了双方共建"中航科量子技术研发中心"的协议。

中航工业是我国航空科技发展的推动者与引领者。林左鸣在致辞中指出，集团公司历来重视科学前沿技术进步对航空科技发展的促进作用，以及创新模式构建对航空产业发展的带动作用。近年来，不断加强与知名大学的深入合作，建立更加开放、高效、灵活的研发体系。

林左鸣表示，相信通过双方的共同努力，这次战略合作一定能够取得十分丰硕的成果，培养出一批高水平的专业技术人才，提升量子技术应用领域的研究能力和科技水平，并以此作为良好的开端，推进双方更加深入、更加广泛的技术合作，促进产学研创新合作进一步发展。

中国科大的量子技术研究历史悠久，在量子通信技术、量子计算、量子测量等领域取得了一系列具有国际领先水平的创新成果。万立骏强调，中国科大历来非常重视与地方和国防建设方面的合作，本次与中航工业的合作目标明确，双方将在产业的先导和引领作用下，结合产学研的系列成功，共同推动国防科技事业发展。

根据协议，中航科量子技术联合研发中心主要进行量子信息技术研究及其在导航、通信、加密、计算、成像等航空技术领域的应用研究和产业化研发，以搭建从量子信息技术基础研究到航空应用技术研究的桥梁，构建电子功能材料、电子器件、制备工艺等量子信息技术研发技术链，开发衍生航空应用产品，并构建一流的量子信息技术专业人才和应用研究人才的聚集地。

该中心的建立将为中航工业提升在量子技术及其在航空应用领域的研究能力，加快中航工业在相关领域高水平专业技术人才的培养，开拓中航工业在量子技术方面的新领域。

（人民网　2015年11月13日）

注：中国青年报、中国新闻网、中国科学报、安徽日报、合肥晚报等也做了报道。

中国科大蝉联国际大学生RDMA编程竞赛中国赛区一等奖

人民网讯　11月9日，国际高性能计算咨询委员会在中国举办的第三届大学生远程直接数据访问（RDMA）竞赛结果在无锡揭晓，在51支大学生参赛队伍中，中国科学技术大学和国防科技大学代表队摘取一等奖，西北工业大学等两支队伍获二等奖，华中科技大学等三支队伍获三等奖。

传统的TCP/IP技术在处理数据传输的过程中需要占用大量的服务器资源，传输效率低下。RDMA允许网络中的计算机直接从内存里交换数据，而不用涉及任何一台计算机的处理器、高速缓存或者操作系统，消除了外部存储器复制和文本交换操作，减轻了操作系统的负担，从而减少了对内存带宽和CPU计算能力的消耗。

高性能计算、云计算、大数据、深度学习等应用领域产生了惊人的海量数据，都依赖于RDMA技术，业界急需RDMA相关技术人才的培养和选拔。因此，从2013年起，国际高性能计算咨询委员会在中国举办全国大学生RDMA竞赛。

据悉，本届比赛要求用RDMA技术加速一个高性能的分布式内存对象缓存服务系统软件Memcached。该软件通过在内存中缓存数据和对象来减少读取数据库的次数，从而提高动态Web应用的速度和可扩展性。

中国科大代表队由计算机学院的三名本科生和两名研究生组成，他们在安虹教授的指导下，奋战了整个暑期，通读了Memcached的源代码，用RDMA技术对其实现了近20倍的加速。

（人民网　2015年11月17日）

注：中国科学报、安徽日报、合肥日报等也做了报道。

中科大教授当选发展中国家科学院院士

日前，发展中国家科学院第26届院士大会在奥地利首都维也纳闭幕，中科大教授、中科院院士谢毅在本次院士大会中被增选为发展中国家科学院院士。

谢毅教授长期从事无机固体化学研究，在无机纳米材料合成方法学及基于电、声调制的无机功能固体设计方面取得系列重要进展，2013年当选为中科院院士，成为当年新晋院士中最年轻的一位。她曾以第一和第二完成人获国家自然科学奖二等奖2次、省部级奖3次，并获中国青年科学家奖、中国青年女科学家奖、国际纯粹与应用化学联合会化学化工杰出女性奖、世界杰出女科学家奖等个人奖励，曾主持完成国家杰出青年基金和基金委创新群体基金，现作为首席科学家主持科技部重大研究计划项目。

发展中国家科学院成立于1983年，总部设在意大利里雅斯特，目前已有90多个国家和地区的1100余名科学家当选为院士，分布在数学、物理学、化学、天文学、地学、生物学、农学、医学、工程科学、社会和经济学等十大领域。在本次大会上，谢毅教授凭借在纳米尺度下无机固体化学领域中的突出贡献，成为2014年度发展中国家科学院化学奖的唯一获奖人。

（桂运安　《安徽日报》　2015年11月25日）

我国学者成果荣登2015年度国际物理学领域十项重大突破榜首

新华网合肥12月11日电（记者　徐海涛）　12月11日，英国物理学会新闻网站“物理世界”公布了2015年度国际物理学领域的十项重大突破，中国科学技术大学教授潘建伟、陆朝阳等完成的科研成果“多自由度量子隐形传态”入选并名列榜首。

据了解，中科大潘建伟研究团队在国际上首次成功实现了“多自由度量子体系的隐形传态”，这项工作打破了国际学术界从1997年以来只能传输基本粒子单一自由度的局限，为发展可扩展的量子计算和量子网络技术奠定了坚实的基础。

今年2月，国际权威学术期刊《自然》杂志以封面标题的形式对该成果进行了重点推介，国际量子光学专家沃尔夫冈·迪特尔教授在同期《自然》撰文评论，认为其“为理解和展示量子物理的一个最深远和最令人费解的预言迈出了重要的一步，并可以作为未来量子网络的一个强大的基本单元”。

据介绍，“物理世界”网站每年年底会组织评选出十项在世界范围内引起轰动的物理学成果。

（新华网　2015年12月11日）

注：CCTV-中国新闻、人民日报海外版、科技日报、中国教育报、中国科学报、中国新闻网、安徽日报、安徽电视台、安徽商报、合肥晚报、河北卫视、大众日报、北京日报、太原晚报、海口日报、文汇报、大公网、江淮晨报等也做了报道。

中科院牵头成立“中国量子通信产业联盟”“科技‘双创’联盟”

本报北京12月20日电（记者　齐芳）　中国科学院日前召开“科技服务国民经济主战场座谈会”，会上宣布成立“中国量子通信产业联盟”和“科技‘双创’联盟”。

“中国量子通信产业联盟”由中国科学院国有资产经营有限责任公司(国科控股)牵头,中国科学技术大学、科大国盾量子技术股份有限公司等单位联合发起组建,将依托中科院量子通信研究与产业化成果,通过整合优势资源,打造世界领先的量子通信产业。

“科技‘双创’联盟”则凝聚了欧美同学会海归创业学院、中国技术交易所、中科院西安光学精密机械研究所、联想之星投资管理有限公司等机构的力量。据介绍,联盟将建设科技成果转化和科技创业孵化的协作平台。

中科院院长白春礼表示,未来,中科院将“进一步面向国民经济主战场,加强开放合作,发挥科技创新在全面创新中的核心作用,更好地支撑引领经济社会发展”。

(《光明日报》 2015 年 12 月 21 日)

注:安徽日报等也做了报道。

中科大一科研项目获全国大奖

日前,2015 年度“中国高等学校十大科技进展”在京揭晓,中科大杜江峰教授研究组“纳米尺度量子精密测量”项目入选。该项目通过将量子技术与精密测量科学相结合,率先实现了具备纳米分辨率和单分子灵敏度的磁共振探测技术。《科学》杂志报道该项工作“是通往活体细胞中单蛋白分子实时成像的重要里程碑”。

据介绍,磁共振技术能够准确、快速和无破坏地获取物质的组成和结构信息,被广泛应用于基础研究和医学等各大领域。然而当前通用的磁共振谱仪受制于探测方式,其研究对象通常为数十亿个分子,成像分辨率仅为毫米量级,无法观测到单个分子的独特信息。

中科大团队利用钻石中的一类点缺陷作为量子探针,采用新颖的自旋量子干涉仪探测原理,结合自主发展的量子操控技术和实验装置,成功地将磁共振技术的分辨率从毫米推进到了纳米、灵敏度从数十亿分子推进到了单个分子,并用以完成了国际上首次获取单个蛋白质分子的顺磁共振谱及其动力学性质、微观尺度上微波磁场矢量的重构等多项重要研究成果。这标志着在纳米尺度上进行磁共振探测,无损地获取单个分子的空间定位、结构和构象变化信息成为现实,将在物理、化学及生命科学等多个领域有广泛的应用前景。

(胡霈霖 《安徽商报》 2015 年 12 月 26 日)

注:中国科学报、安徽日报、合肥日报等也做了报道。

[illegible]

[illegible]

[illegible]

[illegible]

[illegible]

[illegible]

[illegible]

[illegible]

人才培养篇

怎样把握研究生成长的六个阶段

导师要激励研究生的研究热情与兴趣，应给他以“入手之处”。

给每一个研究生选一份“可口的菜”是导师的责任，也是导师指导能力的反映。

独创需要“自疑不信人”，先要自我质难，自己跟自己过不去。

自从1993年我被国务院学位办评为博士生指导教师以来，带过了几十个研究生，他们在毕业时都完成了学业，发表了创新明显而成小系列的论文。我想谈谈指导他们读研的些许体会。

纠正研究生治学的五个陋习

初期研究生在治学上往往有五个陋习，分举如下：

泛泛而读文献，既无明确目标，也无任何心得。在浩如烟海的文献堆里，无所择，好像是看了很多，其实并不“博”。读得多并不见得“博”，搞得不好，一肚子不合时宜，更谈不上得到精要。

知识水准不高，却不注意训练基本功，好高骛远，眼高手低。殊不知，千里之行，始于足下，倘若看到具体的计算，就退缩而不敢下笔计算，那怎么可能在理论物理上有可观之贡献，占一席之地呢?

着手一个课题后，遇到困难而不会调整、提高自己的知识结构超越之，不能左右逢源，自始至终。于是屡屡更改初衷，劳而无功。

看到别人搞一个热门课题，疾而趋从之，随相关文献亦步亦趋，迷失自己的方向，欲速则不达。

读文献除了看不懂其推导使之成为自己的问题以外，提不出任何合理的质疑，也不会带着问题去寻读文献，不会交替使用分析和综合，思维处于定势，换言之是不会科学思考。

我对那些研究生说：期望你们的研究成果有真正的科学价值，“则无望其速成，无诱与势利”，而应“养其根而俟其实，加其膏而希其光。根之茂者其实遂，膏之沃者其光晔”。

要防止古人所说的学者四失：人之学也，或失则多，或失则寡，或失则易，或失则止。

为何会产生这些陋习呢？除去缺乏科研经验，还须从搞科研的动机处找原因。

正确的探索动机，先天的才智，后天的环境，坚强的志趣，塑造了每一个人！这四个要求都具备了，就能克服材料偏而不全、研究虚而不实、方法疏而不精、结论乱而不序的陋习，学有所成。

研究生培养的六个阶段

物理专业研究生(理论型或实验型)的培养是一个很艰辛的过程,此中的甘苦不但研究生知,做导师的也心知肚明。

总结多年来指导研究生的经验与教训,我以为他们的成长,从只有些大学物理的知识到能独立从事科研,可以大致划分为六个阶段:

第一阶段是补上专业基础知识。如高等量子力学、群论、量子光学等,这一阶段是以吸收知识为主,几乎是兼收并蓄。避免质疑书本知识,诚如一个儿童,能专心听成年人讲故事,津津有味地听。

第二阶段是把所学的知识灵活运用。譬如说,很多人都学了微积分,学了复变函数,但是将来能否娴熟地应用,就要取决于这一阶段学的知识是否灵活、是否深刻。

第三阶段是质疑。一般来说,一个全新问题的提出与以往的理论和知识是没有太多逻辑关联的,因此提问本身就属于创造的范畴,它不同于一般因果链式的理性思考,而通常体现为一种灵感突现。在经历了以上两个阶段以后,研究生已经有了充分的专业知识背景和灵活运用知识的能力,需要的便是鲜明的问题意识了,能够质疑和发现新问题就是一种能力的体现。

第四阶段是悟道。如何由现象窥及本质?如何从具体问题出发抽象出解决问题的理论?这就更需要一种顿悟式的直觉了。找到解决问题的方式后局面是焕然一新的,那是一种恍然大悟的感觉,既往的知识在此可以加以发挥应用,然而这些知识此时却都呈现出全新的面貌,拈花折叶,无不入妙境。

第五阶段是由点到面的推广。立言,把学识精炼化、抽象化、简单化,把美揭示出来。

第六阶段是回到无知。

导师如何激发学生的智慧

导师最重要的是注意激发学生的智慧,让他们聪明起来,训练他们的头脑去思考教科书里学不到的东西。那么,具体如何实施呢?

理论物理研究的目的是“格物致知”。所以导师要激励学生的研究热情与兴趣,应给他们以“入手之处”,根据他们的知识背景和聪明程度选择一个既有一定的物理意义又能预见研究结果的课题,如果该导师不是带研究生像“放羊”的话,那么这就对导师本人提出了一个相当高的要求,即导师必须有相当多的科研成果积累与驾驭直觉的本领。

根据每个学生的特殊情况,我们做导师的要决定是让他们自己选题还是给他们出题。对于少数能力很强的学生应该知人善任,让他们自己去闯路子。而对于大多数学生,则根据其学习背景,其长处和短处,给他们建议一个难度适中的论题,相信他们经过较刻苦的研究后能够完成论文。这样做既培养了学生的科研能力,又增强了他们的信心与兴趣。如果一开始就出太棘手的课题,啃了几年尚无明显的结果,则会使学生感到沮丧而失去科研兴趣。

所以给每一个研究生选一份“可口的菜”是导师的责任，也是导师指导能力高低的体现。

经过了信心的培养及少量文章的正式发表，就可鼓励与引导学生，特别是博士生去攻克重要的、相对深奥的、根本性的理论问题。

在具体指导学生的论文进程中，应该提醒他们防止“只见树叶而不见树林”，要经常注意与此理论相关的实验的发展。因为，认真负责的导师，身处科研第一线的导师，往往不太愿意多带研究生。狄拉克就曾说过这样的话：“我可以浪费自己的时间，但是我不能浪费研究生的时间，把没有把握的课题交给他们做。”

导师在指导研究生的过程中，应特别注意引导学生以不同的思维方法去钻研同一问题。大物理学家费曼为学生撰写的《费曼物理学讲义》虽然是讲普通物理的，但是每个专题都有他自己独到的见解与创新。他说：“用一种新观点来认识老事物，乃是一种乐趣。”

给了研究生一个具体的课题，而学生在接手一段时间后却没有成功，导师就要帮助学生寻找原因，原因往往是学生缺乏认识到高于这一特殊课题的更一般的观点，即手头要解决的问题不过是一连串有关问题中的一个环节。如能把这个一般的问题明确起来，解决问题的途径就可能增加。

在求解具体的课题时，导师要告诫学生一个概念或理论能否保持它的重要性，既取决于它的富有成果性，又取决于它的符号表达形式。如果后者造成了理解上的困难但概念是富有成果的，那么，一种更容易把握和理解的符号形式就应得到发展。

总之，导师帮助学生举一反三地类比，将复杂的东西简单化，将凌乱分散的东西统一起来，调动学生的知识积累，就有望完成课题，并为将来开拓新的研究领域做准备与铺垫。

从自疑不信人到自信不疑人

以我从事的研究为例，理论物理专业研究生的成长一般都要经历一个“自疑不信人，自信不疑人”的过程。

爱因斯坦独辟蹊径创建广义相对论时也是处在“自疑不信人”的阶段，后来当他得知天文学家的观察证实了他的理论后，他明显地表示出了“自信不疑人”，他说如果实验观察与他的理论不符，他只能为亲爱的上帝感到遗憾。

独创需要“自疑不信人”，先要自我质难，自己跟自己过不去。我本人的治学经验也是如此，当我在 1966 年第一次想到狄拉克 ket-bra 符号积分时，我怀疑这个积分是否能真正实行，我不相信理论物理学家狄拉克的 q-数理论是没有发展空间的。在 1966～1978 年的摸索是我处于自疑不信人的阶段。在经历无数次失败的尝试后，我发明了有序算符内的积分技术，从而进入了“自信不疑人”的境界。我坚信我创造的方法是正确的、有用的，有长期的实用价值。我对有些同行还不了解我的理论也不勉强、不质疑，顺其自然。我相信我发明的有序算符内的积分理论和连续变量纠缠态表象迟早会出现在量子力学教科书中。

一个人的科研水平越高，他的“自疑不信人，自信不疑人”的理念就越明晰，表现在他的发现问题的洞察力越强，解决问题的方法多样化，对于自己研究结果的自信心也越坚定。

（作者范洪义为中国科学技术大学教授，1982 年我国自主培养的第一批 18 名博士学位获得者之一。）

（《中国青年报》 2015 年 1 月 26 日）

以创新为经 以融合为纬
——中国科大探索“科教结合”研究生培养模式纪实

中国科大在“所系结合”的传统人才培养模式的基础上，进一步推进科教协同育人，同时打破体制机制壁垒，融合科教“两张皮”，给学生带来了丰富的共享资源。

1 月 7 日，中国科学技术大学研究生院科学岛分院在中国科学院合肥物质科学研究院（以下简称合肥研究院）强磁场中心揭牌。在中国科大和合肥研究院研究生教育事业发展史上，这是一个值得记录的事件，也是该校科教结合、创新育人历程中浓墨重彩的一笔。

在我国深化高等教育改革、走以提高质量为核心的内涵式发展道路的大背景下，科教结合该如何破题？中国科大研究生教育实践给出了一种答案。

秉承“所系结合”传统 创新人才培养模式

科教结合，在中国科大被更普遍地称为“所系结合”。

“‘全院办校、所系结合’是科大创校以来一直坚持的办学传统，依托中科院这支‘科研国家队’开展研究生教育，这种模式在实践中被证明是成功的。”从事了 30 多年研究生教育工作的中国科大副校长张淑林说。

在 20 世纪 80 年代，中国科大研究生院创建之初，就为中国科学院相关研究所代培研究生，并从研究所聘请兼职导师，这一模式延续至今；此外，2009 年以来，中国科大与中科院各相关研究院所合办了 11 个长周期科技英才班；2009 年至今，中国科大与合肥研究院共建了中国科大核科学技术学院、中国科大环境科学与光电技术学院等创新人才培养单位。

通过多年“所系结合”人才培养创新模式的探索，中国科大为进一步科教结合打下了良好的基础。以科技英才班为例，目前科技英才班在学 1200 人，毕业 485 人，毕业生国内外深造率达 96%；2008 年以来，共获得百篇优博论文奖 22 个，优博提名人数 35 个。

2013 年，中国科大在科教结合上更进一步，实现科教融合：11 月，中国科大与合肥研究院、中国科学院签署了《三方共建研究生教育合作协议》。校研究生院副院长古继宝介绍：“协议明确于 2014 年 9 月，将合肥研究院研究生教育全部归口中国科大管理，并制订了研究生教育归口管理方案。”

坚持科教相互促进协同育人

首批国家“青年千人计划”入选者黄伟，是合肥研究院安徽光机所研究员。2012 年，他同时被聘为中国科大教授。他给本科生开设选修课“大气物理化学”，结合自己的研究领域，将“气溶胶的化学物理特性”这一基础研究的前沿热点展示给学生。

当时还在读大三的闻扬对这一课题产生了浓厚的兴趣，保研时，他毫不犹豫地投在了黄伟门下。

“科研机构需要大量研究生支撑，而在现实中，由于招生指标的限制，制约了研究所的人才培养。”张淑林认为，科教结合不仅可以促进科研与教学的互动，也促进了导师之间的紧密合作。

“合肥研究院偏重工程领域，科大偏重基础研究。”中国科大生命科学学院教授田长麟认为，科教结合让不同的科研文化相互碰撞，对学生的培养更有益处。以前，实验中需要用到合肥研究院的仪器设备时，田长麟一般让学生去借用，而如今，“我会让学生自己去参与仪器制作”，一段时间下来，田长麟发现，学生的动手能力显著增强。

打破体制机制壁垒实现科教资源共享

长期以来，大学和科研机构相互隔绝，资源不能共享，“造成了资源的极大浪费”。张淑林说：“中国科大希望能在科教结合培养人才方面先行一步，融合科教这‘两张皮’。”

“打破体制机制壁垒。”古继宝说，主要是要实现全面融合——共享科研平台、共享学科资源、共建学院、融合导师队伍、两段式人才培养、统一管理平台。

资源是完全共享的，以学科资源为例，中国科大拥有 27 个一级学科，全面融合后，这些资源都是共享的。

在实际操作中，学生完全归口中国科大管理、统一授予学位，中国科大在合肥研究院设立学位分委员会和研究生分院，管理学生的日常事务。

“最直观的感受就是资源变多了，多了一些‘高级选项’。”去年 11 月，中国科大和合肥研究院固体所联合培养的博士生黄衣娜，通过中国科大“研究生创新计划”，去美国夏威夷参加了第 59 届磁学与磁性材料年会。对于第一次到国外去参加高水平国际会议并做会议报告的黄衣娜来说，这一行收获颇丰。

值得一提的是，两段式培养是“量身定制”的，两段式分为硕博连读和本硕博连读。学生还可以自己选择研究生课程的时间段：研一时，闻扬选择去了合肥研究院，用一年时间初步参与科研、了解科研方向。如今，研二的闻扬回到科大学习研究生课程，“了解这个领域是需要时间的，了解后再有针对性地选修一些课程，对未来的科研工作更有帮助”。

（本报记者　俞路石　通讯员　刘爱华　《中国教育报》 2015 年 2 月 3 日）

注：中国科学报也做了报道。

中科大研究生院科学岛分院揭牌

日前，中科大研究生院科学岛分院在中科院合肥物质科学研究院强磁场中心揭牌。作为中科大研究生院分支，科学岛分院将严格按照中科大研究生教育的各项规章制度开展人才培养活动，依托科学岛完善的科研平台和中科大良好的师资力量不断提高人才培养质量，争取成为"科教结合"方面的典范，为我国高水平研究生培养探索出一条创新之路。

（本报记者　桂运安　《安徽日报》 2015年3月3日）

中科大"自强计划"招生启动　农村学生可报考

4月16日，中科大公布2015年"自强计划"招生简章，边远、贫困、少数民族等地区德才兼备、勤奋好学、成绩优良的农村学生皆可报考。4月15日至5月5日，符合条件的考生可登录阳光高考平台（http://gaokao.chsi.com.cn/gxzxbm）报名申请并确定志愿，中科大6月3日公布初审结果，考生6月11日参加该校组织的测试。

中科大"自强计划"招生专业主要包括：理科试验班、数学、物理学、化学、材料、工科试验班、地球物理学、生物科学、电子信息、计算机科学与技术、核工程、环境科学。收到申请材料后，该校将组织专家组，结合考生竞赛成绩、平时成绩、爱好特长等多方面情况进行审核；测试形式为笔试，重点考查数学、物理学科基础。中科大根据测试成绩认定资格生，公示并报教育部和各省级招生主管部门备案。

需要提醒的是，资格生须参加全国统一高考，并填报高考志愿。中科大将设置模拟投档线，并根据资格生自主招生志愿、高考成绩总分、经公示的优惠分值、入选专业和模拟投档线决定录取与否。资格生分A、B、C三档，A档资格生高考成绩达到所在省份同批次同科类录取控制分数线，B、C档资格生高考成绩分别达到模拟投档线下40、20分且在所在省份同批次同科类录取控制分数线之上，即予录取。资格生高考成绩达到模拟投档线，可满足第一专业志愿，未达模拟投档线须在入选专业范围内服从调剂。

（桂运安　《安徽日报》 2015年4月18日）

注：安徽电视台、市场星报、合肥晚报等也做了报道。

中国科技大学:2015 年国家贫困专项计划招 130 人

中国教育新闻网 5 月 13 日讯(记者　李烨)　今天上午,中国科技大学招生就业处处长傅尧做客中国教育新闻网演播室,对该校的办学特色、办学优势、专业设置等问题进行了详细解读。

拥有两个国家实验室

中国科技大学是一所著名高校,是由国家老一辈科学家郭沫若、华罗庚等老先生创办,创办之初被聂荣臻元帅称为教育史上和科学史上的重大事件,并很快入选国家顶尖的重点大学。中国科技大学在 20 世纪 80 年代设立了少年班,其在中国教育史上是一个创新的实践,且取得了很好的成绩,培养了很多杰出人才。中国科技大学是国家首批"985""211"工程建设大学,俗称"C9 联盟",也是我国唯一一个能够拥有两个国家实验室的大学,一直以科教报国、服务社会为使命,秉承以人为本的办学理念,努力建设成为世界一流的大学。

在改革开放的二三十年里,该校坚持精品办学的理念,从来没有扩招,本科生人数一直在 1800 人左右。这几年在师资力量、科研条件等方面,科大都发生了天翻地覆的变化,所以科大在人均获取的教育资源上是质量最高的。学生质量让用人单位非常满意,受到了社会的认可和欢迎。

考生可直接报考英才班

2015 年的招生专业结构还是按照以前的专业设置来进行招生的,使理科实验室和理科类的科技英才班进行联合招生,以及工科实验室和工程类的两个英才班进行联合招生。从 2009 年开始该校和中科院各研究所一起创建了 12 个科技英才班,每个英才班都是以科大的一位前辈科学家来命名的,比如数学是华罗庚,化学是卢嘉锡,它们已经形成了很好的人才培养模式。以往招收英才班学生的方式主要是大一入学后进行校内选拔,把最优秀的学生和适合的学生选拔到英才班里学习。今年直接把英才班选拔放到高考,当然也包括自主招生等,学生在填报志愿时就会有这方面的志愿,成绩优异的学生可以直接考入英才班。

去年,有十几位毕业生到美国最顶尖的大学深造,还有一些在国内的优秀大学,深造率为百分之百。英才班都配备了最好的师资,有专门一对一的导师对学生进行辅导。英才班还可以获得一次免费在本科阶段到国外进行学习访问交流的机会,完全走国际化培养路线,而且攻读研究生的比例或保送推荐名额,也比其他班有优势。英才班的资金支持来自于教育部理科拔尖人才支持计划、珠峰计划,入选的学生都有机会全免学费,或者获得相应额度的奖学金。

拥有八个国家一级重点学科

中国科技大学以理工科培养见长，专业上有比较浓厚的理工科特色，有数学、物理、化学、力学、生物、天文。在学科方面，数学、物理、化学、生物、地球物理、力学、核科学、科技史八个都是国家一级重点学科。基本上理科一级重点学科已经覆盖了所有的优势学科，所以理科覆盖率是百分之百，而且是全国第一。工科也有非常多的优秀学科，有九个一级学科进入了全国前五。

国际上，该校进入世界前1%的学科有10个，包括物理、化学、材料、工程、地质、生物、数学、计算机、临床医学、环境。学校的优势学科和专业较多，专业的最大特色体现在专业追求科学与技术的融合，理论与实践的结合，以及学科交叉上。

中国科技大学非常尊重学生的自主选择，人才培养方面做到百分之百满足学生的专业选择。学生入学一年后可以全校范围内重新选择一次专业，学校做了多年的改革和试点，在大一时把各个专业的所有基础课程都统一，给学生提供了很好的条件。

国家贫困地区专项计划130人

中国科技大学积极贯彻落实教育部做好2015年重点高校招收农村学生的要求，按照国家规定招收贫困地区专项学生。今年的招生计划跟去年一样，招生人数是130人，具体招生计划和报考办法会在各省招生指南上公布。该校也承担了自主招生专项计划，即“自强计划”，考生报考非常踊跃，初步符合条件的考生已经达到2000人，学校会在这其中单独安排招生计划100～200人，结合考生成绩，计划达到招生总数的5%～10%。在高考结束后会专门组织测试，考试时间定在6月11日上午，招生老师会在全国各地设立考点，并到各地安排已经通过审核的同学参加考试。

（中国教育新闻网　2015年5月13日）

从实验室开始撒下创新的种子

——透视中科大实验教学改革

许星星同学最近双喜临门，这位中国科学技术大学化学与材料科学学院的大四女孩，不仅拿到全额奖学金将赴瑞典深造，还收到国际著名学术期刊《德国应用化学》的论文录用通知，她作为共同第一作者的一篇论文不久将发表。

“‘无机化学实验’激发了我对化学合成的兴趣，大二结束后我就到俞书宏教授的实验室，学习做这方面的研究。”许星星说。

笔者在采访中发现，像许同学一样在本科期间就发表学术论文，或在国内外学术大赛中取得优异成绩的，在中国科大还有不少，这与该校实验实践课培养了学生较强的创新意识和动手能力密切相关。

多层次研究性课程打通本科和研究生实验

中国科大非常强调学生的数物基础，“大学物理实验”是所有本科生的必修课程。对此，该校物理学院分党委副书记、物理实验教学中心主任张增明教授很自信：“我校大学物理实验教学在国内处于标杆地位，对学生的创新意识和动手能力培养起到了重要作用。”

作为首批国家级物理实验教学示范中心，经过多年的探索，他们打破原来的按照力学—热学—电学—光学等顺序安排的课程体系，重新梳理内容，由易到难，构建了以能力培养为核心的多层次、研究性实验教学体系，即“基础实验—综合性、设计性实验—现代物理实验技术—研究性实验—专业基础实验—专业实验”。低年级的实验课以激发学生学习兴趣和训练基本实验技能为目的；高年级课程则以全方位的科研素养训练或自主实验为主，激发学生的创造力，提升其综合素质，实现个性化培养目标。

其中，作为科研能力培养的重要课程“研究性实验（四级）”，让学生处于主导地位，三四人一组，从查阅文献、提出实验课题、准备实验设备条件、设计实验方案，到做实验、撰写论文以及答辩等，都由学生自主完成，实验教学中心负责提供相关的实验仪器和指导教师。每年约有600名与物理相关的不同学院的学生参加，选题完全开放，这对指导老师来说也是一种挑战。

“一般大学物理实验课只开到四级，像我们这样开到六级的国内少见。”张增明说，这不仅提升了学生获取知识的能力，而且对提高他们的创新意识、创新能力、团队合作精神以及发现问题、解决问题、总结分析能力也发挥了重要作用，实现了本科到研究生学习的平稳过渡。近年来，物理学院本科生的深造率一直保持在80%以上，出国深造的约占40%，一些国际名校很看重该校学生的科研潜力。

为保证实验教学内容的先进性，激发学生的科研兴趣，他们还紧密结合科研前沿，及时将最新科研成果、研究方法转化为教学实验，每年更新的内容约有20%。

“从基础实验，到高级综合实验，再到完全自主的创新性实验，这就为学生创新能力的培养搭建了扎实的阶梯。”该校教务处处长周丛照说。为此，近年来该校按照大的学科方向，对各学院的实验教学中心进一步整合，保证人力资源、物理空间、实验仪器和耗材、课程体系的统一管理和运行，并面向全校开放，实现了实验教学的资源共享和教学水平的不断提升。

为实验教师单开一扇门

走进中国科大化学实验教学中心，一个个实验室宽敞明亮，仪器设备摆放整齐，完全没有过去印象中到处是瓶瓶罐罐、空气中弥漫着浓烈的异味的场景。

曾担任过该中心主任、现为化学与材料科学学院副院长的侯中怀教授告诉笔者，该中心是国家级实验教学示范中心，2012 年 8 月整体搬迁至新建的环境资源楼，使用面积增加到 6500 平方米，并完成了包括仪器设备在内的全面升级，大型仪器设备都是按科研要求配备的，促进了创新性实验项目的开发和实验内容的不断改进。

仪器设备固然重要，但在侯中怀看来，对我国高校来说，建立一支稳定的高水平实验教师队伍更为重要，也最为困难。近年来，该校化学实验教学中心招聘了一批名校毕业的博士加强实验教师队伍建设，目前专职实验教师有 34 人，主要负责基础化学实验课；兼职教师有 40 多人，由各系教学科研岗骨干教师组成，负责综合化学实验课。

“招聘时我们就说得很明确，是专职实验教师岗。”侯中怀说，“我们尊重每个人的工作，发挥每个人的作用，尽力让大家有‘存在感’，老师们的工作积极性比较高。”

黄微，2010 年南开大学博士毕业后加入该中心。由于工作出色，还是中级职称的她，去年已担任该中心副主任。几年来，她开过“无机化学实验”“化学科研基础训练”等 5 门实验课。“我们工作上每取得一点成绩，都会得到肯定。”黄微说。比如出版教材、发表教学研究论文、参加教学研讨会等，学校都会给予一定的奖励，“关键不是钱的多少，而在于工作得到了尊重，我很喜欢这里的工作氛围”。

近年来，中国科大在引进高层次人才的同时，开辟了“绿色通道”，面向全国招聘了一批名校毕业的博士生充实实验教师队伍，其中不少具有海外留学经历，有的是博士后。该校教务处副处长汤家骏介绍说，实验教师的考核和职称晋升都单列，“主要不是看发了多少科研论文，而是看对实验教学的投入程度、有哪些创新、新开了哪些实验项目等”。此外，实验课与全校 46 门重要基础课一样，享有课时津贴。

“基础化学实验为学生的实验技能打下‘宽、厚、实’的基础，而高水平的兼职实验教师队伍则保证了综合化学实验‘精、新、活’的特色优势。”化学实验教学中心主任朱平平教授说，如“化学物理实验”，由包括国家“杰青”、中科院“百人”在内的 5 名教授和 6 名副教授共同承担，教学完全采取课题组向学生开放的方式进行，学生直接利用课题组的科研设备和条件，分组完成实验项目，直接感受化学、物理前沿交叉的魅力。

教改走向国际舞台

国际遗传工程机器竞赛（iGEM），一项由美国麻省理工学院主办的合成生物学领域顶级国际大学生学术竞赛，每年都吸引世界众多一流大学的学生参加。中国科大自 2007 年组队参赛以来，共获得 12 金、1 银、1 铜和 3 项单项奖。这些骄人成绩，源自该校生命学院实验教学中心创新研究型生物学实验室的教学改革。

据该中心主任赵忠教授介绍，他们每年组织两支队伍参加 iGEM，目的是以竞赛的方式培养学生的科学思维、创新能力和团队协作精神。湿队（实验队）队员主要由生命学院本科生组成，干队（软件队）队员来自全校不同学院。从队员招募、阅读文献、确定选题，到设计方案、做实验、准备答辩等，都由学生独立自主完成，实验中心提供实验仪器设备、实验耗材和相关指导。

俞钧陶，生命学院大二学生，去年就是湿队一员，因签证延误未能成行，今年担任队长。

他一月份就开始忙活招募新队员，通过宣讲会、面试，录取了20多人。他与副队长首先花了三天时间，为来自其他学院的队员培训分子生物学基本实验技术，之后又进行了比较系统的生命科学理论知识讲解。目前，队员们正在一边分头研读文献，一边通过每周组会的“头脑风暴”讨论选题，已初步确定“肿瘤基因治疗”等三个题目。最后他们将优选一个，利用暑期两个月时间做实验，9月赴美参赛。

“学院和实验室很支持我们，洪炯老师每周都参加我们的组会，听我们讨论，给出指导意见。两个队之间也经常交流，互相支持。”俞钧陶说，通过参加这项赛事，不仅学到了很多知识，体会了做科研的过程，还提高了领导团队的能力和交流表达能力，扩大了视野，并与队友们建立了很深的友谊。

“科大培养的是科技等领域的拔尖人才，本科期间开设研究性实验，并通过各种方式吸引学生走进科研实验室，就是为这个目标服务的。”中国科大副校长陈初升表示，各学院都建立了多层次、研究性实验教学体系和相应的实验平台，拥有一批先进的仪器设备，同学们掌握了实验手段，亲身体验了科研过程，今后做研究就水到渠成了。

（杨保国　《科技日报》　2015年5月19日）

新中国第一奖学金的前世今生

中新社合肥5月23日电（记者　吴兰）　23日，第34届郭沫若奖学金颁奖典礼在中科大举行，该校戴晨光等34名学生获此殊荣。

郭沫若奖学金（简称郭奖）是由国务院批准设立的新中国第一奖学金，设立于1980年，是首个个人冠名奖学金、中科大本科生最高荣誉奖。

郭奖的前世今生

据悉，旧中国曾有奖学金制度，但新中国建立后到改革开放前，高校一直实行“助困”性质的人民助学金制度，没有实行“奖优”性质的奖学金制度。直到1983年，教育部才发文开始实施人民助学金和人民奖学金并存的办法。在此前，1980年国务院正式批准设立郭沫若奖学金。

据中科大1980年大事记记载，郭奖是中国科学院利用郭沫若院长生前交给院党组的15万元人民币稿费在该校设立的专项奖学金，每年设15个名额，获奖者可获得一枚“郭沫若奖学金获得者”银质奖章和200元现金。当年工人平均月工资约为35元。

1981年，中科大举行首届“郭沫若奖学金”颁奖大会，彭小维等15名同学获得首届“郭沫若奖学金”。据说当年金银短缺，科大为了制作奖章，还专门向中国人民银行总行申请了10千克白银，一共制作了200枚奖章。

1987年，郭奖额度提升至500元每人，这超过了大学毕业生半年的工资。之后，郭沫若儿女、中科院数次向郭沫若奖学金注资，奖金在 1995 年提升为 2000 元每人。2007 年，中国科大新创校友基金会和学校签署协议，注资将郭奖金额提升为 8000 元每人，后又提升为 1 万元每人。

郭奖自 1981 年首次颁发以来，迄今共有 34 届 812 名科大学子获此殊荣，其中本科生 717 名，研究生 95 名。他们大部分曾有哈佛、耶鲁、普林斯顿等顶尖大学的留学经历。

据不完全统计，仅在前三届 51 名郭奖获得者中，有 8 人拥有 11 个权威学会会士（或院士）头衔，拥有会士头衔的得主比例高达 15.6%。其中，吴奇是中国科学院院士、美国物理学会会士；李卫平、付敏跃是国际电子电气工程师学会会士；邱建伟是美国物理学会会士；邓立是 IEEE 会士、美国声学学会会士；林间、李献华是美国地质学会会士；姜涛是美国计算机学会会士、美国科学促进会会士。他们中还出现大批纵横商海的精英，郭沫若奖学金得主黎彦修被公认为最出色的华人金融家之一，被媒体称为“震荡华尔街的华人高手”。

郭奖蜚声海外

郭奖品牌效应在国际上许多著名高校间声口相传。郭奖学生杨培东 2012 年当选为美国艺术与科学院院士，美国《科学》杂志以《青云直上》为题撰文称赞杨培东“名列最顶尖的十名材料科学家之列”。

2004 年 7 月，哈佛大学博士白重恩出任清华大学经济学系系主任。他是大批郭奖得主满怀爱国激情回国效力的一个缩影。

据了解，今年 34 名获奖者将全部去往国内外一流高校或研究所深造，其中 29 名同学将赴包括哈佛大学、普林斯顿大学、哥伦比亚大学等在内的国外一流大学深造，占今年获奖总人数的 85%。

中科大校长万立骏说：“大学之道，在明明德，在亲民，在止于至善。”郭奖获得者如今都活跃在不同领域，为世界科学发展、为国家建设做出了贡献。

郭沫若先生从 1958 年 9 月起一直兼任中国科大校长，直到 1978 年 6 月病逝，长达 20 年之久。

（中国新闻网　2015 年 5 月 23 日）

注：安徽日报、市场星报、合肥日报、合肥电视台等也做了报道。

吸引学生走进科研实验室
——记中国科大实验教学改革

许星星最近双喜临门，这位中国科学技术大学化学与材料科学学院的大四女孩，不仅拿到全额奖学金将赴瑞典深造，还收到国际著名学术期刊《德国应用化学》的论文录用通知，她作为共同第一作者的一篇论文不久后将发表。

"'无机化学实验'激发了我对化学合成的兴趣，大二结束后我就到俞书宏教授的实验室，学习做这方面的研究。"许星星说。

由易到难的多层次课程体系

"大学物理实验"是中国科大所有本科生的必修课程。对此，该校物理学院分党委副书记、物理实验教学中心主任张增明教授很自信："我校大学物理实验教学在国内处于标杆地位，对学生的创新意识和动手能力培养，起到了重要作用。"

作为首批国家级物理实验教学示范中心，经过多年探索，他们打破原来按照力学—热学—电学—光学等顺序安排的课程体系，重新梳理内容，由易到难，构建了以能力培养为核心的多层次、研究性实验教学体系，即"基础实验—综合性、设计性实验—现代物理实验技术—研究性实验—专业基础实验—专业实验"。低年级的实验课以激发学生的学习兴趣和训练基本实验技能为目的；高年级课程则以全方位的科研素养训练或自主实验为主，激发学生的创造力，提升其综合素质，实现个性化培养目标。

其中，作为科研能力培养的重要课程"研究性实验(四级)"，让学生处于主导地位，三四人一组，从查阅文献、提出实验课题、准备实验设备条件、设计实验方案，到做实验、撰写论文以及答辩等，都由学生自主完成，实验教学中心负责提供相关的实验仪器和指导教师。每年约有 600 名与物理相关的不同学院的学生参加，选题完全开放，这对指导老师来说也是一种挑战。

为保证实验教学内容的先进性，激发学生的科研兴趣，教师还紧密结合科研前沿，及时将最新的科研成果、研究方法转化为教学实验，每年更新的内容约有 20%。

"从基础实验，到高级综合实验，再到完全自主的创新性实验，这就为学生创新能力的培养搭建了扎实的阶梯。"该校教务处处长周丛照说。为此，近年来学校按照大的学科方向，对各学院的实验教学中心进一步整合，保证人力资源、物理空间、实验仪器和耗材、课程体系的统一管理和运行，并面向全校开放，实现了实验教学的资源共享和教学水平的不断提升。

从实转活为实验教师单开一扇门

走进中国科大化学实验教学中心，一个个实验室宽敞明亮，仪器设备摆放整齐，完全没有过去印象中到处是瓶瓶罐罐、空气中弥漫着浓烈的异味的场景。

曾担任过该中心主任、现为化学与材料科学学院副院长的侯中怀介绍，该中心是国家级实验教学示范中心，使用面积为 6500 平方米，并完成了包括仪器设备在内的全面升级，大型仪器设备都是按科研要求配备的。

仪器设备固然重要，但在侯中怀看来，建立一支稳定的高水平实验教师队伍更为重要，也最为困难。近年来，该校化学实验教学中心招聘了一批名校毕业的博士加强实验教师队伍建设，目前专职实验教师有 34 人，主要负责基础化学实验课；兼职教师有 40 多人，由各系教学科研岗骨干教师组成，负责综合化学实验课。

“招聘时我们就明确说明是专职实验教师岗。”侯中怀说，“我们尊重每个人的工作，发挥每个人的作用，尽力让大家有存在感。”

黄微，南开大学博士毕业后加入该中心。由于工作出色，还是中级职称的她，去年已担任该中心副主任。几年来，她开过“无机化学实验”“化学科研基础训练”等5门实验课。

该校教务处副处长汤家骏介绍说，实验教师的考核和职称晋升都单列，“主要不是看发了多少科研论文，而是看对实验教学的投入程度、有哪些创新、新开了哪些实验项目等”。此外，实验课与全校46门重要基础课一样，享有课时津贴。

“基础化学实验为学生实验技能打下‘宽、厚、实’的基础，而高水平的兼职实验教师队伍则保证了综合化学实验‘精、新、活’的特色优势。”化学实验教学中心主任朱平平说，如“化学物理实验”，由包括国家“杰青”、中科院“百人”在内的5名教授和6名副教授共同承担，教学完全采取课题组向学生开放的方式进行，学生直接利用课题组的科研设备和条件，分组完成实验项目，直接感受化学与物理前沿交叉的魅力。

以赛促改走向国际舞台

iGEM（国际遗传工程机器竞赛），一项由美国麻省理工学院主办的合成生物学领域顶级的国际大学生学术竞赛。中国科大自2007年组队参赛以来，共获得12金。这些成绩源自该校生命学院实验教学中心创新研究型生物学实验室的教学改革。

据中心主任赵忠教授介绍，他们每年组织两支队伍参加iGEM，目的是以竞赛的方式培养学生的科学思维、创新能力和团队协作精神。湿队（实验队）主要由生命学院本科生组成，干队（软件队）队员来自全校不同学院。从队员招募、阅读文献、确定选题，到设计方案、做实验、准备答辩等，都由学生独立自主完成，实验中心提供实验仪器设备、实验耗材和相关指导。

俞钧陶，生命学院大二学生，去年就是湿队一员，今年担任队长。他一月份就开始忙活招募新队员的工作，通过宣讲会、面试，录取了20多人。他与副队长花了三天时间，为来自其他学院的队员培训分子生物学基本实验技术，之后又进行了比较系统的生命科学理论知识讲解。目前，队员正在一边分头研读文献，一边通过每周组会的“头脑风暴”讨论选题，已初步确定“肿瘤基因治疗”等三个题目。最后他们将优选一个，利用暑期做实验，9月赴美参赛。

“学院和实验室很支持我们，洪炯老师每周都参加我们的组会，听我们讨论，给出指导意见。两个队之间也经常交流，互相支持。”俞钧陶说。

“中国科大本科期间开设研究性实验课程，并通过各种方式吸引学生走进科研实验室，就是为培养世界顶级科研人才服务。”中国科大副校长陈初升表示。

（通讯员　杨保国　《中国教育报》　2015年5月25日）

注：中国科学报、安徽日报等也做了报道。

中科大自主招生开考 “学霸”都说物理题挺难的

昨日，中科大自主招生开考。上半天的笔试考完，考生们脸上的表情可没有高考之后那么轻松，连问几位考生，都表示“物理题怪难的”！

实际上，能获得中科大自主招生考试资格的学生都不简单。根据报考条件，这些考生必须“具备学科特长和创新潜质，德才兼备、品学兼优”，其中还有很多是在全国中学生数学、物理、化学奥林匹克竞赛中获得省级赛区一等奖以上奖项的高中毕业生。今年，虽然自主招生考试的时间挪到了高考之后，但中科大依然延续了“笔试＋面试”的测试方式。

“数学题目还行，难度应该是介于高考和竞赛之间。但物理我感觉比较难，应该达到了竞赛题级别吧！”有考生这样告诉记者。由于考生人数较多，面试从 13:00 持续到 20:00，考生现场获悉面试结果。

今年，全国共有 102 所院校组织自主招生测试，其中，在全国范围内具有自主招生资格的院校有 89 所，考期从 6 月 10 日开始，集中在 12 天内结束，大多学校都把考核时间安排在本周末。

（《安徽商报》 2015 年 6 月 12 日）

注：新华网、中国广播网、合肥日报、江淮晨报、石家庄日报等也做了报道。

转型：少年班迈过青春期

“天雷滚滚。”6 月 19 日，电影《少年班》全国公映，中国科学技术大学少年班大四学生廖羽晨给出了如此评价。廖羽晨只是看过电影的预告片，但他从孙红雷、周冬雨等演员阵容里，本能地觉得会很不靠谱。不过，他对此并不十分反感，反而想看看电影里的少年班到底是啥模样。

对于今天 50 岁左右的人们来说，中科大少年班是一个奇迹。1985 年前后，这个奇迹曾被国内众多名校效仿，但没过两年那些名校便又纷纷停办少年班；此后多次被社会关注，却往往是一些负面的新闻。人们并不知道的是，经过 37 年的创新实践，中科大少年班已与外界的印象、电影里的描写大不相同。

“早出人才”已成往事

不许接受媒体采访，是中科大少年班与学生、家长共同定下的“铁律”。其实在中科大校园里，你很难分辨出少年班学生的身影；少年班所在的教学楼，也没有多少特别之处。倒是邻近的水上报告厅，曾出现过霍金、杨振宁、李政道、丁肇中等众多名人的身影。

"早出人才、快出人才"，是建立少年班的初衷。1978 年中科大少年班成立时，十年动乱刚刚结束，百废待兴的中国急切需要大量人才。当年，诺贝尔物理学奖获得者李政道认为，理论物理学家大都在 20 岁左右出成绩，因此向中央领导建议像艺术、体育那样从小培养理论人才，终被采纳。于是，一群 13 岁上下的少年来到了中科大，特别是经过媒体的广泛宣传，少年班一时名动天下。

中科大少年班的成绩单也是优秀的。据统计，少年班至今已毕业 2910 名本科生，90%以上考取国内外研究生。他们当中，18.5%供职于科教界，至少有 200 人成为国内外名校和科研机构教授，其中 2 人当选为美国科学院院士，7 人当选为美国物理学会会士，5 人当选为美国电子电气工程师学会会士；72%活跃在企业界、金融界，其中在世界 500 强企业任职的达到 35%。"在全国乃至世界范围内，也很难找到一个单个学院有少年班这样好的人才培养成绩。"中科大少年班负责人陈旸说。

但少年班的培养模式一直受到社会的质疑。特别是首届少年班学生，曾被媒体追捧为"第一神童"的宁铂一度生活失意继而遁入空门之后，一些媒体开始给少年班加上"拔苗助长"的标签。

其实，和我国的经济社会发展轨迹相似，37 年来少年班本身也在转型，原先"早出人才、快出人才"的宗旨早已模糊，甚至连少年班的学生构成也在发生改变。少年班由当年的一个班，目前已成长为一个以"少年班"命名的学院，其中也体现了培养宗旨的改变。

目前少年班学院由三部分学生组成：其一是传统模式的少年班学生，他们是年龄 16 周岁以下的非应届高中毕业生，先参加全国统一高考，再通过集中复试，录取入学；其二是教改试点班（俗称"零零班"或"蛋蛋班"），从当年普通高考录取的学生中选拔产生；其三是创新试点班，对象是年龄 17 周岁以下的非应届高中毕业生，通过先进行综合面试，再参加全国高考的方式录取。通过这三种选材模式进入少年班学院的学生每年大约有 300 人，其中少年班有 50 人，教改试点班有 100 人，创新试点班有 150 人。

记者此次在中科大采访接触到的少年班学生中，有喜欢马拉松的大男孩，有酷爱弹琴和跳舞的小女生，他们和其他大学生相比并无特别之处。少年班学生大二之后要进入其他学院，和非少年班学生的关系也很融洽。廖羽晨半开玩笑地告诉记者："和他们搞好关系，可以抄作业呀！"

"我们并不追求培养什么神童。少年班正在探索的，是给一些早慧少年提供量身定做的培养途径。"陈旸说。

探索荣誉教育模式

在中科大人眼里，少年班一直是学校王冠上最亮的那颗明珠。这颗明珠从诞生的那一刻起，就有一个明确的模仿对象，那就是美国高校的荣誉教育制度。

据介绍，美国高校的荣誉教育早在 20 世纪 20 年代就开始出现，二战后得到快速发展，半个多世纪以来，为美国科技发展和人才强国战略培养了大量具有创造性思维的优秀拔尖人才。“中国科大少年班自1978年创办以来,也一直在借鉴美国荣誉教育经验,经过不断摸索,已经形成了以创新型学习、个性化培养为主要特征的较为成熟的拔尖人才培养模式。”陈旸说。

有数据表明,2013年全国各类高等教育在学总规模达到3460万人,高等教育毛入学率达到34.5%,已接近由大众化向普及化转变的边缘。人们在得益于公民整体素质不断提升的同时,也在认真思考一个问题:如果忽视了高质量的精英教育,国家的创新发展也将失去动力。

“因此,在大众化的背景下进一步做好精英教育,是中国高水平大学义不容辞的责任。”陈旸说,荣誉学院就是这样一种为优秀高水平学生设计的个性化教育模式,也是在大众化教育时代以培养精英人才为目标的教育形式。

2015年5月,首届C9高校荣誉学院峰会在杭州召开,聚焦的正是在大众化背景下做好精英教育的问题。在这次峰会上,北大元培学院、清华新雅书院、中科大少年班学院等9所首批“985工程”大学荣誉学院负责人坐在一起,共同决定建立“中国C9高校荣誉教育联合会”,以期共同开创我国拔尖人才培养创新的新范式,提高我国精英教育的水平。

中科大少年班经过37年的创新实践,在拔尖人才培养方面取得了突出的成就和积累了丰富的经验。可以说,中国大学目前普遍采取的“宽口径、厚基础”“大一不分专业,大二自由选择”“自由选课”等培养方式,最初都是从这里起步试行的。甚至朱清时校长最初在南方科技大学的教育实验,也能看到中科大少年班的影子。

具体到课程教学上,少年班会有什么不同吗?已是全国教学名师的向守平教授,1978年考上中科大研究生后留校,长期担任大一基础物理教学工作。向守平告诉记者,少年班的学生都很聪明,不能普通物理不好教了,就把理论物理塞进来;力学课上,不能中学做1000道题,大学就做5000道题,一味增加难度。“少年班学院是培养精英人才的殿堂,课堂上当然不能只是传授知识,而要帮助他们仔细梳理科学体系的源和流。一定要知道科学的源头在哪里,真正的创新一定是在源头上。”向守平说。

向守平现在最关心的,是如何纠正学生上大学前的“不好的影响”,尽管少年班学院的学生有不少并没有经过高三一年的应试“折磨”。向守平觉得中学奥数也不可取,认为那是在培养精巧的工匠、解题的高手。在向守平看来,中国传统文化在逻辑体系上有缺陷,缺少类似欧几里得《几何原本》的思路,而这正是培养拔尖创新人才所最需要的。

今年少年班学院毕业生共有252名,目前继续深造比例达到80%,其中109人被录取为国外研究生,占43.6%。陈旸说:“在多年精英教育的基础上,我们有能力进一步完善少年班学院的荣誉教育,着力培养未来10至20年社会各领域的领军人物,为我国拔尖科技人才的培养再立新功。”

自由、自主和自信

“一般说来,荣誉教育意味着大学需要为满足最优秀学生的学习需求而提供更为优越的教育资源。”陈旸说,首先是选材,要将与同辈相比能力更为卓越、志向更为高远的荣誉学生选拔出来；其次是为这些荣誉学生提供自由发展、自主学习的空间，帮助他们在高起点上发挥最大的潜能，建立更大的学术自信。

记者在中科大采访时，正赶上该校一年一度的选平台、转专业时期。记者了解到，少年班学院学生入学后不分学院和专业，先进行一年的基础通识教育，打下宽厚扎实的数理基础；第二年在全校范围内自由选择学科平台，进入各学院学习；第三年在学院内自主选择专业方向，进入专业学习阶段。学生平时除基础课集中授课外，其他课程全校范围内选修，毕业时被授予数学、物理、生物等不同专业学位。

“为了吸引少年班学院的优秀学生，各学院使出浑身解数，院长、院士、大牌教授争先恐后地来为少年班学院学生做专业介绍，可谓是一次‘校内招生大战’。”少年班学院党总支书记尹民教授说。

“我们不对学生设定统一的知识结构和学业课程要求，而是针对每个学生的不同特点和需求，设计个性化培养方案。”陈旸特别指出，少年班学院的学生，毕业时 100 个人应有 100 份不同的成绩单。

少年班学院的学生家长有个自己的 QQ 群，每年选平台、转专业时都有很多讨论，对孩子的选择干预很大。“每年开学生家长会，我都会要求家长们不要干涉学生的自主选择，不要将功利的意愿和未曾实现的梦想强加给孩子，要学会做孩子成长过程中的旁观者。”陈旸说，学校的责任在于给学生提供充足的教育资源和宽广的选择空间，帮助学生学会理性自主地做出选择。

“许多人问我，做科研那么辛苦，你为什么会感到有意思？我说关键是个人的兴趣。”1996 级少年班毕业生、现任中国科大化学与材料科学学院教授的熊宇杰介绍说，当初父母希望他学计算机专业，将来好找工作，但大二选学科平台时经过慎重思考，他还是遵从了内心的渴望，选择了化学，后来又选择了纳米材料作为专业方向。

少年班学院重视给予学生“自由的空间”和“自主的选择”，同时也是借此实现学生“自信的重建”。向守平告诉记者：“在媒体的吹捧下，宁铂后来是不敢出门、不敢考研，这个教训是深刻的。”

有“特殊”但无“特权”

荣誉教育是一种个性化的精英教育模式，这意味着要在确保教育公平的前提下，为少数高素质人才提供更为优越的教育资源和条件。比如最优秀的教师、最先进的教材、最自由的专业选择、最好的实验室条件、最贴心的学业指导、最优越的生活交流环境、最丰富的海外学习交流机会等等。

“这是拔尖人才培养所必需的‘特殊待遇’，但‘特殊’不是‘特权’。”陈旸表示，“学生进校第一天，我就会告诉他们，不要以为你享受比别人多的教学资源是理所当然的，而应该将其视为一种责任。要明白少年班学院不是培养精致利己主义的地方，最优秀的学生接受最优秀的教育，意味着未来你应该有更大的责任与担当。”

在少年班学院，优秀毕业班学生志愿担任低年级班级助理班主任的工作已经开展了 5

年。助理班主任的任务是帮助辅导低年级学弟学妹的学习。“完全自愿，没有一分钱报酬”，陈旸介绍说，一开始参与的学生并不多，还常有中途打退堂鼓的，现在每年的助理班主任已经有 60 多人，占毕业生总数的 1/5。

“目的是培养少年班学院学生的社会责任感，让他们在义务帮助他人的同时获得境界上的提升。因为是朋辈教育，感染力更强，效果很好。”陈旸说，“当然，也有助理班主任跟我抱怨他们的学弟学妹，说‘小孩子们就是不听话’。”

即将毕业去美国康奈尔大学攻读统计学博士学位的 2011 级少年班学院学生朱力奥向记者讲述了他参加在安徽北方某中学开展的“三下乡”服务时的经历。“令我感到震惊的不是当地条件的艰苦，而是不少同学因为没有自由选择的机会而自暴自弃，缺乏积极向上的斗志。”最终，朱力奥通过自己的努力帮助几名成绩落后的学生重新坚定了信念、树立了信心，考上了自己心仪的大学。“一个人改变世界是从改变身边的人开始的。虽然我们目前的任务是完成自己的学业，但是不能不去了解社会，更不能去做一个冷漠的人。”

采访中，令记者感到意外的是，少年班学院的学生虽然年龄偏小，但却是各种校园活动中的积极参与者，学校现有的 70 多个社团中有 10 多个社团的负责人是少年班学院的学生，他们在全校合唱、辩论、足球、篮球、围棋等众多文体赛事中屡次夺冠，成为校园舞台上的一道亮丽的风景线。其中，即将赴美国加州理工大学深造的 2011 级少年班谢豪同学曾跑过扬州、上海等四个马拉松。“因为尚未成年，不能参加全程马拉松，所以这四次都只能参加半程。”谢豪害羞地说。

“学院鼓励学生积极参加各类主题党团日、社团活动，以及社会实践、志愿服务、校企对接等活动，目的就是培养他们的综合素质、团队合作精神，以及责任与担当的意识。”少年班学院党总支副书记兰荣说。

（本报记者　储召生　通讯员　蒋家平　《中国教育报》　2015 年 6 月 22 日）

注：中国青年报、科技日报、中国科学报、安徽日报、宁夏日报、现代快报等也做了报道。

中国科大少年班：精英教育不能培养冷漠的人

日前，以“拔尖创新人才培养的新范式”为主题的首届 C9 高校（9 所首批“985 工程”学校）荣誉学院峰会在浙江大学举行。北京大学元培学院、清华大学新雅书院、中国科大少年班学院等荣誉学院的代表前来参会。

荣誉教育发轫于美国，起源于 20 世纪 20 年代，它以培养精英人才为目标，为优秀的高水平学生设计个性化教育模式。在确保教育公平的前提下，荣誉教育为少数具有高能力高水平的人才提供高端教育的条件：设置最合理的体制，配备最先进的教材，引进最有实力的教师，施行最有效的教学方法。

改革开放 30 多年来，我国高等教育快速步入大众化阶段。教育部统计数据表明，2013 年全国各类高等教育在学总规模达到 3460 万人，高等教育毛入学率达到 34.5%，已接近由大众化向普及化转变的边缘。在公民整体素质不断提升的前提下，摆在人们面前的问题是，如果忽视了高质量的精英教育，国家的创新发展也将失去动力。

本次峰会除了决定建立 C9 高校荣誉教育联合会，以期共同解决高等教育改革面临的重点、难点问题，共创拔尖人才培养的新范式之外，还围绕着荣誉学院学生的责任与使命进行了探讨。

与会代表一致认为，在当前的精英教育实践中，"特殊培养"不等于"特权培养"，荣誉学院的学生应当有更大的担当和责任。显然，北大教授钱理群对"精致利己主义者"的批判得到了共鸣，也激起了精英教育实践者对于精英教育本身的反思。

荣誉学院必须坚持精英教育

"在大众化的背景下进一步做好精英教育，是中国高水平大学义不容辞的责任。"中国科学技术大学少年班学院执行院长陈旸接受《中国青年报》记者采访时表示，"大学是培养优质公民和精英人才的殿堂，而不是培养精致利己主义者的地方，作为荣誉学院，少年班教育中特别强调自由与自主，以及责任与担当。"

在他看来，荣誉学院的学生是学校的一张"名片"，代表着学校的荣誉，因此优先享受到校内最好的教育资源。

众所周知，首先从选才上看，少年班的学生是与同辈相比能力更为卓越、志向更为高远的荣誉学生。"其次，学校为荣誉学生提供自由发展、自主学习的空间，帮助他们在高起点上发挥最大的潜能，建立更大的学术自信。"陈旸说，"宽口径、个性化，是少年班学院人才培养的最大特征。"

"我们不对学生设定统一的知识结构和学业课程要求，而是针对每个学生的不同特点和需求，设计个性化培养方案。"陈旸特别指出，"少年班学院的学生，毕业时 100 个人应有 100 份不同的成绩单。"在他看来，"学生'自主'的背后是强大的教授队伍、灵活的修课机制在做支撑"。

据中国科大少年班学院党总支书记尹民介绍，少年班学院学生入学后不分学院和专业，先进行一年的基础通识教育，打下宽厚扎实的数理基础；第二年在全校范围内自由选择学科平台，进入各学院学习；第三年在学院内自主选择专业方向，进入专业学习阶段。学生平时除基础课集中授课外，其他课程全校范围内选修，毕业时被授予数学、物理、生物等不同专业学位。每逢选平台、转专业时校内各学院的院长、院士、大牌教授都会争先恐后地"抢"着上门宣讲，轮番展开"校内招生大战"。

据了解，36 年来，中国科大少年班共毕业 2910 人，其中 90%以上的学生都考取了研究生，获得硕士以上学位。这其中有 5 人当选为美国电子电气工程师学会会士，7 人当选为美国物理学会会士，3 人获得美国麦克阿瑟基金会"天才奖"，骆利群、庄小威两位校友当选为美国科学院院士。

对中国科大少年班的校友来说，他们更在意的是校友在海内外学术界的成就。为此，少年班的校友们组织了"中国科学技术大学少年班校友教授调查"，结果显示，中国科大少年班共计培育了212位教授。

精英人才应有更大的责任与担当

值得一提的是，该调查还表明，“少年班也是海归学术报国的先锋”。根据2014年8月的数据，少年班毕业的教授中，目前在海外与国内的人数比例已经从2005年时的“3.31∶1”缩小到当前的“1.19∶1”。该报告预测，“5年内，少年班教授在国内工作的人数比例将反超海外”。

事实上，少年班校友钟扬在日本留学后前往复旦大学任教，其后前往世界最“高”学府——西藏大学任教，成为该校第一位长江学者。他花5年时间克服高原反应，现已“援藏”15年。2014年7月，哈佛大学博士、波士顿大学数学系的李思举家回国，出任清华大学数学系教授。这样的个案，不胜枚举。

还有很多少年班校友，比如，英国伯明翰大学的姚新，帮助中国发展演化计算等学科，使得国内从无到有建立了一支演化计算团队。他们虽然还没有彻底归国，但都为国内相关学科的发展以及中外学术交流做出了重要的贡献。

让陈旸感动的是，学院组织高年级同学志愿担任低年级的“助理班主任”活动已经开展了5年，尽管没有丝毫报酬，但大家热情高涨，参与人数从过去的20多人上升到现在的60多人，占毕业生总数的五分之一。

“虽然我们目前的主要任务是完成自己的学业，但是不能不去了解社会，更不能去做一个冷漠的人。”朱力奥是少年班学院2011级学生，即将赴美国康奈尔大学深造。对他来说，暑期“三下乡”的那段时光值得怀念，除了深刻认识了农村外，他还发现，“一个人改变世界是从改变身边的人开始的”。

在皖北的一所中学，朱力奥与当地的高中生交流高考经验。得知一名学生高考失败，却因家庭原因不能复读时，他真诚地鼓励对方坚定自己的信念，克服眼前的困难。在他长期的帮扶下，最终这个学生考上了自己心仪的一所一本学校。

“如果把自己当作精英人才的话，就要敢于去改变世界，如果国家培养的精英都不去做，那么又指望谁来做呢?”朱力奥说。

（本报记者　王磊　《中国青年报》　2015年6月24日）

中科大：在安徽计划招168人　百分百满足专业兴趣

中科大2015年的本科招生计划依然是1860人，在安徽投放的计划数为168人，包括普招计划108人，国防生13人，贫困专项计划16人，1个定向生计划，还有30个提前批计划。

考生：理科多少分报考中科大比较保险?

答：今年安徽省考生们的分数总体较高，看名次可能比光看分数更“靠谱”。今年安徽省理科在 660 分以上的就有 1700 多人了，而中科大在安徽只招 168 人。往年我们在安徽招生的最低名次，基本上都控制在 360～370，仅从名次上来算，今年的分数会很高。但综合各方面的因素，今年建议 400 名左右的考生都可以来试一试。

考生：学校按大类招生是怎么招的？

答：中科大按照学科大类招生，新生入学后通过修一年基础课，然后每年都可根据兴趣和学习状况，在全校范围内自主选择学院和系。中科大按大类分好多类，比如物理类、数学类、化学类，还有理科实验班类、地空学院等，考生按照大类招生进校后，一年以后还可以再细分专业。近两年我们都承诺“能够百分之百地满足学生的专业兴趣”，也就是说，学生进来以后，通过一年的学习，他可以有多次调整专业的机会，最终选择到一个自己最有兴趣的专业。

考生：中科大在录取时有没有专业级差？

答：中科大在录取时按照进档考生的实考分和专业志愿安排考生录取专业，各专业志愿之间没有分数级差。在实考分相同的情况下，优先录取有政策加分者，相关科目分数比较顺序：数学、理综、语文、外语。在专业招生规模允许的范围内，学校将根据考生专业志愿情况适度调整专业招生计划安排。

此外，录取时，往届生和应届生一视同仁；我校所有招生专业除国防生外无男女生比例限制。

考生：中科大有多个校区，新生是在哪个校区就读？

答：我们教学部分主要是在两个校区：东校区和西校区，学生入学以后也在这两个校区，其中东校区以理科为主，西校区以工科为主。中科大现在还在建中校区，以后计划把学生都集中在中校区，上课时就分别往两边走，但现在的学习和住宿主要还是在东校区和西校区。

考生：如何能联系上中科大的招生办老师？

答：在学校网站的招生在线里面，有个“招生组联系方式”，点进去选择“安徽”，就能看到安徽招生组具体到各地市招生老师的联系方式，我们安徽招生组的成员电话全都公布在上面，我的手机号码是 15665519462，另外办公室电话是 0551-63607569，需要咨询的考生可以联系我们。

（胡霈霖　刘媛媛　《安徽商报》　2015 年 6 月 25 日）

37 年，中科大培养出了 2910 名少年大学生
少年班长成了少年班学院

中国教育，向来不缺批评声，这其中不乏真知灼见，也难免有过激之言。问题当然要直面，难题一定要破解。需要警惕的是，当批评蜂拥而至，不要无视那些被掩盖的优点和进步。

唯有如此，才能在改革的道路上不彷徨、不摇摆，找到真正适合自己的发展道路。

本版今日起推出系列报道，通过典型案例，换一个角度重新打量我们的教育。

——编者

“时间就是这么任性，有时让你觉得度日如年，有时又让你觉得一下子就穿越了数个岁月。”6 月 21 日，在中国科学技术大学东区大礼堂，少年班学院学生谢豪和台下 1600 余名本科毕业生一样，听到校长万立骏的这句发言时，不禁感慨万千。

拨完穗，再抬头，谢豪真正成了一名科大毕业生。但直到现在，他还清楚地记得，4 年前自己乘坐 12 个小时的火车来到科大时的那份忐忑。几个月后，20 岁的他将开启新的征程——赴美国加州理工学院攻读博士学位。

谢豪所在的中科大少年班，今年继续深造的比例已达 80%。作为人才培养的奇迹，中科大少年班曾被众多大学效仿，一度在全国遍地开花。时至今日，开办少年班的高校却只剩两所。历经 37 年风雨，如今的中科大少年班，发展如何？

“不提倡学生年纪越小越好，现在的少年班学院，绝大多数是 16 到 18 岁的学生”

入校那年，谢豪 16 岁，年龄较普通大学生小了些，但若跟早期的少年班学生相比，他已算得上是“大龄”少年了。20 世纪 70 年代，诺贝尔物理学奖获得者李政道提出，理论物理学家大都在 20 多岁出成绩，因此向中央建言：应当像艺术、体育那样，从小培养科技人才。在“早出人才、快出人才”的驱动下，1978 年，一群 15 岁上下的早慧少年，来到了中科大，一时间，少年班名动天下。

沿着中科大主干道——天使路一路向南，与李政道当年演讲的水上报告厅相邻，一栋浅灰色的教学楼其貌不扬，但楼前“少年班学院”五个大字，却在中科大人心中颇有分量。作为中科大“皇冠上的宝石”，37 年来，少年班一直在探索，“早出人才”的宗旨日渐淡化，学生构成也发生了改变——少年班已经由当年的一个班，成长为以“少年班”命名的学院。

现在的少年班学院，由三部分学生组成。第一种是谢豪这样传统意义上的少年班学生，这些年龄 16 周岁以下的非应届高中生，先高考后复试；第二种是教改试点班学生，是从当年高考录取的普通本科生里选拔出来的尖子生；还有一种是创新试点班学生，对象是年龄 17 周岁以下的非应届高中生，他们是先面试再高考。如今，每年进入少年班学院的学生约有 300 人，其中少年班有 50 人，教改试点班有 100 人，创新试点班有 150 人。“我们不提倡学生年纪越小越好，现在的少年班学院，绝大多数是 16 到 18 岁的学生。”少年班学院执行院长陈旸说。

尽管早有心理准备，但一入学，谢豪还是感到了压力：身边既有 13 岁就入学的天才少女，也有很多基础扎实、18 岁入学的奥赛冠军。他默默鼓励自己，进了少年班，就要相信：自己和其他人一样，都是中科大最拔尖的学生。

而这正是陈旸对学生的期望。在陈旸看来，少年班是旨在培养优秀拔尖人才的荣誉学院。“我们不追求培养神童，少年班探索的，是通过为早慧少年提供量身定做的培养路径，打造未来 10～20 年社会各领域的领军人物。"

"不对学生规定统一的学业要求，毕业时，100 个人应有 100 份不同的成绩单"

谢豪的确有理由对自己充满信心——37 年，少年班已毕业 2910 名本科生，90%以上考取国内外研究生。从百度总裁张亚勤，到美国科学院最年轻的华人院士庄小威，从产业界到科技界，少年班学员在不同领域大展身手。但多年来，关于少年班模式是否"拔苗助长"的争议从未停歇。

"中科大少年班借鉴美国荣誉教育经验，经过不断摸索，已经形成了以创新型学习、个性化培养为主要特征的较为成熟的拔尖人才培养模式。"在前不久召开的首届 C9 高校荣誉学院峰会上，陈旸分享了中科大少年班的经验。

少年班学生基础好，课程自然难度更深、要求更高，学校就安排最优秀的教师来上。全国教学名师向守平教授，几十年来一直承担大一基础物理教学。"课上不能只传授知识，要帮学生仔细梳理科学体系的源和流。一定要知道科学的源头在哪里，真正的创新一定是在科学的源头上。"向守平说，"不是说中学会做 1000 道题，大学会做 5000 道题就合格了。那只是解题高手，不是创新能手。"

宽口径、个性化，是少年班学院人才培养的最大特征。跟大部分学校不同，少年班的学生入学后，不分学院和专业，先进行一年的基础通识教育，打下扎实的数理基础；第二年在全校范围内，自由选择学科平台，进入各学院学习；第三年则在学院内自主选择专业方向，进入专业学习阶段。同时，学校还为满足这些精英学生的学习需求，提供了更为优越的教育资源。

"我们不对学生规定统一的知识结构和学业课程要求，而是针对每个学生的不同特点和需求，设计个性化培养方案。"陈旸特别指出，"少年班学院的学生，毕业时，100 个人应有 100 份不同的成绩单。"

很多人会问，在同龄孩子填志愿大多由父母决定的当下，少年班的学生真的能自由发展、自主学习吗？

其实，少年班的学生家长有个聊天群，每年选平台、挑专业时，家长们免不了七嘴八舌。"我对家长的要求，就是不要将功利的意愿和未曾实现的梦想强加给孩子，要学会做孩子成长过程中的旁观者。"陈旸认为，学校的责任就在于给学生提供充足的教育资源和宽广的选择空间，帮助学生学会自主地做出理性的选择。

13 岁入学的北京姑娘季珠润，是全班年纪倒数第二小的学生。出身科研世家的她，父母一个研究生物，一个研究地球化学。选平台时，有人劝她：不如挑父母的研究领域，对未来大有帮助。在和老师分析自己的兴趣、特长后，季珠润选择了应用物理，"我最享受的，就是大三、大四泡在实验室时的感觉，物理才是我真正喜爱的"。今年，她将赴美国宾夕法尼亚大学攻读应用物理博士学位。

“拔尖人才接受最优秀的教育，也意味着应该有更大的责任”

别人读高中时，少年班的学生读了大学，别人读完博士时，他们已工作好些年。疾步行走的人生，是否会遗失少年该有的青春？

对季珠润来说，这是她被问过最多的问题。跳级如家常便饭的她，看起来的确比同龄人成熟不少。年纪虽小，季珠润却是少年班的副班长，也是创新科研项目小组的牵头人。“大概是因为我个子高，小妹当不了，只好做大姐。”

一入学就督促起床、检查宿舍的少年班班主任李娜颖，最了解学霸们私下的生活：季珠润，自幼弹钢琴，上大学后自学了弹吉他和作曲，是学校汇演的常客；谢豪，校跑步协会骨干，经常参与合肥周边徒步活动，还参加过4次半程马拉松比赛；今年保送中国科学院动物研究所的马若昱，一入学就给老师发了舞蹈表演邀请函……中科大现有70多个学生社团，10多个社团的负责人都是少年班学院的学生。

要玩，更要有担当。这是陈旸对学生的要求。“少年班学院不是培养精致利己主义的地方”，陈旸认为，拔尖人才需要“特殊待遇”，但“特殊”不是“特权”，接受最优秀的教育，意味着应该有更大的责任。

毕业前一天，谢豪跟同学去看了电影《少年班》，片中，11岁的小男孩抱着游戏机参加奥赛，天才少女拿着剪刀，随时准备与世界一刀了断……“太不靠谱啦”，谢豪分享了个小细节：在电影里，少年班学生一入学就进行智力测试，“我们入学后，不是测智力，而是测心理”。不过，谢豪觉得电影“娱乐一下无伤大雅”，毕竟，真正合格的少年班学生，最不缺的就是强大的内心。

（本报记者　沈小根　《人民日报》　2015年6月29日）

“少年班不像电影里那样 low”

——探寻《少年班》银幕内外异同

新华网合肥7月5日新媒体专电（记者　徐海涛　周畅）　少年班招生就像武林高手收徒弟？上学就像“组队打怪”？课余就是疯狂谈恋爱？毕业后四散而去？近日，以反映“高校少年班”为主题的电影《少年班》上映，众明星演绎的校园故事，引来诸多观众吐槽和“惊掉下巴”的评价。

现实中的少年班到底什么样？真正的少年班学子怎么看待电影《少年班》？记者来到我国创办最早、影响最大的中国科学技术大学少年班学院，了解银幕内外的异同。

招生不是“高手收徒”

电影情节——“少年班”导师四处“民间寻徒”，通过了解家世，观察其打牌、下棋、“土发明”等方式，选出一批“天才少年”。

焦点热议——少年班学生是怎样选拔的？是这种“武林高手收徒”的方式吗？

真实情况——中科大少年班学院现在每年招生约300人，这些学生按来源分为三类：一是传统模式的少年班学生，是年龄16周岁以下的非应届高中毕业生，先参加全国高考，再通过心理素质、社交能力等素质测试后录取入学。二是教改试点班学生，从普通高考录取的学生中择优录取。三是创新试点班学生，在年龄17周岁以下的非应届高中毕业生中，通过先综合面试再参加高考的方式录取。

“少年班的学生，是从学有余力、智力超前的中学生中选拔的，有一套科学、规范的程序，也都要参加高考。”中科大少年班学院执行院长陈旸教授介绍，30多年来少年班的招生方式在不断优化，但从没像电影中那样“随意”“主观”。

学习不是“组队打怪”

电影情节——“学霸”们和其他大学生同堂竞技，竞争参加国际赛事的名额，组成“五人小分队”攻克世界数学难题，后草草解散、四散天涯。

焦点热议——少年班是以这种“组队打怪”的方式学习吗？学生毕业去向哪里？

真实情况——中科大少年班学生入学后不是“单独组队”而是集体学习，入学后不分学院和专业，先在全校范围内进行一年的基础通识教育，打下扎实的数理基础。第二年才在全校范围内自由选择学科学习，第三年则在学院内选择专业方向，进入专业学习阶段。

“我们不对学生设定统一的知识结构和学业课程，而是针对每个人的不同特点和需求，设计个性化培养方案。”陈旸特别强调，中科大少年班的学生，“毕业时100个人应有100份不同的成绩单”。

在电影的结尾，少年班学生有的继续读书，有的草草就业，有的被开除回家。而在现实中，少年班学生的毕业去向却并非如此。

据介绍，中科大少年班36年来共毕业2910名本科生，90%以上考取国内外研究生。其中19%供职于科教界，超过200人成为国内外名校和科研机构的教授，其中2人当选为美国科学院院士，7人当选为美国物理学会会士，5人当选为美国电子电气工程师学会会士；另有72%活跃在企业界、金融界，在世界500强任职的约有35%。

课余没有“疯狂恋爱”

电影情节——多角恋、送情书、追“女神”……校园“女神”的出现扰乱了少男们的心，恋爱成为少年班课余生活的重要内容，也引发打群架等风波。

焦点热议——少年班学生们课余在做什么？有校园恋情吗？

真实情况——“我们和普通大学生并没有特别大的区别，只是我们入学稍早一点”。中科大少年班学生廖羽晨和同学曾参赛获得全国第五届丘成桐大学生数学竞赛团体金奖，今年即将赴美国密歇根大学深造。他说，平时的生活就是和朋友一起上课、一起玩，也会经常地聚餐、聊八卦等等。

1995 年出生的马若昱是中科大 2011 级少年班的毕业生，今年保研至中科院动物所。她有着一头过肩的长发，说起话来带着害羞的表情。“上少年班之前，我很担心自己唱歌、跳舞的爱好不能继续，没想到老师们非常支持。”她说。

少年班有没有“校园恋情”？据介绍，少年班学生像普通的大学生一样，也会有正常的恋爱现象，由于平均年龄较低，恋爱比例也要低一些。“但绝对不会像电影里面那样，成天你追我、我追你，满脑子都是写情书、争风吃醋，太 low 了！”一名少年班学生说。

少年班没有过时

电影情节——校领导认为少年班已不符合时代发展的要求，将其解散，学生黯然四散……

焦点热议——少年班是否已不符合现代教育理念？这种模式过时了吗？

真实情况——据了解，少年班这种模式在国外被称作“荣誉教育”，20 世纪 20 年代出现在美国，近一个世纪以来，为美国培养了大量创新拔尖人才。

“中科大少年班创办以来一直借鉴国外经验，形成了以创新型学习、个性化培养为主要特征的精英教育模式。”陈旸介绍，精英教育意味着在教育公平的前提下，为少数高素质人才提供更好的资源，如更优秀的教师、更自由的专业选择、更好的实验条件、更贴心的学业指导、更丰富的海外学习机会等。

“这是拔尖人才培养所必需的特殊待遇，但‘特殊’不是‘特权’。”陈旸表示，“学生进校第一天，我就会告诉他们，不要以为享受比别人多的资源是理所当然的，应该视为一种责任。这里不是培养精致利己者的地方，最优秀的学生接受最优秀的教育，未来应有更大的责任与担当。”

少年班模式是不是已经衰落？据了解，20 世纪 80 年代，随着中科大少年班的成功，全国掀起一股“少年班热”，不少高校跟风建班，后因条件跟不上又迅速降温。但坚持办学的中科大等少数学校，多年来用优异的毕业生质量取得了成功。

今年 5 月，全国首届 C9 高校荣誉学院峰会在杭州召开，北大元培学院、清华新雅书院、中科大少年班学院等 9 所大学荣誉学院，决定共建中国 C9 高校荣誉教育联合会，以期开创我国拔尖人才培养的新范式，提高精英教育水平。

“当前，中国的高等教育已步入大众化阶段，在这个背景下进一步做好精英教育，是高水平大学义不容辞的责任。”陈旸说，“因此少年班模式不仅没有过时，还肩负着教育改革的探索任务。”

（新华网　2015 年 7 月 5 日）

注：新华每日电讯、宁夏日报、新疆日报、现代快报、荆门日报等也做了报道。

中科大少年班复试名单发布

昨日，备受关注的中科大少年班确定了今年的复试名单，今年总共有 65 人进入复试环节，比去年多 10 人。其中，我省考生有 18 人，包括怀宁"小才女"王謦钰，她在今年高考中取得了裸分 703 分的好成绩，仅比全省理科头名少了 5 分。7 月 10 日、11 日两天，"小神童"们将齐聚合肥，参加复试。

记者了解到，如今的中科大少年班学院，主要由三部分学生组成：第一种是传统意义上的"小神童"们，这些学生是 16 周岁以下的非应届高中生，先参加高考再进行复试；第二种是教改试点班学生，是从当年高考录取的普通本科生里选拔出来的"尖子生"；还有一种是创新试点班学生，是 17 周岁以下的非应届高中生，他们是先面试再高考。现在，每年进入少年班学院的学生约有 300 人，其中少年班约有 50 人，教改试点班约有 100 人，创新试点班约有 150 人。即将参加复试选拔的，就是传统意义上的"小神童"们。

据了解，此次入围的考生，普遍在今年高考中取得了高出一本线几十甚至上百分的好成绩。比如，本报曾报道过的怀宁"小才女"王謦钰，她高二时就参加高考，取得了总分 703 分的好成绩。

记者了解到，今年进入少年班复试大名单的考生们，将于 7 月 10 日起在中科大进行为期两天的复试，考试内容有数学、物理两科目，测试方式包括先上课后考试，以及面试、面谈等。

（胡霈霖　《安徽商报》　2015 年 7 月 7 日）

注：合肥晚报、江淮晨报等也做了报道。

百度、中科大举办暑期创新创业训练营

加速高校精英培养孵化进程

为响应国家教育战略号召，改革人才培养模式，强化创新创业能力训练，增强高校学生的创新能力以及创业能力，培养适应创新型国家建设需要的高水平人才，7 月 8 日，百度与中国科学技术大学签订了《联合建设大学生创新创业培养体系的战略合作框架协议》。

这次合作，旨在通过校企的深度合作，提供资源和平台支持，共建高校创新创业平台，探索科学的创新创业人才培养体系，打造优势互补的校企合作创新创业人才生态环境。作为合作协议落地的第一个项目，双方将共同打造"百度大学生创业家成长计划训练营"，其中包含各类实践项目及课程，让更多来自全国高校、怀揣创业理想的同学得到百度专业、系统的支持与辅导。训练营将结合百度业务定制相关课程，通过企业导师指导、极速沙盘演练、在线慕课学习等形式放飞大学生创新创业之梦。

训练营作为本次协议最为重要的组成部分，将分为“创新营销训练营”和“产品技术创业训练营”两大部分。与其他同类型的训练营课程培训体系不同，本次百度训练营上，同学们将获得与百度糯米、大数据实验室、多模搜索等百度核心业务与技术部门的顶级专家面对面持续沟通的机会。同时，中科大相关学院的资深教授也将开设产品、技术、营销等多个方面生动有趣的课程。训练营将围绕“创新营销”和“产品技术创业”两方面的内容，开展创新创业竞赛，同时来自企业的成功创业者将面对面辅导每个团队并完善各自的方案。最后，通过百度与中科大共建的专家委员会评审、甄选优秀方案，并予以资金支持，实现最终方案的落地，让参与训练营的大学生更为深入地了解企业的运作模式和企业对创新创业人才的需求。

另外，作为“创新创业培养体系”的组成部分，百度将为本次训练营表现优秀的创新创业大学生提供进入百度实习及工作的绿色通道，让中科大及全国各大高校的拔尖人才得到最大的发展空间。同时，百度与中科大将打造国内领先的理论与实践相结合的创新创业课程，共同开展相关课程的研发，将学校优质的公开课资源接入“百度传课”服务平台并开设训练营专区，让同学们可以通过在线慕课视频的形式获取更多辅导与帮助。

签约仪式上百度总裁张亚勤表示，百度对于和中科大共同建设互联网创新创业人才平台非常重视，百度在高校、教育、人才等方面都有很大的投入。教育最关键的是人才，百度最需要并且最看重的也是人才，而具备创新创业能力的精英人才更是可遇不可求的。我们希望利用百度在深度学习、数据挖掘、大数据方面的经验与优势，提供给大学生们充分的发挥空间与平台支持，培养并帮助他们利用强大的技术，将创新应用到真正的产品中去，发挥自己的才能。

多年来，百度对技术的重视在研发投入上得到了充分的体现。每年，百度至少会拿出收入的15%来进行技术研发，在研发上的投入是世界领先的。百度相信技术改变世界，技术的驱动力主要来自创新，而创新则来源于人才，对创新人才的发掘和培养也随之成为了公司的重点方向之一。

同时，当代的中国高校也不仅仅是学术机构，更是培养人才、为社会储备和输送精英的主要阵地。百度与中科大的“创新创业训练营”合作，为学生们提供了实践平台，让更多优质的资源共享，令每个有梦想的创新人才得到发挥的空间。“中科大在人才培养方面做了很多扎实的工作，我们希望把人才培养工作做得更好，为我们国家的科学技术发展做出更大的贡献。在中国转型新常态的大环境下，与百度一起建设互联网创新创业人才培养平台，通过‘暑期大学生创新创业训练营’这种形式，促进双方资源的共享与校企间的交流协作，对中科大的人才发展也起到了非常重要的促进作用。同时，也会有更多中科大以及全国各大高校的同学通过‘创新创业训练营’认识百度、热爱百度、来到百度工作。”中科大校长万立骏在会议上如是说。

（中国网　2015年7月9日）

58名神童参加中科大少年班复试
最后一次招“90后”

中国之声《央广新闻》合肥7月13日消息(记者　刘军)　刚刚过去的周末,从全国各地赶到安徽参加复试的考生和家长们已经陆续到了中科大少年班学院的门前。今年,“00后”们已经在参加复试的准少年班大学生中占据了相当大的比例。实际上,今年也是少年班最后一次招“90后”的学生了,1999年出生的学生算是这一批少年大学生中的“大孩子”了。详细情况,我们要连线的是中央台记者刘军。

主持人:刘军,考生们考试的状态如何呢?

刘军:是这样的。和高考时的紧张气氛不同,这些少年班的考生们看起来是很轻松的,家长们也扎堆聊着天。在两天时间里,58位学生上课、考试、面试,中国科大将根据参加复试考生的高考成绩、复试成绩以及考生体检结果,来确定拟录取的名单。像安徽之前很著名的“怀宁小才女”王謦钰,在妈妈的陪同下来到中科大参加复试。在今年的高考中,她考出了裸分703分的好成绩,仅比全省理科头名少5分。在当天来参加复试的考生中,还有一位看起来特别小的女孩子,叫王子怡,她来自河南省郑州市,出生于2001年,今年高考成绩超过河南省一本线106分。

主持人:少年班目前的招生又呈现出怎样的特点呢?

刘军:考生们进入考场考试之后,来自天南海北的家长们也是自由组合、扎堆聊天,他们很快就发现,他们之中不少人都是同行——教师。中科大少年班学院院长陈旸说,虽然没有专门做过这方面的统计,但他们确实发现少年班学院来自教师家庭的学生是挺多的。在他看来,教师家庭的孩子,平时学习上可能会抓得紧一些,但这还不是主要的,老师们会注重对孩子学习兴趣上的引导,这比具体学科知识上的教导更为重要。

去年,少年班开始出现“00后”的身影,今年,“00后”们已经在参加复试的准少年班大学生中占据了相当大的比例。实际上,今年也是少年班最后一次招“90后”的学生了,1999年出生的学生算是这一批少年大学生中的“大孩子”了。陈旸介绍说,随着“00后”的大批到来,他们也会逐渐完善和调整教学体系,会增加诸如责任感、荣誉感等方面的教育,来实现中国科大少年班培养未来各行各业领军人物的目标。

主持人:好的。

(中央人民广播电台央广新闻　2015年7月13日)

注:新安晚报、安徽商报、合肥晚报、江淮晨报、市场星报、北京晨报、半岛晨报等也做了报道。

这是一个已有三届毕业生的班级　平均深造率超过98%
“严济慈班”的毕业生都去哪儿了

目前，2015年大学毕业季基本结束，十多年寒窗苦读的学子们的去向，成为社会和家长们关注的话题。

在中国科学技术大学，有这样一个本科班级，今年39名毕业生中，38人到包括美国斯坦福大学、普林斯顿大学、麻省理工学院、英国牛津大学等在内的国内外顶尖大学继续深造。

这个班叫“严济慈物理科技英才班”(以下简称“严济慈班”)。这个已有三届毕业生的班级，平均深造率超过98%，出国(境)深造率超过82%。

他们是怎么做到的呢？

欢迎“谈起物理手舞足蹈的人”

“录取并不完全按照考试成绩，关键是看他对物理的兴趣、对物理的理解以及未来的职业规划。”“跟老师谈起物理来手舞足蹈”，不时擦出“火花”，这样的学生受欢迎。

严济慈班创办于2009年，由中国科大与中科院物理研究所联合举办，目标是培养“未来活跃在物理及相关研究领域的领军人物”。次年，该班入选教育部“基础学科拔尖学生培养试验计划”。

什么样的学生能进入该班？据严济慈班主管教授曾长淦介绍，该班从物理学院和少年班学院本科生中选拔，以新生进校后的入学考试成绩为基础，结合物理冬令营、高考情况和教授推荐，确定面试名单，由物理学院和物理所组成专家组面试甄选，初次招30人左右。

“录取并不完全按照考试成绩，关键是看他对物理的兴趣、对物理的理解以及未来的职业规划。”曾长淦说，后面的补录也是如此，曾有个学生大二时想进严济慈班，GPA很高，但面试中发现他对物理并没有真正的兴趣和理解，所以没通过。而有的同学分数稍微低点，但“跟老师谈起物理来手舞足蹈”，不时擦出“火花”，这样的学生受欢迎。

该班在保持相对稳定的前提下，实行动态调整。学生可根据自己的情况随时选择退出，回到普通班级学习；如果前4个学期中有必修课程不及格，或者有两门以上物理课程成绩低于70分者须退出。从2014级开始，成绩在物理学院中位线以下的学生要退出。同时，根据学生成绩和教授推荐，每年选拔部分优秀学生补充进入，大三后人员基本不变，最终每届有40人左右。

量身打造三种教学模式

"我们注重学生能力培养，知识强调面要宽、线要深，不求面面俱到，鼓励学生自主探索、研究性学习，为他们提供个性化支持和指导。"

与普通班相比，严济慈班培养方式上有什么独特之处？

据曾长淦介绍，该班按物理大类培养到底，重视基础，不细分学科方向。必修课只要求到物理类培养方案的前三层次，即通修课、学科群基础课和专业核心课。"我们注重学生能力培养，知识强调面要宽、线要深，不求面面俱到，鼓励学生自主探索、研究性学习，为他们提供个性化支持和指导。"

记者了解到，该班的课程体系其实没有多大变化，尤其是基础数学和物理课程，他们通过与校内外专家探讨评估，认为内容不宜大动，但允许学生根据自己的爱好和发展规划自主选课。例如，专注理论物理的学生会选数学系的一些课程，如"近世代数""微分几何"等。

同时，一样的课程，不同老师教学时可以有差别较大的侧重点。例如，相比普通班，严济慈班的"理论力学"课程数学化程度进一步提升，对数学基础有更高的要求。此外，有的课程如"计算物理"，严济慈班要求学 A 类，普通班不作此要求。

课程体系虽没有多大变化，但对教学模式做了重要改革，主要有三种形式：一是大班主讲、小班讨论模式，即严济慈班与其他班学生一起上课，另外为严济慈班配备专门教师负责课程讨论和研究性学习。例如"电磁学"，由叶邦角教授等担任主讲，蒋一教授自愿担任辅导。二是小班双教师模式，即严济慈班单独开课，配备两名教师。老师可结合自己的科研讲授，内容更深、更前沿。三是小班单教师加主辅导模式，即严济慈班单独开课，另外配备辅导老师。

对理工科大学来说，人文素质往往是人才培养的"短板"，曾长淦对此并不讳言。为此，严济慈班专门开设"严济慈讲座"，邀请国内外各个领域的专家学者来校做讲座，为同学们打开一扇扇窗户，欣赏不一样的风景。学校特别提出要求，除科技前沿外，讲座"要关注更广泛的问题，引导同学们关心国家的重大需求和人类面临的重大问题，如社会公平问题、能源问题、环境问题、人类健康和可持续发展问题等"。

每人都有机会到国际一流大学交流学习

上课有最好的老师，可以很方便地到物理所参观学习、做大学生研究计划或毕业设计和毕业论文……"但最大的福利，是本科期间大家都有机会到国外一流大学交流学习"。

将赴美国密西根大学读博的刘长江，是 2011 级严济慈班学生。在他眼里，严济慈班有许多"福利"，上课有最好的老师，可以很方便地到物理所参观学习、做大学生研究计划或毕业设计和毕业论文，有"午餐会"可与"大牛"面对面……"但最大的福利，是本科期间大家都有机会到国外一流大学交流学习"。

大一和大二暑期，刘长江和班上同学集中到物理所去了两次，第一次主要是参观，“一周时间把各实验室走了个遍，科普了一下”。第二次则进入研究所一个课题组，跟导师学习感受如何做科研，时间是两周，“吃住行费用都是学校负担”。

大三暑期，刘长江到美国卡耐基·梅隆大学，跟一名教授学习做计算机模拟研究。该校拥有全美顶级计算机学院，“计算条件非常好，两个月中，我每天都安排得满满的，连周末都加班，很有收获”。刘长江说，返校后，他一直在做这个课题。“我选的是生物物理方向，对计算科学很有兴趣，这次试了一把，以后还想往这方面发展。”

“要培养未来的领军人物，必须到最好的地方去学习，以开阔视野，提升国际学术交流能力。”曾长淦说。为此，该班设立了国际交流合作委员会，利用校内教授的海外联系和该校丰富的海外校友资源，建立外国专家库，并与国际名校建立稳定的学生交流渠道。交流形式包括课程学习、暑期研究计划和参加暑期学校等。“每年，我们把对方教授的名单列出来，同学们自己填报志愿，对方导师挑选，一般要做三轮，我们为此花了大量的心血。”

曾长淦表示，严济慈班的阶段性目标是让学生进入国际著名研究组学习，应该说这个目标已经达到。例如今年毕业的38名深造者中，30人到国际顶尖大学读研。“我们提供好的平台，帮学生打好基础、自由成长，相信他们今后在哪里都会发光。”

“严济慈班是科大英才教育的缩影。”中国科大教务处处长周丛照说，自2009年以来，科大与中科院相关研究所联合创办了11个科技英才班，目前平均继续深造率近95%，其中5个英才班入选教育部“拔尖计划”，学生们显示出投身基础科学研究的志向。“不要担心他们以后学成不归，近年来大批高端人才回国并做出了重要贡献就说明了问题。”

（杨保国　《科技日报》　2015年7月14日）

注：中国新闻网、中国科学报、安徽日报、安徽商报、市场星报、合肥晚报、江淮晨报等也做了报道。

百度联手中国科大打造“大学生创业家成长计划”

科技日报讯（记者　吴长锋　通讯员　杨保国）　8月17日，经过层层选拔，来自全国65所高校的203名同学齐聚中国科学技术大学，参加“大学生创业家成长计划”暨夏令营启动仪式。

据中国科大教务处处长周丛照介绍，作为教育部“国家大学生创新创业训练计划”的组成部分，由百度公司与中国科大联合打造的大型年度公益活动“大学生创业家成长计划”，旨在为更多有梦想的青年人提供交流学习的平台，探索校企优势互补的创新创业人才培养模式。本活动分为暑期集中培训和后续为期半年的孵化支持阶段，以创新创业竞赛的形式，面向全国高校大学生招募夏令营营员，征集项目提案，通过专家评审，选出优秀方案进行孵化支持。

在8月17～30日的夏令营阶段，同学们集中在中国科大进行为期两周的夏令营特训，业界资深工程师、百度高级业务专家、中国科大资深教授及杰出校友，将开设技术、产品、营销等方面的创新创业培训课程，并组织同学们赴合肥市相关单位进行实地考察和交流。

在此期间，营员们将围绕营销创新（统称创新训练项目）和技术产品创业（统称创业训练项目）两方面的内容，开展创新创业竞赛，由评委会评选出优秀方案，并予以资金支持，实现后期方案的落地实践和孵化资助。夏令营结束后，获得资助的团队将围绕获奖方案进行市场需求调研，从而完善产品设计，进行技术实现，并自由开展营销推广。12 月底，将在北京进行决赛答辩，同时进行颁奖。

（《科技日报》 2015 年 8 月 20 日）

注：中国科学报、中国新闻网、安徽日报、合肥日报、承德晚报等也做了报道。

“中国互联网第一人”回科大开课

1994 年中国正式接入互联网，第二年，一个叫张树新的女人创办了中国第一家互联网公司瀛海威。这学期，有着“中国互联网第一人”称号的张树新首次回到母校中国科大开课，教学生写商业计划，鼓励学生写科幻小说作为考试成绩，优先吸引游戏高手参与选课……52 岁的张树新依旧特立独行。她说，自己希望给学生传递一种思维方式，那就是互联网不再是单一的技术问题、财富英雄故事甚至励志营销书，希望大家对此能有一个广角的认识。

是启蒙者也是垫脚石

1996 年年初，在北京中关村出现了一块具有历史性意义的巨大广告牌，上面写道：“中国人离信息高速公路有多远？向北 1500 米。”“中国信息行业的开拓者”张树新和她的瀛海威创造了历史。但因为种种原因，瀛海威最终夭折，作为中国互联网的启蒙者，张树新说自己也成了“垫脚石”。“很多人现在很着急想创业，但如果你不清楚互联网是在怎么样的大背景下才有了后来的样子，其实你走不远。”为期八年的环球旅行归来，课程的题目也有了新的样子——“互联网发展史：技术，财富与文明变迁”，张树新希望在讲课中把互联网放到人类历史的文明变迁中，因为自己也有无穷多的困惑。

游戏高手可优先选课

“作为中国互联网第一人，您觉得自己是不是最适合开这门课？”面对记者的提问，张树新很自信，她说，这至少是自己的兴趣，并辛苦为之做功课，“我不觉得李彦宏来了比我讲得好，因为他是个工程师，马云来了也未必比我讲得好，要看他们肯不肯下这个功夫”。

在招募学生的过程中，张树新依旧特立独行，游戏高手可以优先选课。“因为玩游戏的很多人都很聪明，对互联网有感性认识。”张树新说，玩游戏不是坏事，而能不能管理自己的意志力是另外一件事情。

在课程里，她还会教学生写商业计划，等到课程结束后再找一批人来看能不能投资。此外，课程结束时，如果学生能够交一部科幻小说也算通过考试，“你不觉得今天所有的技术都是科幻小说过去写过的吗？”一向反对应试教育中标准答案的张树新表示，想象力才是创新之源。

永远适应动态的均衡

作为科大历史上第一位女学生会主席，张树新的大学生涯充满了开放、自由的情怀。“但我不是一个好学生，五年的理科知识都还给老师了，我还开玩笑说，能不能退学费啊。”在张树新看来，大学一开始学的东西未必就那么有用，但到了人生的某个阶段你会觉得一直在受益。

未来互联网是什么样的？张树新说，她真的也不太知道。“互联网教父、《失控》的作者凯文·凯利说过，你要永远适应动态的均衡。”就像当年上网被人们说成“冲浪”一样，张树新说，这也是一种绝妙的隐喻。

知天命之年的张树新仍特立独行。

（《新安晚报》 2015 年 9 月 21 日）

回归常识　开启人生新篇章

中国科学技术大学校长　万立骏

开学之际，我最想对同学们提出的希望就是发扬传统，回归常识，正本清源。

首先，希望同学们回归“做人立德”的常识。对立德修身的要求，是儒家经典《大学》最重要的精神。品德、修养、诚信、孝道、担当是为人处世的基本要求，是齐家治国平天下的基础。当代大学生应该是有知识、有文化的有德之士。希望大家谨记弘扬“红专并进，理实交融”的校训，把修身立德放在第一位，坚持“勿以恶小而为之，勿以善小而不为”，常怀友爱和仁爱之心，尊师敬友，助人为乐，爱人爱国爱科学，培养高尚的道德情操，做到德才兼备。

其次，希望同学们回归“读书科研”的常识。这个回归，就是在大学生活中不要太过功利。创造和传播文明，不谋私利，胸怀天下，历来是中国知识分子的传统美德，期待你们能发扬光大。这个回归，就是要把发现并解决科学和社会问题当成自己的矢志追求。我们学习知识，明辨事理，学会分析和思考；我们参加科学研究，培养科研能力，探索自然奥秘，是为了“有所发明，有所创造”。这个回归，就是树立真正的创新观念和高远的人生志向。不要被社会上急功近利的观念和现象所误导和裹挟，不要把简单的改头换面、换汤不换药的研究当成创新,不要把常见的勤工俭学、摆摊卖串儿当成创业。

再次,希望同学们回归"自理和自立"的常识。各位同学从小到大很多事情可能是父母帮助或代劳的多,家人照顾的多。进入大学,应该告别之前可能的依赖,学会自理、自立和承担责任。看到一些同学勇敢地第一次独自出远门坐火车到学校报到,我感到很高兴,为你们自立的第一步"点赞"。在集体生活中,大家要养成良好的生活习惯,要做到学习好、身体棒。要重视仪容仪表,记住"一室之不治,何以天下家国为"的古训。要养成艰苦朴素的生活作风,常记"历览前贤国与家,成由勤俭败由奢"。要反对浪费,勤俭节约,不忘"一粥一饭,当思来之不易;半丝半缕,恒念物力维艰"。要积极参加社团和各种社会公益活动,体会自立、责任和感恩的内涵,为将来贡献社会做好准备。

最后,我希望同学们回归"独立思考"的常识。大学旨在培养"独立之人格,自由之精神"。要形成独立之人格,独立生活是物质基础,独立思考是精神内核。你们要保持头脑清醒,不冲动,不跟风,不"人云亦云",不断提高分析问题和解决问题的能力。要保持批判和质疑精神,不读死书,不迷信书本,努力通过独立思考,不断取得创新性成果。要学习历史,了解社会,明辨是非,捍卫真理,做中华文明回归和社会发展的先锋。同时,行胜于言,在独立思考、坚持真理的同时,还要把理想付诸行动,将你们的聪明才智贡献于祖国发展之中。

(本报记者　李陈续整理　《光明日报》 2015 年 9 月 28 日)

注:新华网、光明日报、中国教育报、科技日报、中国科学报、安徽日报、新安晚报、安徽商报、合肥晚报、市场星报、江淮晨报、劳动报、晶报、西宁晚报、江海晚报等也做了报道。

科大少年班、创新试点班报名

本报讯(记者　桂运安)　日前,中科大分别发布 2016 年少年班招生实施方案和 2016 年创新试点班招生办法,从 10 月 8 日起至 10 月 31 日,2000 年 1 月 1 日及以后出生的优秀高二(含)以下学生可上网报考少年班,1999 年 1 月 1 日及以后出生、学习成绩优秀、创新潜力突出的高二(含)以下学生可上网报考创新试点班。

少年班、创新试点班考生,均须登录中科大网上报名系统(http://admission.ustc.edu.cn)报名,并在线填写相关内容,中学推荐的考生须由中学在申请材料上签署推荐意见;考生还要将填妥的申请表、户口本复印件、身份证复印件、高中阶段成绩单、主要获奖证书复印件(可选)等材料寄至中科大少年班学院。

考生均须在当地按高考要求参加全国统一高考,科目与当地高考(理工类)科目相同。少年班考生高考试卷由所在省份招生部门评阅并提供成绩,该校将根据考生高考成绩,确定少年班复试人选。复试科目为数学、物理、非智力因素测试;该校结合高考成绩和复试成绩,确定录取名单,报考生所在省份招生部门备案审批,办理录取手续。

创新试点班考生须首先参加该校选拔测试,根据测试成绩确定复试人选。获得全国中学生数学、物理、化学奥林匹克竞赛省级赛区一等奖(含)以上奖项的考生可加 10 分参与选拔。复试科目为数学、物理、化学及非智力因素测试，通过者为创新选拔资格生，分 A、B、C 三档。A 档资格生高考成绩达到当地重点控制线，B、C 档资格生高考成绩分别达到该校自主选拔录取基准线下 40、20 分且在当地重点控制线上，即可录取。

（《安徽日报》 2015 年 10 月 9 日）

注：安徽商报、合肥日报、江淮晨报、半岛都市报、楚天金报、郑州日报、东方金报、泉州晚报等也做了报道。

少年班神童今何在：牛人辈出，“让他们按常规读书才是摧残”

中科大少年班出身的尹希 2015 年 9 月初当选为哈佛大学最年轻的华人正教授后，沉寂数年的少年班再次回到公众眼前。

之前媒体关于少年班的最后一次大讨论，是在 2008 年。当时，南方周末刊文《宁铂，远去的少年天才》，讲述昔日“第一神童”进入少年班后，“一面陷入自卑的痛苦，一面又不得不武装成一个天才的样子”，最终遁入空门。

一时，少年班“拔苗助长”的声音铺天盖地，不少观点认为，少年班已成“黑洞”，令部分“神童”泯然众生。

真实的少年班，是否是急功近利的试验场？

近日，澎湃新闻（www. thepaper. cn）走访数名中科大少年班毕业生，得到了否定的答案。

“讨论少年班是否有存在的必要没有意义。”曾经的江西省高考状元、在中科大与少年班混合编班共同接受少年班教育的刘志峰回忆，“碰到像这些真正的聪明人，你让他按部就班一定要上完高中三年，反复温习，其实是种摧残。”

“少年班对我科研事业成长有极大的帮助，总体来说应不逊于地球上任何一所大学的任何 program（项目）。”从少年班近代物理系毕业已 21 年，李巨已是麻省理工学院材料科学与工程系的终身正教授，他认为自己在少年班收获了异常扎实的基础理科教育。

中国科学院计算研究所研究员、人工智能专家陈天石在回忆少年班的生活时说，他们当时一样踢球、看电影甚至打架，“非典”时跳窗翻墙到网吧打游戏。

这些少年班成员也不认可“神童在少年班普遍变平庸”的说法。刘志峰每年都与少年班同学聚会，他们“有的是公司董事长、行业领头人，有的是一家公司的技术负责人，平均生活幸福指数不错，极少有生活状态非常差的”。

他也略知宁铂近况，他说，当年出家的宁铂在佛法上的造诣颇深，还俗后在学校教量子力学课、中医课、佛学课，“依然是优秀的大学教师”。

还原真实的"少年班"

1978年,21名15岁左右的早慧少年来到中国科学技术大学,一时间,少年班名动天下。

中科大少年班堪称中国学术精英的黄埔军校。从美国科学院最年轻的华人院士庄小威、9月跟随习近平访美的百度总裁张亚勤,到打破了华人年龄纪录晋升的哈佛教授尹希、发明原子陷阱追踪分析法的卢征天、发现世界上最小的纳米碳管的秦禄昌、兰亭集势CEO郭去疾,目前,超过70%的少年班校友活跃在海内外经济、IT、金融、制造等领域,其中三分之一获得博士学位,一般30岁左右就做出令人瞩目的成绩。

如今,37岁的中科大少年班已从单独的班级发展成为独立的学院。少年班针对早慧儿童设立,招收年龄16周岁以下的非应届高中生。之外还有针对高考成绩优异学生的"教学改革试点班"、先面试后高考录取的"创新试点班",办学理念也从"早出人才、快出人才",转向培养"能引领中国发展的创新型人才"。

科大新创校友基金会负责人刘志峰自称是全世界最了解少年班的人之一。1995年,他以江西省高考第一名的成绩进入教改试点班(也称"00班")。刘志峰那一届,中科大将少年班和"00班"的学生混合编班,共同接受少年班的教育。"这样有利于互相借鉴。年龄大的孩子自制力好、基础也扎实,年龄小的特别聪明、有灵气。"

比他高5级的学长李巨也成长于混编班。回想当年,李巨说:"30名少年班同学跟30名大两三岁的'00班'同学混住在一起,一起上课。总体来说,相当友爱,气氛融洽。我中高级计算机的编程技巧基本上都是从同学那里学到的。"

李巨是麻省理工学院终身正教授、核科学与工程系讲席教授,兼材料科学与工程系教授。一晃,他从少年班的近代物理系毕业也已经21年了。

他告诉澎湃新闻,少年班的学习节奏可谓相当紧张,可当时他不觉得,"也许是因为除学习外没有别的想法和压力"。

大学四年,李巨收获了异常扎实的基础理科教育。"少年班对我科研事业成长有极大的帮助,总体来说应不逊于地球上任何一所大学的任何program(项目)。"李巨说。

在麻省理工学院读博期间,他自愿修习了36门研究生课程,这是该校核工系博士学分要求的4倍,涵盖了7个理工系,并且,李巨的成绩单中没有B——36门课全是A。"天赋和勤奋之外,还需要好的运气。"李巨觉得自己的运气不赖。

"讨论少年班没有意义"

然而,让李巨至今难忘的却是同班"一号学霸"狄雨的一则轶事:"室友狄雨记忆力超好,过目不忘。有次中考,狄雨回寝室后大哭。问之,曰考砸了。不饮不食,相劝良久。后发卷,狄雨仍考全班第一。我等无语。"

狄雨确实也不寻常,读书拿学位如砍瓜切菜。2014年芝加哥-肯特法学院毕业典礼上,院长念完他的学位竟花了差不多一分钟。

刘志峰也提到了狄雨:“少年班确实出了很多奇人,我们见得多了,也就见怪不怪了。”高中时期,刘志峰也曾头顶“聪明人”的光环,进少年班之前,他本做好了心理准备,但是真的再也考不到第一,成为班上很普通的学生,“整个人的自尊还是会崩溃的”。

这方面,2003 级少年班的胡磊万城和 2001 级的陈天石同样深有感触。胡磊万城记得,同学彼此间的特质差异很大,颇有一些“奇人异士”。而陈天石还一度产生过自卑情绪,“一开始会怀疑自己是不是太笨了,再后来发现同学里有的记忆力特别好,有的逻辑思维能力强,有的反应迅速,自己也没有那么差,各有所长而已,也就释然了”。

“这社会上一定有一部分人的智力、体力是普通人赶不上的。我们每天要学习到晚上 11 点,但少年班一定会有些人,成天不学习、踢球,考试之前我还去请教解题方法,他就一边看武侠小说一边写给你,说‘拿去背吧’。”因此,刘志峰认为,讨论少年班是否有存在的必要没有意义,“碰到像这些真正的聪明人,你让他按部就班一定要上完高中三年,反复温习,其实是种摧残”。

少年班为何桃李遍天下

胡磊万城是玩蟹科技的联合创始人,当初报考中科大少年班,吸引他的有两点:入学一年后自由选择专业;不用再上高三。少年班四年时光里,胡磊万城多次被震撼“三观”。中科大的风气在思想上推崇自由独立,同时也偏重学术。入学的头两个月里,就连续开设了多场学术泰斗大牛专门针对少年班的讲座和座谈。

2004 年的一天,系里安排一位少年班的师兄给新生做讲座。“这是第一场不以学术开头的讲座。其中有一段,讲到人生有三大简单易得但极为愉悦的享受,分别和三样东西有关,‘书、食物、床’。师兄对第三样享受阐述颇多,应该是我之前、也在之后很长一段时间,未公开听过的对性和人生关系的讨论。”那时候胡磊万城刚 16 岁,因而印象尤深。

而生活上,少年班系里对学生年龄偏小的情况考虑得很周到,胡磊万城“基本都忘了想家”。但大学毕竟是很多人第一次离开父母、家乡独立生活,胡磊万城的班里也有因不适应独立生活举家搬来合肥的同学。

外界对少年班总有好奇,也有诸多误解。刘志峰告诉澎湃新闻,多年来,真正的少年班从未扩容。自科大少年班开办以来,少年班模式一度被众校效仿,到现在,仍坚持开办的却寥寥无几。

“那是因为中科大太牛了,做出了品牌,形成了垄断性。”刘志峰调侃说,“最聪明的人几乎都被中科大弄走了。每一年上清华、北大的高考状元,都有前一年被中科大刷下来的,所以少年班的学生基本上是比高考状元还聪明一个数量级。”

而对于西安交大少年班,刘志峰却指出,该模式实为以大学名义招收初中毕业生,“是让学生到大学再念两年高中,属于‘挂羊头卖狗肉’,品质也和中科大少年班不可同日而语”。从入学选拔、课业安排到心理辅导,中科大少年班摸索出一套成熟的体系,采取独立建制、集中培养,不惜成本以书院式为早慧少年提供量身定做的路径。

“中科大少年班多年下来做了很多工作并积累了很多经验。为少年班配备的师长,有相当比重的泰斗，年轻的老师也都是一时之选。”胡磊万城说。李巨也对少年班的用心满怀感激：“如果没有少年班、中科大老师全心全意的培育，没有同学们的潜移默化，我不可能会有今天。”

此外，1978 年，中科大就施行了“通识教育”，学生先不分学院和专业，打下扎实的数理基础之后才在全校范围内自由选择学科平台，这是中国内地历史上的头一次。

“没有比这更互补、更亲密的学科交叉式的同学互动关系了。”刘志峰感慨，与他同屋的有学计算机、统计的，也有学生物、物理的，时常交流，使得他们大大扩宽了视野。“现在，我同学里有牛津的物理系教授、清华的化学系教授、多伦多的地质学教授，我有任何问题都能找他们。”

连刘志峰的毕业论文也是得益于此。在加拿大读计算机时，他的毕业论文写的是以计算机来研究蛋白质结构。“我的导师只懂计算机，对蛋白质结构其实是不太懂的，后来是依靠当年住在隔壁研究生命科学的同学，他能解答所有生物方面的问题，实际上成为了我论文生物领域的导师。”刘志峰说。

大部分配偶年龄大过自己

中国科学院计算研究所研究员、人工智能专家陈天石和哥哥陈云霁是少年班历史上不多见的亲兄弟。

按陈云霁的说法，少年班的孩子适合搞科研，尤其是基础研究。陈天石也赞同这种说法：“除了智力的优势，年龄小、杂念少，对科学研究的动机和恒心更强大。”

然而，课业之外，这群 15 岁的孩子既不是“书呆子”，也不是“高分低能”。和同龄人一样，他们踢球、看电影、打游戏，甚至打架，而且由于习惯了总和年龄稍大的人相处，他们的心智、思维其实成熟得更快。

有一点可以为证——大部分少年班毕业生的伴侣年龄都大过自己。“并不是恋母情结或是流行姐弟恋，而是他们一直都和比他们大两三岁的女孩子在一起。就像张亚勤比太太高四个年级，年龄却其实是更小的。”

也有逃课的。在陈天石的班里，两极分化现象比较严重，“有一拨特别勤奋的，还有一拨特别爱玩的，两拨人平时不怎么来往”。陈氏兄弟属于爱玩的那十来个。SARS 爆发的时候，他和玩伴跳窗翻墙到附近的网吧打游戏。因为逃课，考前必须突击，通宵看书。结果是，由于玩得过于开心，之后陈天石就不太愿意多玩了。陈天石说：“在中科大，老师对少年班的学生还是比较偏爱的，不会因为他们成绩差，就觉得一无是处了。虽然我是一个本科的学渣，但是读研时老师还是认为也许我努力一下还是能有一定发展前途的。从这个角度来说，中科大其实是很好地照顾了我们这样的学生。”

“一大堆人过得相当不错”

跟任何一个班级一样，也有学生无法适应少年班模式的例子。2013 年，两起“神童退学事件”相继曝光，17 岁考上中国科学院高能物理所硕博连读的魏永康，19 岁时因生活自理能力太差、知识结构不适应中科院的研究模式被退学；14 岁考入沈阳工业大学的王思涵，因为多门成绩零分，也被学校“责令退学”。

对于少年班模式的争议时有发生。2005 年，《南方周末》一篇《追寻昔日神童》的报道引起社会哗然。该文报道了少年班学生宁铂出家的故事。3 年后，《南方周末》又在《宁铂，远去的少年天才》一文中称，这个少年的出场及其中年时的谢幕都饱含戏剧性，符合中国人的集体心理，符合他们对神化和传奇的永不餍足的需求。他们，在那个特定年代共同参与了神话的缔造和后来的“伤仲永”。

然而，刘志峰说，宁铂在佛法上的造诣颇深，同样获得了周围人的钦佩。还俗之后，宁铂在学校教量子力学课、中医课、佛学课。“好的大学一定不会缺少疯子和神经病。我对早期少年班的学生是怀有敬意的，因为他们是改革的先驱者。他们曾激起一代人尊重知识的观念，社会和公众为何不能多给予一些宽容和祝福呢?”

近期，从少年班毕业的尹希以 31 岁的年纪晋升成为哈佛大学教授，打破了华人纪录。消息传来，给同学圈带来了喜庆和振奋。

除了热烈庆祝，已是计算机材料学领域知名学者的李巨还表示：“我强烈觉得社会(人类文明)给我的多，我返回社会的少。希望这个状态在下个十年有所改观。”

站在不惑之年的门槛上，李巨笑称：“对科学家来说，‘不惑’不是一件好事情。我确实还是经常‘惑’的。”每天游泳半小时帮助减压，从不熬夜，李巨觉得状态不错。

有人问，现今，除了那些功成名就的名字以外，少年班毕业的其他人过得如何? 泯然众人，平庸地生活着? 也并没有。

刘志峰说，少年班不是有人想象的以牺牲很多人来成就一小部分人的样子。除了为人所知的杰出人才，还有一大堆在常人眼中过得相当不错的人。“我们同学每年都有聚会，有的是公司的董事长、行业的领头人，或是一家公司的技术负责人。虽然不是每个人都取得尹希一样惊世骇俗的成就，但平均生活幸福指数不错，极少有生活状态非常差的。”

而且，即使最早的一批中科大少年班毕业生目前也才大约 50 岁，论断为时尚早。十年之后，也许会有更多惊讶和欣喜。

(澎湃新闻　2015 年 10 月 15 日)

中国科大三位新晋院士的“为师之道”
教学始终占一席之地

近日，中国科学院 2015 年院士增选结果正式对外公布，中国科学技术大学的陈仙辉、杜江峰、陈晓非教授当选为中国科学院院士。

梳理 3 位新晋院士的成长经历可以发现一个“共同点”：在科学的事业版图里，教学始终占据着重要的一席之地。他们在教学与科研中，传承并发扬老教师的“为师之道”，同样又身体力行地将“师道”传承给一拨拨弟子们。

坚持给本科生上基础课 19 年

1989 年，硕士毕业的陈仙辉继续在中国科大学习，师从吴杭生院士读博士，1992 年留校工作，时至今日，他一直默默耕耘在超导研究领域。

“我是一名科研人员，同时我也是一位老师，教书育人是我的本职工作。”从 1996 年起开始给本科生教授“热力学与统计物理”课程，一直到 2014 年，这门课陈仙辉整整讲授了 19 年。

而当年，在正式走上三尺讲台前，导师吴杭生让陈仙辉足足跟堂听了 3 年的课。3 年后，吴杭生觉得时机成熟了，他亲自带着陈仙辉来到教学秘书办公室，希望可以让陈仙辉上这门课。

教学秘书看着陈仙辉，半信半疑地问吴杭生：“他能行吗？”

吴杭生略带保守地回答：“应该行。”

在讲授“热力学与统计物理”的前两年，陈仙辉发现，课堂上时常有一位神秘的“旁听者”。后来他才知道，旁听者是吴杭生的研究生，被派来“偷偷”监督的。吴杭生听到学生对陈仙辉的教学“反映很好”后，“才真正放下心来”。

如今，陈仙辉的身上也有着鲜明的“吴氏风格”。

他坚持“一对一”指导研究生，经常到实验室和学生一起做实验、分析数据。对于实验数据，他的要求几乎苛刻。他经常问弟子：“你能确定吗？”“你能拍着胸脯说是正确的吗？”

“坊间都说我很严格，”陈仙辉爽朗地笑言，“严格是为了把学生培养成才，没有严格的训练，以后就没有竞争力。”陈仙辉有个准则，“学生在校期间对我有抱怨，我可以不在意。如果学生毕业 3 年后还对我有看法，那我就要认真反省自己了”。

严格只是在科研和学习上。当年，导师吴杭生经常在家里请弟子们聚餐，还手把手地教会了陈仙辉做红烧肉。如今，陈仙辉继承了衣钵。他的家里经常师生同乐，时常飘出红烧肉香。

2011年，陈仙辉拿出20万元，在中国科大物理学院设立“吴杭生纪念奖学金”，以表达对恩师的怀念和感恩。

保持愉悦的心情才更有可能做出创新性成果

地球物理学家陈晓非就是科研上的“完美主义者”。

在指导学生时，陈晓非要求他们把问题研究“透”，尤其对博士学位论文要求更严。他认为，博士论文往往是一名科研工作者人生的第一个科研“高峰”，因此他对博士生毕业的要求是，在自己研究的领域能做到国际上最顶尖的水平。

尽管如此，学生对陈晓非的评价中，温和与耐心两个词出现频率最高。“陈老师在和我们探讨科研时，会提出很多新想法，他尊重我们的意见，让我们自行选择感兴趣的东西，而不是硬性指定研究方向。”目前已留校担任特任副教授的任恒鑫说。

谈及对学生的培养，陈晓非不喜欢给学生太大的压力，而是尽量给他们自由的空间，“因为学术研究不是事务性工作，保持愉悦的心情才更有可能做出创新性成果”。他常引用北大名师侯仁之的“为师之道如叩钟”，来形容自己与学生之间的关系。

2009年，陈晓非担任中国科大地球和空间科学学院执行院长。他抓住时机，引进了一批高水平人才，其中“青年千人计划”学者就有14名。

在人才引进的过程中，陈晓非的“人格魅力”起到很大作用。他说：“对一个科研工作者来说，没有比纯粹做学术的科研团队更具有吸引力的了。”也正因为此，地空学院引进的“青年千人”学者的数量远高于国内其他高校相关院系及科研院所。

对引进的这些优秀人才，陈晓非尽力为他们创造从容宽松的学术氛围。他说：“新的学术思想的产生，来自于宽松的学术氛围，科学家最需要自由的时间。”

在陈晓非担任地空学院执行院长的几年间，学院的科研和教学成绩斐然。

不要“混论文”，要做真正有价值的研究

杜江峰是中国科大物理学院的执行院长，是国内最早从事量子计算实验研究的科学家之一。

在中国科大，杜江峰的实验室人数规模不算大，大约有10人，平均年龄只有30多岁。这样一支年轻的团队却展现出了对科研的惊人投入与激情，进而迸发出巨大的能量。

“我们的实验室全年没有休假日，凌晨以后，几乎每天都有人还在工作。”杜江峰颇感自豪，“但事实上，我们的实验室从来没有打卡制度，科研人员和学生们都是自愿把精力和时间投入其中的，我想是因为他们感受到科研的快乐了吧！”

享受科研的过程，是杜江峰的一个理念，也渗透到每一个团队成员的脑海里。“记得‘钻石探针’这个成果收到《科学》编辑修改意见时，正值春节，我们需要很快做出回复。杜老师和我那几天几乎都泡在这件事情上，反复沟通商量文章细节，丝毫不觉得苦与累。”青年教师石发展依然记得当时的情景，“杜老师时常告诫我们不要‘混文章’，而要做真正有价值的

研究。”

杜江峰的实验室里，80%的研究内容是课题组确定好的选题，还有20%的空间留给个人去“天马行空”，课题组会讨论后，如果选题有合理性，就会支持个人去开展研究。

“我们的这个团队，真的是蛮拼的。”这是杜江峰的评价。而团队成员对他的评价则是“身先士卒”。石发展感慨地说：“杜老师通常都是第一个到实验室，最后一个离开实验室的。”

实验室最大的吸引力莫过于导师杜江峰对研究方向的准确把握，他会带领团队做最有价值的研究。2006年，石发展从大三开始就一路跟随杜江峰，从事光探测磁共振工作。刚进入实验室时，他曾有过一段迷茫期。杜老师多次找他单独谈话，帮助他找准发展方向。

而今，石发展已在《科学》正刊、《自然》子刊、《物理评论快报》等国际顶级期刊上发表成果10余篇，并获得2014年度亚太顺磁共振学会青年科学家奖。

（《中国青年报》 2015年12月23日）

科学研究篇

中国科大取得量子材料研究新进展

人民网北京1月5日电（记者　魏艳）　近日，中国科学技术大学合肥微尺度物质科学国家实验室教授张振宇课题组的博士生秦维在量子材料的理论研究中取得新进展，为实现手性拓扑超导体和马约拉纳费米子提出新的可行体系。

拓扑超导体和马约拉纳费米子都是当今凝聚态物理领域备受关注的研究热点。马约拉纳费米子是自身的反粒子，服从非阿贝尔量子统计，因此可以用来实现拓扑量子计算。理论上，马约拉纳费米子可存在于拓扑超导体中，例如无自旋p波超导体的量子磁通涡旋和带自旋的p波超导体的半量子磁通涡旋周围都会存在零能的马约拉纳费米子。实验上，无争议地观察到马约拉纳费米子的存在是物理界所面临的巨大挑战。

几年前，毕业于科大少年班、现任教于麻省理工学院的付亮与其导师美国科学家C. Kane首次预言了可以通过s波超导体和三维拓扑绝缘体之间的近邻效应来实现等效的p波超导体。为了进一步实现手性的拓扑超导体，时间反演对称性必须被打破。基于付亮与Kane的工作，人们设计了一种由铁磁绝缘体、强自旋轨道耦合的半导体薄膜和s波超导体组成的三明治异质结，其中近邻效应引入的塞曼场会破坏时间反演对称性，从而可以实现手性拓扑超导体。这些理论预言导致凝聚态物理领域实验上观察马约拉纳费米子的研究热潮，但因为体系复杂，先期的报道都存在争议。如何能在结构更简单的体系中实现手性拓扑超导体并进一步观察到马约拉纳费米子，这具有广泛的研究基础与应用价值。

在新发表的工作中，秦维首次提出通过在拓扑绝缘体和s波超导体界面稀释掺杂磁性原子的方法来打破时间反演对称性，从而可以在一种更为简单的结构中实现手性拓扑超导体。他们的研究证明，适度的磁性原子不仅不会破坏超导体和拓扑绝缘体界面的超导，并且还能通过隶属于界面拓扑态的库珀电子对来实现长程铁磁有序。由于超导性和铁磁性的共存，可以通过温度诱导的拓扑量子相变实现手性拓扑超导体，并进一步为马约拉纳费米子的实验探测提供新的更可行的平台，其显著优势是集超导、拓扑与磁性于同一界面。

上述研究得到了国家自然科学基金委、科技部和量子信息与量子科技前沿协同创新中心的资助。相关研究成果发表在2014年12月31日的《物理评论快报》上。

（人民网　2015年1月5日）

中国科大公共平台：科技创新的“总装备部”

近年来，我国科研设施与仪器规模持续增长，技术水平明显提升，但利用率和共享水平不高，重复购置、闲置浪费等问题日渐突出。而在中国科学技术大学，集中资源建设的理化科学等六大公共实验中心面向全校和社会开放共享，为每年500多个科研项目的顺利开展和1000余篇SCI、EI论文的发表起到了重要支撑作用，已经成为该校名副其实的科技创新“总装备部”。

学校“搭台”，学科群“唱戏”

中国科大对六大中心实行“两级管理”体制，学校对各分中心的资产、人员、发展规划、运行服务等进行统一管理，相关学院受学校委托协助管理，各分中心的日常管理实行专家组领导下的分中心主任负责制。

在公共平台建设最核心的环节——设备采购上，校方把自主权下放给各分中心。分中心设立专家委员会，由学院领导和相关学科教授组成，在前期广泛征询科研人员意见的基础上，对中心的仪器购置、规划发展等重大事项进行决策，报学校核准，平均每2～3年召开一次会议，及时跟进科研工作者对设备的具体需求。

“在此前提下，各分中心有各自的管理运行制度。”中国科大公共实验中心主任鲁非介绍说，“学校‘搭台’，学科群‘唱戏’，这种模式使各个分中心依托所在学院的学科特点，探索出适合自身的管理模式。”

理化科学实验中心是该校最早成立的公共实验中心之一，现有仪器涵盖了对物质结构形貌表征、谱学表征、成分分析和物性测量的多个领域，并已形成完善的管理及功能架构。中心提供便捷的测试服务，学生在实验室或宿舍就可预约实验和接收实验结果；通过讲座、上机培训、对竞赛提供仪器技术支持、多媒体课件、网站等提升学生实验科学的兴趣和实验技能；通过建立稳定的专项基金，支持青年技术人员对仪器功能进行拓展和性能提升，鼓励年轻技术骨干参加国内外的相关技术交流和培训，定期组织实验技术研讨；在服务社会方面，中心可出具公证数据，从接样、副样保存、测试条件确认、检测、校对到报告签发等严格按照规范进行。

生命科学实验中心在师生心中是“高大上”的代表，其主要组成部分——生命科学仪器测试中心共有1100多平方米的使用面积，全透明玻璃格局，清爽明净，配备了高端的空气净化系统和气体消防系统，仪器设备总价值约为8000万元。

“我们的‘透明’不仅仅体现在外观上，还体现在自主研发了智能化、信息化的实验仪器共享管理系统，实现了对中心的‘透明化’管理。”该校生命科学实验中心常务副主任胡兵说，这套管理系统记录了丰富的信息，具备用户管理、预约、计费管理、仪器管理、生成统计报表、重要事件管理等六大功能，使中心的整个管理流程顺畅而高效。

用设备就要发挥最大效用

鲁非表示：“一个优秀的公共平台工作者，不仅要关注对仪器的管理，更多的创新在于对仪器功能的拓展和开发，帮助科研工作者解决实验过程中各种具体的‘疑难杂症’。”

“专业化的理念不仅体现在仪器及硬件上，更应该体现在队伍的建设上。”中国科大副校长张淑林介绍说，该校将公共实验中心的工作人员纳入专门的“支撑”队伍建设，为他们量身打造专门的评价体系，单独对其职称与业绩进行考核。学校还专门设立了仪器设备性能开发基金，激励他们专注于对仪器的性能拓展和功能开发研究，从而更好地为科研工作服务。目前公共实验中心已拥有专职技术人员126人，其中正高职称15人、副高职称25人，拥有博士、硕士学位的占到62%。

高水平的技术支撑队伍使得科大的公共实验平台可以为用户提供包括测试样本、解析样本数据和结果、提供仪器使用的培训指导等多样化专业服务。“当今学科发展已经达到一定的层次，各种跨学科研究的开展使科研对公共平台的依赖性更大。可以说，几乎我的每项研究都离不开学校的公共实验平台。”中国科大教授、长江学者俞书宏深有感触地说。

在理化科学实验中心，有两台市场价格分别为80万美元和230万美元的高分辨率电镜，预约使用单放了厚厚一堆。管理仪器的老师表示，这两台设备几乎全天候运转，全校所有相关专业的院系都在用，“花大价钱买来的设备，就是要发挥最大的效用”！

不仅如此，公共实验中心对该校研究生培养也起到了重要作用。据统计，近五年来，中国科大公共实验中心累计为8万人次研究生提供了测试服务，测试样品数近70万，支撑研究生发表SCI、EI论文5000余篇，其中1/3为高影响因子的论文。中心支持的博士生论文获得“全国百篇优博论文奖”23篇、“中科院优博论文奖”62篇。

服务社会是一种责任

中国科大的公共实验中心不仅为校内师生的科技创新服务，还面向社会开放共用。张淑林表示：“资源说到底是国家给的，理应为社会服务。高校的公共平台为区域经济社会服务，我们视之为一种责任。”

据介绍，中心目前已有2个国家级计量认证检测中心、1个国家级信息安全评测中心、1个省级实验动物中心，这些资质认证标志着实验中心具备了依法为社会提供公正、科学数据的能力。

以工程与材料科学实验中心为例，所属的几何量测量、材料测试与分析、热分析实验室都具备相应的国家级计量检测资质，并面向社会相关领域提供检测技术服务。

“江淮汽车技术中心于2012年年初启动与我们的合作项目，委托我们进行9种主要发动机关键部件的相关性能测试。”该校工程与材料科学中心主任翟超介绍说，江汽集团在报告中也表示，在和科大工程科学中心的合作中收获颇丰，已经预约在后期继续邀请科大老师进行技术指导。

据统计，该校公共实验中心平均每年为外单位提供约3000人次的各类测试服务，测试样品2万多，服务机时3万余小时，有效支持了区域内科教文卫事业的发展。

张淑林表示：“在服务社会的过程中，公共实验中心工作人员的专业素质也得到了进一步的锻炼与提升，这无疑营造出一种良性多赢的局面。”

（曾皓　蒋家平　《中国科学报》　2015年1月8日）

光学超分辨成像精度破极限达 4.1 纳米

科技日报讯(记者 吴长锋 通讯员 杨保国) 中国科大郭光灿院士领导的中科院量子信息重点实验室孙方稳研究组,利用光学超分辨成像技术实现了对单个自旋态的纳米量级空间分辨率测量和操控,其成像精度达到 4.1 纳米。研究成果 1 月 2 日发表在《自然》子刊《光:科学与应用》上。

了解微纳尺度物体的物理属性及动力学过程,需要纳米尺寸的探测器,纳米尺度的固态量子测量技术因此得到快速发展。但实现高空间分辨率的电磁场等物理量测量,不仅需要高精度的成像和分辨,还需要高精度量子态操控。而通常的光学成像受到衍射极限的限制,分辨率只能达到 300 纳米左右。

金刚石中的氮-空位色心是金刚石的一种发光缺陷,由一个氮杂质和邻近的空位组成,近几年在量子信息领域得到广泛关注,被认为有望实现室温下的量子计算和高灵敏度量子测量。孙方稳研究组通过氮离子束注入制备了金刚石氮-空位色心,并利用色心中不同电荷态发光的波长依赖特性,对色心的电荷态进行了高效控制。他们进一步通过对不同波长激光的光束整形,实现了突破光学衍射极限的电荷态耗散成像技术。实验中,他们利用 50 毫瓦泵浦激光完成了对氮-空位色心的高分辨成像,精度达到 4.1 纳米。

据介绍,该实验获得的成像精度是光学衍射极限的 1/86,超过了斯特凡·W·赫尔教授等人之前在相同系统中利用 5 瓦激光泵浦所获得的光学衍射极限 1/67 的精度。该电荷态耗散成像技术不仅可用于纳米尺度的高精度电磁场测量,还将在基于近邻耦合电子自旋的量子信息和生物检测中得到广泛应用。

(《科技日报》 2015 年 1 月 8 日)

注:中国科学报、中国新闻网、中国广播网、安徽日报等也做了报道。

中国科大双金属多级结构材料制备获进展

本报讯(记者 杨保国) 中国科学技术大学合肥微尺度物质科学国家实验室曾杰小组,日前成功合成不同尺寸且具有三角双锥外形的铂铜双金属多级结构纳米晶。相关成果发表于《德国应用化学》杂志。

据介绍,除了组成成分,纳米晶体的结构同样对催化反应具有重要的影响:由于其开放的结构特征,纳米框架结构同时具有较大的比表面积(同等质量的材料具有更大的表面积)和表面积,提高了其在催化反应中的原子利用率。同时,其良好的表面渗透性使得表面和内部的原子都能参与到催化反应中,增强了催化过程中的分子传输和传质扩散。而作为独特的纳米框架结构——金属多级结构，除了具备上述优点，其结构单元之间相连的“桥”能促进整个结构中的电子流动，从而使其在催化反应中表现出更好的性能。

曾杰课题组基于对金属纳米晶合成的动力学调控手段，可控合成了 110～250 纳米三角双锥形铂铜双金属多级结构。通过对体系中金属离子比例的调控，他们合成了具有不同铂铜比例的多级结构，并深入探究了多级结构纳米晶的生长过程和机理。曾杰表示，该材料在电化学催化甲酸氧化的反应中表现出优异的性能，“该工作对于今后金属多级结构纳米晶的研究具有重要的指导意义”。

（《中国科学报》 2015 年 1 月 13 日）

注：安徽日报等也做了报道。

“可佳”机器人首次在大型商场当导购

本报讯（记者　杨保国）　“您好，请问肯德基在哪里？”“你是问肯德基在哪里吗？”“是的。”“请跟我来。”1 月 13 日下午，在合肥某大型购物广场，一位身材苗条、打扮时髦的“小姑娘”带着一群顾客曲折前行。“肯德基到了，再见！”几分钟后，“小姑娘”礼貌地说。

这位“小姑娘”名叫“可佳”。不过，她是一款智能服务机器人。由中国科学技术大学自主研发的“可佳云交互机器人”正在这里进行为期 3 个月的试运行。

据中国科大计算机学院教授陈小平介绍，这是“可佳”首次进入大型公共场所进行大范围、大人流条件下的自主导航，并且借助云平台等先进技术手段，突破传统人-机器人对话的一对一模式，同时为不同用户提供购物咨询和导引服务。“这标志着‘可佳’智能服务机器人的研发进入实用化阶段。”

记者了解到，该购物广场集购物、餐饮和休闲娱乐为一体，总面积有 10 万多平方米，包括 300 多个商铺，日均客流量达 10 万人次。严重的环境噪声、为大量顾客同时服务的需求以及普遍存在的激光传感器难以分辨的玻璃幕墙等，这些在实验室中无法复制的环境特点，对经典机器人自主定位导航、人机交互提出了极大的挑战。大量人流与机器人之间的频繁交汇，更进一步提高了机器人运动控制的难度。

针对上述复杂环境和任务要求带来的挑战，中国科大“可佳”机器人研发团队以自主研发的导览机器人为基本硬件平台，以中国科大与美国卡内基·梅隆大学联合研制的云机器人平台的部分技术为依托，发展出一套有特色的技术体系，经过此前一个多月的现场测试，开始进入试运行阶段。

（《中国科学报》 2015 年 1 月 15 日）

注：新华网、人民日报海外版、科技日报、中国新闻网、安徽日报、安徽广播电台、新安晚报、安徽商报、合肥日报、合肥电视台、合肥晚报、江淮晨报、海南日报、贵阳日报、杭州日报、每日商报、中华工商时报、深圳特区报、深圳商报、梅州日报、都市快报、湛江日报、衢州日报、九江日报、靖江日报、洛阳日报、湖州日报、本溪日报、黑龙江日报、安阳晚报、宁夏日报、山西

日报、太原晚报、山西晚报、齐齐哈尔日报、常德晚报、河北经济日报、沧州晚报、张家界日报、金华日报、鞍山日报、江门日报、永州日报、福州日报、广州日报、广西日报等也做了报道。

中科大成功合成高效催化剂

本报讯(记者　桂运安)　记者日前从中科大获悉,该校俞书宏教授研究组采用“一步合成法”,成功实现二硒化钴与二硫化钼的“化学嫁接”,研制出一种新型高效水还原复合催化剂,可以大大提高电解水制氢的效率,并有望为电解水工业提供廉价、高效、持久的水还原和水的氧化反应电催化剂。

当前,95%以上的氢气来自于化石燃料,而水作为氢的重要来源之一,从其提取出来的氢总能量,是地球化石燃料热量的9000倍。同时,以氢为媒介,将太阳能、风能、水位能等可再生能源存储、运输和转化,也是全球新能源发展的重要方向。一般而言,电解水制氢涉及两个重要的基本反应,即阴极水的还原和阳极水的氧化。然而,传统的电解水制氢方法,需要耗费大量的电能。一些贵金属如铂、氧化钌、氧化铷等作为催化剂和氢电极材料,能有效提升电解水制氢的反应速率,但是昂贵的价格限制了这些贵金属在电解水工业中的规模化使用。

通过合理的“化学嫁接”手段,俞书宏研究组选择廉价的二硒化钴与二硫化钼合成,并利用材料协同增强效应,为设计和制备非贵金属新型复合催化剂提供了新途径。实验和计算结果表明,这种新型复合催化剂具有优异的水还原催化活性,并且性能稳定,有望取代铂成为新一代廉价氢电极材料。成果1月14日发表在《自然·通讯》上。

(《安徽日报》　2015年1月18日)

中科大发现缓解炎症新机制

本报合肥1月20日电(记者　钱伟)　记者今天从中国科学技术大学了解到,该校周荣斌研究组、田志刚研究组与北京蛋白质组中心丁琛研究组合作,在NLRP3炎症小体调控机制研究方面取得重要突破,发现神经元分泌的化学物质多巴胺可以通过抑制NLRP3炎症小体,缓解神经炎症和系统炎症。该成果于1月15日发表于国际学术期刊《细胞》。

炎症小体是一种由细胞质内天然免疫识别受体参与组装的多蛋白复合物,能够介导多种炎症介质的产生,对炎症反应的发生至关重要。中科大科研人员通过研究发现,多巴胺可以很好地抑制巨噬细胞中NLRP3炎症小体的活化,从而抑制炎症因子的分泌。进一步研究发现,多巴胺可以作用于其受体蛋白DRD1诱导NLRP3炎症小体的降解。同时,多巴胺可以通过对 NLRP3 炎症小体的抑制，缓解神经炎症导致的多巴胺神经元损伤以及外周炎症导致的腹腔炎。据悉，该项成果有望为治疗 2 型糖尿病、关节炎等疾病发挥重要作用。

（《人民日报》 2015 年 1 月 21 日）

注：中国青年报、科技日报、中国科学报、安徽日报等也做了报道。

探访中国第一个国家实验室内的“合肥光源”

中新社（记者　吴兰）　在安徽合肥中国科学技术大学西校区的校园内，有一个国家同步辐射实验室，系中国第一个国家级实验室。实验室内建有中国第一台以真空紫外和软 X 射线为主的专用同步辐射光源（简称“合肥光源”）。

21 日，记者走进这个外形酷似飞碟的实验室内，林林总总的管道穿梭其间，低鸣的机器正在运转，一切外在看似普通，但内涵的高端非同一般。

国家同步辐射实验室主任陆亚林介绍，“合肥光源”于 1983 年由国家计委批准立项，并直接命名为国家同步辐射实验室。作为中国第一台专用同步辐射装置，早在 1989 年 4 月，“合肥光源”就发出了第一束“神奇之光”。

而同步辐射作为一种先进的光源，其应用具有很高的现代科技融合性和集成性，为几乎所有的前沿科技研究提供了一个先进的、不可替代的实验平台。

陆亚林介绍，目前中国运行和在建的共有五个同步辐射装置，分别为北京同步辐射装置、合肥同步辐射装置、上海同步辐射装置以及台湾新竹同步辐射装置和台湾光子源。

作为运行最久的同步辐射装置，“合肥光源”自 1984 年历经一期、二期工程建设，为中国大科学装置建设、国家重大战略需求和前沿基础科学研究提供了重要的科技支撑，曾获国家科技进步奖一等奖。但主要技术指标维持在 20 世纪 80 年代的设计水平，发射度大、亮度低，已难以满足未来的科学挑战对真空紫外光源提出的更高要求。

鉴于此，中科院和中国科大决定共同投资，2010 年正式启动对“合肥光源”进行新一轮重大升级改造，通过采用先进的加速器物理设计等，提高总体性能，使“合肥光源”特色更加鲜明，与北京、上海光源形成优势互补，在真空紫外-软 X 射线能区发挥不可替代的作用。2014 年 12 月 29 日，该重大维修项目已通过工艺验收。

陆亚林说，“合肥光源”经过新一轮升级改造，在国际上同类光源中处于先进水平。首批建成具有国际先进水平的燃烧、分子物理等五条光束线及试验站，将为中国材料科学、能源基础科学、生命科学以及环境科学等领域提供先进的研究平台。

陆亚林认为，无论未来有多少新的同步辐射光源出现，作为全球仅有的几家低能区光源之一，“合肥光源”独具特色的平台作用不容小觑。

据悉，中国科学院已决定成立合肥大科学中心，中心依托“合肥光源”、全超导托卡马克等大科学装置建设。作为中心的重要组成部分，“合肥光源”将进一步聚集海内外相关科研力量，支撑核聚变与等离子体科学、量子功能材料等前沿领域创新研究，发挥更加重要的作用。

（中国新闻网　2015年1月21日）

注：人民日报、新华网、中央电视台、经济日报、人民日报海外版、中国广播网、科技日报、大公报、文汇报、安徽日报、安徽广播电台、安徽电视台、新安晚报、安徽商报、合肥日报、合肥电视台、合肥晚报、江淮晨报、江西日报、中卫日报、闽东日报等也做了报道。

壮“智”凌“云”：机器人的进化

你以为在和机器人聊天？其实你在和“云”对话。

机器人都开始学习了，你还有什么理由懒惰呢？

人与机器人之间其实是朵“云”。

“您好！请问需要什么帮助？”“我买童装。”“多家商店都有童装。您想去哪一家？”“我想去××商店，可以带我去吗？”“好的，请跟我来。”

这段对话出现在安徽合肥某大型百货商场内，带领顾客前往指定地点的“导购小姐”细看和正常人不太一样，她不靠腿行走，而是依靠几个轮子。也正是这不寻常，吸引了不少顾客前来问路。原来，这位导购是商场请来帮忙的机器人“可佳”。

面对“可佳”，顾客更多的是好奇。想来机器人出现在人们的生活中已经渐渐变得不那么“惊世骇俗”了，因为伴随着技术的发展，享受机器人的服务也不再是那么遥不可及的事情。虽然它们都还是机器人的面庞，但是这并不妨碍它们能歌善舞、能言善道、端茶倒水……

“云上飞”机器人

机器人留给人们的印象总伴随着“智能”二字，与“力大无穷”和“坚不可摧”这些令人敬畏的形象相比，机器人更代表着一种充满神奇、引发想象和令人向往的美好境界，也是未来生活令人期待的一部分。

尽管那些无所不能的智能机器人更多地出现在科幻小说中，但实际上，从1961年世界上第一个真正意义上的实用机器人在美国问世开始，机器人已经慢慢从科幻世界走出来，走入了人类生活。

然而不论是航空航天和军事活动中应用的机器人，还是应用于交通、医疗的智能机器人，都遵从着一个不可逆的规律——智能化。

几年前，国内就出现了做饭机器人，但是其功能只集中于烹饪，却不善处理其他家务。2013年，一个名为PR2的全能机器人在美国问世，它不仅能下厨做饭，其他家务也可以一举包办。虽然PR2机器人烹饪的食物比较简单，无法达到“宫保鸡丁”“水煮鱼”的水准，但是它胜在可以读懂人们的心思，通过分析人们的动作而判断下一步的行动。

“在机器人动作智能水平越来越高的今天，加快发展机器人的‘认知智能’，即与人的认知行为类似的能力，成为当务之急。”中国科技大学机器人中心主任、“可佳”机器人研发者陈小平说。

“可佳”的出现，无疑让人们对智能机器人有了更深的了解。“过去报道的机器人导购，一般是没有顾客引导功能的，特别是大范围的引导，而人机对话一般是说一些事先固定安排的话，并没有对顾客提出的随机服务请求，根据商场的实际情况给予回答。”陈小平告诉《中国科学报》记者。

“可佳”的聪明伶俐与她自身拥有的“秘密武器”密不可分。这个秘密武器就是云交互平台。北京科技大学物联网与电子工程系教授解仑在接受《中国科学报》记者采访时表示：“云交互机器人平台是将云计算信息处理和信息分析与机器人结合，是现在研究的前沿热点方向之一。”

在没有云平台交互技术时，能够回答问题的机器人往往只能根据设定好的文本一问一答。即提问者必须提到设定好的关键词，才能得到机器人的答复。而“以前出现的能炒菜的机器人，主要在动作方面实现了一些过去只有人类才能够完成的任务。在这个意义上，也可以认为这种机器人具备了一定的智能，可以称为‘动作智能’。但是，云交互机器人向智能化又推进了重要一步。”陈小平说。

“可佳”是可以“思考”的，能够根据人们泛泛的问题，给出自己知道的答案。虽然做不到像人类那样随心所欲地思考，但比之前只能刻板地照本宣科先进得多。

赋予学习功能

如今，机器人的普及，让不少商家打着人工智能机器人的旗号，却“挂着羊头卖狗肉”。那么，何为人工智能机器人？

美国斯坦福大学人工智能研究中心尼尔逊教授曾对人工智能下了这样一个定义：“人工智能是关于知识的学科——怎样表示知识以及怎样获得知识并使用知识的科学。”即人工智能是研究人类智能活动的规律，构造具有一定智能的人工系统，研究如何让计算机去完成以往需要人的智力才能胜任的工作，也就是研究如何应用计算机的软硬件来模拟人类某些智能行为的基本理论、方法和技术。

对此，陈小平也表示赞同，同时表示“利用人类的各种知识，自动提高机器人的能力，是很多研究者追求的一个长远目标，也是实现‘真正人工智能’的一条途径。大家都承认，人是通过学习而不断提高的，而不是一生下来就什么都懂的。但是，机器人如何学习，不是那么容易的”。

为了实现让机器人自主学习的目标，由陈小平带领的中国科技大学机器人团队提出一条独创性的技术路线，并不断取得重要进展。这条思路的工程实现，有赖于机器人云平台的构建和推广。

“我们尝试构建的云平台，不仅具有分享数据的功能，而且我们更重视机器人和人之间的能力共享，包括利用网络上的知识提高机器人的理解能力和问题求解能力。去年11月，中国科技大学和美国卡内基·梅隆大学进行了一次成功的'中美云机器人'联合实验，把我们的研究又推进了一步。"陈小平说。

现在，"可佳"可以自主引导顾客到达顾客指定的地点，与顾客的人机对话也是开放的，顾客可以随便说，不限于事先固定的句子。借助强大的云平台，"可佳"还能通过手机同时与多个用户对话，提供服务，完全突破了传统的人和机器人对话的一对一模式，有效提高了服务效率。

"当然，'可佳'目前还不能听懂顾客说的所有句子，这时就转入聊天模式。'可佳'云交互机器人和顾客对话的一个主要特点是可以和多名顾客同时对话，这是由于'可佳'云平台的支持，顾客实际上是和'可佳'机器人的云平台对话。所以，我们用到的第三个核心技术是云平台。"陈小平说。

因为"可佳"本身拥有学习功能，因此"可佳"可以通过学习提升自己的储备，也能引导顾客提出自己的购物需求和偏好，然后利用云平台上的大量知识和信息资源，包括购物中心内各家店铺的商品和服务信息，为顾客提供有针对性的购物咨询。

至于另外两个核心技术，则分别是"可佳"的人机对话理解和大型公共场所的机器人自动导航。在家庭和办公室等小型场所，机器人自动导航技术已经比较成熟了。但在大型公共场所，特别是在出现密集人群和复杂环境状况的条件下，简单地应用经典机器人导航技术是无法奏效的。

"试运行"背后的深意

"'可佳'是根据合肥这家商场提出的要求制作的。"陈小平说，"由于这家商场面积有10万多平方米，日均客流量达到10万人次，因此，商场依靠人工很难完成信息服务和导引服务，只能借助'可佳'云交互机器人提供服务。"而"可佳"与普通人正式入职前一样，也需要三个月的试用期。

这三个月的试用期，"从技术层面来说非常必要。示范应用是一种真实环境中的系统性检验，只有通过这种检验，才能在应用中找到问题，进而解决问题。"解仑表示，"示范应用不论对研究还是对最终实用都很有利。"

陈小平也表示，达到通过云平台提高机器人能力的目标，需要考虑人作为用户的反应，考虑环境的作用。"我们这次在合肥国购广场这样一个大型公共场所实际测试、试用机器人导购，就为达到上述目的提供了一种可行的办法。"

"'可佳'云交互机器人的三大核心技术都需要在试运行中加以检验和改进，甚至需要在长期使用中不断检验、提高和完善。为此，就需要借助大型公共场所和云平台，这样我们就可以收集在机器人导购的过程中，用户与机器人之间的人机交互和人机互动的原始数据，以及用户对服务质量和机器人表现的评价，从而分析相关技术的性能、缺陷及原因，也可以挖掘用户行为的主要特点，从而设计更好的服务策略。"陈小平说。

（本报见习记者　袁一雪　《中国科学报》　2015年1月23日）

我首次实现虚磁场中"李-杨零点"探测

科技日报讯(记者　吴长锋　通讯员　杨保国)　中国科学技术大学近代物理系杜江峰教授团队的彭新华教授等和香港中文大学刘仁保教授的理论研究组合作,在国际上首次成功实现探测虚磁场中"李-杨零点"实验。该研究成果近日发表在国际权威物理学期刊《物理评论快报》上。

1952 年,李政道和杨振宁证明了 Ising 铁磁模型在复数域内存在可以使系统配方函数为零的点(即李-杨零点)。通过李-杨零点,我们可以获得系统各种热力学性质,如熵、配分函数、自由能等,对于多体系统的相变研究有重要意义。由于这些零点存在于虚磁场条件下,李-杨零点一直以来被认为仅仅存在于理论中,实验上直接探测是非常困难的。

不久前,香港中文大学刘仁保教授研究组的理论研究表明,如果引入一个与系统耦合的探测比特,则该探测比特量子相干在时间域上的零点和该系统的李-杨零点存在一一对应的关系,说明李-杨零点实验上的直接观测是可能的。

该合作研究团队利用亚磷酸三甲酯的分子,其中的磷核自旋作为探测比特,9 个氢核自旋模拟 Ising 铁磁系统,通过核磁共振方法,首先将磷核自旋制备到自旋向上和向下的量子叠加态,然后观测其量子相干随时间的演化,首次在实验上直接观测到该系统的李-杨零点,并通过这些零点研究了系统的自由能和相变现象。

专家称,这是虚磁场中李-杨零点在真实实验中的第一次直接观测,不仅在统计物理中极为重要,同时对研究复杂实际体系中隐藏在物理参数复数域内新的物理现象提供了一种新的方法和实验实现的可能性。

(《科技日报》 2015 年 1 月 25 日)

注:中国科学报、安徽日报等也做了报道。

中科大新增国家国际科技合作基地

日前,科技部公布 15 家国家国际科技合作基地(国家级国际联合研究中心类)名单,中科大申报的"大尺度火灾国际联合研究中心"榜上有名。

森林与城市开放空间等大尺度火灾安全问题,是世界各国共同面临并亟须解决的重大公共安全问题。新批准的"大尺度火灾国际联合研究中心",由中科大火灾科学国家重点实验室、美国国家标准与技术研究院工程实验室、俄罗斯科学院化学动力学与燃烧研究所、葡萄牙工业空气动力学发展协会森林火灾研究中心、英国帝国理工学院等国际知名科研机构和大学共同建设。

近年来，中科大与美国、俄罗斯合作伙伴共同承担两个国家自然科学基金重大国际合作研究项目，与葡萄牙合作伙伴共同承担中葡国家国际科技合作专项，在极端火领域取得一系列重要合作研究成果。该联合研究中心负责人表示，合作建立"大尺度火灾国际联合研究中心"，有利于通过强强合作发展最新的大尺度火灾防控理论和技术，深刻认识大尺度火灾的复杂机理与规律，进一步提升我国火灾科学理论水平和火灾防治技术研发水平，有效降低森林与城市开放空间重特大火灾发生风险和危害性后果。

（桂运安 《安徽日报》 2015 年 1 月 27 日）

注：安徽广播电台等也做了报道。

我科学家揭示绿脓杆菌传播机制

本报合肥 1 月 29 日电（记者 李陈续 通讯员 杨保国） 被称作头号细菌"杀手"的绿脓杆菌，是造成 90％以上致死急性感染的罪魁祸首。而且长期以来人们不清楚这个时刻威胁着人类生命安全的"杀手"是如何传播的。日前，中国科技大学合肥微尺度物质科学国家实验室金帆教授课题组经过长期攻关，成功揭示了绿脓杆菌的传播机制，为未来有效减轻其危害奠定了科学基础。这一研究成果刊登在最新一期《自然·通讯》上。

绿脓杆菌是一种在自然界广泛存在的机会性致病菌。由于绿脓杆菌可在囊肿纤维化病人肺部形成多细菌的聚集体即生物被膜，造成无法治疗的慢性感染，因此，绿脓杆菌被医疗界视为免疫缺失患者，如艾滋病患者，以及囊肿纤维化患者的头号杀手。

在国家自然科学基金的资助下，金帆课题组最新研究发现，在软表面爬行的绿脓杆菌可利用其菌毛的伸展和收缩实现高速"弹射"运动，使表面的有效黏度极大地降低，从而减小爬行时的阻力。这种独特的适应机制可以极大地帮助细菌在软表面上的扩张，大大增加了细菌在各种软组织表面如烧伤表面上形成细菌聚集体的可能性，从而造成无法治愈的感染。

（《光明日报》 2015 年 1 月 30 日）

注：人民日报、经济日报、中国科学报、中国广播网、中国新闻网、文汇报、安徽日报、合肥日报、合肥晚报等也做了报道。

中国科大发现"光解水制氢"新路径

科技日报讯（记者 吴长锋 通讯员 刘爱华） 如何用太阳能分解水制备氢气在全世界备受关注。中国科学技术大学熊宇杰教授课题组的一项研究首次揭示了硅纳米线表面"光解水制氢"的机制，为其制氢性能的提高提供了新的途径。该工作以《硅纳米线光解水制氢之谜》为题，在线发表于国际重要化学期刊《德国应用化学》上，入选该期刊的热点论文。

在光解水制氢的过程中，半导体催化剂扮演着非常重要的作用。半导体材料在接收到太阳光以后将产生携带能量的激发态正负电荷，使得水通过还原和氧化反应生成氢气和氧气。“硅”是地球上储量最高且在工业上应用最为广泛的半导体材料，早已有报道预言可用于光解水制氢技术。

一方面，熊宇杰课题组巧妙地把纳米制造技术和湿化学方法结合起来，可以高度选择性地调控硅纳米线阵列的表面化学键类型和数量，从而发现硅材料的激发态电荷平均寿命及光催化产氢效率与其表面化学键紧密相关。另一方面，研究团队发现该过程产生的氢气和氧气的比例远高于常规思维中的比例，并通过中国科大江俊教授课题组的理论模拟，揭示该过程与传统的光催化氢机制有所不同。基于该系列发现，研究团队首次揭开了硅材料“光解水制氢”机制的“神秘面纱”。

在理解作用机制之后，研究人员开发出了一类基于常规半导体工业技术的表面化学处理方法，为调控位于硅材料表面的化学键状态提供了简捷途径，得以理性地调变其光催化制氢性能。该研究提出了新的表面工程思路，为开发高效、自然界丰富的光催化剂铺筑有效道路，并将拓展人们对化学转化中电荷运动“微观引擎”的控制能力，对高效催化剂的理性设计具有重要的推动作用。氢气的获得也将为燃料电池等带来更广泛的应用。

（《科技日报》 2015 年 2 月 3 日）

注：中国科学报、市场新报等也做了报道。

作为我国首台以真空紫外和软 X 射线为主的专用同步辐射装置，“合肥光源”近 30 年来持续释放“神奇之光”，为科技人员照亮未知的微观世界——

探秘“合肥光源”

日前，中国科学技术大学国家同步辐射实验室“合肥光源”重大升级改造项目，顺利通过中科院组织的专家组验收。基于合肥现有的国家同步辐射“合肥光源”、全超导“托卡马克”和稳态强磁场 3 个相互关联的大科学装置，中国科学院合肥大科学中心于去年年底获批筹建，合肥再次成为引领我国先进光源、核聚变工程、强磁场等领域大科学装置发展的创新高地。

宛若“飞碟”落人间

沿着合肥市合作化路高架桥自南向北行驶，有一个“飞碟”状建筑矗立在中科大西区，那就是“合肥光源”所在地——国家同步辐射实验室。如果不是中科大工作人员特别提及，估计很少有人知道，“合肥光源”是我国首台以真空紫外和软 X 射线为主的专用同步辐射光源，国家同步辐射实验室则是新中国第一个国家级实验室。

早在1977年国家科学大会上，我国就首次提出建设同步辐射光源的设想。那时，中科院打破常规，将这一艰巨的任务交给中科大近代物理系。1983年4月，国家同步辐射实验室成立；6年之后的1989年4月，"合肥光源"发出第一束"神奇之光"，"合肥同步辐射加速器及光束线实验站"也因此获得1992年中科院科技进步奖特等奖和1995年国家科技进步奖一等奖。

说起同步辐射，不少人要感叹其"高大上"。"其实，简单地说，同步辐射就是一种光。"国家同步辐射实验室主任陆亚林介绍，以光速运动的高能电子，在磁场中转弯时，沿轨道切线方向所发出的电磁辐射(即发"光")，就是同步辐射。光辐射是透视微观世界的一把"利器"，"合肥光源"的真空紫外波段可用于电子迁移、自旋运动和能量传递过程的研究，让人们认识超导等先进材料以及蛋白质的性质和功能；X射线波段可用于蛋白质、凝聚态物质的晶体结构研究。陆亚林表示，同步辐射作为一种先进的光源，在国家安全、能源、工程材料实时研究等方面发挥着关键的平台支撑作用。质子加速器治癌、离子辐照培育农作物新品种、光谱技术分析汽车尾气……随着科技成果的转化，一些同步辐射技术已逐渐改变着人们的生活。

"顶天立地"做科研

2007年，我国首颗探月卫星"嫦娥一号"成功发射，并传回首张月面图像，标志着我国从此迈入具有深空探测能力的国家行列。鲜为人知的是，"嫦娥一号"首次飞行任务携带的太阳风离子探测器，其正机实验标定和测试，就是在"合肥光源"上完成的。

"顶天立地"，是国家同步辐射实验室做科研的一项基本原则。"顶天，就是要在基础研究方面，处在世界最前沿。立地，就是要推动科技成果转化，为区域经济发展做出实实在在的贡献。"中科大相关负责人表示。近年来，围绕蛋白质研究、发育与生殖研究、量子调控研究、能源与环境、纳米研究、新型功能材料等国家重大科学需求，"合肥光源"立足基础研究、瞄准世界前沿，在火灾防治、量子科技等领域产生一系列重大突破，科技成果多次登上《科学》《自然》等国际顶级学术期刊，并获得国家科技进步奖一等奖和中国十大科技进展等荣誉。

在"立地"方面，国家同步辐射实验室围绕我省战略性新兴产业，力促科技成果转化。新能源汽车，是我省颇具代表性的新兴产业，推动这一产业更好、更快发展，需要进一步提升电池续航能力和安全性能，而锂电池隔膜是电池固有安全的关键材料。但由于技术限制，国内70%的锂电池隔膜依赖进口。记者在采访中获悉，基于"合肥光源"所产生的新技术，已大大提升了锂电池隔膜的安全性能。目前，国家同步辐射实验室正在与芜湖一家公司洽谈合作，届时锂电池隔膜有望终结主要靠进口的尴尬局面。在加速器研制领域，该实验室研制、拥有多项核心技术，成果已在我省时代出版等公司应用。

"神奇之光"更惊艳

近日，改造后的"合肥光源"迎来首批用户，复旦大学和上海交大的科技人员利用角分辨光电子能谱实验站，分别测量了重费米子与铁基超导样品，对稀磁半导体和拓扑绝缘体进行了研究。“升级后的‘合肥光源’，已达到国际同类装置的先进水平，与北京、上海光源形成互补。”陆亚林表示。目前，中国运行和在建的共有5个同步辐射装置，分别为“合肥光源”、“北京光源”、“上海光源”以及台湾“新竹光源”和台湾光子源，但作为全球仅有的几家低能区（真空紫外-软X射线）光源之一，“合肥光源”独具特色的平台作用不容小觑，也不可替代。

在实验室里，记者看到一个六边形的大型密闭墙体，长短不一的管道穿梭其间，低鸣的机器正在运转，一切外在看似普通，但内涵的惊艳非同一般。正在操作仪器的工作人员告诉记者，此前“合肥光源”主要技术指标仍维持在20世纪80年代的设计水平，发射度大、亮度低，已难以满足未来科学挑战对真空紫外到软X射线光源提出的更高要求。2009年，中科院和中科大决定共同投资1.7亿元，对其进行新一轮重大升级改造，通过采用先进的加速器物理设计，新建直线加速器和储存环，提高加速器总体性能，使“合肥光源”特色更加鲜明。

“经过改造，‘合肥光源’性能已提升到准三代光源水平。”陆亚林透露，实验室坚持以自主创新为主，采用高水平的集成创新，突破原有二代光源的空间限制，将新技术完美地融入旧的框架之中。比如，储存环采用我国自主研制的固态高频发射机，光源运行可靠性大幅改善；应用自主设计的多功能六极磁铁，大大节约了空间，并保持了良好的轨道调节灵活性。“自主创新和新技术集成，极大地提升了‘合肥光源’的系统性能，让它成为全国乃至世界低能区光源中不可或缺的一支力量。”陆亚林表示。

每引出一束同步辐射光，就可照亮一个学科领域。记者获悉，在原有15条光束线及实验站的基础上，“合肥光源”这次升级改造又新建具有国际先进水平的燃烧、软X射线成像、催化与表面科学、角分辨光电子能谱和原子与分子物理5条光束线及实验站，将为材料、能源、物质与生命交叉以及环境科学等领域提供先进的研究平台。

去年年底，依托“合肥光源”、“托卡马克”和稳态强磁场3个大科学装置，中科院决定筹建合肥大科学中心。陆亚林说，作为合肥大科学中心的重要组成部分和国内高校唯一的大科学装置，“合肥光源”将进一步聚集海内外科研力量，支撑核聚变与等离子体科学、量子功能材料等前沿领域创新研究，创造更多具有世界影响的原创性成果。

（记者　桂运安　《安徽日报》　2015年2月3日）

我首次实现光子轨道角动量纠缠量子存储

科技日报讯（记者　吴长锋　通讯员　杨保国）　我国科学家在国际上首次实现了光子轨道角动量纠缠的量子存储，进一步证明了基于高维量子中继器实现远距离大信息量量子信息传输的可行性。该研究成果近日发表在国际物理学权威期刊《物理评论快报》上。

这是中国科学技术大学郭光灿院士领导的中科院量子信息重点实验室史保森小组在高维量子中继研究方向取得的重要进展。

光子的轨道角动量产生于电磁波螺旋前进的波前，可以构成一个无限维的编码空间。

将光子编码在轨道角动量空间，可以大幅度增加光子的信息携带量。此外，利用光子的高维编码态还可以提高量子密钥传输的安全性，实现二维编码态无法完成的量子信息协议，并进行量子力学基本问题的研究。而要实现大信息量、长距离的量子信息传输，必须借助量子中继器，而量子存储单元是构成量子中继器的核心，因此必须首先实现高维量子纠缠的存储。

史保森教授和博士生丁冬生等继2013年在国际上首次实现携带轨道角动量的单光子存储后，最近他们又在该研究方向取得重要进展，首次实现了光子轨道角动量纠缠在两个存储单元之间的存储。他们利用两个磁光阱制备了两个冷原子团，在其中一个冷原子团中制备了单光子与原子系综之间的纠缠，然后将该光子存储在另一个冷原子团中，从而实现了轨道角动量纠缠在两个原子系综之间的存储。

为了检验纠缠特性，他们利用量子层析技术重构了存储纠缠态的密度矩阵。通过对比存储前后双光子干涉可视度和计算存储保真度等，来检验存储过程对纠缠程度的影响。实验结果表明，轨道角动量纠缠可以被高保真地存储。

（《科技日报》 2015年2月15日）

注：中国青年报、中国科学报、中国新闻网、安徽日报等也做了报道。

中国科大合成混价钒氧化物三维纳米网络结构

本报讯（记者　杨保国）　记者从中国科学技术大学获悉，该校化学与材料科学学院余彦课题组与德国马普固体研究所合作，发展了一种室温氧化还原自组装方法，成功合成混价钒氧化物的三维纳米网络结构，并将该材料应用于高能量密度锂离子电池正极材料，取得了优异的电化学性能。相关成果日前发表于《纳米快报》。

近年来，钒氧化物作为锂离子电池正极材料被广泛研究。相比传统的钒氧化物，具有混合价态的钒氧化物十三氧化六钒由于较难合成因而很少被研究。最新研究表明，十三氧化六钒被用作锂离子电池正极材料时可接受8个锂离子（单位分子），从而表现出高达417毫安时/克的理论比容量和900瓦时/千克的理论比能量。但在制备的过程中，由于钒具有混合价态的特性，导致该材料的可控制备遇到较大挑战。

此次研究人员提出了一种简单的基于室温溶液体系的氧化还原自组装方法，成功实现了十三氧化六钒的可控制备，并且可实现量化生产。作为锂离子电池正极材料，这种由一维纳米槽编织而成的三维多级结构，其一维纳米单元具有较高的比表面积，有利于电解液的渗透，同时能促进快速的锂离子和电子传输。更重要的是，三维相互铰链的网络结构能有效抑制其一维单元的团聚和粉化，从而表现出高达780瓦时/千克的比能量。

（《中国科学报》 2015年2月12日）

注：科技日报、安徽日报等也做了报道。

我国学者发现新型非编码核糖核酸可为重大疾病临床提供参考

新华网合肥2月23日电(记者　徐海涛)　记者23日从中国科学技术大学获悉,该校单革教授实验室近期发现了一种新型的环状非编码核糖核酸(RNA),为进一步揭示人类生命原理,以及未来解释并防治一些重大疾病提供参考。该研究成果日前发表在国际知名杂志《自然·结构和分子生物学》上。

核糖核酸(RNA)是存在于生物细胞以及部分病毒、类病毒中的遗传信息载体,而非编码RNA通常因不能编码蛋白质,在20世纪90年代之前被认为是不具有生命意义的"杂信号""垃圾RNA"。近年来,随着研究的不断深入,国际学界发现非编码RNA具有一些生物学作用,它的突变或表达异常与许多疾病的发生密切相关。

近期,中国科技大学单革教授实验室发现了一类新型的环状非编码RNA,它具有独特的外显子-内含子结构,既不同于学界此前集中研究的线形RNA分子,也与其他完全由外显子形成的环形RNA的细胞质定位不同。他们还发现,这种新型环状非编码RNA可以调控其自身所在基因的表达,并研究了它促进基因转录的机理。

近年来,国际学界陆续发现非编码RNA具有基因调控作用,对癌症、抑郁症、睡眠障碍等疾病的产生有一定影响。有学者预测,非编码RNA研究将成为一种防治疾病的新型工具。中科大发现的这种环状非编码RNA,有望对探索生物进化进程,以及未来人类防治重大疾病产生积极的作用。

(新华网　2015年2月23日)

注:人民日报、人民日报海外版、新华每日电讯、光明日报、科技日报、中国科学报、中国医药报、安徽日报、安徽电视台、安徽商报、沈阳日报、大连日报、深圳特区报、佛山日报、湖南日报、成都日报、闽西日报、扬子晚报、现代快报、解放日报等也做了报道。

我科学家发明新型金属催化剂

本报合肥3月4日电(记者　李陈续　通讯员　杨保国)　4日,记者从中国科学技术大学获悉,该校熊宇杰教授课题组设计了一类独特的金属钯纳米材料,同时具有高催化活性和太阳能利用特性,在光驱动有机加氢反应中展现出优异的催化性能,室温光照下即可达到70摄氏度加热反应的催化转化效率。最新一期国际著名期刊《德国应用化学》刊发了这项研究成果。

金属钯是众多有机反应的高效催化剂,与常见的金、银相比,常规金属钯纳米材料的吸收太阳光能力较差，吸光范围局限在仅占太阳能5%的紫外波段，给太阳能俘获和利用带来巨大困难。

熊宇杰小组设计了一类尺寸为50纳米且具有内凹型结构的金属钯纳米材料，通过降低结构对称性和增大颗粒尺寸，使其能够在可见光宽谱范围内吸光，吸光后的光热效应足以为有机加氢反应提供热源。设计的独特之处在于，纳米结构的尖端棱角处具有超强的聚光能力从而产生局部高温，并且棱角处也是加氢反应的高活性位点，实现了太阳能利用和催化活性的合二为一。基于该设计，他们开发出的金属钯纳米材料在室温光照下即可有效驱动有机加氢反应，而传统热催化技术需要将反应加热至70摄氏度以上才能实现完全化学转化。

专家评价，该进展不但为利用太阳能替代热源驱动有机催化反应提供了可能，而且也对相关催化材料的科学设计具有重要推动作用，未来有望应用于重要化学品的光合成。

（《光明日报》 2015年3月5日）

注：新华网、中国青年报、中国科学报、中国能源报、安徽日报、曲靖日报等也做了报道。

我国在世界上首次实现多自由度量子体系的隐形传态

新华网北京3月5日电（记者 吴晶晶） 中国科学技术大学潘建伟院士及其同事陆朝阳、刘乃乐等组成的研究小组在国际上首次成功实现多自由度量子体系的隐形传态。这是自1997年国际上首次实现单一自由度量子隐形传态以来，量子信息实验研究领域取得的又一重大突破，将为发展可扩展的量子计算和量子网络技术奠定坚实基础。

最新出版的国际权威学术期刊《自然》以封面标题的形式公布这一成果。这一实验成果得到《自然》杂志审稿人的高度评价，称这一成果"绝对新颖、重要，处于当前量子光学和量子信息领域的最前沿，可以认为是一个伟大的成就"。

据潘建伟介绍，量子隐形传态在概念上类似于科幻小说中的"星际旅行"，可以利用量子纠缠把量子态传输到遥远地点，而无须传输载体本身。量子隐形传态作为量子信息处理的基本单元，在量子通信和量子计算网络中发挥着至关重要的作用。1997年，国际上首次报道了单一自由度量子隐形传态的实验验证，入选《自然》杂志"百年物理学21篇经典论文"。

（新华网 2015年3月5日）

注：人民日报、CCTV-1、CCTV-4、CCTV-13、人民日报海外版、China Daily、科技日报、中国青年报、中国科学报、中国新闻网、重庆日报、安徽日报、新安晚报、安徽商报、合肥日报、江淮晨报、新快报、石家庄日报、江苏卫视、太原日报、吉林卫视、天津卫视、四川卫视、阿坝日报、中国证券网、中国经济网、呼和浩特日报、海南日报、北京日报、深圳特区报、金华日报、东阳日报、燕赵晚报等也做了报道。

我国科学家获得世界首张单个蛋白质分子磁共振谱

本报北京3月15日电(赵永新　杨保国)　中国科学技术大学杜江峰教授领衔的研究团队将量子技术应用于单个蛋白分子研究,在室温大气条件下获得了世界上首张单个蛋白质分子的磁共振谱。该研究不仅将磁共振技术的研究对象从数十亿个分子推进到单个分子,并且"室温大气"的实验环境为该技术未来在生命科学等领域的广泛应用提供了必要条件,使得高分辨率的纳米磁共振成像及诊断成为可能。

3月6日的国际学术期刊《科学》将该项研究作为亮点文章发表,称其是"通往活体细胞中单个蛋白质分子实时成像的里程碑"。

据介绍,磁共振技术能够准确、快速和无破坏地获取物质的组成和结构信息,已被广泛应用于基础研究和医学等领域。然而,由于受制于探测方式,目前通用的磁共振谱仪的研究对象通常为数十亿个分子,成像分辨率仅为毫米量级,无法观测到单个分子的独特信息。

杜江峰研究团队利用钻石中的氮-空位点缺陷作为量子探针(以下简称"钻石探针"),选取了细胞分裂中的一种重要蛋白为探测对象。他们首先将蛋白从细胞中分离并将标记物(氮氧自由基)固定在蛋白的特定位置,然后将此蛋白分子放在钻石表面,此时标记物距离"钻石探针"约为10纳米,会产生仅相当于地磁场1/16的极微弱的磁信号。"钻石探针"具有感知极弱磁信号的能力,在激光和微波操控下,它形成一个量子传感器,将单分子信号转化为光学信号而加以检测。杜江峰研究团队在室温大气条件下获取了单个蛋白质分子的磁共振谱,并通过对比不同磁场下的多组磁共振谱的特征,获取了它的动力学性质。

专家指出,未来可将该技术应用于生命及材料领域的单分子成像、结构解析、动力学监测,甚至直接深入细胞内部进行微观磁共振研究。

(《人民日报》　2015年3月16日)

注:新华网、光明日报、科技日报、中国新闻网、中国科学报、安徽广播电视台、文汇报、安徽日报、江淮晨报、海南日报等也做了报道。

我首次在非线性过程中观测到光学前驱波

科技日报讯(记者　吴长锋　通讯员　杨保国)　中国科学技术大学郭光灿院士领导的中科院量子信息重点实验室史保森教授研究小组,首次在非线性过程中观测到光学前驱波的产生。该工作对深入研究光脉冲在非线性介质中的传播行为具有重要意义。研究成果3月3日发表在国际物理学权威期刊《物理评论快报》上。

1914年著名物理学家索末菲和布里渊从理论上开始研究光脉冲的边缘部分在介质中

的传播行为，指出边缘部分所引导的这一段瞬态光场称为光前驱，介质对其无法响应。一般的介质对一个光脉冲都有一个响应的频谱范围，与介质共振的光脉冲部分在介质中传播时会被吸收或者被延迟，而与远离介质共振的光脉冲部分会透射过去。当光脉冲的频谱宽度大于介质的线性吸收带宽时会出现一个光学现象：光脉冲的低频部分会被吸收或延迟，而高频部分会直接透射过去，形成光前驱波。最近的实验表明，光前驱波可以在线性过程中观测到，但在非线性过程中能否观测到前驱波尚无任何报道。

史保森教授研究小组将磁光阱中制备出的二维冷原子团作为非线性介质，通过非线性过程产生出新的光脉冲。该脉冲的低频成分被原子吸收，而高频部分直接透射出去形成光前驱波，从而在非线性过程中首次观测到光前驱波，并实现了对所产生光前驱波的光学存储。

史保森表示，该工作从理论和实验两方面系统研究了前驱波的产生、存储与输入光脉冲形状的关系，理论预言和实验结果高度吻合，有助于深入理解光脉冲与物质相互作用的物理机理。

（《科技日报》 2015 年 3 月 19 日）

注：中国科学报、安徽日报等也做了报道。

新型催化剂“俘获”更多阳光

由于化石能源的过度开采和逐渐枯竭，太阳能向化学能的定向转换已日益引起业界的广泛关注。传统的利用太阳能驱动的反应路径是基于半导体的光催化技术，但半导体材料对很多有机反应不具有高催化活性及选择性。针对这一难题，我国科学家提出通过结合金属的催化活性和光学特性来实现有机催化反应。这一成果近日发表在国际著名化学期刊《德国应用化学》上。

金属钯是众多有机反应的高效催化剂，但与常见的金、银相比，常规金属钯纳米材料的吸收太阳光能力较差，给太阳能俘获和利用带来巨大困难。

能不能找到一种同时具有高催化活性和太阳能利用特性的催化剂？为此，中国科学技术大学熊宇杰教授课题组设计了一类尺寸为 50 纳米且具有内凹型结构的金属钯纳米材料，通过降低结构对称性和增大颗粒尺寸，使其能够在可见光宽谱范围内吸光，吸光后的光热效应足以为有机加氢反应提供热源。这一设计的独特之处在于，纳米结构的尖端棱角处具有超强的聚光能力从而产生局部高温，并且棱角处也是加氢反应的高活性位点，实现了太阳能利用和催化活性的合二为一。基于该设计，他们开发出的金属钯纳米材料在室温光照下即可有效驱动有机加氢反应，而传统热催化技术需要将反应加热至 70 摄氏度以上才能实现完全化学转化。

熊宇杰表示，迄今为止，基于金属材料的光驱动催化反应还是一个新兴研究方向，业界对于其过程中金属材料扮演的角色还不太清楚。该进展不但为利用太阳能替代热源驱动有机催化反应提供了可能，也对相关催化材料的科学设计具有重要推动作用，未来有望应用于重要化学品的光合成。

（佘惠敏　杨保国　《经济日报》 2015 年 3 月 19 日）

注：新华网、人民日报海外版、中国广播网、中国新闻网、安徽日报等也做了报道。

燃料电池性能改善有了新思路
我国学者研制出超薄铂镍合金高效纳米催化剂

本报合肥 3 月 18 日电（记者　李陈续　通讯员　杨保国）　活性是目前商用催化剂的 5 倍，循环充放电 6000 次仍保持性能稳定——由中国科学技术大学合肥微尺度物质科学国家实验室曾杰教授课题组与美国阿克伦大学教授彭振猛合作的质子交换膜燃料电池阴极催化剂研制，日前取得令人瞩目的重要进展。这一成果，为新一代高效、高稳定性燃料电池研制提供了新思路。

在化石能源资源有限和环境污染加剧的双重压力下，以质子交换膜燃料电池为代表的新型清洁能源的研究和应用受到全球性关注。但是，这项技术还存在着不小的瓶颈，主要表现在针对电池阴极的氧化还原反应催化剂活性和稳定性较低，制约了电池的输出功率和充放电循环次数，从而阻碍了质子交换膜燃料电池的商业化进程。

曾杰课题组设计并研制出一种具有超薄铂镍合金原子层的核壳型纳米催化剂，并实现了对铂镍原子比例的调控。这种核壳型纳米催化剂的内部为一种低催化活性但非常稳定的钯核，外部为一种高催化活性的铂镍合金，不仅具有极高的铂原子利用率，还兼具氧化还原反应所需要的高活性表面晶面。

研究表明，该催化剂对于质子交换膜燃料电池阴极氧化还原反应的活性高达 0.79 千安培每克，约为目前商用铂碳催化剂的 5 倍。此外，由于这种新型催化剂内部存在较为稳定的钯核，使得其整体稳定性大幅度提高，在循环充放电测试 6000 次后，未见其性能有显著降低。国际著名化学期刊《美国化学会志》近日刊发了这项重要研究成果，专家评价，这项研究成果为开发新一代燃料电池提供了高效的纳米催化剂，也为改善燃料电池的综合性能提供了新思路。

（《光明日报》 2015 年 3 月 19 日）

注：新华网、中国科学报、中国质量报等也做了报道。

“你爱不爱我?”——中国科学家:扫描大脑可以作证

新华网合肥 3 月 25 日电（记者　詹婷婷）　“你爱不爱我”，这个在恋爱中最频繁出现的问题，未来或许可以通过科技手段来验证。近期中外科学家共同完成的一项研究表明，即使在静息状态下，爱情仍会对人类的大脑造成一定的影响。

科学家们过去的研究已经指出，当处在热恋中的个体看着自己恋人的照片时，大脑中参与加工奖赏、动机和情绪调控的脑区会出现激活增强现象。

“然而，浪漫爱情是否会影响静息状态（即没有任何具体的任务）的大脑功能，之前却并没有具体的研究。”领导这项研究的中国科学技术大学生命科学学院脑功能与脑疾病中科院重点实验室教授张效初25日告诉记者。

该项研究于2013年3月发起，历时1年11个月。研究对100位大学生进行静息状态下的脑部扫描，其中约1/3的参与者正处于热恋，1/3刚结束一段感情，剩下1/3的人单身且从没谈过恋爱。

初步研究结果显示，大脑有12个不同区域会因爱情情感而受到不同的影响，“这说明不管恋人是否在眼前，爱情的存在已经在日常情况下持续性地影响着大脑。”张效初说。

相比于分手组和单身组，恋爱组被试的功能连接显著增强，主要体现在涉及奖赏、动机和情绪调控系统（包括背侧扣带前回、脑岛、尾状核、杏仁核和伏隔核等）和社会认知系统（包括颞顶联合区、后扣带回、内侧前额叶、颞叶下回、楔前叶和颞叶等）内的功能连接。

张效初表示，在以上两个系统的部分脑区，其功能连接强度与恋爱组的恋爱时间成正比，与分手组的分手时间显著成反比。

值得一提的是，大脑的尾状核区域，也许是对爱情反应最敏感的区域之一。研究显示，一旦失恋，尾状核的活跃强度会显著降低，甚至比从未恋爱的人更低，然后随着时间慢慢恢复。

张效初目前正从事“成瘾中渴求产生与调控机制”方向的研究。“我们收集不同人群（包括正常人和成瘾患者）各个方面的数据，对正常渴求（食物/性）和异常渴求（成瘾）进行比较，未来希望可以通过磁共振等工具告诉我们大脑哪个区域的信号在异常渴求中变得比较强或比较弱，为解决毒品、网络或者性成瘾等问题提供指导和帮助。”

这项由中国科技大学、西南大学和美国西奈山伊坎医学院的科研人员共同完成的联合研究发表在2月国际期刊《人类神经科学前沿》上。

（詹婷婷　新华网　2015年3月25日）

注：中国教育报、中国新闻网、安徽商报、北京日报、广州日报、西海都市报、包头晚报、南昌晚报等也做了报道。

中科大在国际上第一次实现量子机器学习算法

本报合肥3月31日电（记者　喻思娈）　记者从中国科学技术大学获悉，该校潘建伟教授及其同事陆朝阳、刘乃乐等组成的研究团队，近期在国际上首次实现量子机器学习算法。据悉，这是量子计算应用于大数据分析和人工智能领域的开创性实验工作。相关成果发表在近日出版的国际权威物理学期刊《物理评论快报》上。

据潘建伟介绍，在大数据时代，人类产生的电子数据以每两年翻一番的增幅爆炸式增长，人类在过去3年间产生的数据总量超过了之前几千年产生的数据总量，预测、分析这些海量数据面临巨大挑战。“经典计算机芯片尺寸难以进一步缩小，提升传统计算机速度受到限制。量子信息技术成为很有前景的研究方向之一。”潘建伟说。

在传统计算机中，一个晶体管存储一个“比特”的信息，如果该晶体管处于打开状态，那么它代表的数值就为“1”，反之，处于关闭状态时则为“0”。而在量子计算机模型中，由于量子力学叠加原理的作用，一个晶体管则可以同时存储“0”和“1”两种状态。比如，如果创建两个“量子比特”，就可以一次性存储4个数值：“00”“01”“10”“11”。依此类推，量子计算机就可以展现出比传统计算机强大得多的性能。“面对海量信息，量子计算模型下的计算机可以一次性做出判断，性能大大提升，特征学习和处理数据的能力也就极大增强。”团队成员刘乃乐说。

量子计算的巨大意义和广泛应用前景，吸引了各国科学家的眼球。近年来，潘建伟团队对光学量子计算开展了系统性的研究，取得了一系列开创性的成果。最近，该研究团队又发展了世界领先的光量子计算物理实现研究平台，通过以经典数据编码的微观量子态和辅助量子比特的纠缠，在国际上率先实验实现了基于量子比特的机器学习算法演示。

（《人民日报》 2015年4月1日）

注：新华网、光明日报、科技日报、中国科学报、中国新闻网、安徽卫视、安徽商报、江淮晨报、北方新报、宁夏日报、山西晚报、江苏卫视、大公网等也做了报道。

中科大揭示肿瘤细胞氨基酸代谢异常新机制

本报讯（记者　杨保国）　近日，中国科学技术大学生命科学学院张华凤课题组、高平课题组与中山大学肿瘤防治中心宋立兵课题组以及中科院武汉物数所唐慧儒课题组等合作发现，在营养匮乏的条件下，癌基因cMyc诱发的丝氨酸生物合成途径的激活对于癌症的发生发展起着至关重要的作用，该研究成果近日发表在《细胞研究》上。

癌基因cMyc是一种恶性肿瘤的标志性蛋白，可以调节人类10%～15%与细胞周期、发育、凋亡、代谢相关的基因。丝氨酸是哺乳动物体内的非必需氨基酸，在神经系统以及免疫系统中发挥着重要作用，但cMyc与其关系以及在肿瘤发生发展过程中的作用并不十分清楚。

张华凤等课题组的科研人员通过将肿瘤细胞培养过程中的糖或谷氨酰胺这两种肿瘤细胞生长所必需的重要能源物质去除，让肿瘤细胞“挨饿”，发现这些营养压力条件可以激活丝氨酸合成途径。分子水平研究发现，营养压力条件下这种代谢的转换，即丝氨酸合成途径的激活，是由癌基因cMyc诱发的。进一步在代谢水平及通过核磁共振等技术手段检测表明，cMyc及其调控的磷酸丝氨酸磷酸化酶——这一丝氨酸代谢的限速酶，可以通过调控氧化还原平衡、细胞周期以及核苷酸的合成来支持肿瘤细胞在营养匮乏条件下的存活。

最后，研究人员通过小鼠体内注入肿瘤细胞成瘤实验及肝癌临床样本分析证明，磷酸丝氨酸磷酸化酶的高表达与肿瘤的发生发展有着密切的正相关性，暗示 cMyc 激活的丝氨酸合成途径和磷酸丝氨酸磷酸化酶与癌症形成之间有潜在的因果关系。专家表示，这项研究不仅在分子机制水平揭示了营养压力条件下丝氨酸合成途径的激活与 cMyc 的关系，而且为临床肝癌的诊断及治疗提供了新的潜在靶点。

（《中国科学报》 2015 年 4 月 7 日）

注：科技日报、中国新闻网、安徽日报、合肥日报、常州日报等也做了报道。

我成功迈出宽带高速量子通信关键一步

科技日报讯（记者　吴长锋）　中国科大史保森教授领导的科研小组利用冷原子系统作为存储介质，在国际上首次利用拉曼存储协议分别成功地实现了单光子的路径和偏振混合纠缠态以及双光子偏振纠缠态的量子存储。研究成果于 3 月 30 日在线发表在国际权威学术刊物《自然・光子学》上。

《自然・光子学》审稿人认为："这是该领域第一个标志性成果，为该热点研究领域建立了一个基准点。"它的实现为未来构建基于光纤系统的高速量子网络以及高速线性量子计算奠定了坚实的基础。

众所周知，实现宽带、高速的信息传输和处理是所有通信系统追求的目标。量子通信也不例外。光量子纠缠是实现可扩展的线性量子计算和构建量子通信网络的核心量子资源，而光量子纠缠的存储则是实现量子计算和量子网络通信的关键技术之一。

因而宽带光子纠缠态的存储自然成为构建高速量子网络的基础，也是量子信息技术走向实用化和普及化必须解决的关键技术之一。此外，一个光子拥有多种自由度，比如偏振、路径以及轨道角动量等。宽带多自由度光量子混合纠缠态的存储也是实现高速量子网络的关键技术之一。

史保森教授介绍："我们借助于巧妙设计的 Sagnac 干涉仪，所有实验数据均清晰地证明了偏振纠缠的高保真存储。"实现量子存储的方案有很多种。在众多方案中，拉曼存储协议相比于其他方案如电磁诱导透明协议等具有很多优点，如可以实现宽带信号存储、存储信号的频率具有可调性等。由于该协议具备实现宽带、高速信息处理的潜力，因而成为近年来量子存储研究领域的一个热点方向。尽管科研人员已在固体、原子气体以及分子气体等系统成功地实现了基于拉曼协议的光信息存储，但迄今为止所有光脉冲均为经典强光或衰减的弱相干光，尚无任何偏振纠缠光子的量子存储报道。

（《科技日报》 2015 年 4 月 8 日）

注：中国科学报等也做了报道。

我首台大型反场箍缩磁约束聚变实验装置完全自主研制
“科大一环”进入整体安装调试阶段

科技日报讯(记者　吴长锋　通讯员　杨保国)　近日，由我国完全自行设计、自主研制集成的首台大型反场箍缩磁约束聚变实验装置(KTX，中文简称“科大一环”)，在合肥进入最后整体安装调试阶段。装置设计各项指标均达国际同类装置先进水平。

聚变能被认为是最有希望彻底解决人类能源问题的根本出路之一。目前全球规模最大的国际大科学工程——国际热核聚变实验堆计划，目的就是探索和验证磁约束核聚变科学与技术的可行性。

反场箍缩磁约束聚变实验装置，是科技部“国家磁约束核聚变能发展研究专项”支持的大型装置建设项目，由中国科学技术大学物理学院基础等离子体物理重点实验室承担，中科院等离子体物理研究所及合肥科烨电物理设备制造有限公司合作建设。

反场箍缩是有别于“托卡马克”、仿星器形式的另一类环形磁约束聚变装置，是先进磁约束聚变方式探索研究的重要平台。反场箍缩最重要的特点是约束等离子体的磁场由等离子体内部电流所产生，具有纯欧姆加热达到聚变点火条件、高质量功率密度等优势，是未来磁约束反应堆一种可能的候选方案。

“科大一环”主机总体直径为 8 米，通高为 6 米，总重量超过 70 吨，磁场可达 7000 高斯，等离子体电流可达 1 兆安培，电子温度可达 600 万摄氏度，放电时间可达 100 毫秒。该装置采用环形真空室对称开合设计，解决了当前反场箍缩装置可进性差、真空室维护更新难、费用高的缺陷，为装置的先进锂化壁运行提供了必备的实验条件；突破了以往平衡场磁体附着真空室的简单模式，实现了既高效驱动等离子体电流又自适应维持等离子体平衡的优化设计，有效提升了欧姆加热效率，充分发挥了反场箍缩装置欧姆加热的重要优势。

(《科技日报》　2015 年 4 月 11 日)

注：新华网、中国教育报、中国科学报、中国新闻网、安徽日报、安徽电视台、新安晚报、安徽商报、合肥日报、合肥晚报、江淮晨报、浙江日报、辽宁日报、中国证券报、陕西日报、常州日报、安阳晚报、赣州晚报、济宁日报、海南日报、枣庄日报、北海日报、闽东日报、日照日报、周口日报、大公网等也做了报道。

机器人世界冠军的“大白”梦

在安徽省合肥市国购广场一楼，由中国科学技术大学(简称“中国科大”)自主研发的“可佳云交互机器人”，自今年一月起为顾客导购，开始了三个月的试用期。这是“可佳”首次由实验室走进校外大型公共场所，进行大范围、大量人流条件下的自主导航，为不同用户提供购物咨询、就餐导引等细致服务，此举意味着其研发进入实用化阶段。中国科大机器人研究中心主任陈小平教授接受《大公报》专访时指出，争取三年内让曾夺得世界杯冠军的“可佳”实现量产，走进千家万户，成为现实版的“大白”。

随着迪士尼动画《超能陆战队》（港译《大英雄联盟》）在全球热映，治愈系暖男“大白”（英文名为 Baymax）让服务机器人成为业界的热门话题。“大白”是它在内地的称呼，到了台湾，就叫“杯面”，换到香港，又有一个新名字，叫“医神”。他呆萌可爱，作为机器人医生非常称职，能够快速扫描，检测出人体的不正常情绪或所受的伤，并对其治疗。看完影片的观众，没有一个不想拥有“大白”的。

商场导购试水实用化

“我们将为此而努力。”陈小平强调，目前，“可佳”机器人的应用尚处于试验阶段，正在为三至五年内实现量产做准备。依据新近调整的目标，预期产量比原计划规模要大十倍。

“可佳”是去年获得世界冠军的。当时在巴西举办的第 18 届 RoboCup 机器人世界杯比赛赛场上，“可佳”以主体技术评测领先第二名 3600 多分的巨大优势，首次夺得服务机器人比赛冠军，代表中国服务机器人实现了历史性突破。

载誉而归的“可佳”，又开始了新的尝试，走出实验室，走进大型公共场所。它此次服务的国购广场，总面积超过 10 万平方米，包括 300 多个商铺，日均客流量达 10 万人次。这种复杂的环境是在实验室中无法复制的，包括噪声严重、需要为大量顾客同时服务，以及激光传感器难以分辨的玻璃幕墙普遍存在等。

上述因素对经典机器人自主定位导航、人机交互均提出极大的挑战。尽管如此，这个身穿红黑相间礼服的“小姑娘”有问必答、迎来送往，接近专业的表现赢得诸多消费者的点赞。

陈小平分析称，“可佳”之所以能够成功突破传统人与机器人对话的一对一模式，是因为其具备两大支撑，一个是基本硬件平台，即中国科大“可佳”机器人研发团队自主研发的导览机器人，另一个则是云机器人平台的部分技术，该平台是由中国科大与美国卡内基·梅隆大学联合研制的。

有待降低成本、优化功能

不过，安徽国购机器人产业控股有限公司副总经理陈刚指出，“可佳”在优化功能、降低成本方面还存在着巨大的空间，国购方面将继续在资金投入以及市场开拓上予以鼎力支持。他认为，服务机器人更新换代持续提速，“可佳”应加速实现量产，抢占市场先机。

陈小平坦言，高成本等问题的确是“可佳”当前所要解决的短板。目前，研发和生产一件“可佳云交互机器人”成本为几十万元。不过，“可佳”的这一短板比国外同档次产品的短板要长，成本大约是后者的十分之一。

从 1998 年开始，中国科大机器人研发团队开始研究智能机器人，最初是在国外硬件平台上开展前沿科研，到了2007年，则开始整机软硬件系统的自主研发，样机持续升级换代。“可佳”已是第三代的服务机器人。

除了“可佳”获得世界冠军外，中国科大在多机器人2D仿真比赛中亦蝉联冠军，已连续十年保持世界冠、亚军(五冠五亚)，创造了新的历史。此外，中国科大还获得多机器人2D仿真比赛“自由挑战”赛第一名。

多年来，陈小平一直在思考如何将服务机器人技术和设计做到极致。在他看来，服务机器人软件技术已积累大量可实用化的成果，硬件设计水平却有改进和拉升的巨大空间。今后，该团队将重点在硬件和功能设计两方面挑战难题，根据客户现实消费需求，尽快调整功能板块或优化组合，努力将成本降低至现在的十分之一甚至更低。

“到那时，人们只要花费三至五万元甚至更少的钱，就能享受到‘可佳’的贴心服务，包括每天自动做好家务，按时端上可口饭菜，还能陪伴孩子学习、娱乐，为老年人提供健康监护等系列化服务。”他笑着反问，“用户怎么会不愿意接受呢?”

爆发性增长值得期待

因此，陈小平在谈及全球服务机器人市场前景时，给出了乐观评价，认为其爆发性增长的可能性非常大。他表示，服务机器人的研发和应用将长期处于“水深火热”的状态。一方面技术研究与产品设计的水很深，机器人技术还有大量课题需要持续性研究，从而为产品升级换代提供数十年连续支撑，另一方面产品的应用会很火热，尽管今后或许有波动，但是会一直热下去。

“当然，就像创业初期的中国互联网企业一样，绝大多数服务机器人开发者与生产商会成为先烈或者炮灰。明知如此，也要往前冲，只有迅速冲过去，才有继续生存的可能性，才能赢得胜利、占领市场。”陈小平说。

(记者　柏永　《香港大公报》　2015年4月12日)

中科大量子纳米显微技术研究取得重要进展

中新网合肥4月13日电(记者　吴兰)　记者13日从中科大获悉，该校科研人员在量子纳米显微技术研究上取得重要进展，为纳米光子学和量子信息的有机结合提供了新的思路。该项成果近日在线发表于《纳米快报》上。

据悉，中科院量子信息重点实验室任希锋研究组的科研人员，利用微纳光纤级联银纳米线波导，首次实现在纳米结构中以表面等离子激元(SPP)的形式传输量子偏振纠缠态，其保真度可以达到93.2%。

由于光学衍射极限的存在，使得新兴的量子技术，比如量子成像、量子精密测量等，很难应用到纳米尺度的成像技术上。近年来，基于SPP的光学器件越来越引起人们的关注，它不仅尺寸小，可以突破传统的光学衍射极限，而且局域场密度高，与物质的相互作用强。尽管SPP在经典光学领域得到了长足发展，但是由于其激发效率低，而且存在比较高的固有损耗，将其和量子技术结合在一起面临着多重困难。

任希锋研究组利用微纳光纤把波导中的光学模式绝热压缩，在纳米波导中高保真度地传输了光子的偏振纠缠态。此工作不仅从原理上充分地证明了SPP可以有效地携带量子信息，也为量子技术在纳米尺度上的应用解决了若干关键性难题，使得同时突破标准量子极限和光学衍射极限的量子纳米显微技术成为可能。

（中国新闻网　2015年4月14日）

新能源：磁约束核聚变

日前，中国科技大学宣布，我国首台大型反场箍缩磁约束聚变实验装置（KTX）各系统的部件研制建造工作全面完成，进入装置的最后整体安装调试阶段。从核裂变到核聚变，科学家们始终在寻找最清洁的能源。

早在1942年12月2日，美国物理学家E·费米在芝加哥大学校园内的一个球场上建成了世界上第一个核反应堆。由此，人类开创了释放核能的新时代。1954年苏联建成了世界上第一座和平运用的核电站——奥布林斯克核电站，开创了民用核电的先声。六十年后的今天，核裂变发电以其稳定高效、不产生温室气体等优势备受世人青睐。根据国际原子能机构2011年1月公布的数据，全球正在运行的核电机组共有442个，核电发电量约占全球发电总量的16%。

现今普遍建造和使用的核反应堆都是基于重核裂变的原理建造的。重核裂变是用亚原子的粒子撞击重原子（主要是铀或钚原子）靶核，引起撞击后的靶核分裂成一些碎片，其中包括两三个中子。这些中子又会撞上其他的重原子，使之继续分裂并释放更多的中子。如果有足够多的重原子在一个足够小的空间中，那么这个过程就会像滚雪球一般呈链式发生。以铀235为例，经过40个回合的铀原子分裂，所释放的能量可以把一个白炽灯泡点亮大约1秒钟；80个回合（这仅是链式反应开始后的瞬间）所释放的能量将超过1万吨TNT炸药爆炸时的能量。

然而科学家们并不满足。他们一直在考虑，能不能实现可控核聚变，让我们能够获得源源不断的清洁能源？一般情况下，带正电的原子核是相互排斥的。倘若原子足够热，原子核运动的速度足够快，那么即便是原子核之间的库仑力也无法阻止它们的撞击。撞击之后所形成的新原子要比撞击之前两个原子的质量之和小，撞击过程中失踪的那部分质量将可转化为能量。太阳内氢、碳、氮等原子正是处于高温等离子体状态下，通过氢-氢循环和碳-氮循环进行聚变反应产生巨大能量。

所谓高温等离子体，是指在高温状态下，原子被剥夺的外层电子及带正电离子组成的离子化气体状物质，被视为是除去固、液、气外物质存在的第四态。虽然掌握了核聚变的发生原理，但要人为地在地球上实现持续不断的稳定核聚变反应还有一些亟待解决的问题。除了要把原子加热到太阳般甚至更高的温度形成高温等离子体之外，地球上也没有如太阳的巨大引力，让等离子体聚合在一起（形成微妙的平衡临界点）持续进行聚变。

倘若把高温等离子比作普罗米修斯盗取的“天火”，人类若想操控运用“天火”，就必须把它装在一个容器里，且维持不断地燃烧。这个道理正如同太阳用引力约束等离子体维持核聚变反应一般。然而，核聚变等离子体温度如此之高，任何实物容器都无法承受。科学家们知道带电粒子在磁场下的运动规律，发明了“环形磁笼”。“环形磁笼”就是利用围成一圈的线圈通电所产生的强大环形磁场，将高温等离子体装起来。这就是所谓的磁约束核聚变。在这种约束条件下，通过实现等离子体的点火和自持燃烧，以聚变产生的能量来维持聚变反应，才能保证整个核聚变以受控的、持续的方式开展。

反场箍缩磁约束聚变实验装置的原理也是如此。据介绍，反场箍缩是有别于“托卡马克”、仿星器位形的另一类环形磁约束聚变装置，是先进磁约束聚变位形探索研究的重要平台。反场箍缩最重要的特点是约束等离子体的磁场是由等离子体内部电流所产生的，具有纯欧姆加热达到聚变点火条件、高质量功率密度等优势，是未来磁约束反应堆位形的候选方案。正在建设的 KTX 装置大半径为 1.4 米，小半径为 0.4 米，磁场可达 7000 高斯，等离子体电流可达 1 兆安培，电子温度可达 600 万摄氏度，放电时间可达 100 毫秒。磁体系统由 24 个纵场线圈、26 个欧姆场线圈、12 个平衡场线圈以及 136 个反馈控制线圈组成，最大线圈直径达 7 米。KTX 装置主机总体直径为 8 米，通高为 6 米，总重量超过 70 吨。

国际上，集合了中、美、俄、日、韩、印度、欧盟等多国科技力量的“国际热核聚变实验反应堆”（ITER）正在研究建造中。当今世界正处在通向受控核聚变能源应用的路上。不久的将来，原型示范堆将实现运行。到那个时候，人们将以更易得的燃料，获得源源不断的清洁能源。

（王寻璟　中国科学技术大学　《光明日报》 2015 年 4 月 24 日）

受限水能在常温下以平面方形冰形式存在

科技日报讯（记者　吴长锋）　科学家首次观察到石墨烯毛细通道中常温下受限水的存在形式：二维方形冰结构。该成果由中国科学技术大学吴恒安教授和王奉超特任副研究员与英国曼彻斯特大学 Andre Geim 教授课题组，以及德国乌尔姆大学 Ute Kaiser 教授课题组合作得出，发表在最近出版的《自然》上。

水是地球上最常见的物质之一，不过界面处或者受限空间内水的结构和动力学行为却并不完全为人所知。此次由德国、中国、英国三国组成的联合研究团队，通过实验和模拟发现，在常温下受限于石墨烯片之间的水会整齐排列成规则的二维方形结构。这是常温下水的一种全新存在形式，突破了长久以来人们对冰的已有认识。该研究成果对于解释低维空间内水的快速输运具有重要意义。

吴恒安课题组在该项工作中做出的核心贡献是采用分子动力学模拟揭示了二维方形冰形成机理，在石墨烯片之间的分子间作用力的影响下，使水中的氢键网络从立体向平面转变，从而形成有序的方形晶体结构。模拟结果还预测，该二维方形冰结构在受限空间内是普遍存在的，在非石墨烯片及多种不同表面性质的毛细通道内也可能观察到该特殊方形冰结构的形成。

《自然》期刊网站以首页头条形式第一时间对该成果进行了报道，并在同期的《新闻视点》栏目邀请国际著名水科学家、英国皇家学会 Alan K. Soper 院士，对该成果进行了重点评论和展望。评论指出，该成果首次明确阐述了水在石墨烯毛细通道内的形态和范德华力在纳米尺度下起到的重要作用，有助于人们进一步认识生物通道内或表面水的输运机制和流动控制机理。

（《科技日报》 2015 年 4 月 27 日）

注：中国科学报等也做了报道。

中美学者发现类石墨烯新型单光子源 开辟光量子器件新途径

新华网合肥 5 月 12 日电（记者　徐海涛）　记者从中国科学技术大学获悉，该校潘建伟、陆朝阳等学者与美国华盛顿大学许晓栋、香港大学姚望合作，在国际上首次在类石墨烯单原子层半导体材料中发现非经典单光子发射器，连接了量子光学和二维材料这两个重要领域，打开了一条通往新型光量子器件的道路。

自 2004 年英国科学家成功制备石墨烯（即单原子层碳）以来，该材料的物理内涵和优异性质引发国际学界的研究热潮。但因石墨烯不具备可直接发光的电子结构，限制了其在光电器件方面的应用。

近年来，新型的有直接带隙的类石墨烯材料“单原子层过渡金属硫化物”，以其独特的光电性质受到关注。只是此前国际上关于单原子层二维材料的研究集中于经典光学领域，尚未在实验上观察到光子反聚束等量子光学现象。

中国科技大学潘建伟、陆朝阳等学者领导的团队，近期首次实验发现，二硒化钨二维单原子层中的原子缺陷能够成为发射单光子的器件，具有很好的单色性和偏振性质，并且可以通过外加磁场大幅调控发光波长。

与其他单光子系统相比，这种基于单原子层的单光子器件不仅利于光子的读取和控制，并且可方便地制备和实现与其他光电器件平台的结合，例如微纳结构谐振腔，实现高效光量子信息处理线路。理论表明，通过电场控制，还可能实现对单电子多自由度的量子调控，在未来应用于可容错量子计算研究。

这项研究近日发表在国际权威学术期刊《自然·纳米技术》上，杂志评价其“开辟了一个新的研究领域”。这期《自然·纳米技术》还发表了瑞士苏黎世联邦理工学院、法国强磁场国家实验室和美国罗切斯特大学3个研究团队的类似成果，但他们晚于中国团队投稿。

（新华网　2015年5月12日）

注：科技日报、中国教育报、中国科学报、中国新闻网、安徽日报、梅州日报等也做了报道。

微纳米加工技术研究获新进展

有望突破微纳米尺度仿生功能器件制备瓶颈

本报合肥5月20日电（通讯员　蒋家平　记者　李陈续）　壁虎能爬墙是因为脚掌微纤毛与墙壁接触时产生的黏附力，孔雀羽毛五彩斑斓是因为表面不同的微纤毛反射不同波长的自然光……然而，由于现有微纳米加工手段的缺陷，人类至今还很难有效制备出如此微小尺度的仿生功能结构和器件。中国科学技术大学研究团队利用飞秒激光微纳米打印结合可控的毛细力驱动技术，实现了多种类型的微纳米尺度组装体的可控制备，并将其成功应用于微小物体的选择性捕获和释放，有望突破微纳米尺度仿生功能器件制备的瓶颈。

自然界中广泛存在着以微纤毛或其他丝状结构为基本单元的组装体，这些组装结构赋予了生物体多种多样的功能。通过这些微纳米结构的高效可控制造，可以帮助人们发展新型的仿生功能结构与器件。"比如猫头鹰飞起来一点声音都没有，这与其羽毛的微纳米结构有关，因为不同的结构对声音有不同的影响。如果我们能够制备出类似猫头鹰羽毛的仿生结构来，就可以有效地实现噪声控制。"论文第一作者胡衍雷介绍说。

中国科大研究团队提出一种激光打印结合毛细力驱动自组装的方法，在高分子材料中制备出一系列结构尺寸、力学常数和空间分布高度可控且一致性极高的微纤毛阵列，并通过人为控制液体与这些微纳米结构之间的表面张力，可以高精度自由调控这些微纤毛阵列，从而实现制备大面积多级结构自组装的目的，同时实现对微物体进行选择性捕获或释放的目的。

"这一技术为在微纳米尺度上制备仿生功能结构或器件提供了重要的途径，也为微纳米尺度下粒子的筛选、捕获和转移提供了一种新颖的技术手段。"胡衍雷表示，这种制造方式过程简单易控，成品率高，且绿色环保，有望在分析化学、药物输运及释放、细胞生物学以及微流体工程等领域得到应用。

（《光明日报》　2015年5月21日）

注：新华网、经济日报、科技日报、中国新闻网、中国科学报、安徽日报、常州日报、台州日报、中华工商时报、三江都市报、中国新闻、太行晚报、大公报等也做了报道。

隐身、变形、防污，神奇的纳米世界，很多现象令人叹为观止。中科大纳米科技专家、首批国家“青年千人计划”入选者熊宇杰教授，为你揭开纳米世界的神秘面纱——

纳米科技改变生活

日前，全国首届“最美青年科技工作者”名单出炉，共有30位科技工作者获此殊荣，中科大纳米科技专家、首批国家“青年千人计划”入选者熊宇杰教授位列榜单。

纳米世界有何神奇之处？随着纳米科技的发展，人类的生活将会发生哪些改变？记者深入中科大校园，倾听熊宇杰教授的精彩讲述，与你一起在纳米世界畅游、探秘。

纳米世界　神奇令人惊艳

披上一件斗篷，可以瞬间实现隐身，这样的镜头时常出现在科幻大片中。如今，隐身手段虽然多样，但使用纳米材料是其中较常用的一种方式。隐形战机为什么能够躲避雷达追踪？“就是因为飞机表面喷上了一层纳米吸波涂料。”熊宇杰透露，这些神奇的纳米超细粉末，不仅能吸收雷达波，也能吸收可见光、红外线，可以逃避雷达侦察，并有红外隐身作用。

纳米到底是什么？专家介绍，纳米又称毫微米，如同厘米、分米和米一样，是长度单位。具体地说，一纳米等于十亿分之一米，将10个世界上最小的原子——氢原子排列成一条线，就是一个纳米的长度。形象地讲，一纳米的物体放到乒乓球上，就像一个乒乓球放在地球上一般，一根发丝的直径就有8万纳米。1～100纳米这个微小的特定区域，被科学家们称为纳米尺度，纳米尺度的超细材料则被称为纳米材料；纳米技术就是在纳米尺度的范围内，通过操纵或组装原子、分子、粒子来构筑新物质和器件的技术。

纳米级的金子还是金灿灿的吗？当黄金被细分到小于光波波长的尺寸时，即失去了原有的富贵光泽而呈黑色。事实上，所有的金属在纳米尺度下都呈现出与宏观尺度不同的色彩，尺寸越小，颜色愈黑。在纳米世界，原本导电的铜加工到某个纳米尺度就不再导电，绝缘的二氧化硅在某个纳米尺度时则会变成导体；固体金属有其固定的熔点，超细微化变成纳米尺度时，熔点会显著降低，比如金的熔点是1064 ℃，2纳米尺度的金熔点则降为327 ℃；一些并不活泼的金属，在纳米尺度时会变得非常活泼，容易燃烧并引起爆炸。

“纳米世界，神奇令人惊艳。”熊宇杰说，纳米材料具有传统材料所不具备的奇异或反常的物理、化学特性，在极小的纳米尺度下，固态金属可以变得五颜六色，像面团一样柔软，甚至可以像液态那样任意变形。未来，随着纳米科技的发展，将煤炭中的原子重新排列，就能轻松得到钻石；而将土壤、水和空气的原子重新排列后，就能生产出马铃薯。

走进生活　美妙超乎想象

荷叶为何能出淤泥而不染？壁虎为何能飞檐走壁？“这些特异功能，与纳米结构有关。”熊宇杰说，在地球漫长的演化过程中，纳米材料和它的形成过程早已存在于自然界的生物中。他告诉记者，荷叶不沾水，是因为荷叶拥有纳米细微结构，当荷叶上有水珠时，风吹动水珠在叶面上滚动，水珠可以粘起叶面上的灰尘，并从上面高速滑落，从而使得荷叶能够更好地进行光合作用；壁虎的每个脚趾生有数百万根细小刚毛，刚毛的末端又分叉形成数百根更细小的纳米级铲状绒毛，特殊的纳米结构让壁虎拥有超强的黏附能力。

实际上，纳米尺度的物质并不稀有，我们甚至每天都与它们亲密接触。比如，在雾霾天气下，让人畏惧的 PM2.5，其中就有许多纳米级的颗粒，凭借微小身躯可以侵入人类的肺部；高防晒指数的防晒霜，普遍含有纳米二氧化钛、氧化锌微粒，这些纳米微粒对紫外线有强吸收作用；人的牙齿之所以具有很高的强度，也是因为它是由磷酸钙等纳米材料构成的。

随着纳米科技的发展，很多神奇的纳米产品已走进人们的生活。熊宇杰介绍，当前普遍使用的电脑和手机，中央处理器即是用纳米材料制造的，一个集成电路可拥有几十亿个晶体管；有了纳米防水镀膜，消费者的手机、平板电脑、穿戴设备等电子产品，可以快速进入“生活防水”模式。国家大剧院的穹顶看起来总是干净光亮的，就是因为它是由超亲水、光催化等性能的纳米自清洁玻璃和自清洁钛板组成的，表面污垢很容易被雨水清洗掉。目前，北京部分地区已试用一种纳米银粉打印的地铁票和景区门票，这种票具有非感光、无污染等诸多优点。

纳米冰箱、纳米衣服、纳米陶瓷、纳米药品和化妆品……由于纳米涂料具有防水（墨水、酱油等）、防油、防辐射、防病菌、防霉、防化学品的污染等功能，纳米冰箱抑菌、保鲜效果好，纳米服装防污不沾油；用上了纳米陶瓷的厨房，卫生将会很容易打理。纳米疾病检测指示剂对环境中的指标变化极为敏感，当肿瘤只有几个细胞大小时，指示剂就可以将其检出。科学家于 1991 年发现的碳纳米管，细度仅为头发丝的五万分之一，密度只有钢的六分之一，强度却是钢的一百倍，已被广泛应用于制造防弹衣。在航天航空领域，将一些纳米粉末添加到火箭的固体燃料推进剂中，可大幅度提高燃料的燃烧效率，改善燃烧稳定性。研究表明，向火箭固体燃料中加入 0.5%的纳米铝粉或镍粉，可使燃烧效率提高 10%至 25%，燃烧速度加快数十倍。

技术创新　掀起产业革命

日前，中科大熊宇杰课题组发明了一种金属钯纳米结构催化剂，这种催化剂具有高催化活性和太阳能利用特性，可以在室温光谱辐照下达到热反应 70 ℃下的催化转化效率，这一进展为有效利用太阳能提供了技术支撑。今年 1 月，该课题组还发现纳米硅材料作为催化剂，可用于“光解水制氢”，为寻找和开发自然界丰富、高效的光催化剂打下了坚实的基础。

纳米世界的技术创新，是当前世界各国竞争的热点。早在 1991 年，日本就正式实施为期 10 年、耗资 2.25 亿美元的纳米技术研究计划；2005 年，美国重点研究的 10 项战略技术中，有 4 项属于纳米技术。著名科学家钱学森曾预言：“纳米左右和纳米以下的结构将是下一阶段科技发展的特点，会是一次技术革命，从而将是21世纪的又一次产业革命。”2014年，美国科学家埃里克·贝齐格、威廉·莫纳和德国科学家斯特凡·黑尔，因开创性的成就使光学显微镜能够窥探纳米世界，而获得年度诺贝尔化学奖。

近年来，中科大纳米科技研究取得一系列进展。孙方稳研究组利用光学超分辨成像技术，突破光学衍射极限，实现对单个自旋态的纳米量级空间分辨率测量和操控，成像精度达4.1纳米，为光学衍射极限的1/86，超越2014年诺贝尔化学奖获得者斯特凡·黑尔教授等人实现的光学衍射极限1/67的精度。曾杰研究组发明的多功能材料“纳米之星”，在近红外区有很强的光吸收和光热转化能力。研究人员在患有乳腺癌的小鼠体内注射此材料，并在肿瘤处用近红外激光进行照射发现，纳米晶体吸收近红外光并转化成热，产生局部高温，从而杀死癌细胞。

新能源、节能环保、生物医药、信息产业、新材料……纳米材料和纳米技术应用空间巨大。为抢占纳米科技和产业制高点，中科院、教育部2003年联合成立国家纳米科学中心，聚焦前瞻性、具有重要应用前景的纳米科学与技术基础研究，并推动纳米科技产业化。随着纳米科技的进步，未来人们或许可以用上几秒钟就能充满电的纳米手机；纳米机器人可以钻进人的血液，将药物直接送到病灶上，甚至可以直接切除心血管中的病变部分；“纳米医学”能够在细胞老化时，一个分子一个分子地制造出新细胞，大大地延长了人类的寿命。

（本报记者　桂运安　《安徽日报》 2015年5月22日）

中科大合作实现高容错率量子密钥分发

本报讯（记者　桂运安）　记者5月22日从中科大获悉，该校科学家潘建伟、张强等日前与清华大学马雄峰合作，在国际上首次实验演示了高容错率量子密钥分发，他们在50公里的光纤链路、误码率达29%的条件下仍然获得了安全密钥。成果发表在最新一期国际权威物理学期刊《物理评论快报》上。

量子密钥分发，从原理上保证了通信的绝对安全性。“‘量子密钥’在量子通信中的作用就像火漆一样，但比火漆更彻底。一旦有人试图打开信件，‘量子密钥’就会让信件自毁，并让使用者知晓。”潘建伟表示，“量子密钥”被认为是最安全的加密方式。在量子密钥分发协议的安全性分析中，通常认为错误来自于信道噪声和窃听两个方面。当误码率超过一定界限时，通信将不再安全。当前，能够安全成码的量子密钥分发系统，误码率均在10%以下。虽然学术界提出大量高容错率量子密钥分发协议，但这些协议大都难以实验实现。

潘建伟、张强、马雄峰等提出一种易于实验实现的高容错率量子密钥分发协议，该协议容许误码率高达50%。在此基础上，潘建伟小组利用自主研发的上转换探测器，实验实现了50公里距离、29%误码率条件下的安全密钥分发，这套系统在大量背景噪声的安全通信里将有直接应用。《物理评论快报》审稿人认为：“这是一个重要而具有影响力的结果。”

（《安徽日报》 2015年5月24日）

中科大制造首颗暗物质卫星量能器通过验收

记者6月4日从中科大获悉，由该校承担的中科院暗物质粒子探测卫星有效载荷BGO(锗酸铋晶体)量能器分系统，日前顺利通过载荷总体验收，产品关键指标经欧洲核子中心束流标定实验证实已达到国际领先水平，为我国首颗大型空间探测装置——暗物质卫星今年年底如期发射，奠定了重要的技术基础。

暗物质卫星，是中科院空间科学先导专项中首批确定的5颗科学实验卫星之一，也是我国科学卫星系列首发星，其科学目标是通过高空间分辨、宽能谱段观测高能电子和伽马射线寻找和研究暗物质粒子，并在宇宙射线起源和伽马射线天文学方面取得重大进展。该卫星有效载荷由塑闪阵列探测器、硅阵列探测器、BGO量能器、中子探测器4个分系统组成，可实现迄今为止最宽的观测能段范围和最优的能量分辨率，性能指标优于国际同类探测装置。其中，BGO量能器主要负责测量宇宙射线中的高能电子和伽马射线能谱，是实现暗物质卫星核心探测功能的关键分系统。

作为BGO量能器具体承制单位，中科大核探测与核电子学国家重点实验室在先进探测器、前端电子学关键技术、大容量高速数据获取与处理系统技术等研究领域已达到国际一流水平，并拥有丰富的国内重大科研装置以及国际大型探测器合作设计与建设经验。为达到国际先进指标，以该实验室刘树彬教授为主任设计师的科研团队，历经长达5年的努力，克服了航天任务难度大、质量要求高、进度压力大等重重困难，成功完成“BGO晶体大动态范围读出”关键技术攻关，顺利通过方案样机、初样鉴定件和正样飞行件验收。

据刘树彬教授介绍，与国际同类探测器相比，该量能器在尺寸上有所突破，采用多达14层共308个探测单元，并解决了由此带来的复杂前端电子学问题，具有质量大、结构复杂、通道数庞大等特点，加上作为空间载荷还需满足高集成度、低功耗和高可靠性等诸多要求，在物理设计和工程实现上面临极大挑战，其成功研制对于我国首颗暗物质卫星上天具有重要意义。

（桂运安　《安徽日报》　2015年6月5日）

治疗红斑狼疮有望找到新方法

科技日报讯（记者　吴长锋　通讯员　杨保国）　中国科学技术大学合肥微尺度物质科学国家实验室金帆教授与美国、瑞士和英国的专家合作，研究发现了导致自身性免疫疾病中，如红斑狼疮和牛皮癣，免疫系统如何被外源或内源分子激活的分子机制，将帮助人们找到新的方法治疗这一类疾病。该成果6月8日在线发表在国际著名期刊《自然·材料》上。

当健康的人受到病毒或者病原体攻击时，人体免疫系统会通过一种叫 TLR9 的受体蛋白去识别病毒或病原体的 DNA，从而激活免疫反应。而对于像红斑狼疮和牛皮癣的患者，他们的免疫系统无法正确识别、区分病毒和人体自身的 DNA，从而导致人体自身免疫系统一直保持在激活状态。激活的免疫系统会攻击正常的人体组织，将导致皮肤、关节、脏器受损以及脱发、出疹、乏力等症状的出现。

研究者将小角同步辐射散射技术与一系列的其他先进技术相结合，发现了激活免疫受体蛋白 TLR9 的分子机制：TLR9 是否被激活，严格取决于外源或内源分子与 DNA 所生产复合体的空间结构，只有当 DNA 分子被外源或内源分子压缩到约 3 纳米这一特定的距离时，免疫受体蛋白 TLR9 才可被激活。

据金帆教授介绍，该成果是国际合作交叉研究的结果。他与美国加州大学洛杉矶分校的 Gerard Wong 教授合作，确定了一系列可激发免疫反应的外源或内源分子与 DNA 所生产复合体的空间结构。之后他与瑞士的专家合作，在实验上确定了是什么样的空间结构可令免疫系统激活。最后他又与剑桥大学的教授合作阐明了其分子机制。

（《科技日报》 2015 年 6 月 13 日）

注：中国科学报、中国医药报、安徽日报等也做了报道。

合肥国际放射医学物理论坛举行

科技日报讯（记者　吴长锋　通讯员　杨保国）　6 月 13～14 日，由中国科大与北美华人物理师协会联合主办，主题为“质子和重离子放疗技术在中国的未来”的首届合肥国际放射医学物理论坛在中国科学技术大学举行。

约 130 名来自中美两国大学医学物理学科的专家学者与合肥多家医院放疗科的主任医学物理师参加会议，会上探讨了中外放射治疗技术和经验，我国质子和重离子放疗的现状和挑战，以及加强我国医学物理学科建设、培养高素质人才、提升我国放疗领域水平等问题。

放射治疗作为一种物理疗法，已有一百多年的历史，与手术和化学药物治疗成为目前肿瘤治疗的三大主要手段。质子和重离子束的加入，为遇到瓶颈的放射治疗进一步开拓了广阔的空间。目前，世界上凡拥有大型重离子加速器的国家，都在倾力进行质子和重离子治疗装置的建造和治疗技术基础及临床应用研究。

据介绍，我国自 2006 年以来已研制了重离子治疗装置并应用到临床；2014 年起，上海质子重离子医院已进入临床使用阶段；上海应用物理研究所等单位正积极研发国产质子放疗装置；合肥市也计划建立质子/重离子肿瘤医院。

（《科技日报》 2015 年 6 月 16 日）

注：中国新闻网、中国科学报、安徽日报、安徽商报、合肥日报、合肥电视台、江淮晨报、市场星报等也做了报道。

我国首台 KTX 建设取得重大进展

央广网合肥 6 月 29 日消息(记者　刘军　通讯员　杨保国)　记者从中国科大获悉,经过三年多的艰苦努力,随着两个巨大的半环形主体真空室组件的顺利合龙,我国首台大型反场箍缩磁约束聚变实验装置 KTX 各系统的部件研制建造工作近日在合肥全面完成,进入装置最后整体安装调试阶段。装置设计的各项指标均达国际同类装置先进水平。

据了解,聚变能被认为是最有希望彻底解决人类能源问题的根本出路之一,开发资源丰富和环境友好的核聚变能源,对我国可持续发展有着重要的战略意义。在国际上,目前全球规模最大的国际大科学工程——国际热核聚变实验堆计划,其目的就是探索和验证磁约束核聚变科学与技术的可行性。

反场箍缩磁约束聚变实验装置(KTX,中文简称"科大一环")是科技部"国家磁约束核聚变能发展研究专项"支持的大型装置建设项目,由中国科学技术大学物理学院基础等离子体物理重点实验室承担,等离子体物理研究所及合肥科烨电物理设备制造有限公司合作建设。

"中科院 KTX 是我国完全自行设计、自主研制集成的国际先进反场箍缩装置。它的建成将为国内外从事等离子体物理研究的科研人员提供一个全新的大型实验平台,对我国磁约束聚变领域高端人才培养、发展磁约束聚变能科学技术研究事业具有重要意义。"刘万东说。据项目工程总指挥、中国科大物理学院刘万东教授介绍,反场箍缩是有别于"托卡马克"、仿星器形式的另一类环形磁约束聚变装置,是先进磁约束聚变方式探索研究的重要平台。反场箍缩最重要的特点是约束等离子体的磁场是由等离子体内部电流所产生的,具有纯欧姆加热达到聚变点火条件、高质量功率密度等优势,是未来磁约束反应堆一种可能的候选方案。

正在建设的 KTX 装置主机总体直径为 8 米,通高为 6 米,总重量超过 70 吨,磁场可达 7000 高斯,等离子体电流可达 1 兆安培,电子温度可达 600 万摄氏度,放电时间可达 100 毫秒。该装置采用环形真空室对称开合设计,解决了当前反场箍缩装置可进性差、真空室维护更新难、费用高的缺陷,为装置的先进锂化壁运行提供了必备的实验条件;突破了以往平衡场磁体附着真空室的简单模式,实现了既高效驱动等离子体电流又自适应维持等离子体平衡的优化设计,有效提升了欧姆加热效率,充分发挥了反场箍缩装置欧姆加热的重要优势。

(中国广播网　2015 年 6 月 29 日)

"智能"小分子:克服肿瘤多药耐药性

肿瘤的多药耐药性是指肿瘤细胞长期接触某一化疗药物而产生的,不仅对此种化疗药物产生耐药性，而且可对其他结构和功能不同的多种化疗药物产生交叉耐药性的现象。它是导致癌症化疗失败的重要原因之一，也是临床癌症治疗的最大挑战。多药耐药现象源于细胞膜多药耐药蛋白的表达增多，该蛋白具有泵出药物的功能，导致药物在到达胞内靶点前即被拦截或排出。解决该问题的传统做法是，通过抑制多药耐药泵出作用或利用纳米载体负载大量药物，但这样往往会向生物体内带入不必要的毒性物质。因此，开发出更安全的抗多药耐药性药物非常重要。

近日，中国科学技术大学化学与材料科学学院梁高林教授课题组与生命科学学院张华凤教授课题组合作，发现一种“智能”克服肿瘤多药耐药的新方法，并在小鼠体内验证了其优异的抗多药耐药效果。国际著名学术期刊《德国应用化学》6 月 26 日在线发表了该研究成果。

与传统方法不同，梁高林教授课题组设计了一种对药物自身进行“改造”的方法，改造后的药物可在癌细胞内“智能”自组装成纳米药物，同时具有靶向富集和药物缓慢释放的功能，为抗多药耐药的发展提供了新思路。他们设计的“智能”小分子药物（2-氰基苯并噻唑-紫杉醇）进入癌细胞后，可以在细胞内高表达的弗林酶作用下，自组装生成含紫杉醇的纳米粒子，并富集在癌细胞中。纳米药物在癌细胞内的酯酶作用下，缓慢释放出游离的紫杉醇，从而杀死癌细胞。

他们与张华凤教授课题组合作，在构建有多药耐药模型的癌细胞及活体肿瘤小鼠实验中显示，与已有的药物紫杉醇相比，2-氰基苯并噻唑-紫杉醇的抗耐药指数在癌细胞和模型肿瘤小鼠中分别提高了 4.5 倍及 1.5 倍，并且没有对小鼠产生毒性。

梁高林表示，这种新型的抗多药耐药策略为更安全的药物设计及癌症治疗提供了新思路，并将在癌症的临床治疗上有着极大的应用前景。

（本报记者　佘惠敏　通讯员　杨保国　《经济日报》 2015 年 7 月 2 日）

注：人民日报、新华网、科技日报、中国教育报、中国科学报、中国妇女报、中国广播网、中国新闻网、文汇报、安徽日报、新安晚报、安徽商报、沈阳日报、生活日报、黑龙江日报等也做了报道。

质子重离子放疗技术是世界上最先进的放射治疗手段，该技术运用质子或重离子射线在精准杀灭肿瘤的同时，能够有效保护正常组织，堪称打击肿瘤的“定向爆破”——

放射治疗迈入粒子时代

日前，首届合肥国际放射医学物理论坛在中国科学技术大学举行。此次论坛由中科大与北美华人医学物理师协会联合主办，中国工程院院士万元熙、何多慧、夏佳文，中国科学院院士方守贤，上海质子重离子医院常务副院长陆嘉德，美国佛罗里达大学质子中心教授李左峰等30余名国际放射医学顶尖专家齐聚合肥，共同研讨“质子和重离子放疗技术在中国的未来”。

揭开质子重离子“面纱”

说起放疗技术，人们首先想到的可能是常规射线如X射线、γ射线等光子放射治疗。实际上，放射治疗作为一种物理疗法，已经历了一百多年的历史，与手术和化学药物治疗一起成为目前肿瘤治疗的三大主要手段。但由于多种原因，常规射线放疗技术的发展已进入瓶颈阶段。质子和重离子束的出现为放射治疗进一步发展提供了广阔的空间。

何为质子和重离子？质子和重离子放疗技术又是什么？专家指出，质子即氢原子剥去电子后带有正电荷的粒子，重离子即碳、氖、硅等原子量较大的原子核或离子。质子和重离子放疗技术，则是指质子或重离子射线在加速器中被加速到光速的70%(约21万公里/秒)时引出，射入人体，一旦到达肿瘤病灶，瞬间释放大量能量杀灭肿瘤细胞，随后能量迅速衰减。粒子射线在整个射程中，犹如“立体定向爆破”，对肿瘤细胞产生强大的杀灭效应，同时又对周围正常组织的损伤相对较小，从而达到杀灭肿瘤又不产生明显放射毒副作用的目的。

癌症是威胁人类健康和生命的顽疾。世界卫生组织最新发布的《世界癌症报告》显示，截至2012年约有1410万病例，因癌症死亡的人数约有820万。其中，中国新发癌症病例数约占全世界的20%，癌症死亡人数约占全世界的25%。在本次论坛上，专家们深入介绍了国际和我国放射治疗技术中所取得的经验，着重讨论了我国质子和重离子放疗的目前状况和面临的挑战。

“质子重离子放疗技术是世界上最先进的放射治疗手段，其在精准杀灭肿瘤的同时，能够有效保护正常组织，是肿瘤治疗的‘利器’。”在论坛特邀报告中，上海质子重离子医院常务副院长陆嘉德如是说。

打击肿瘤的“定向爆破”

治疗更加精准、杀伤力更强、副作用更小……在论坛上，质子和重离子放疗技术的优势被专家多次提及。“质子和重离子放疗，在中国和世界上会有一个光明的未来。”本届论坛主席、中科大“千人计划”教授徐榭表示，质子重离子放疗堪称打击肿瘤的“定向爆破”，特别是对某些肿瘤来说，由于其具有能级高和穿透性强等特点，它比传统光子放疗临床疗效更好。

对于肿瘤来说，越高的放疗剂量，就会越快越彻底地杀死肿瘤细胞。但对于健康器官来说，效果恰恰相反，越高的放疗剂量，就会带来越高的副作用。肿瘤一般在人体内不靠近皮肤的位置，放疗需要穿过健康的器官，这样健康器官就会受到一定程度的损害。“质子放疗极其精准，可以使质子束拥有特定的能量和速度，精确到达体内特定位置的肿瘤。”德国慕尼黑质子中心院长Hauffe介绍，传统的光子放疗在穿透皮肤之后剂量会被吸收一大部分，进入到身体深处的剂量会降低，随之在肿瘤后方也会有射线穿透，尽管光子放疗可以从多个方向对肿瘤部位进行照射，但无法避免对健康组织更大的损伤；质子放疗在肿瘤部位的剂量比在肿瘤前方要高，并且在肿瘤后方没有剂量穿透，每次照射可以对健康组织有更少的辐射。

与伽马刀、托姆刀、赛博刀等新兴光子放疗技术相比，质子和重离子放疗的优势是什么？“质子和重离子对肿瘤周边正常组织和器官的保护，比光子要好。”上海质子重离子医院临床技术委员会主任蒋国梁教授指出，这些新兴光子放疗技术有其特别的优势，但质子和重离子放疗副作用更小，而重离子治疗对恶性肿瘤的杀伤性更强，特别是那些抗拒光子放疗甚至质子放疗的，比如黑色素瘤、软组织肿瘤、腺样囊性癌等包含大量乏氧细胞的恶性肿瘤，有更强的杀灭效应。对于肿瘤的杀灭效应，如果光子是 1 的话，质子的效应可能是 1～1.2，而重离子可能是 2～3。

“由于副作用更小，质子放疗更多用于儿童肿瘤治疗。”美国佛罗里达大学质子中心教授李左峰说。儿童肿瘤一直是质子放疗重要的适应证之一，即使明确反对质子放疗的专家，也对质子治疗儿童肿瘤持赞同与支持态度。除了能够减少对正常器官的伤害之外，质子放疗还能够明显减少二次原发肿瘤发生的概率，有利于儿童肿瘤患者长期生存与生长发育。对于某些肿瘤来说，由于其对质子重离子更加敏感，因此质子重离子放疗效果也更加突出。“眼球黑色素瘤、眼底血管瘤、脊索瘤、鼻窦癌，是质子放疗治愈率最高的四类肿瘤。”李左峰透露。

“粒子时代”的放射治疗

“从目前全国已计划上马的项目来看，我国质子重离子放疗的趋势势不可挡，很多病人还去其他国家寻求先进的放疗技术。”徐榭认为，我国应该制订一个质子和重离子放疗事业的战略发展规划，鼓励产业化和创新精神，集中力量开发国产设备，提高硬件设计和软件集成的水平，最终使我国的放疗设备能够像核电技术、高铁技术一样出口到其他国家。

目前，世界上拥有大型重离子加速器的国家，都在全力进行质子和重离子治疗装置的建造和治疗技术基础及临床应用研究。在质子方面，美国、日本因起步早、技术成熟，已走在全球质子治疗的前沿。其中，美国各地投入运营的质子治疗中心有 14 家，另有 10 家正在建设；日本有 12 家粒子机构开展质子临床治疗，还有 3～4 家质子治疗中心正在建设。除了日本，亚洲还有韩国、中国台湾以及沙特已经或即将拥有质子治疗中心。在重离子方面，除了上海质子重离子医院，还有德国、日本、意大利的 6 个医疗机构拥有重离子设备并使用碳离子治疗患者。

在中国，中科院近代物理研究所自 2006 年以来，已研制了重离子治疗的装置并应用到临床；从 2014 年开始，上海质子重离子医院已进入临床使用阶段；上海应用物理所等单位正在积极研发国产质子放疗装置；合肥市也在计划建立质子重离子肿瘤医院。统计数据显示，截至 2014 年年底，全球共有超过 10 万名患者接受了质子治疗，超过 1.5 万名患者接受了重离子治疗。

“质子重离子放疗，是新型的肿瘤治疗‘利器’，但并不是患者想象中的‘神器’。”徐榭说，在加速器设计和图像引导治疗计划等技术方面，质子和重离子放疗还有很多不成熟的地方；相对光子放疗来说，质子和重离子放疗设备非常昂贵，一台国产重离子医疗设备就需 5.5 亿元；重离子治疗还存在不确定因素，对重离子的放射生物效应需要进一步了解和研究。

但运用质子或重离子射线治疗肿瘤，杀癌效果好、毒副作用小，是当前世界公认最尖端的放射治疗技术。该技术除对头颈部、脑、前列腺、软组织、肺、肝等部位肿瘤有较好疗效外，对一些难以手术或常规放疗效果不佳的肿瘤疗效也十分显著。目前，世界上仅德国、日本和美国等少数发达国家拥有质子重离子放疗临床技术。

今年5月8日，国内首家、全球第三家同时拥有质子和重离子治疗技术的医疗机构——上海质子重离子医院开业，标志着国内肿瘤放射治疗正式迈入全球最前沿的"粒子时代"。"尽管目前在临床治疗效果、投资回收比例以及医学物理人才培养等方面还存在不少挑战，但中国发展质子和重离子放射治疗已进入一个新阶段。"徐榭表示。

（《安徽日报》 2015年7月7日）

世界最快量子随机数发生器问世

本报讯　日前，中国科学技术大学潘建伟、张军等和英国牛津大学的同事合作，实验实现了68 Gbps的高速量子随机数发生器，相关论文发表于《科学仪器评论》。美国《麻省理工科技评论》杂志以《世界最快的量子随机数发生器在中国诞生》为题对该项成果进行了报道。该成果为未来超高速量子密码系统的量子随机数需求提供了可行的解决方案。

随机数发生器是用来产生随机数序列的一种器件，真随机数通常基于物理系统并具备不可预测性、不可重复性和无偏性等特征。量子随机数发生器是基于量子物理原理或量子效应而产生真随机数的系统，在实用化量子密码系统等领域中具有重要的应用。比特率是量子随机数发生器最重要的指标。早期的量子随机数发生器利用单光子路径选择方案，比特率仅为4 Mbps。为了获得高比特率的量子随机数，近年来科学家们提出了各种方案，2012年加拿大多伦多大学Lo小组实现了6 Gbps的量子随机数发生器系统。

目前，实用化量子通信领域的一个重要目标是将量子密码系统的工作频率提升至10 GHz量级，对这样的系统需要50 Gbps以上的量子随机数对单光子脉冲进行调制编码。为此，潘建伟小组发展了基于激光相位波动的超高速量子随机数产生技术，利用功率实时反馈等手段实现了无须温控的高稳定度干涉仪，可以将半导体激光器中自发辐射光子的量子相位波动信息转化成强度信息进行超高速采样。

同时，该小组对激光器的工作电流进行了系统性优化，使得量子相位波动贡献与经典噪声贡献的比例实现了最大化。通过最小熵模型确定原始数据中量子随机数的比例下限并提纯后，最终输出的量子随机数比特率达68 Gbps，这和此前的最快速率相比提高了一个数量级。

（《中国科学报》 2015年7月8日）

中国科学技术大学智能服务机器人取得进展

新华网合肥7月9日电(记者　徐海涛)　在一个房间内,一个负重30千克的智能移动平台自主避开障碍,选择最佳线路到达目的地……这是记者7月8日在中国科学技术大学机器人研究中心看到的一幕。在第19届RoboCup机器人世界杯赛即将在合肥举行之际,作为参赛劲旅的中国科大机器人团队展示了他们在智能服务机器人自动检测技术和低成本化方面取得的进展。

据中国科大计算机学院陈小平教授介绍,十多年来,世界服务机器人技术突飞猛进,新成果不断涌现,中国科大"可佳"智能服务机器人近年来也在国际测试中多次名列前茅。但智能服务机器人如何走向产业化,遇到了瓶颈。

"传统的服务机器人性能检测一直停留在主观观测和定性评价阶段,在自动检测技术、工艺和装备等方面,国内外都处于空白。"陈小平说,例如对某个技术环节进行修改后,服务机器人的相关性能有哪些具体变化,只能靠研发人员的主观观察,或进行定性测试,这种过于粗略的做法远远达不到科研所需的性能检测要求。"从产业化的角度讲,产品的质量检验就没有保证,这是服务机器人工业化生产的致命瓶颈之一。"

中国科大联合美国卡内基·梅隆大学、新加坡国立大学等国内外高校,与欧盟协作,在国际上率先开展了服务机器人自动检测技术研究;对服务机器人性能指标体系、性能因素与组合模型、数据采集与分析手段、参数辨识与模型重建技术等基本问题进行探索;引进国际领先的运动跟踪设备,自主研发服务机器人性能检测系统,完成了首批实验测试;并将于7月17日开始在合肥举办的第19届机器人世界杯赛及学术大会上,进行首次国际大规模服务机器人精确测试。

据了解,成本过高是当前服务机器人产业化的重要瓶颈。陈小平说,中国科大为此启动了"可佳低成本移动平台"项目,在"可佳"机器人底层平台的基础上,对主要零部件进行国产化改造,对底层控制和感知系统进行优化和升级。目前已完成两台"可佳通用移动平台"原理样机的研发,并利用服务机器人自动检测系统进行了性能检测与评价,效果良好。与"可佳"三代服务机器人底层平台相比,该移动平台的硬件成本降低了75%。在此基础上,通过生产工艺和批量生产等工业化手段,有望进一步降低成本,达到每台几千元。

陈小平介绍,"可佳通用移动平台"有良好的可扩展性,在该平台上进行二次开发,扩展不同的软硬件功能,可以快速实现各种不同的服务机器人产品研发,大幅降低研发和产品成本。

(徐海涛　新华网　2015年7月9日)

注:经济日报、科技日报、中国教育报、中国科学报、人民网、安徽日报、新安晚报、安徽商报、市场星报、合肥晚报、合肥日报、合肥电视台、山西日报、营口日报、闽东日报、宁波日报、大公网等也做了报道。

科学家用酵母“酿制”药用价值蛇毒蛋白

本报讯(通讯员　刘爱华)　近日,中国科学技术大学生物技术药物安徽省工程技术研究中心肖卫华研究组和兆科药业(合肥)有限公司合作,利用酵母表达系统成功开发出一种治疗血栓的蛇毒蛋白药物的高效重组制备方法,从而解决了从天然蛇毒中进行生化提取的难题。

蛇毒抗血小板溶栓素“安菲博肽”是一种新型的抗血栓候选药物,直接作用于血小板聚集过程的第一步——血小板黏附中的膜糖蛋白靶位点。20世纪90年代初,该药物由中国科大的研究人员从皖南尖吻蝮蛇毒液中发现,并于2014年完成临床Ⅱ期研究。前期研究显示,“安菲博肽”具有显著的抗血小板黏附、聚集的效果,并具有出血倾向小、免疫原性低、对血小板数目和功能没有影响、对正常的静脉凝血功能影响很小等突出特点。

尽管在临床研究中“安菲博肽”表现出良好的成药性及安全性,但因早期研究开发一直采用天然蛇毒生化提取的方法,存在着潜在安全风险及自然资源限制的问题。为此,兆科药业(合肥)有限公司与中国科大合作,开展基因重组蛇毒抗血小板溶栓素的开发研究。

研究团队通过巧妙的设计,运用现代基因工程技术,突破了不同基因同时平衡表达的技术难关,构建了能“酿制”具有生物活性的蛇毒抗血小板溶栓素的基因工程酵母菌株,并建立了中试规模生产工艺和质量控制标准。

研究显示,基因重组蛇毒抗血小板溶栓素与其天然提取物有着高度相似的理化特性和生物活性,不仅有效解决了自然资源限制的问题,显著降低了药物生产成本,还可解决生化提取方法的潜在安全问题。

(《中国科学报》　2015年7月16日)

注:北京日报等也做了报道。

半导体超快量子控制非逻辑单元实现

科技日报讯(记者　吴长锋　通讯员　杨保国)　中国科学技术大学郭光灿院士领导的中科院量子信息重点实验室在固态量子芯片研究方面取得重要进展。实验室郭国平教授、肖明教授与合作者成功实现了半导体量子点体系的两个电荷量子比特的控制非逻辑门。成果近日发表在《自然·通讯》上。

逻辑门是计算机运算的基本单元,也就是集成电路上的基本组件。现代计算机的核心部件为全电控的半导体芯片CPU,开发与之兼容的半导体全电控量子芯片是量子计算机研制的重要方向之一。郭国平研究组致力于半导体量子芯片的开发,在2013年成功实现半导体超快普适单比特电荷量子逻辑门的基础上，最近又在多量子比特的扩展上取得了重要进展。

该研究组利用标准半导体微纳加工工艺，设计制备了多种半导体强耦合电控量子点结构，使两量子比特间的耦合强度超过100微电子伏特。同时，他们不断改进量子比特逻辑操控中的高频脉冲信号的精确控制等问题，使得脉冲序列间的精度控制在皮秒量级，并最终实现了两个电荷量子比特的控制非逻辑门，其操控最短在百皮秒量级内完成。与国际上目前电子自旋两量子比特的最高水平（百纳秒量级）相比，新的半导体两量子比特的操控速度提高了数百倍。

郭国平介绍，原则上有单比特逻辑单元和两比特控制非逻辑单元，就可以实现任意量子计算过程。电荷编码单比特和两比特的量子逻辑门的完成，表明电荷量子比特虽然相干时间比自旋量子比特短两个量级左右，却具有快两个量级以上的逻辑门运算速度，并且具有易于全电操控、可集成化、兼容传统半导体工艺技术等重要优点，是进一步研制实用化半导体量子计算的坚实基础。

（《科技日报》 2015年7月22日）

注：中国科学报等也做了报道。

中国科技大学实现分子纳米尺度的化学识别

本报北京7月28日电（赵永新　杨保国）“这是一项非常令人惊讶的前所未有的工作，它实现了分析化学领域的终极目标之一”——获得国际权威学术期刊《自然·纳米技术》审稿人如此评价的，是中国科技大学董振超研究团队的最新研究成果：在国际上首次实现紧邻的不同分子的拉曼光谱识别。相关论文27日在线发表在《自然·纳米技术》上。

纳米尺度上不同物质的化学信息识别一直是纳米技术的一个重要目标。由于拉曼散射光中包含了丰富的分子振动结构信息，不同分子具有不同“指纹”特征的拉曼光谱，因此拉曼光谱技术已成为物理、化学、材料、生物等领域研究物质组成和结构的重要手段。董振超小组选取了两种结构相似的卟啉衍生物分子，用新兴的针尖增强拉曼（TERS）技术进行研究，结果表明，利用超高分辨的非线性TERS技术，可以对距离在约0.3纳米的不同卟啉分子进行清晰的化学识别，所测得的拉曼光谱具有各自特征的振动“指纹”，能够明显区分分子的“身份”和结构。

董振超表示，该成果是化学识别极限能力的一个重要进展，对于任何需要在分子尺度上对材料的成分和结构进行识别的领域，都具有重要的科学意义和实用价值，有可能在未来的表面反应、催化、分子器件、包括蛋白质测序在内的生物分子高分辨识别等研究中得到广泛应用。

（《人民日报》 2015年7月29日）

注：科技日报、中国科学报、中青在线、安徽日报、合肥日报等也做了报道。

中国科学院携手阿里巴巴在沪建立“量子计算实验室”

新华网上海7月31日电（记者　王琳琳　吴晶晶）“中国科学院量子信息与量子科技前沿卓越创新中心（上海）”日前正式挂牌，“中国科学院-阿里巴巴量子计算实验室”同时成立。

量子计算机，是一种遵循量子力学规律，进行高速运算、存储及处理量子信息的物理装置，一旦实现意味着计算速度会有数十亿倍的提高。这一计算能力的飞跃，将远远超越从算盘到当代超级计算机的提升。

“量子计算机的研究好比和平时代的‘两弹一星’。”中国科学技术大学常务副校长、中国科学院量子信息与量子科技前沿卓越创新中心主任潘建伟说。量子计算的研发已经到了协同创新的年代。由于该领域的用户主要集中在金融方面，且上海已成为国际金融中心，因此量子计算机的科研成果能在应用上得到更好推广。

记者了解到，“中国科学院-阿里巴巴量子计算实验室”将结合阿里云在经典计算算法、架构和云计算方面的技术优势，以及中科院在量子计算和模拟、量子人工智能等方面的优势，探索超越经典计算机的下一代超快计算技术。

预计到2025年，联合实验室的量子模拟初步应用于一些目前无法解决的重大科技难题；到2030年，研制具有50～100个量子比特的通用量子计算原型机，突破大规模量子计算机的芯片工艺，从物理层设计、制造到算法运行实现自主研发，全面实现通用量子计算功能，并应用于大数据处理等重大实际问题。

潘建伟表示，除了让科学研究的成果更快产业化，提升可持续发展能力，与企业的合作还将有利于人才的培养与流动，吸引培育更多高科技人才。

阿里巴巴集团首席技术官王坚说：“如果要在当今前瞻技术中选择，我一定选择量子计算。量子信息科技浪潮，将对云计算产生革命性的影响，真正为人类提供没有限制的计算能力。从追随者成为引领者，这是每一个科技公司的伟大机遇。”

据了解，“中国科学院-阿里巴巴量子计算实验室”旨在打造国际一流的量子信息科技研发基地，此举也是为助力上海建设具有全球影响力的科创中心。

（新华网　2015年7月31日）

注：人民日报、CCTV-13、光明日报、经济日报、中国日报、科技日报、中国青年报、中国教育报、中国科学报、文汇报、解放日报、新民晚报美国版、中国经济网、中国新闻网、澎湃新闻、东方卫视、东方早报、杭州日报、都市快报、羊城晚报、21世纪经济报道、浦东时报、大公网等也做了报道。

今年暑假，中科大蓝鹰队带着“可佳”再次参加了机器人世界杯

学霸和他们的“田螺姑娘”

这个暑假，对于中国科技大学蓝鹰队的学子们来说，有些难过，也很难忘。在落幕不久的第十九届机器人世界杯赛上，蓝鹰队的机器人“可佳”(Conch Fairy，意为“田螺姑娘”)因展示环节中出现失误，以 8 分之差惜败于德国 Homer 队，与服务机器人组的冠军失之交臂。

惨遭逆转，蓝鹰队队长卢栋才对于这个结果，尽管有些失望，但这个暑假夜以继日的赛前备战和 4 天的激烈角逐，仍令他受益匪浅。

能进行英语对话，会端茶倒水，机器人本事不小

时间拨回 7 月 20 日，服务机器人组比赛正式打响。

“Who is the first American to fly in space?”(第一个进入太空的美国人是谁?)“Alan Shepard.”(艾伦·谢泼德)“What are the prelimary colours?”(三原色是哪些颜色?)“Red, Green and Blue.”(红、绿、蓝)……

在 RoboCup 服务机器人小组比赛现场，阵阵英语口语交流在一人一机之间完成。“人机对话，体现的是机器人的语音识别技术。”卢栋才介绍，这个环节“可佳”战绩不俗，成功识别全部 10 道问题并全部答对。

今年是卢栋才和“可佳”一同参加的第三届世界杯，作为上届世界杯赛服务机器人组的冠军，今年家门口的比赛，卢栋才赛前对“卫冕”势在必得，“‘可佳’不管是硬件还是软件，都非常稳定”。

通过语音识别关，“可佳”还要面对更复杂的通用测试——考查“动手能力”。“这不仅要求机器人理解和识别人类的语言，还要执行相应的工作任务。”卢栋才举例，取一瓶矿泉水，对于人来说很简单，直接拿过来就行了，但对于机器人而言，首先要理解人类发出的指令，随后做出具体行动，同时还要进行导航，判断矿泉水的位置、距离，全部测算完毕后，机器人才能完成这一指令。

前两阶段战罢，“可佳”以领先第二名 99 分的巨大优势进入决赛，决赛内容是服务机器人自由才艺展示。这一次，“可佳”将通过“机器人茶道”来展示中国茶文化，由两台“可佳”协作完成茶艺展示，整个流程包括泡茶、倒茶，一直到将茶送到人手中。但事与愿违，决赛现场却发生了意外——由于网络信号出了问题，一台机器人完全没有动弹，从头到尾只有一台“可佳”在“端茶倒水”。

由于决赛主要考查两台机器人的协作能力，最终，“可佳”以总分 8 分之差落败，在服务机器人组遭遇滑铁卢，卢栋才也非常惊讶，毕竟，“可佳”在平日测试中一直表现良好，前几日

比赛里也没出过任何问题。“卫冕失利，但我相信，未来我们一定能进一步提高‘可佳’的能力。”卢栋才说。

机器人实验室是跨院系平台，成员个个是高手，但团队合作最重要

高中因数学成绩突出保送中科大，之后一路保送读研读博，卢栋才如今是中科大计算机应用技术专业的博一学生，是位名副其实的学霸。和卢栋才一样，拥有 20 多名队员的蓝鹰队堪称学霸军团，个个都是国家级或校级奖学金的获得者。

作为中科大跨院系的研究平台，力学、计算机、自动化、电子工程等相关专业都可以在“可佳”平台上合作互助。“老师带着学生一起干，硕博研究生是主力，也会吸收优秀本科生，培养后备力量。”中科大机器人实验室主任陈小平说。

尽管个个都是高手，但在“可佳”平台上，团队合作最重要。比如，“低成本移动”板块主要由力学系和计算机系的高手来攻关，“智能装配”板块则靠自动化系和计算机系的达人们来负责。“个人再厉害，也得团结协作，对于机器人来说，每个环节都是不可或缺的。”卢栋才说。

尽管学霸们在各自学科的学习能力和动手能力都毋庸置疑，但在机器人研发这项全新的领域，干好它也不是件轻松的事。

在本届比赛上，规则有了较大的变化——大赛对机器人增设了十几项基本功能性测试，包括机器抓取、人脸识别等环节都要分项测试，加大精度，无疑加大了难度。因此，技术难题得一项一项去攻。卢栋才和队友在赛前半年就进行了针对性的系统研究和细节调试，往往一干就得一个通宵。卢栋才慨叹：“有时候真不知道时间都去哪儿了，不知不觉，天黑了又亮了。虽然辛苦，但大家都热爱机器人，这种拧成一股绳拼命干的感觉太爽了！”

研发过程中，机器人细节调试是个特熬人的工作。为了让“可佳”更好地完成“跟人走”这个动作，蓝鹰队员们就花了一个月的时间。这个暑假，卢栋才大部分时间都泡在实验室，到了赛前，几乎所有队员都在通宵达旦地工作。在家门口丢了冠军，这群“所向无敌”的学霸们心里的确不好受，但依旧有收获，“通过比赛，我们也学习了对手的新技术，学到了新知识”。

机器人研究不能止步于竞赛，而要运用于日常生活，致力于社会发展

抱憾本届，下一届机器人世界杯赛将移师德国莱比锡。然而，包括暑假后回校的卢栋才在内，很多老队员都要开始准备毕业论文、找工作，很难再腾出精力参加下次比赛了。

“我们的机器人实验室，培养并走出去了很多人才，那么多的先进技术的研发以及系统难关的攻克，都是在这些年轻人手上实现的。这里就是青春和想象的大舞台，所有空间和可能，都属于那些充满想象力和激情的年轻人。”对于实验室的更新换代，陈小平习以为常，同时也对自己的新老团队倍感骄傲。

“有时间，我们会常回去看看的，做好传帮带在中科大向来是个传统。我们会告诉学弟

学妹们一些注意事项。”卢栋才说。机器人为何有如此大的魅力，让学霸们如此痴迷？

“因为我们可以把自己设想的东西，通过机器人来实现。每当‘可佳’掌握一项新技能、做出一个新动作，我们都有很大的成就感。”卢栋才表示，蓝鹰团队的目标就是在未来几年内，让服务型机器人走进普通家庭。

“机器人研究不能止步于竞赛，而要运用到人们的日常生活，致力于社会的发展。”对此，陈小平和卢栋才有着同样的责任感，“和西方发达国家相比，我们有差距，团队还需要负隅前行。”

陈小平介绍，和年轻人一起，他也正在力争将“可佳”作为服务机器人运用于室内服务——既能端茶倒水、整理文件，也能送送包裹，当保姆打杂工。

“机器人实验室不大，但汇聚了我们的梦想、兴趣和激情。”卢栋才说，“‘可佳’如同我们的姐妹，我希望她的未来如名字‘田螺姑娘’一样，心灵手巧、温柔周到、干活得力。”

（本报记者　叶琦　《人民日报》 2015 年 8 月 11 日）

中国探索用高科技手段为古建筑织就“防火网”

新华网合肥 8 月 19 日电（记者　朱青）　一座简易“木塔”在浇上柴油点火之后迅速陷入火海，消防探测器立刻感应到火苗和烟雾并将信号传送至控制室，声光报警系统迅速鸣警，火源所在地的细水雾灭火系统应声启动，一场火灾在 10 秒钟左右即被扑灭，火源所在房间内的文件甚至都没有损毁。

这是在中国科学技术大学火灾科学国家重点实验室的成果转化平台——安徽合肥科大立安安全技术有限责任公司实验厅里，针对古代木质结构建筑消防安全进行的一次预演，展示了中国火灾科学基础研究领域唯一的国家级研究机构用高科技探索如何更好地为古建筑织就一道“防火网”的新成果。

“细水雾灭火技术是通过粒径极小的雾滴，产生很强的气化降温作用和隔氧窒息作用，从而达到灭火效率高，又对环境无污染的目的，同时还对火场内的烟气具有显著的洗涤与冲刷作用，提高火场的能见度，有利于人员的安全疏散和消防人员的灭火救援。”中国科技大学火灾科学国家重点实验室汪箭教授说。

除此之外，红外线探测、个性定制的古建筑消防系统方案等现代化高科技手段，已经开始在现实中得以运用，这些手段不仅仅着眼于防火和及时有效的“灭火”，还着眼于“科技与人文相结合”，充分考虑了游人的安全和藏品的保护，从而更好地保护这些穿越千年的古代建筑。

据统计，中国目前有 123 座历史文化名城、252 个名镇、276 个名村、3744 个古村寨，基本上都是木结构和木土砖混合结构建筑，消防安全面临重大压力。为此，国家文物局 2014 年启动了文物建筑消防安全百项工程。

安徽省文物局局长何长风表示，安徽境内国家级文物保护单位中，古建筑数量占了一半以上，但文物建筑的消防设施配置缺口很大，多数文化建筑存在较为严重的消防安全隐患，一旦发生火灾，极易造成“火烧连营”，将会导致无法弥补的灾难性损失。

据统计，2009年以来，中国文物古建筑发生火灾逾1300起，生活用火不慎引发火灾占了37%，居首位，电气原因占了21%，其他原因依次为放火、玩火、吸烟以及雷击。

目前，中国已颁布施行消防技术相关的国家标准和行业标准达250多项，然而还没有古建筑消防设计的国家规范。

位于黄山脚下安徽黟县的世界文化遗产地宏村建于南宋绍熙年间，距今已有近千年历史，60%以上都是老房子，其中明清时期古民居有158幢，具有极高的文物保护价值。

据悉，目前宏村开启了“个性化”“量体裁衣”的消防方案，投资逾3000万元，共涉及村中270余栋建筑，选用了国内外先进的新产品与新技术，实现了对宏村古建筑的全覆盖保护。

“中国古建筑分布广泛，形式多样，南、北、东、西差异很大，环境和结构的不同都对消防保护提出了更高的要求，个性化的消防方案设计能够更加准确地辨识火灾危险源，更周密地提高古建筑消防保护水平。”安徽省消防总队总工程师薛亚群说。

（新华网　2015年8月19日）

注：人民日报海外版也做了报道。

中国科学家首次成功研制高维固态量子存储器

新华网合肥8月20日电（记者　詹婷婷　徐海涛）　记者20日从中国科学技术大学获悉，该校郭光灿院士领导的中科院量子信息重点实验室李传锋研究组，在固态系统中首次实现对三维量子纠缠态的量子存储，保真度高达99.1%。

远程量子纠缠是实现长程量子通信、分布式量子计算及量子精密计量等的核心资源。理论上可以基于纠缠光子的量子存储及纠缠交换技术构建量子中继，进而建立千公里量级的量子网络。然而受限于光源、存储器及探测器的效率等因素，量子网络预期传输速率非常低。

据了解，李传锋研究组2012年建立中国首个固态量子存储研究平台，并在国际上率先实现光子偏振态的两维固态量子存储，创造了99.9%的保真度这一世界最高水平。

近两年来，该研究组在国家重大仪器专项支持下，通过优化稀土掺杂晶体样品设计及相关技术，极大地提升了存储器指标，存储带宽由100兆赫提升至1000兆赫，同时存储效率由5%提升至20%。

在此基础上，研究组利用光的轨道角动量进行编码，首次研制出窄带高维纠缠光源，然后将此纠缠源存入固态量子存储器中，结果显示三维纠缠态的存储保真度达到99.1%。科研人员们进一步分析该量子存储的高维特性，结果表明该存储器可对高达51维的量子态进行有效存储。

李传锋表示，高维轨道角动量存储技术可用于存储器的多模式存储，以提升量子网络的传输速率及未来量子U盘的存储容量。利用多模式存储，这种新颖的量子存储器的存储容量有望超过100万个量子比特。本成果为固态量子存储器的集成化、规模化应用打下重要基础。

该成果近日发表在物理学国际权威期刊《物理评论快报》上。

（新华网　2015年8月20日）

注：科技日报、中国教育报、中国科学报、中国新闻网等也做了报道。

价格低廉性能优异制备简单
新非贵金属光催化制氢材料研制成功

本报讯（记者　杨保国）　中国科学技术大学化学与材料科学学院杜平武课题组设计制备出具有高转化率的非贵金属光催化制氢材料。这种材料表现出优越的人工光合成制氢性能和稳定性。近日，相关成果以封面标题形式发表于英国皇家化学会旗下《能源与环境科学》杂志。

氢气被认为是未来人类重要的清洁能源来源，因此开发无污染、低成本的制氢技术受到各国高度关注。通过模拟光合作用，设计高效光催化体系吸收光分解水制氢，将太阳能转化为氢能，是一种理想的制氢途径。但这一方法由于大量使用贵金属催化剂，因此成本昂贵。同时，吸光材料与助催化剂之间的空间分布不均匀，可能会减少光诱导激发态电子的生成，降低界面激发态电子的寿命，极大地影响光催化制氢效率。

杜平武课题组利用溶剂热法，巧妙地将新型磷化镍助催化剂负载在硫化镉半导体纳米线上，得到了分布均匀、接触紧密的磷化镍/硫化镉复合结构，从而获得高效、稳定、廉价的人工光合成催化剂。

实验数据和光谱表征证明，该复合结构能有效促进复合材料内的快速电子转移过程，从而抑制激发态电子的失活，提高可见光催化制氢性能。在添加硫化钠/亚硫酸钠的情况下，该催化剂材料实现了高效的光催化制氢：可见光大于420纳米的条件下，每毫克样品每小时产氢速率达到1200微摩尔，90小时反应转化次数达到约3270000，基于磷化镍助催化剂的每小时反应次数达到36400。由于原料价格低廉、性能优异、制备简单，该材料可用于可见光催化制氢，具有重要的研究价值。

（《中国科学报》　2015年9月8日）

注：新华网、科技日报、中国科学报、人民政协报、安徽日报、合肥日报等也做了报道。

中国学者研究发现可利用地震信号实时监测飓风

新华网合肥9月27日电(记者　徐海涛)　飓风发生时会激发海浪对海底的压强扰动，人类如同步捕捉到因此产生的微弱地震波，迅速定位震源并测量强度，将使实时监测飓风成为可能。日前，国际权威学术杂志《地球物理学研究》发表了由中国科学技术大学博士生陈箫翰、田冬冬和导师温联星教授完成的这项研究成果。

飓风是极具破坏力的自然现象之一，但传统的监测方法具有很大的局限性，气象卫星、气象侦查飞机、地面观测台站都难以全面观测飓风的内部结构和强度变化。

研究表明，飓风激发的海浪会对海底产生压强扰动，如同击鼓一般将能量传递给地球，产生微弱的地震波。通过测量这种地震波，可以实现对飓风实时、有效的监测。不过，虽然科学家们早在几十年前就观测到这种地震信号，但由于它强度微弱、波形杂乱，一直缺乏有效的方法对其震源进行定位和定量研究。

近年来，中科大学者研究发现，虽然绝大部分飓风触发的地震信号表现得杂乱无章、无相关性，但相对于飓风中心排列的地震台站之间的地震信号则存在相关性。如地震信号的到达时间差能够被精确提取，就可以对飓风触发的震源进行定位，并测量其强度。

为此，温联星教授研究组研究建立了一个大气、海洋和固体地球相互耦合的物理模型，近年来成功追踪到一些飓风的中心位置、中心的海面气压扰动与海浪高度。研究还发现了传统卫星监测方法所无法观测到的、飓风消失以后的潜在灾害，为现代地震学的应用提供了一个新的方向。

(新华网　2015年9月27日)

注：经济日报、科技日报、中国教育报、中国科学报、安徽日报、江淮晨报、市场星报、人民网、中国新闻网、凤凰网、中安在线、大公网等也做了报道。

超导量子器件与量子信息联合实验室成立

本报讯　10月9日，中科院上海微系统所与中国科学技术大学在上海签约，共同成立“超导量子器件与量子信息联合实验室”。上海微系统所所长、中科院超导电子学卓越创新中心(筹)主任王曦院士与中科大常务副校长、中科院量子信息与量子科技前沿卓越创新中心主任潘建伟院士代表双方签署了联合实验室合作协议。

双方围绕联合实验室建设进行了首次研讨。潘建伟高度评价了双方的前期合作成果，并对双方在量子力学基本原理的实验验证、量子通信和量子计算等方向的合作前景进行了展望。王曦介绍了上海微系统所超导电子学研究的历史与发展，感谢中科大长期以来对上海微系统所的大力支持，表示将高度重视、继续推动双方在超导和量子信息技术领域的务实合作。中科院前沿局技术科学处副处长赵慧斌代表中科院前沿局对合作实验室的成立表示祝贺，指出该实验室是中科院四类机构改革新形势下创新机构之间成立的首个合作实验室，既是双方长期富有成效合作的自然结果，也是探索创新单元间协同创新的有益尝试。

中科大是中科院量子信息与量子科技前沿卓越创新中心的依托单位，上海微系统所是中科院超导电子学卓越创新中心（筹）的依托单位。双方自 2011 年起针对超导单光子探测器件在量子通信领域的应用开展了一系列卓有成效的合作，建立起有效的互动机制，并取得了具有重要显示度和国际影响力的合作成果。

据悉，依托中科院的两个卓越创新中心，基于超导量子器件与量子信息联合实验室，双方将在超导单光子探测器在量子通信和量子模拟中的应用、固态超导量子比特等量子信息技术前沿研究领域开展多种形式的实质性合作，还将协力推动国家量子专项和上海市"量子材料与量子通信"专项的立项与实施。

（《中国科学报》 2015 年 10 月 19 日）

我科学家研制出高效固态量子存储器

本报北京 10 月 26 日电（赵永新　杨保国）　中国科学技术大学郭光灿院士领导的中科院量子信息重点实验室李传锋研究组，成功实现确定性单光子的多模式固态量子存储，一次可以存储 100 个量子比特，创造了世界最高水平。该成果发表在 10 月 15 日的世界著名学术期刊《自然・通讯》上。

量子通信被认为是绝对安全的通信方式，其基本原理是利用单个光子加密携带一个量子比特的信息进行传输。由于量子的不可克隆定理，一旦有人窃取信息就会被立刻发现。用于量子通信的常见光源的发光介质由很多原子构成，具体哪个原子发光是随机的，产生光子的概率很低，且每次发射不能保证只有一个光子，这会导致中继出错且安全性大大降低。目前已经实现的量子中继方案都是基于这种概率性光源的存储，长程发送一个量子比特的信息所需要的时间在分钟量级以上。

李传锋研究组通过两年的努力，从上百个人造原子中找到发光波长与固态量子存储相匹配的一个人造原子，用它作为光源产生确定性的单光子，然后通过光纤传输到 5 米外的自主研发的固态量子存储器中进行存储，并测得存储保真度为 91.3%。他们在此基础上实现了多模式的量子存储。

（《人民日报》 2015 年 10 月 27 日）

注：新华网、人民日报海外版、科技日报、中国科学报、中青在线、安徽日报、合肥日报、乐清日报等也做了报道。

新型光解水制氢助催化剂研制成功

本报讯(记者　杨保国)　中国科学技术大学教授熊宇杰课题组设计出一类具有原子精度壳层结构的助催化剂,在降低贵金属铂助催化剂用量的同时,大幅度提高光解水制氢性能,为开发低成本、高性能光催化材料提供了新的途径。该成果在线发表于《德国应用化学》,并被选为该期刊的"非常重要论文"。

光解水制氢是一种可以直接将太阳辐射能转化为氢能的途径。助催化剂可以促进太阳能产生的电荷与反应水分子的相互作用,已广泛应用于光催化领域中。贵金属铂材料早已证实是一类优异的光解水制氢助催化剂,但由于其成本高,人们一直在寻找降低铂用量的方法。

熊宇杰小组设计出一类具有原子精度壳层的钯-铂核壳结构助催化剂。这种设计利用钯-铂金属间的电势差作为半导体中光生电子的"运动"驱动力,使得电子自发地依次从半导体向金属钯、铂"跑位",最后聚集在金属铂壳层的外表面,从而驱动了金属铂表面的高效光解水制氢反应。合作者江俊教授通过理论模拟,描述了该电荷的演化过程;路军岭教授课题组以一氧化碳为探针分子,在红外光谱中清晰地反映出电荷在金属铂表面的选择性聚集效应,从而证实了该作用机制。

该电子驱动作用机制针对金属铂壳层厚度提出了原子精度的高要求,为此研究人员相应发展了壳层厚度精准控制的合成方法,无须使用成本高昂的原子层沉积技术即可生长少数原子层厚度的金属壳层。

熊宇杰表示,基于该技术,光解水制氢效率与无助催化剂的半导体光催化剂相比提高了322倍,比传统纯铂助催化剂的半导体光催化剂体系提高8.2倍。同时,该设计以相对廉价的钯内核替代了金属铂,使材料成本降低了1/3以上。

(《中国科学报》　2015年10月27日)

注:中国新闻网、安徽日报等也做了报道。

让火患无处遁形

对火的利用,是人类支配自然的伟大开端。然而,善用则为福,不善用则为祸。近年来,中国科学技术大学火灾科学国家重点实验室研发出一系列国际领先的火灾防治关键技术——

在希腊神话中,普罗米修斯从太阳神阿波罗那里盗走天火送给人类,从此人间有了光明。然而，火是把“双刃剑”，利用好能造福人类，利用不好则会祸害人间。当前，世界上重大火灾时有发生，火灾防治仍存在诸多世界性难题。如何科学地遏制火灾的“咽喉”？记者日前走进中国科学技术大学火灾科学国家重点实验室，探访火及火灾防治的秘密。

火灾防控警钟须长鸣

10月10日，芜湖市镜湖区杨家巷一私人小餐馆发生液化气罐爆炸，引发大火，造成17人死亡。8月12日，天津港发生特别重大火灾爆炸事故，死亡人数达173人。5月25日，河南省平顶山老年公寓发生特别重大火灾，造成39人死亡。今年以来，国内重大火灾事故频发，给人民的生命财产带来了无法挽回的损失。

火，是人类最早利用的化学反应之一，伴随着人类的全部历史，也推动着人类的文明与发展。然而，自火走进人类历史以来，火灾便如影随形。罗马大火、伦敦大火、大兴安岭火灾……这些历史上的重大火灾，不仅给人类带来巨大的灾难，还让很多著名建筑和文化遗产从地球上消失。

火是一种自然现象，火灾科学却是一门新兴的交叉学科。“我们实验室就是面向国家火灾安全重大需求和世界火灾科学前沿，研究火灾动力学演化规律和火灾防治关键技术的。”中科大火灾科学国家重点实验室副主任、国家“973”计划首席科学家孙金华表示。

1987年5月，我国大兴安岭发生特大森林火灾，过火面积达133万公顷，死亡193人，经济损失无法估量。就在火灾被扑灭的那天，中科大工程热物理系教授范维澄（现为中国工程院院士）向国家提交了加强火灾基础和防治技术研究的建议。1989年，火灾科学国家重点实验室获准立项，1995年通过国家验收，成为我国火灾科学领域唯一的国家级研究机构。

“制天命而用之”，正如诺贝尔奖获得者杨振宁的题词，该实验室自创建以来，积极探索火的特殊现象和机理，建立火灾预测和控制模型，发展出一系列国际领先的火灾防治关键技术，先后获国家科技进步奖一、二等奖多项，以及中国专利金奖、国家教学成果奖一等奖、安徽省重大科技成就奖等诸多荣誉，为火灾科学研究做出了重要贡献。

三道防线筑牢防火墙

在演示中，室内突然出现火苗和烟雾，消防传感器迅速感应到，并将信号传送至控制室；声光报警系统立即发出警报，火源附近的消防炮自动测算距离，并瞄准火苗——这场刚刚发生的火灾，不到1分钟就被迅速扑灭。走进中科大火灾科学国家重点实验室，其先进的火灾防治技术让记者眼睛一亮。

高层建筑火灾、石油化工火灾、物流仓储火灾、地下工程火灾，是当前新形势下火灾防控所面临的重大难题，如何筑牢防火墙？“关键要构筑三道防线。”孙金华介绍，首先须从材料入手，通过分子设计等技术手段，制备性能优良的阻燃材料，想方设法降低火灾发生的概率。其次，利用火灾安全工程理论，科学系统地进行火灾防控，以实现火灾的早期发现和控制。最后，通过火灾防治、结构防护、人员疏散等多技术协同，防止形成重大火灾，最大限度地降低火灾损失和人员伤亡。

由于火灾涉及燃烧、流动、传热等各个环节，如何综合运用燃烧学、流体力学、传热学、化学等理论来解释复杂的火灾机理与规律，是火灾科学面临的巨大挑战。面对挑战，中科大火灾实验室面向世界火灾科学前沿，自验收之后仅用7年时间，在基础研究成果方面便步入世界火灾科学前列。自2002年以来，该实验室发表的SCI论文数连续10余年保持在国际600多个火灾研究机构的首位。另一方面，面向国家对火灾防治的重大需求，火灾科学国家重点实验室取得了一系列原创性成果。其中，"国家应急平台体系关键技术系统与装备的研究、集成和应用"项目，斩获国家科技进步奖一等奖；"大空间早期火灾智能监测与电气火灾隐患检测系统""火灾风险评估与性能化防火设计关键技术及工程应用"2个项目，分别荣获国家科技进步奖二等奖；"利用彩色摄像三基色差分进行火灾探测与定位的方法"项目，夺得中国专利金奖；"清洁高效灭火关键技术及工程应用"项目，荣获安徽省科学技术奖一等奖。

从人民大会堂、北京奥运会场馆、上海世博会场馆，到安徽国际会展中心、合肥大剧院、合肥奥体中心……近年来，该实验室围绕国家火灾安全重大需求和火灾防控三道防线所取得的协同创新成果，已广泛应用到全国和安徽省众多重点工程中，取得了显著的社会效益和经济效益。目前，该实验室已拥有建筑火灾研究室、航空航天火灾安全研究所等11个研究室(所)。"从基础研究，到技术研发，再到工程应用，我们已经走出一条完整的上、中、下游协调发展之路。"孙金华自豪地说。

迎接挑战抢占制高点

"只有面向国家重大需求和世界火灾科学前沿，研究出火灾防治关键技术，才能掌控话语权、抢占制高点。"孙金华坦言。面对高层建筑火灾、城市森林火灾、地下工程火灾等最新挑战，中科大火灾实验室先后主持和承担了科技部、国家基金委、中科院多个重大(重点)科技项目。

"通过信息、材料、数学、力学、建筑等一级学科之间的综合和交叉，中科大火灾科学国家重点实验室组建了以重大安全事故/火灾机理和防治等为主攻方向和特色的安全工程专业，在较短时间内建成国内领先、国际知名的研究基地和学术中心。"科技部专家组如是说。

高大空间早期火灾智能监测与联动扑救是世界性难题。该实验室科研人员从传感手段、探(检)测识别模型入手，建立多光束、多目标、大面积红外光截面视频图像感烟技术，成功解决了大空间建筑火灾探测中存在的误报、漏报和报警延误等问题。业内人士认为，中科大将光截面图像感烟技术应用于火灾探测填补了国际空白，技术处于国际先进水平。

针对高大空间和复杂建筑等场所的灭火难题，他们研发出智能控制的水炮灭火技术和轨道式自动消防水炮技术，运用智能系统对火源进行精确定位，对水炮技术参数进行优化控制，实现了可靠、高效灭火。他们研发的清洁高效细水雾灭火技术，具有灭火高效、对环境无污染、对现场人员和仪器设备安全等诸多优势。

高原火灾、火旋风和多火焰燃烧，是近年来国际火灾科学研究的热点。2006年，中科大火灾实验室在合肥建立世界上尺度最大的火旋风模拟实验系统；2009年，在西藏建立国际上首个高原火灾安全研究实验基地；2014年，建立大尺度火灾国际联合研究中心。随着一项项卓越成果的取得，该实验室赢得了国际同行的充分肯定。

“中科大火灾实验室，是中国最卓越的火灾安全研究机构，是世界上引领火灾安全研究的机构之一，实验室因她的研究水平与人才质量而在全球享有极高的知名度。”国际火灾科学学会主席 B. Dlugogorski 教授表示。“中科大火灾实验室，在国际火灾研究领域已处于领导地位。”美国工程院院士、国际燃烧学会前主席 C. K. Law 教授高度评价道。

（本报记者　桂运安　《安徽日报》 2015 年 11 月 3 日）

国内首台反场箍缩磁约束聚变装置在中科大正式运行

人民网合肥 11 月 3 日电（胡磊）　经过两个多月的系统调试，今天上午，国内首台大型反场箍缩磁约束聚变实验装置(KTX)“科大一环”正式运行放电。

KTX 是中国完全自行设计、自主研制集成的国际先进反场箍缩装置。项目由中国科学技术大学物理学院基础等离子体物理重点实验室承担，中科院等离子体物理研究所及合肥科烨电物理设备制造有限公司通力合作建设，属科技部“国家磁约束核聚变能发展研究专项”支持的大型装置建设项目。

自 8 月 1 日正式竣工以来，该装置一直处在有序的调试阶段，目前，KTX 每两分钟即可获得一次放电，最大等离子体电流达 180 千安，初步实现了装置的常态化运行。

反场箍缩是有别于“托卡马克”、仿星器位形的另一类环形磁约束聚变装置，其主要特点是约束等离子体的磁场是由等离子体内部电流所产生的，具有纯欧姆加热达到聚变点火条件、高质量功率密度等优势，是未来磁约束反应堆位形的候选方案。

据介绍，KTX 装置大半径为 1.4 米，小半径为 0.4 米，磁场可达 7000 高斯，等离子体电流可达 1 兆安培，电子温度可达 600 万摄氏度，放电时间可达 100 毫秒。整个装置主机总体直径为 8 米，通高为 6 米，总重量超过 70 吨。

值得一提的是，该装置采用真空室双 C 开合可进性设计，解决了当前反场箍缩装置可进性差、真空室维护更新难、费用高的缺陷，为装置的先进锂壁运行提供了必备的实验条件。同时，突破了以往平衡场窄环条件的制约，实现了既高效驱动等离子体电流又自适应维持等离子体平衡的优化设计，有效提升了欧姆加热效率。

据该项目工程总指挥、中国科学技术大学物理学院教授刘万东介绍：“KTX 装置设计的各项指标均达国际同类装置先进水平，它的建成，将为国内外从事等离子体物理研究的科研人员提供一个全新的大型实验平台，对中国磁约束聚变领域高端人才培养、发展磁约束聚变能科学技术研究都具有重要意义。”

（人民网　2015 年 11 月 3 日）

注：新华网、经济日报、科技日报、中国科学报、中国新闻网、安徽日报、安徽卫视、新安晚报、安徽商报、合肥日报、合肥电视台、合肥晚报、江淮晨报、邢台日报、阳江日报、安庆日报、海南日报、常州日报、中卫日报、科技鑫报等也做了报道。

中科大智慧停车项目获大学生双创大赛金奖
“找车位”软件告诉你“车停哪儿”

面对有限的停车位，很多“有车一族”可能都遇到过停车难的问题。问题如何解决？中国科学技术大学博士生丁超领衔的技术团队给出了方案。不久前，在吉林大学举行的首届中国“互联网＋”大学生创新创业大赛上，中国科大“车停哪儿”智慧停车项目获得创意组金奖。

课题背后的课题，“车停哪儿”应需而生

“车停哪儿”智慧停车项目领队丁超是中国科大火灾科学国家重点实验室的一名博士生。2014 年 10 月，丁超团队在与安徽省消防总队的一次业务沟通中，消防总队向丁超等人提出研制高层/超高层建筑、超市大型空间火灾避难智能疏散指挥系统的要求。经过团队成员的深入讨论，大家一致认为，要完成这个课题，首先需要有高精度的室内地图。

“一开始，我们希望找到合适的地图供应商合作，可是遍寻无果”，经过调研，丁超发现，目前国内还没有专业的室内高精度地图供应商。于是，团队决定自己做。短短 5 个月的时间，成员们就完成了室内或局部区域高精度地图开发项目。

在高精度室内地图开发的过程中，丁超和他的伙伴们意外地发现了另一个新课题。

“我们发现了更大的需求——现代城市停车难的问题。”丁超发现，无论对于“有车一族”还是停车场，停车难都是目前城市管理中普遍存在的问题，我们变不出更多的停车位，但是通过精确位置的信息共享机制，能够让停车这件事容易点。

于是，“车停哪儿”项目应需而生。

丁超介绍：“项目将收集到的相关车辆进出停车场的数据，以及临时卡收费数据等，传输到运营管理中心，中心管理软件将数据解密并入库，就可以向车主和停车场提供相关数据查询。”

简单地说，“车停哪儿”项目就是通过数据收集，实现找车位、预约停车和反向找车的目的，以提高停车效率和停车场使用率，提升停车场业主经济效益以及改善城市交通状况。

怀抱梦想，将创新血液融入生命

在丁超的团队中，成员平均年龄只有 23 岁，8 名博士、15 名硕士以及数十名名牌大学本科毕业生，构成了一支高端的专业技术人才队伍。

“都是一群怀抱梦想的年轻人，”丁超说，“从最初的组队到后期不断创新的团队协作，我

始终牢记自己是科大人，'踏实、勤奋，做点实事'也是团队始终坚持的准则。"

值得一提的是，丁超团队目前已经开发出包括车库复杂大空间室内定位和导航技术在内的6项专利技术。目前"车停哪儿"项目已经在合肥市绿地蓝海大厦进行了一段时间的验证，功能基本满足市场需求。"'互联网＋'为我们提供了无限可能，"丁超坦言，"互联网与传统业态的结合，可以激发出多种可能性，我们的目标就是将创新的血液融入生命，激发更多的创新灵感，让生活更加便捷。"

融资推广遭遇"滑铁卢"，专家支招

首届中国"互联网＋"大学生创新创业大赛评委、来自天使100的投资人这样评价"车停哪儿"项目："停车难已经快到非得解决不可的地步了，此项目很好地解决了'痛点'，并且项目是来自中国科大的技术团队，相信他们能做好技术。"

然而，在招商引资和市场推广方面，丁超团队却遭遇"滑铁卢"。出于成本考量，很多停车场不愿意投入资金进行硬件配套；而属于公共交通区域的停车位，需要政府埋单；团队在寻找资金上，也遭遇重重困难。

对此，中国科大管理学院刘志迎教授给出了建议：其一，团队可以通过众筹的方式进行融资；其二，当APP下载量、安装量达到一定规模和活跃度时，可以采取PE筹资，但是一定要有产业化基础，所以，众筹是必需的第一步，否则就难以产业化；其三，与大型房地产开发商合作，进行投资应用，大型开发商项目多，可以批量采购安装，甚至可以作为房屋销售的卖点；其四，政府加大投入，在城区进行公共设施改造时，作为政府公共产品供给加以安装，以缓解城市停车难和因停车造成的马路堵塞等问题；其五，与地方设计院合作，在写字楼或住宅楼设计时，就将该产品设计进去，以便于业主接受，从而也有利于产品推广。

（通讯员　刘爱华　《科技日报》 2015年11月12日）

注：中国教育报、新华网安徽频道、人民网安徽频道、安徽日报、安徽商报、市场星报、网易新闻、中安在线等也做了报道。

中科大量子密码分配研究获新突破

本报讯（通讯员　刘爱华）　近日，中国科学技术大学中科院量子信息重点实验室在实用化量子密码技术领域取得重要突破。该实验室韩正甫、陈巍等科研人员完成了目前距离最长的环回差分相位协议量子密钥分配验证实验。相关成果日前发表于《自然·光子学》杂志。

量子密钥分配基于量子物理的基本原理，在理论上可实现无条件安全的密钥协商，是量子安全通信的基础之一。但在实际系统中，有可能存在安全漏洞。传统的解决方案多基于对核心的安全参数进行统计和监测，这既增加了系统的复杂度，又容易引入额外的安全性

隐患。

近期，科研人员提出了一种新型的环回差分相位协议。该协议无须监测环境对光量子信号参数造成的扰动，也可准确估算实际系统的安全性。其优势在于时间跨度越大，安全性越高，但实现稳定可调的大时间跨度极其困难。

为验证这个新协议的实用化前景，韩正甫小组发展了自主提出的"法拉第-迈克耳孙"型干涉仪，通过改进制作工艺显著提高了对称精度，并采用高速主动光学切换技术和主动相位补偿技术，解决了这一协议的核心技术难点。课题组实现的实验系统在考虑了实际问题的条件下，利用目前的商用器件，成功实现了安全传输距离超过 90 公里的量子密钥分配，创造了此类实验传输距离最远的世界纪录。

韩正甫表示，相较于同期实验，该实验具有可扩展性好、易实现和稳定性强等显著优势。实验结果充分验证了环回差分相位协议的实用价值，为推进量子密钥分配技术的实用化提供了新的技术途径。

（《中国科学报》 2015 年 11 月 16 日）

注：中国广播网、安徽日报等也做了报道。

值得期待的量子 CPU

现在或许还无法准确预测"量子计算时代"何时到来，但在科学家看来，已经没有什么原理性的困难可以阻挡这种革命性产品的诞生了。

计算机已经成为我们日常生活中的必备工具，如果问一句"你的计算机 CPU 用的是什么芯片？是 Intel，还是 AMD 呢？"其实无论是 Intel 还是 AMD，它们在本质上一样，都属于半导体芯片，基本单元都是半导体晶体管。未来，电脑芯片或许要多一个选择了：量子芯片。

半导体芯片是在半导体片材上进行浸蚀、布线制成的能实现某种功能的半导体器件，主要包括砷化镓、硅和硅锗等半导体材料。随着人们对更小电子产品尺寸要求的提出，晶体管集成度越来越高，单个晶体管的尺寸也越来越小。据科学家推算，大约到 2020 年，每个晶体管将小到只有一个电子，即单电子晶体管。然而，一旦晶体管体积在不断变小的进程中出现"量子隧穿效应"，电子就可以直接从晶体管中"穿"过去，经典逻辑运算将不复存在。

据了解，目前世界上主要的计算机芯片生产企业仍在想办法避免量子隧穿效应。从长远来看，与其避免不如加以利用，发展使用"量子运算"的半导体量子芯片。

量子计算机将兴起

近年来，科学家利用量子效应在单电子晶体管上开展量子计算与量子信息技术研究，期待能够研制出实用化的量子计算机。量子计算机是一类遵循量子力学规律进行高速数学和逻辑运算、存储及处理量子信息的物理装置。当某个装置处理和计算的是量子信息，运行的是量子算法时,它就是量子计算机。

现在或许还无法准确预测"量子计算时代"何时到来,但在科学家看来,已经没有什么原理性的困难可以阻挡这种革命性产品的诞生了。科学家所研究的半导体量子芯片,就是能够进行逻辑运算和处理量子信息过程的量子处理器,是研制量子计算机的核心器件,类比于经典计算机全电控的半导体中央处理器(CPU)。

对于现代计算机而言,通过控制晶体管电压的高低电平,从而决定一个数据到底是"1"还是"0",采用"1"或"0"的二进制数据模式,俗称经典比特。而量子计算机采用的是量子比特,它的每个数据位用微观的量子态表示。根据量子力学原理,量子比特同时可以处于"1"和"0"两种状态的叠加态,量子计算的输入和输出都是概率性的,这是量子力学的奇特性质之一。正是由于这种叠加状态的存在,量子计算机就可以同时进行很多条路径的计算,经过多次运算就可以获得精确的结果。

这一特性让量子计算机拥有超强的计算能力。采用量子计算机进行一些复杂的计算任务,如密码破译、气候模拟和生物医学模拟等,量子计算机的运算速度可比传统计算机快数万倍。

半导体量子芯片的实现

量子比特的编码有很多种,基于全电控半导体量子点体系和超导体系的固态量子比特,与现代半导体集成电路工艺兼容且可扩展和拥有较好的可集成性,是最有力的候选者。

半导体量子芯片的制备工艺如下:首先,通过分子束外延生长含有二维电子的基片材料;然后,通过高分辨电子束刻蚀、光学刻蚀等制备量子点结构的图形;最后,通过电子束蒸发金属镀膜,再利用金属剥离技术,获得半导体量子点芯片器件。

一方面,半导体量子芯片具有易于全电操控、可集成化、兼容传统半导体工艺技术等重要优点,是进一步研制实用化半导体量子计算机的坚实基础。另一方面,更快的量子逻辑门操作是实用化量子芯片多量子比特集成和运算的首要条件,只有更快才有可能将量子计算从小规模的实验室演示推向真正的实用化。

目前,中国科学技术大学半导体量子芯片研究团队,利用标准半导体集成电路的微纳米加工工艺,制备出一种"半导体双量子点芯片",通过单个电子在左右量子点中的位置决定量子比特的"1"和"0",形成单电荷量子比特,利用超快电脉冲操控技术,在"一个电子"上实现了 10 皮秒量级(皮秒为时间单位,即 10 的负 12 次方秒)尺度的表达信息元素"0"和"1"的量子逻辑门运算,将原世界纪录提高近百倍,实现了世界上最快速的单电子电荷比特量子逻辑门。

多量子比特制备和操控是实现普适量子逻辑门的基础,按照双量子点中的电子在左右量子点的位置编码一个电荷量子比特的方式,两电荷量子比特可以由两个双量子点构成。研究团队在单量子比特的基础上,设计制备了多种强相互作用的半导体四量子点芯片,形成两个电荷量子比特,使两量子比特间的相互作用强度超过 100 微电子伏特(能量大小,表示相互作用的大小)。利用皮秒量级的脉冲序列精确控制技术,成功实现两个电荷量子比特的控制非门逻辑操控(一个量子比特的状态可以控制另外一个量子比特处于初始态,或者发生翻转,从而形成一个受控非门),其操控最短在200皮秒内完成。相对于目前国际上电子自旋两量子比特的最高水平,两电荷量子比特的操控速度提高了数百倍,实现了世界上最快速的两电荷比特量子受控非门。

最值得期待的"革命者"

原则上讲,"单量子比特逻辑单元"和"两量子比特控制非逻辑单元"的各种组合,可以实现任意的普适量子逻辑门,电荷编码单量子比特和两量子比特的量子逻辑门的完成,标志着基于半导体量子芯片的基本量子逻辑单元已经成功实现。作为实现大规模量子计算的基础,"多量子比特扩展与操控"是研究中的重要课题之一。

研究团队自主研发了新型超导微波谐振腔,实现了超导谐振腔与半导体量子比特的复合量子芯片制备,完成了石墨烯量子比特中电子与超导谐振腔中光子的强相互作用,首次在国际上实现了相距60微米(量子比特自身大小的200倍)的两个石墨烯量子比特之间的长程相互作用。

然而,虽然目前研究团队已经实现了单量子逻辑比特、两量子逻辑比特及多量子比特的长程相互作用等量子处理器研制的关键原理性技术突破,但是要真正实现半导体量子计算机依然"任重而道远",正如其他体系一样,基于半导体的量子计算面临着量子比特相干时间、操控保真度、容错能力等问题。按照目前对于经典计算机的预测,摩尔定律在10年后就要失效,要进一步提高计算能力,我们需要利用多核进行运算。随着近年来国内外量子计算研究水平的突飞猛进,量子计算机将是最值得期待的"革命者"。

(作者是李海欧、曹刚、肖明、郭光灿、郭国平,作者单位为中国科学技术大学中科院量子信息重点实验室。)

(《中国科学报》 2015年11月20日)

全新分子助催化剂研制成功
为高效利用光子能量提供新思路

把低密度的太阳能高效转化为可存储的化学能,是发展可再生能源的重要途径。而如何实现光能利用效率最大化,则是摆在科学家面前的一道难题。目前,贵金属被广泛认为是提高太阳光光子能量利用效率的高效助催化剂,但贵金属作为固体催化剂往往接触面积有限,同时高昂的成本也极大地限制了其大规模应用。

中国科学技术大学化学与材料科学学院吴长征研究组与张群研究组合作,研制出廉价的全新水溶性简单小分子助催化剂,使光催化产氢性能大幅提升32倍,为摆脱目前广泛使用的贵金属助催化剂提供了新途径。研究成果近日在线发表在《自然·通讯》上。

吴长征研究组突破了高效助催化剂大多集中于固体贵金属的传统局限，首次发现了水溶性小分子三氟乙酸（TFA）这类全新、高效的分子助催化剂。研究发现，通过简单助催化剂分子的可逆氧化还原反应，就能成功传递光生电荷，为高效利用光子能量提供了新思路。他们将三氟乙酸加入含有具有高比表面积优势的铌酸钾二维纳米材料溶液中，利用助催化剂简单分子间快速的氧化还原反应，加速该二维材料电荷快速转移，以提高光子利用效率，成功将光催化产氢性能提高了32倍。

张群研究组采用超快动力学分析表明，三氟乙酸添加后，铌酸钾纳米片光生电子的寿命提高了近3倍，表明小分子助催化剂诱导的高效电荷转移是该体系光催化性能大幅提高的重要原因。

吴长征表示，该小分子助催化剂策略的提出，有望摆脱传统贵金属助催化剂体系，为设计廉价、高效的光催化体系提供了新途径。

（本报记者　佘惠敏　通讯员　杨保国　《经济日报》 2015年11月23日）

注：中国新闻网、中国科学报、安徽日报、合肥日报等也做了报道。

我学者提出生命大灭绝新机制

富含硫化氢海水的上涌或是重要因素

本报讯（记者　李陈续　通讯员　杨保国）　化石记录表明，距今约2.6亿年的中-晚二叠世之交发生了一次生命大灭绝事件。导致这一事件的原因到底是什么？日前，中国科学技术大学中科院壳幔物质与环境重点实验室沈延安课题组在国际上首次利用多硫同位素分析方法研究生命灭绝机制，取得了新的进展，并在美国同时代样品上得到验证。

中-晚二叠世之交的大灭绝事件，造成地球上90%以上的海洋动植物以及70%的陆地物种惨遭灭绝，科学界对这一灭绝的原因百思不得其解。我国已故古生物学家金玉玕于1993年首次提出这一生命灭绝事件的两幕式模式，即大灭绝是单独地、突然出现的，而不是几个一连串更小形式的灭绝，同时在广西来宾地区建立了该时期全球对比标准剖面（又称“金钉子”剖面）。

鉴于研究灭绝过程中环境因素对未来人类活动与全球气候变化相互影响的重要意义，过去20年里，科学家对这一事件的原因和机制展开深入研究，认为其机制主要包括海平面的大幅度下降、长期的寒冷气候等因素，但一直存在争议。沈延安课题组则运用新的手段和思路对此进行了长期的关注与研究。

论文第一作者张桂洁介绍，课题组通过对“金钉子”剖面及铁桥剖面样品中黄铁矿的多硫同位素组成进行测定，发现在大灭绝期间多硫同位素的组成与现代海洋沉积物中的黄铁矿有很大不同。他们认为，异常的多硫同位素组成指示了海洋中硫的生物地球化学循环发生了根本性变化，而间歇性富含有毒气体硫化氢的海水上涌，是这一生物地球化学体系转变的主导因素。尤为重要的是，异常的多硫同位素组成与生命大灭绝事件在时间上是一致的。因此，他们提出富含硫化氢海水的上涌是导致这次生命大灭绝的重要因素。

为检验这一新机制的全球性意义，科研人员对美国得克萨斯州特拉华盆地同一时代的样品进行了相同的分析，结果发现硫同位素异常和生命大灭绝同样存在时间上的一致性，因此富含硫化氢海水的上涌在这次生命大灭绝事件中的重要作用可能具有全球意义。最新一期国际地球科学权威期刊《地质学》介绍了这一新发现。

（本报记者　李陈续　通讯员　杨保国　《光明日报》　2015 年 11 月 26 日）

注：科技日报、中国科学报、中国新闻网、安徽日报、安徽商报、合肥日报、合肥晚报、文汇报、大公网等也做了报道。

太阳大气喷流可触发剧烈日冕物质抛射

本报讯（记者　杨保国）　中国科学技术大学教授汪毓明课题组发现，太阳大气喷流可以触发十分剧烈的日冕物质抛射事件，而大尺度喷流的爆发是由太阳活动区突然的磁场重联引发的，该成果日前发表于《天体物理学杂志》，并被美国天文学会作为当期亮点研究成果在网站头条报道。

太阳大气喷流是太阳大气中爆发的瞬时磁场能量释放过程，常表现为长条形的运动轨迹。而日冕物质抛射则是一种泡状结构的爆发活动，通常以极高的速度向行星际空间注入大量的等离子体物质和能量，对地球周围的空间环境、航天活动和电力、通信等产生重要影响。这两种太阳大气中的爆发活动是否有关联？

汪毓明课题组研究了 2013 年 1 月 15 日的一次太阳爆发事件。在太阳上的同一个活动区中，8 分钟内先后爆发了一次大尺度太阳喷流事件和一次日冕物质抛射事件。他们分析发现，先爆发的喷流触发了高速的日冕物质抛射事件。

基于这一观测，他们提出，相对没有那么剧烈的太阳喷流，同样可以触发十分剧烈的日冕物质抛射事件。太阳活动区突然的磁场重联引发了大尺度喷流的爆发，同时重联过程中突然的能量释放过程引起了活动区上方泡状结构的上升运动，从而进一步触发了日冕物质抛射事件。

（《中国科学报》　2015 年 12 月 3 日）

注：中国新闻网、安徽日报等也做了报道。

西太平洋低纬度降雨带28万年迁移史

本报讯(记者 王磊 通讯员 杨保国) 来自中国科学技术大学、台湾大学等研究团队,利用位于西太平洋暖池的巴布亚新几内亚东缘、近岸1660米的深海底所获得的海洋沉积物岩芯的地球化学记录,重建了28万年以来西太平洋低纬度降雨带的迁移历史,发现其变化受到地球围绕太阳的轨道周期控制,同时受到欧亚大陆的西伯利亚高压影响;并发现东亚-澳大利亚的季风系统两者虽为相依的气候带,却有着不对称的轨道周期性。

热带辐合带是地球上最大、最重要的降雨带,是全球生物与人类最重要的栖息地,直接影响中国、印度和澳大利亚等国家和地区的季风降雨和天气变化。此低纬度降雨带不同季节在南北半球的位置若有持续性的细微变化,往往会造成毁灭性的自然与文明灾难。前人研究显示,公元9～10世纪的玛雅文明,就是因为此低纬度降雨带南移,造成中美洲长期干旱而崩解。

据论文第一作者、中国科大地球和空间科学学院刘羿副教授介绍,地处西南太平洋热带辐合带的巴布亚新几内亚,低纬度降雨带每年12、1、2月北半球冬季即南半球夏季,从北半球南移至此。每年2000毫米以上的充沛降雨量,将大量泥沙带入海洋;湍急的河水也携带着溶解的稀土族元素注入大陆边缘海洋。而生长于海表的浮游性有孔虫在制造碳酸钙壳体的同时,也记录了海水中的稀土族元素成分特征。他们通过分析海洋沉积物岩芯中不同年代的浮游性有孔虫碳酸钙壳体的稀土族元素含量变化,还原了该区域降雨变化及低纬度降雨带的迁移历史。

他们进一步研究发现,同属于东亚-澳洲季风系统的南方澳大利亚夏季季风,竟然更受到地球自转轴倾斜角的影响,呈现显著的4.1万年(倾角)周期的律动。而此前的研究发现,东亚夏季季风强度与降雨量的变化由地球自转轴旋转导致的岁差周期所主导,降雨带的移动呈现2.3万年(岁差)周期的变化。

结合海洋记录和气候模拟,他们发现,当地球自转轴倾斜角度较大时,12、1、2月的北半球高纬地区吸收到的日照总量非常少,会造成极度寒冷的欧亚大陆西伯利亚高压带,进而增强东亚冬季季风强度,一路南下,穿过赤道,携带充沛水气,将西太平洋低纬降雨带推向更南方,为北澳大利亚带来甘霖。相反地,澳大利亚面积远小于欧亚大陆,而且地处中纬度,所以影响高纬地区的"倾角"轨道力,很难透过澳大利亚冬季季风影响东亚夏季季风变化。

该成果11月25日发表在《自然·通讯》上。

(《中国青年报》 2015年12月9日)

注:新华网、中国新闻网、中国科学报、安徽日报等也做了报道。

中科大助力暗物质卫星升空

本报讯(记者　桂运安)　12月17日,我国空间科学卫星系列首发星——暗物质粒子探测卫星"悟空"成功发射升空,并顺利进入预定转移轨道。记者12月18日从中科大获悉,"悟空"唯一有效载荷的关键分系统——BGO量能器即是由该校研制的,为我国首次实现此类大型空间探测装置做出了重要贡献。

暗物质和暗能量,被科学家们称为"笼罩在21世纪物理学上的两朵乌云"。人类对宇宙的研究表明:27%的宇宙是由暗物质组成的,暗物质就像胶水一样把所有物质连接在一起。新的研究发现,一部分暗物质正在消失,而导致它们消失的原因可能是暗能量。为探索宇宙的暗物质和暗能量,我国启动暗物质卫星计划。"悟空"是我国第一颗完全由中国科学院研制、生产的暗物质卫星,也是世界上迄今为止观测能段范围最宽、能量分辨率最优的高能伽马射线、电子宇宙射线空间探测器,其科学探测指标达到国际先进水平。

"悟空"升空后,将工作于约500千米高的晨昏太阳同步轨道,并根据任务需求,采用BGO量能器结合硅阵列探测器、塑闪阵列探测器,完成高能粒子能量、方向、电荷的测量。BGO量能器,是实现暗物质卫星核心探测功能的关键分系统。自2009年起,中科大核探测与核电子学国家重点实验室即作为暗物质卫星合作组发起成员之一参与前期论证和预研,完成地面原理样机研制。2012年卫星工程正式立项后,该团队攻克多项关键技术难题,先后按期通过方案样机、初样鉴定件和正样飞行件验收,关键指标达到国际领先水平。

(《安徽日报》　2015年12月20日)

注:安徽商报、合肥晚报等也做了报道。

超低频波对辐射带高能电子加速效应证实

科技日报讯(记者　吴长锋　通讯员　杨保国)　中国科学技术大学地球和空间科学学院汪毓明教授领导的日地物理研究组与其合作者,利用美国国家航空航天局的范艾伦探测器高分辨率数据,首次证实了全球范围内超低频波对辐射带高能电子的径向扩散加速过程。国际著名学术期刊《自然·通讯》近日在线发表了这一研究成果。

范艾伦辐射带是指近地空间中环绕地球的两层巨型"轮胎状"的高能粒子辐射层。外辐射带包含大量速度接近光速、能量高达几个兆电子伏特的电子,分布在距离地心3~8个地球半径的广阔空间区域。这些极端高能的电子经常受到太阳活动的影响而发生剧烈变化,对在轨航空航天系统,如军事、导航、通信和气象卫星等造成严重威胁。

辐射带高能电子可能的形成机制主要有两种:一是超低频(毫赫兹)波驱动低能电子朝

向地球扩散并将其加速到高能段；二是甚低频（千赫兹）合声波直接加速当地电子而不改变其与地球的相对距离。以往的研究普遍强调了甚低频合声波对于辐射带电子的加速作用，而无法准确评估超低频波可能的加速效应。

该研究组与长沙理工大学、北京大学以及美国多所研究机构合作，利用范艾伦探测器提供的高分辨率数据，研究了非磁暴时段辐射带电子的演化过程。数据显示，在不存在甚低频合声波的条件下，超低频波能够近似周期性地调节高能电子强度，在10个小时内，驱动外辐射带内边界朝向地球移动0.3～0.8个地球半径，使得相关区域高能电子强度提升1个数量级。

这一成果对于理解辐射带动力学行为、预报近地空间天气环境和保障航空航天安全，具有重要意义。

（《科技日报》 2015年12月29日）

注：中国新闻网、合肥日报等也做了报道。

科学家首次验证六光子量子非局域性

本报讯（通讯员　刘爱华）　中国科学技术大学李传锋、黄运锋研究组成功制备出世界上最高保真度的六光子纠缠态，并首次验证了六光子的量子非局域性，研究成果发表在12月23日的《物理评论快报》上，并被选为编辑推荐论文。

量子非局域性问题起源于爱因斯坦与玻尔对量子力学的争论，爱因斯坦认为量子力学不够完善，“上帝是不会掷骰子的”。玻尔等人则认为量子随机性是宇宙的一个基本特性。越来越多的实验使人们接受量子非局域性的观念，即量子态是个整体，如果对一个系统进行测量，那么同时会影响另一个系统的状态。也就是说，上帝即便会掷骰子，掷出的骰子也是联动的。

近年来人们已经能够制备六光子甚至八光子纠缠态，但保真度有限。研究人员一方面提出了多体GHZ悖论的普适构造方法；另一方面在自主研发的纠缠源基础上，设计出“三明治”型纠缠源。这种新型的纠缠源具有更好的对称性，从而使纠缠光子对的各种指标超越此前所有多光子实验。研究组制备出的六光子GHZ态保真度高达88.4%，创造了世界最高水平，并在此基础上最终验证了六光子GHZ型非局域性。

（《中国科学报》 2015年12月31日）

注：中国经济网等也做了报道。

校园文化篇

中国举办系列纪念“国际光年”活动

中新社合肥1月11日电(记者　吴兰)　2015年是“国际光年”,中国光学领域的首场活动“光耀中华创新圆梦”11日在中国科大举行,包括郭光灿、龚旗煌、欧阳钟灿、许祖彦、王家骐等院士在内的众多中国光学研究领域的科技精英参加了此次活动。

2015年是光学界众多里程碑式发现发明的周年纪念,联合国宣布当年为国际光年,是为纪念千年来人类在光领域的重大发现,强调解决能源、教育、农业和卫生等世界性问题的光技术的重要性。

据悉,国际上包括国际光学工程学会和美国光学学会等在内的100多个国际学术团体将举办相关纪念活动。中国除举办“光耀中华创新圆梦”的报告会外,还将举办光学漫画大赛、王大珩先生诞辰100周年纪念活动等。

中国光学学会理事长郭光灿院士认为,中国光学研究从弱到强,在国际光学界占有一席之地,取得一系列显著成果,为人类生活改变做出了巨大贡献。侯建国院士认为,中国在量子光学领域里,取得系列成果。

与会院士专家认为,光技术在航天航空、生命科学、军事等领域具有广阔前景,在量子信息、激光和环境光学国家战略安全需求和国民生活中均有重要作用。

据悉,包括伦琴、爱因斯坦等在内的众多光领域的科学家成为诺贝尔奖获得者。而在日常生活中,从视力矫正眼镜,到手机和互联网,再到卫星等等,都与光和光学应用有关,光电技术远大的发展前景连科学家也难以预测。

(中国新闻网　2015年1月11日)

注:中国科学报、安徽日报、安徽广播电台、安徽电视台、新安晚报、安徽商报、市场星报、合肥电视台等也做了报道。

俄罗斯总理梅德韦杰夫科大摄影展举行

大家都还记得,2013年10月23日,俄罗斯联邦政府总理梅德韦杰夫来到合肥,到访了中科大,还受聘为该校荣誉教授。1月14日起,“梅教授”的摄影作品将在中科大校博物馆第一展厅展出。

记者从中科大了解到,这位“梅教授”爱好摄影,在视察俄罗斯各地和出访期间,常以独特视角创作各地人物风情、自然景致、历史文化等方面的作品。

此次摄影展将展出其作品共66幅,取景于俄罗斯、中国、韩国、纳米比亚共和国、埃及、印度、蒙古、佛得角、丹麦、吉尔吉斯等国。

1月14日～30日，“梅教授”的摄影作品展在中科大校博物馆第一展厅也就是东区师生活动中心6楼举行。

（胡霈霖 《安徽商报》 2015年1月15日）

注：江淮晨报等也做了报道。

化学竟能如此美丽

在漆黑的天幕上，雪白的礼花忽然绽放，缓缓聚拢、升腾，又散开，降下无数闪亮的颗粒，如流星拖着长长的光迹……在高清摄像头下，当一滴硝酸银溶液坠入氯化钠溶液中时，你一定会惊叹：化学竟能如此美丽！近日，中科大先进技术研究院与清华大学出版社联合制作的“美丽化学”项目，一举夺得国际科学可视化竞赛视频类专家奖，填补了国内空白。

对于大多数人而言，“化学反应”意味着繁琐的实验室劳作和对化学方程式捉摸不定的考试。然而，中科大特任副研究员梁琰在这个学科中发现了艺术。2014年9月，梁琰和他的团队发布了一个名为“美丽化学”（http://BeautifulChemistry.net/cn）的网站。“美丽化学”网站是原创网络科普项目，其主旨就是将化学的美丽和神奇通过数字技术和媒体传递给大众。在网站上，你可以清晰地看到一朵夏槿花在氢氧化钠溶液中变色的全过程，也可以看到金属锌如何将硝酸铅溶液中的金属铅置换出来，变成一棵棵“铅树”……创作者使用了最新的4K高清摄影机捕捉化学反应中的缤纷色彩和微妙细节；在分子尺度上，使用先进的三维电脑动画和互动技术，展示近年来在《自然》《科学》等国际知名期刊中报道的美丽化学结构。

“美丽化学”网站英文版于2014年9月30日上线，中文版于2014年10月31日上线。截至目前，有超过20万人访问该网站，网站页面点击量超过403万次，在线视频播放量超过420万次。《自然》杂志前任主编菲利普·坎贝尔在社交平台上大力推荐该网站。“就算化学不是你的菜，只要看过‘美丽化学’视频，就一定会爱上科学的不可思议！”《时代》官网中写道。

（本报记者 桂运安 《安徽日报》 2015年3月3日）

注：中国科学报、安徽商报、合肥日报等也做了报道。

中科大学生回忆南极科考经历：最难忘的是“习大大”的慰问

历时163天，航程约为3万海里（1海里＝1852米），4月10日，“雪龙”号载着圆满完成科考任务的中国第31次南极科考队回到上海，参与此次科考的4名中科大学生也回到学校。昨日，《市场星报》记者在科大校园里，倾听了他们百余天的“日日夜夜”……

杨连娇：

1990 年出生，环境科学专业硕士二年级

任务：采集企鹅、海豹等动物粪便

陷入沼泽后，自己将自己挖出

杨连娇，作为四人中唯一一名女生，虽个子小，胆子却不输男孩一点。杨连娇的任务主要是采集企鹅、海豹等动物粪土的沉积物。

记者：收集动物粪便，有什么用处吗？

杨连娇：主要是利用它们的粪土沉积物，来分析这些生物的数量变化与气候变化有何关系。

记者：通过这些年的科考，南极生物有何变化？

杨连娇：今年的数据还没有分析出来，但可以肯定的是，企鹅等动物的数量这些年呈大幅减少趋势，这与南极的气候变化有着直接关系。并且在科考中，我们发现了不少空气污染物已到达了南极，这需要引起重视。

在本次科考中，杨连娇还经历了一场“生死游戏”。“有一次外出，我与师兄包韬一起去采集样品，身背 15 千克左右的样品，在返程途中有一条河流地带，师兄突然陷入沼泽，随即我也陷进去。”据杨连娇介绍，当时大家都工作了 3 个多小时，很虚脱，只能自救。

“师兄先上来了，正要过来拉我，我怕他再次陷入，不可能再有体力上来，就示意让他不要来，我拿起铲子，一点一点将身边的泥土挖去，大概 15 分钟，我的腿出来了。”谈及这段经历，杨连娇直说“不害怕，就是需要再小心点”。

参加本次科考任务的马天鸣，由于当日不在校，记者没能见着。其同学向记者介绍道，马天鸣的任务是到位于南极内陆的昆仑站，执行中国深冰芯钻探项目任务。那里海拔有 4000 多米，因此对体质的要求很高，他还专门去西藏参加了为期两周的高海拔适应性训练。

包韬：

1989 年出生，环境科学专业博士一年级

任务：长城站，采样土壤、空气样本

第一次近距离接触海豹，好紧张

来到长城站，包韬给出的描述是：“挺小的一个地方，附近还有智利站、俄罗斯站等，都很小。”

那里，夏天温度在零下 5 摄氏度到 5 摄氏度之间，大部分是风雪天，有时还会下雨。“我的任务主要是采集二氧化碳、甲烷等温室气体，并采集苔原的表层土壤，在当地采样的结果，可以用来研究全球温室气体循环变化的新规律。”包韬告诉《市场星报》记者，他每天都要到外面，用有机玻璃瓶子采集空气样本，每 4 个小时一次，选择点要很广，经常需要到“危险地带”，雪基本上都是深得淹没膝盖。

“野外考察时间长，虚脱是很正常的，渴了就抓起一把雪吃，补充体力。”整个科考下来，包韬共收集了 497 瓶空气样品，土壤样品有 100 多千克。

“我还协助其他人收集一些海豹粪便，记得第一次近距离接触这种动物，太紧张了。”包

韬给《市场星报》记者描绘了当时的情景，“我离它们只有 1.5 米，我当时是蹲着的，一条腿在后，就是准备随时‘撤退’，海豹叫的声音很恐怖，个头比较大，所以当时很害怕。”

说到这，包韬笑着与记者分享了一次经历。“海狗也是南极常见的动物，叫声跟狗很像，我们的三个老师，当时被一只海狗追得满地跑。后来，一个队员试着吓唬海狗，海狗真被吓住了，大家又反过来追着海狗跑，真是太搞笑了。”

王建成：

1990 年出生，环境科学专业硕士二年级

任务：南大洋随船考察

最难忘“习大大”上船慰问

王建成是本次中科大学生中唯一一个随船队员，从“雪龙”号出发之后，王建成就在船顶忙碌起来。此次考察中，他的任务就是沿途采集空气中的气溶胶样品。王建成每天都要更换一张经过特殊处理的石英过滤膜，然后低温保存样品以备带回国内实验室进行分析。

“生活、工作条件虽然改善了，但进行极地考察，本身就是很艰苦的。在 163 天里，我们每天都很快乐，尤其是看到冰川与企鹅的日子。”据王建成介绍，雪龙船行驶在南极浮冰区时，周围的冰山千姿百态，企鹅站在冰面上朝船上“看”，有时企鹅甚至还会跑到船边凑热闹，“去南极的时候，我们都想跟企鹅合影，只要不去抚摸它们，企鹅会很友好”。

但最让王建成难忘的还是去年 11 月 18 日。“我们突然得知，正在澳大利亚访问的习大大，将在澳大利亚总理的陪同下参观南极科考项目，并上船慰问科考人员，我们都很激动。”王建成回忆着那个场景，“习大大上船后，参观了中国极地考察 30 周年图片展，还有生物实验室，详细询问大家的工作和生活情况，期待我们圆满完成任务。”

“就在习主席准备离开时，船员和科考人员聚集在甲板上列队欢送，并与习主席合影留念。习主席向大家挥手告别，让我们注意安全、保重身体。”王建成介绍，习近平主席从一上船到离开，始终叮嘱大家要注意身体，太令人感动了。

（刘爱华　星级记者　俞宝强　《市场星报》 2015 年 4 月 16 日）

注：中国新闻网、新安晚报、安徽商报、合肥晚报、江淮晨报等也做了报道。

“雪龙”号极地考察船日前在上海靠岸，标志着中国第 31 次南极科考顺利完成任务。在历时 163 天、约 3 万海里的征程中，中科大学子与所有科考队员一起，在冰山雪地中探寻南极的奥秘——

触摸南极

冰川、极光、企鹅，狂风、暴雪、严寒……南极，是科学家梦寐以求的殿堂，也是一个险象

环生的区域。在这里，无与伦比的自然风光与奇妙独特的探险刺激并存。日前，伴随着“雪龙”号回国，中国科学技术大学极地环境研究室的4名科考队员也先后回到合肥，并在校园里向记者讲述了他们在南极的精彩故事和难忘经历。

一次意义非凡的科考

“虽然历经艰辛，但成功钻取了172米深冰芯。”说起这次南极科考，中科大环境科学专业硕士研究生马天鸣很是兴奋。“深冰芯钻探”项目，是国家“863计划”重点项目，此前已筹备了6年，这次南极科考正式开钻，而马天鸣正是该项目的参与者之一，他此行的目的就是在中国南极昆仑站执行冰盖与气候变化的考察。

“雪龙”号是中国最大的极地考察船，也是中国唯一能在极地破冰前行的船只。在这次科考中，中科大4名队员分两路奔赴南极，马天鸣和同学王建成作为大洋科考队队员，全程跟随“雪龙号”出征。去年10月30日，“雪龙”号从上海起航后，王建成就在船上忙碌起来。“我的任务是沿途采集空气中的气溶胶样品。”王建成说，他经常要在零下10多摄氏度的甲板上作业，每天要更换一张经过特殊处理的石英过滤膜，然后低温保存样品带回国内实验室进行分析，“分析气溶胶的种类和浓度，可以了解南极大气目前的受污染程度”。

气体样品500瓶、土壤样品230袋、沉积柱24根……带着这次科考成果，中科大环境科学专业博士研究生包韬的心情异常高兴。去年12月11日，他和师妹杨连娇从北京乘飞机前往南极，在中国长城站从事温室气体、土壤样品以及企鹅、海豹粪沉积柱采集。“通过分析企鹅、海豹粪的化学成分，可以考察企鹅、海豹数量与气候变化的关系。”杨连娇介绍。

“尤其令人难忘的是，在‘雪龙’号上见到了国家主席习近平。”王建成表示。去年11月18日，正在澳大利亚访问的习近平主席，在澳大利亚总理的陪同下登上“雪龙”号慰问全体科考队员。“他参观了实验室和展厅，并与我们拍下大合影，临走时，向大家挥手告别，不断嘱咐我们注意安全、保重身体！”回忆起习主席慰问的场景，王建成心里暖暖的。

南极，是一块神秘而梦幻的土地。过去17年来，为探索南极的奥秘，中科大极地环境研究室主任孙立广教授和弟子们，对环南极地区开展了系统科学考察，足迹遍布中国长城站、中山站、昆仑站，以及澳大利亚戴维斯站、西班牙胡安·卡洛斯一世站附近区域，在《自然》等著名学术期刊上发表了100余篇高水平的极地研究论文。

一次险象环生的探索

南极，是地球上唯一没有人员定居的大陆。这里虽然风景瑰丽，却也险象环生，狂风、暴雪、严寒，对于科考队员来说，更是如同“家常便饭”。

“由于特别寒冷，每天都要穿着特制的保暖服外出作业。”王建成介绍。南极海域是人类了解最少的地方之一，强风、冰山和水下复杂的地形严重威胁着船只安全，几乎每年都有游船在这一海域发生事故，严重时会遭遇沉船，造成人员伤亡。对于南极之行可能遇到的风险，一直随船远征的王建成深有体会。他告诉记者，这次科考“雪龙”号总航程约有3万海里，其中冰区航行3210海里，在南极中山站卸货时遭遇机械故障，在罗斯海遭遇有资料记录以来最严重的冰情，在西风带连续遭遇强气旋，船体倾斜最大时达20度。

南极，是地球上暴风雪最频繁、最凶猛的地方。根据澳大利亚莫森站20年的观测统计，南极每年8级以上大风日就有300天。法国迪尔维尔站曾观测到100米每秒的飓风，风速相当于12级台风的3倍；南极冰雪高原的极地气旋风暴，可使德雷克海峡的海浪高达20米。1970年，由于突然刮起特大暴风，美国一架运输机在空中失去控制，最后虽安全着陆，但折断一个翅膀。

暴风常常夹杂着暴雪，风助雪势、雪借风威。“那是一种没有太大涨落如同凶猛困兽的喘息，是一种像是被笼罩在蘑菇云下令人窒息的沉闷，是一种连续处在被摧毁状态下如同末日降临的战栗。”谈起南极的暴风雪，孙立广形象地说。“南极雪很深，经常淹没膝盖。”包韬透露，他几乎每天都要到户外采集温室气体和土壤样本，一些“危险地带”少不了也要光顾。

除了狂风、暴雪，南极还有很多看不见的“陷阱”。在中国南极科考史上，由于天气原因，有两名队员曾在冰山上迷路被困3天。1998年，在中科大首次参加南极科考时，孙立广就曾掉进雪坑中。在这次南极科考中，包韬和杨连娇也经历了一场“生死考验”。有一次，他俩外出采集企鹅、海豹粪沉积柱，包韬不小心崴了脚。作为此次中科大南极科考队中唯一的女生，杨连娇毫不犹豫地背起近30斤重的样本。但在返程途中，两人双双陷入沼泽地。杨连娇介绍说，当时两人都工作了3个多小时，又走了很远的路，很虚脱，只能自救。“包师兄脱险后，要过来拉我，我怕他再次陷入，示意他不要过来。我拿起铲子，一点一点将身边的泥土挖去，挖了10多分钟才将腿拔出来。”杨连娇感慨地说，如果再陷一次，恐怕两人真没力气出来了。

一次生动有趣的体验

蔚蓝的天空、洁白的冰雪、憨态可掬的企鹅……冰雪南极是科学家们梦寐以求的殿堂，这里虽号称世界寒极、风极，有着刺骨的严寒天气、超强的紫外线、铺天盖地的暴风雪，但每个归来的人回想起这次探险，说得最多的还是那些生动有趣的故事。“这是一次难得的体验，虽然辛苦，但每个人都觉得值!”王建成坦言。

本次南极科考从上海出发，经由澳大利亚霍巴特到达中国南极中山站，此后经由南极罗斯海到达新西兰克莱斯特彻奇补给，再次返回中山站，完成预定任务后经由澳大利亚弗里曼特尔回国。“雪龙”号行驶在南极浮冰区时，周围的冰山千姿百态，企鹅站在冰面上朝船上看，有的还会跑到船边凑热闹。“亲眼见到冰山、企鹅，的确很激动。”王建成说。“第一次近距离接触海豹时，非常紧张。我慢慢靠近它们，时刻警惕着，准备情况不妙时随时逃跑。”包韬拿出多张海豹照片，让记者欣赏。被称为“企鹅岛”的阿德雷岛，是企鹅家族的家园。由于人迹罕至，那里的企鹅非常呆萌。包韬介绍，和它们邂逅的时候，企鹅们一点儿也不害怕，还会对着镜头摆出各种歪脑袋、挥小手的姿势，可爱极了。

在南极，新鲜的水果和蔬菜，一直是“奢侈品”。由于大规模补给两年一次，小型补给也要隔一阵子才有，水果、蔬菜成了南极最稀缺的资源。杨连娇说，刚到长城站的时候，站长给新来队员每人发了一个苹果。看到苹果有点变质，很多队员没敢吃。“我们都舍不得吃，特意留着迎接你们。”站长的一席话，让大家唏嘘不已。不过，在他们快离开长城站的时候，那里已经开始尝试温室种植。“前两天，留守长城站的越冬队员传回新照片，大棚里已长出了黄瓜和生菜。”杨连娇笑言，到过南极才知道，原来吃上新鲜水果和蔬菜，是多么幸福的事。

“在南极的探险中，我看到了生命之河在冰山、雪海中静静地流淌，看到了极地的太阳以无与伦比的卓越在海面上安详地升起，看到了人与自然，人与企鹅、海燕、海豹，以及人与人之间令人感动的和谐与宽容，看到了个人的微不足道，看到了宇宙中那不可抗拒的规则。”谈及当年的南极之行，孙立广如此诗意地描述着。

（记者　桂运安　《安徽日报》 2015 年 4 月 28 日）

中科大“学霸”们的读书经

不久前，中国科学技术大学图书馆针对本校学生图书借阅情况做了一个有趣的排行——“读者借阅排行榜”。此次榜单以 2014 年 9 月 1 日至 2015 年 3 月 31 日为时间段，短短七个月的时间，位于前三名的借阅者图书借阅量分别为 212 本、210 本和 170 本。而就在近日，中国新闻出版研究院公布的《全国国民阅读调查报告》指出，2014 年我国成年人人均阅读纸质图书数只有 4.56 本。

两者相比较，中国科大的“学霸”们让人惊叹，“学霸”们是怎样读书的？这个数据有借鉴意义吗？

“学霸”们的书单

据负责此次榜单统计的中国科大图书馆丁菁梅老师介绍，跃居榜单前十位的借阅者，平均每 1.46 天就能读完一本书。

“学霸”们到底在读什么书？时间难道真能掰开来用？他们又是怎样阅读的？

杨紫嫣，中国科大物理学院本科二年级学生，是本次借阅量的榜眼。对于如何在七个月内读完 210 本书，杨紫嫣有自己的秘诀：“读书的时候不能目读，要心读，心和眼同时到，要抓住句子的主干，同时还要记住所有的形容词。”时间从哪儿来？课间休息、做实验的间隙、中午午休前，利用的是时间的化整为零法，“只要养成良好的阅读习惯，就可以充分利用时间”。

杨紫嫣读书很快，有时候半天就可以读完一本书。但她可不是个书呆子，羽毛球、足球……她兴趣广泛，还是学院女子足球队的守门员。杨紫嫣的书单涵盖面很广，从古典文学《红楼梦》到网络小说《后宫》，从关注现实问题的《留守中国：中国农村留守儿童妇女老人调查》到侦探小说《水车馆事件》，文、史、哲、理、工兼容并包。记者对杨紫嫣的书单做了个简单统计，社科类书籍占到 80%。

杨紫嫣在排行榜中有很强的代表性：读书速度快，精泛读结合，涉猎范围广。排行榜上的状元徐崇润、探花周姝……大多数借阅者都是如此。

排行榜的数据会不会有水分?

“数据是百分之百真实有效的,学生通过一卡通借阅图书,我们通过一卡通后台系统直接生成数据。”丁菁梅介绍说。会不会有借了书没看却刷了总量的可能?“有一种可能就是同学借书后发现这本书不太适合就还掉的情况,但这是很偶然的,并不会对排行榜本身产生影响。”

营造轻松愉悦的阅读氛围

上榜的只是少数,剩下“沉默的大多数”呢?

洪自勇,中国科大化学与材料科学学院本科四年级学生,即将前往美国俄亥俄州立大学攻读博士学位。虽然没进榜单,但他对书籍的涉猎也很广,而且酷爱中国古典文学。

“我借书不多,比较爱买书。”洪自勇有个“三人读书会”,那是他和同学郭洋昆、范雨濛组成的,三个人之间经常互相推荐阅读书目,交流阅读感受。“阅读虽然是很个人的事情,但是阅读的感受需要分享,因为在读书中可以帮助彼此互相成长。”洪自勇说。

在中国科大,这种“民间色彩”的读书会有很多。一位研究生毕业后留校工作的老师告诉记者,在上学期间,她的导师就发起了一个读书会,毕业后直到现在,她一直坚持参加导师的读书会。“谈人生、谈理想、谈爱情,我们经常围炉夜话,毕业后只要有时间我们依旧会参加导师的读书会。”

中国科大物理学院本科一年级学生李佳轩至今还对芳草社图书馆志愿服务分队举办过的两次“读书沙龙”记忆犹新,“每期沙龙我们都会确定一个主题,大家畅所欲言,各抒己见,还会穿插一些游戏,连平时有点内向的同学都活跃起来了。”在服务队里,大多数队员都能做到每周阅读一本书。

花大量时间进行课外阅读,会耽误专业课学习吗?“不会,”李佳轩有句话经常挂在嘴边,“自然科学与人文科学的混搭,能够迸发出惊人的力量。”李佳轩解释说,让理科生拥有人文思维,让文科生拥有理性思维,人才能成为一个完整的人,而这些都必须通过阅读获得。

“以文化为核,以娱乐为壳。”中国科大图书馆副馆长汪忠诚说,“以活泼的形式开展读书交流活动,能创造一种更宽松自由的读书氛围,变‘阅读’为‘悦读’,点燃同学们的读书热情。”

让读书成为一种内在需求

4 月 21 日,中国科大全体师生都收到了一封标题为“我们一起读书、评书、荐书——四月推荐书单”的电子邮件,此书单由中国科大芳草社图书馆志愿服务分队、学工部、校团委、图书馆携手推出,“每月书单计划”暂定每月推出一次,每次推荐五本人文社科类为主的课外阅读书籍。推荐者可以是校内任何一位师生。

短短两天的时间,活动主办方就收到了师生的热烈反馈。该活动的组织方之一、中国科大学工部副部长李峰介绍:“我们希望通过线上线下相结合的互动式读书活动,倡导‘让读书成为一种生活方式’,使阅读成为一种内在需求,从而在科大营造更具活力的文化氛围。”

在中国科大东区图书馆的入口处,有一个占地1050平方米的“英才书苑”,书苑内放置中文图书7万种,外文图书2500种,涉及教育、文学、传记、艺术、科普和学术专著等领域,图书定期会更新。2013年,英才书苑正式对社会开放,市民可以在展厅内免费阅读,还可以开展读书交流活动。据统计,仅2014年,英才书苑就举办各类活动十多次、人文讲座五次。

“图书馆是校园文化的中心,如何让图书馆更好地服务师生的文化需求,是我们的责任,”汪忠诚说,“大学又是社会文化的中心,如何让大学文化更好地服务社会,也是一个需要长期思考的议题。我们希望通过英才书苑的形式与社会共享部分图书资源,让图书馆真正成为大家的图书馆,用阅读去撑起一片文化天空。”

(通讯员　刘爱华　《中国科学报》 2015年4月30日)

注:中国新闻网、安徽电视台、新安晚报、合肥晚报、中安在线等也做了报道。

中科大学霸建打豆豆兼职平台　整合校内学霸资源

以不断升级和趣味性为特点的打豆豆游戏深受年轻人的喜爱,近日,一群科大学子就创立了一个打豆豆兼职平台,他们希望整合校内数百位学霸的资源,为孩子们提供家教服务,让学习的过程变得不那么枯燥。

学霸捆绑销售

相对于比较零散的兼职信息,想准确找到中意的学生给孩子做家教,仍比较麻烦。

科大管理学院本科四年级学生翟秀志说,他和团队的小伙伴们就看准了这个市场,并迅速网罗校园里有兼职意向的学霸们,把他们各自擅长的学科优势发布出去,实现家教和家长的快速匹配。

科大最高奖学金获得者、计算机竞赛保送生、国外大学交流经验……记者在网站上看到,这些学霸们的履历十分优秀,有的还承诺帮学生成绩提高10到30分。“在教员上岗之前,我们还会对他们的服务态度、授课能力、社交礼仪等方面进行培训。”

目前第一批已经有约30位科大学生上线等待预约,而在一两个月之后,这一规模预计扩大到600人。

互评全部公开

为了创造科大学霸们的品牌价值,团队的小伙伴开发出了双向反馈系统。“教员去上每一堂课都会有反馈,每四节课会有一次测验。”据翟秀志介绍,他们会邀请家长对教员和教学成果进行评价，教员也会对家长和学员的合作做出评价，这些内容都会在网站上清楚体现。

既然是在校学生，难免就要担心他们在兼职过程中的人身安全。

翟秀志介绍，他们还开发出了上门服务的安全系统。“我们会对教员上门兼职的路线进行规划，并要求教员在到达授课地点后，与学生和家庭成员进行合影并上传网站，这一方面是为了保证教员安全，另一方面也是授课过程的记录。”翟秀志说，如果变换教学地点，网站也会进行追踪。

有望帮助就业

翟秀志和小伙伴们的创业也得到了校方的支持。科大团委的张平老师说，他们会对平台上参与兼职的学生和申请的家长进行把控。“如果有学生受到投诉，可能就会从平台中被拿下，家长也需要提供实名认证的银行卡号，支付报酬。”张平老师说，在他看来，家教兼职对于未来从事科研和教学的科大学子来说，能起到很好的锻炼作用。

翟秀志说，未来，他们还想把每个参与兼职的科大学生经历做成一个“人立方”，帮助他们匹配到更好的就业岗位上去。

（陈牧 《新安晚报》 2015 年 5 月 15 日）

中科大先进技术研究院开放　集中展示高端创新成果

5 月 16 日，在普通民众眼中颇为神秘的中科大先进技术研究院向公众开放，集中展示 3D 打印、无人机、智能可穿戴设备等高端创新成果，让大批参加科技活动周的市民大开眼界。

展厅中最引人注目的是两架漂亮的无人机，据介绍，这两架由先研院与企业联合研发的固定翼无人机自重不到 100 千克，使用航空燃油作动力，最大航时为 11 小时，最远可飞 1200 公里至 1500 公里，最高飞行时速达 300 公里，拥有目前国内最先进的各项技术，可广泛用于大面积搜救、侦查、森林防火、地质勘探、反恐安保等领域。

“3D 打印只是听说，没有见识过。”市民张先生兴奋地告诉记者，他站在 3D 设备前，观看用 3D 技术打印玫瑰花花朵，足足看了 10 分钟，“真是过足了眼瘾”。合肥阿巴塞信息科技有限公司的技术人员告诉记者，他们使用的 3D 打印材料是 PLA 塑料，只要向电脑中输入三维模型，进行数据处理，生成打印需要的文件，设计好打印程序，机器就可以打印出任何所需的物品。他拿起一个约 20 厘米高的绿巨人塑像说：“打印这样一个塑像，需要 8 小时左右。”

虽然现在戴小米手环的人还不多，但以小米手环为代表的智能可穿戴设备走入大众生活的脚步却越来越快。安徽华米信息科技有限公司现场展示的小米手环、小米智能体重秤让不少参观者驻足体验。作为一个起初用来记步和监测睡眠的手环，现在通过互联网与小米手机、小米电视、路由器等小米系统紧密相连，无感地把你带入互联网世界，一天 24 小时不间断地关注、照顾你的生活！比如小米手环发现你已经睡着了，它就把睡眠状态数据传输给电视，电视会慢慢把声音关掉，再慢慢把画面关掉；不过它也不会任你在沙发上睡，很可能会慢慢震动提醒你换到床上去睡，在这个移动的过程中你甚至不一定需要手动关灯，蓝牙测距发现你离开后，客厅的灯也就关掉了，它会转而把卧室的灯打开。

（记者　汪永安　通讯员　朱永梅《安徽日报》2015 年 5 月 17 日）

注：人民网、合肥日报等也做了报道。

88 面古铜镜亮相中科大博物馆

晨报讯　88 面古铜镜带你一览古代制镜工艺，改造后的国家同步辐射实验室储存环大厅首次面向市民亮相。5 月 16 日、17 日，是科技活动周的中科大开放日，东、西校区多个实验室免费开放。今天，活动还将持续一天，有兴趣的市民可以前往现场参观。

88 面古铜镜带你领略古代工艺

在位于科大东区的博物馆里，一共展出了 88 面铜镜，年代从春秋战国到明清时期。

其中，有一块来自西汉的透光镜，直径有 11.5 厘米，厚度仅仅为 0.4 米，堪称工艺精湛。

“镜子上，有‘见日之光，天下大明’8 个铭文，可以产生透光效应，镜面的反射光线可以透出镜子背面的图像。”科大博物馆的工作人员介绍说。

镜子的制作工艺不容小觑，透光镜的透光还有一定的科学原理。“镜体铸造的时候各处厚薄不一，就形成不同程度凸起的全凸镜面。镜面的这种曲率差异与镜背面的纹饰相对应，因此在阳光下反映出的明暗相间的图像正是镜背的图像。”

“这是安徽省文物学会成立后的首次展览，也借此机会，让市民看到中国古代瑰丽的铜镜制作技艺。”工作人员说，咱们安徽是文化大省，曾经是淮式镜的起源地。

博物馆里，还有一块棱角分明、灰黑色的大石头，看上去平凡无奇，但是据介绍，这块石头来自遥远的南极，名叫玄武岩。

而这块来头不小的石头，现在就摆在展台上，可以让市民亲手触摸，和南极来一次近距离的接触。

同步辐射实验室升级后首次亮相

今年科技活动周，升级改造后的国家同步辐射实验室储存环大厅也首次面向市民开放。

说起“同步辐射”，可能不少不了解它的人都要感叹“高大上”。其实，“同步辐射”距离我们的生活并不远。

比如，同步辐射高精度的结构分析和谱学分析技术，是高效催化剂研发必不可少的手段，能给汽车尾气处理带来福音。"同步辐射作为一种先进的光源，其应用具有很高的现代科技融合性和集成性，为几乎所有的前沿科技研究提供了一个先进的、不可替代的实验平台。古生物学、医学应用、电子工业等等，都能用上它。"

"现在中国运行和在建的同步辐射装置只有5个。"工作人员介绍说。

多个国家实验室向市民开放

据悉，科技活动周开放日期间，中科大的火灾科学国家重点实验室、国家同步辐射实验室、光电子科学与技术安徽省重点实验室、中科院近地空间环境重点实验室、中科院星系宇宙学重点实验室等都将对市民敞开大门，不仅可以参观，还有志愿者为大家讲解。

在西区电一楼，有智能机器人演示，西区生命学院有显微摄影作品展。小观众最喜欢的求真化学实验、趣味化学实验则在东区展出。

（晨报记者　于巧妮　李福凯　《江淮晨报》 2015年5月17日）

注：人民日报、新华网、光明日报、中国科学报、中国新闻网、安徽商报、合肥电视台、内蒙古日报、贵州日报、烟台日报、海南日报等也做了报道。

黄梅戏《小乔初嫁》在中科大上演

本报讯（记者　陈婉婉）　5月29日晚，校园大舞台——徽风皖韵进高校活动走进中国科学技术大学，中宣部"五个一工程"奖获奖剧目《小乔初嫁》精彩上演，这是继安徽新创精品剧目合肥展演、晋京展演之后，新创精品剧目走进高校的第二场演出。

《小乔初嫁》是由省黄梅戏剧院重磅推出的新编三国题材大型史诗黄梅戏。该戏讲述了一个极具传奇色彩的"救国"故事，既营造出大气磅礴的三国风云，又凸显黄梅戏沁人心脾的优美唱腔。整场演出通过"省亲""劝和""送郎""作赋""过江""破曹"六场戏，为观众重塑了一个崭新的小乔。扮演小乔的何云是国家一级演员，新近凭借温婉坚毅的小乔形象捧回第27届中国戏剧表演最高奖"梅花奖"。科大化材学院研究生小陈说："以前很少接触黄梅戏，今天看的这个剧目非常有感染力。历史是熟悉的背景，里面的主角像华佗、曹操、周瑜等都是我们安徽人，感觉很亲切。小乔也俏皮动人，活灵活现。剧中有些曲调朗朗上口，大家都会在台下跟着哼唱呢！"

校园大舞台——徽风皖韵进高校活动由省委宣传部、省教育厅、省文化厅联合主办，2015年全年计划演出50场，接下来安徽演艺集团等演出单位将继续携黄梅戏《雷雨》、徽剧《惊魂记》等安徽新创精品剧目走进省内高校。5月29日晚，黄梅戏《小乔初嫁》在中国科技大学上演。

（《安徽日报》 2015年5月30日）

注：安徽广播电台、安徽电视台等也做了报道。

科大昨晚举办毕业生校园红毯秀
和你一起对母校说："再见"

毕业之前，你会邀请谁陪你在校园里经历最后一次华丽的转身？昨天晚上，科大东区大礼堂前的红毯上，情侣、好友、一家三口，一件件华丽的礼服、一句句感人的誓言，都让校园里充满了浓浓的离别之情。"科大一般都是学术活动比较让人印象深刻，我们也想借此娱乐一把。"红毯秀相关负责人贾袁骏告诉记者，此次共有20组即将毕业的学生报名，他们的组合也各自迥异。

最萌身高差情侣

信息学院女生吴迪一脸娇羞地挽着她管理学院的男朋友王思琦走上了红毯，1米68和1米88身高的组合，被大家笑称为最萌身高差。"我们吃了三次饭，然后就在一起了。"如今两人一同走过了三年，吴迪说，三年来两人最常做的事情就是去图书馆上自习，这也让彼此的成绩提高了不少。

毕业之后，王思琦要赶赴美国读研，而吴迪则保研留在了国内。"我俩也设想了下未来，反正肯定要养一条狗。"吴迪笑称。

辩论队最佳队友

异性组合未必只是情侣，商海轮就携手他的异性好友胡梦雅闪亮登场了。"我们是一个辩论队的，一起征战了四年。"商海轮说。如今，言语间挥斥方遒的岁月已经远去，商海轮将开始工作，而胡梦雅则将奔赴美国普林斯顿大学读书。"以后肯定没有机会在一起辩论了，"商海轮的言语里充满了感伤，"可是我们永远都是好朋友。"

记者在现场看到，为了此次红毯秀，不少同学还特意去租了衣服，头发和妆容一点也没有马虎。卢一若和邱家华就穿上了复古的旗袍和正装，还有学生则穿上了汉服，一甩衣袖，十分洒脱。

博士一家人压轴

压轴登场的是科大近代物理系博士班的张宇一家。张宇的儿子还不到两岁，小家伙却一点也不怯场。"我读博期间，儿子就出生了，几乎每天下午，老婆都会带着孩子来科大玩。"

张宇说，在科大求学五年，孩子又成长在科大，所以他们全家人都对这里充满了感情。当张宇决定带全家走红毯时，爱人就赶紧给大家置办了新衣服，显得喜庆一些。张宇表示，自己准备去昆明理工大学做老师了，这一次他将带着全家一起离开科大。

（记者　陈牧　卞世鹏　《新安晚报》 2015 年 6 月 8 日）

艺术相伴的离情是最美

用歌声与母校话别，用音乐描绘校园记忆。日前，在中国科学技术大学，一场名为“衔羽”的专场音乐会精彩上演。一群理工科学子，在传统乐器之外，创新性地融入部分西洋乐器，流畅动听的《春江花月夜》、谐趣欢快的《老鼠娶亲》……“学生专注沉醉的演奏，干净单纯的气质，执礼如仪的谢幕，让我们沉醉和感动。”现场观看演出的一位老师说。

“为了这场音乐会，我们准备了整整一年，并首次挑战高难度的现代作品《燕子》。”乐团副团长兼指挥孙鹤是本科三年级学生，“每年的音乐会我们都很期待，因为它积累了我们沉淀了一年的情感，既是新团员的首秀，也是老团员的告别演出。”

这是中国科大学生民乐团组织的第 13 届专场音乐会，在中国科大，这样的艺术活动着实不少。今年毕业季活动的重头戏“See You(再见)”晚会更是在演出前增加了红毯秀环节，学霸们穿起礼服、走上红毯。在音乐声中，情侣、好友、一家三口，用华服惊艳亮相，实现了在校园里的一次华丽转身。

“以文艺载体弘扬社会主义核心价值观，传承大学精神，是一种非常有效的抒发毕业生母校情怀的方式。我们希望通过毕业季的校园文艺活动，打造活力校园，全面提升学生的艺术素养。”中国科大团委书记张平说。

提高师生艺术活动参与度

面对离别，你最期待怎样的毕业晚会？面对众多的毕业季艺术活动，你最喜欢怎样的形式？近日，中国科学技术大学联手对外经济贸易大学，开展了“你最期待的毕业季艺术活动”问卷调查。

本次调研面向在校教师随机发放问卷 100 份，收回有效问卷 87 份；向学生随机发放问卷 200 份，收回有效问卷 176 份。

调查结果显示，46.87％的师生表示最期待的艺术活动是文艺晚会；高达 50.18％的师生表示希望增加艺术展览类的艺术活动；46.27％的师生表示愿意参加毕业季艺术活动。

最珍贵的是“毕业纪念”。6 月 14 日，中国科大数学科学学院毕业生刘丹站在安徽省顶尖艺术剧院“合肥大剧院”的舞台上，完成了自己在中国科大学生合唱团的专场演出，给自己的本科生涯画上了一个完美的句号。“学生纯真的表演，真情的流露，能感受到科大纯正的学风。”一位观众感言。

调查显示，高达92.05%的师生对毕业季艺术活动表示满意，高达50.18%的师生表示希望增加艺术展览类(如摄影展)的艺术活动。

每到毕业季，很多艺术类社团的成员就很忙，忙着准备各自的毕业晚会，有的还要参与好几场。调查显示，虽然有高达70.5%的师生通过校园海报、微信微博等网络平台了解毕业季学校开展的艺术活动，但仍然有29.5%的师生表示根本没听说过，只有46.27%的师生表示愿意参加毕业季艺术活动。“最近几年，我们如何通过新媒体宣传以及开展丰富艺术活动，提高师生艺术活动的参与度，一直是摆在我们面前的一道考题，我们正努力答出高分。”中国科大团委老师王童说。

书记有话

中国科学技术大学党委书记　许武：

科学和艺术是相通的。中国科大是一所以理工科为主的研究型大学，但我们的老校长郭沫若先生当年在首届开学典礼上就说：“我们的学校应该有适当的文娱活动和弦歌之声。”钱学森等老一辈科学大师也一直强调要“在理工科大学做到科学与艺术的结合”。因此，发展学生文学艺术等方面的特长和潜能，培养学生文理交融的综合素养，营造丰富多彩的校园文化氛围，是中国科大一直坚持的办学理念。

与此同时，毕业生通过参加各类文艺活动，来与母校进行一次深情的告别，也是一种非常有温度的情感表达形式，展现了当代大学生积极向上、爱国爱校的精神风貌。祝愿我们可爱的孩子们拥有一个健康、快乐、幸福的明天。

（通讯员　刘爱华　《中国教育报》 2015年6月29日）

科学大师的忠告：不要考第一

央视网消息(记者　孔华)　1985年6月15日，“现代微分几何之父”陈省身教授在给中国科技大学少年班同学的题词中说：“不要考第一。”30年后，这一珍贵题词，展现在世人面前。“他认为把精力过多地花在提高考试成绩上，是一种浪费，对创新能力的培养毫无增益。”中科大的老师如此解读陈省身教授的题词。

7月9日至31日，“责任与使命——中国科大科学家手迹展”在中国科大东区校史馆开展，展出的科学家手书真迹中就包括陈省身教授这份珍贵的题词。同时展出的还有郭沫若、严济慈、华罗庚、钱学森、赵九章、郭永怀、贝时璋、钱临照、杨承宗等多位中国科大创校大师，以及李政道、杨振宁、丁肇中、李远哲、吴健雄、袁家骝、任之恭等多位担任中国科大名誉教授的著名科学家的墨宝手迹。

“这个是科大创始人之一，钱学森教授。这个是诺贝尔物理学奖获得者李政道，很厉害。”7月10日，在中科大修建中心打工的邓明带着7岁的女儿来到展览室参观。邓明说，他没有上过大学，他希望自己的女儿能考上大学。

中国科大党委书记许武、校长万立骏出席了上午举行的开展仪式。他们在致辞中表示，中国科大是由郭沫若、钱学森、华罗庚等老一辈科学大师共同缔造的，办学57年来一直得到科学大师们的关心、帮助和支持，众多科学家在中国科大留下了他们的墨宝手迹，隐迹于馆藏档案之中。今天举办科学家手迹展，不仅是缅怀已经逝去的科学大师，更重要的是通过这种形式，传承科学大师们的价值观、世界观，继承他们创新报国、热心育人的精神财富，使其成为我们面向未来创新发展的精神动力。

（央视网　2015年7月10日）

注：中国教育报、中国科学报、新安晚报、安徽商报、合肥日报、江淮晨报、中国新闻网等也做了报道。

不要误解大师“不要考第一”的忠告

10日，在中科大校史馆，“责任与使命——中国科大科学家手迹展”正在展出。记者看到，科学大师、“现代微分几何之父”陈省身给该校少年班学生的题词中提出忠告：“不要考第一。”（7月11日中国新闻网）

废寝忘食争第一？想方设法刷GPA？如果你还是这样的学习态度，就Out了。早在30年前，就有一位德高望重的科学大师，在给中国科大少年班学生的题词中提出忠告：“不要考第一。”他就是被誉为“现代微分几何之父”的陈省身教授。

反观现实，掐“尖”教育似乎长盛不衰，北大、清华录取状元时的掐“尖”之争就不说了，如今，就连一些小学也剑拔弩张。近日，南京一所名校的“小升初”考试，上千名家长蜂拥送考引发社会广泛关注。此前不久，郑州也有近4万名小学毕业生，争先恐后为进入名牌中学参加考试。新华社为此评论说，近两年来一直在推进义务教育阶段免试就近入学，但多地仍频频出现“小升初”赶考现象，一些民办名牌初中和外语学校更是成为择校的热门之选。南京师范大学教科院副教授殷飞建议，应把热点民办初中也纳入电脑派位招生范围，义务教育阶段禁止任何形式的考试，让所有学校的生源趋于均等化，才能为教育均衡发展奠定基础。

说归说，只要高考的指挥棒不变，掐“尖”教育的现状就难以彻底改观。“不要考第一”，大师都这么说了，是不是不用那么拼命地读书应考了？非也。大家不要误解大师“不要考第一”的忠告。“不要考第一”，科学大师的忠告，并非反对学生考高分、当学霸，只不过，在陈省身看来，把精力过多地花在提高考试成绩上，是一种浪费，对创新能力的培养毫无增益。别忘了，大师的忠告对象是中科大少年班的学生——不是“一般”的学生。能考上中科大少年班的学生，基本上都是某方面的天才。陈省身的忠告，还有另外一个期待，就是说，既然进了中科大少年班，就不要像一般大学那样把精神花在应付考试上，而应该彻底放松，超越“自我诅咒”效应——在心理学中，有所谓“自我诅咒”效应，说的是一个孩子如果一路顺利，他就会越来越自信、包容，越愿意与外部世界妥协，相反，如果他总是遭遇挫折，就会不断自我怀疑，总觉得自己这也不行那也不行，只好通过与别人磕磕碰碰来寻找自我，最终他果然越来越不行，和自己怀疑的一模一样。

“不要考第一”的忠告，其实也暗含了大师希望多培养创新人才的期望。

（陈清华 《南国都市报》 2015年7月13日）

一场整理梦想的“聚青春”

日前，中国科学技术大学“复兴论坛”迎来了特殊的“青年”：联想集团董事长兼CEO杨元庆、淡马锡高级董事总经理吴亦兵等数十位企业家，以及著名媒体人杨澜、许戈辉，与青年学生畅谈青春，支招如何创新创业。

上半场：主题“青春不老”
有梦想才有青春

主持人：许戈辉（凤凰卫视主持人）

主讲嘉宾：

联想集团董事长兼CEO（首席执行官） 杨元庆

著名媒体人 杨澜

阳光七星娱乐媒体集团创始人、联合董事长兼CEO 吴征

英特尔公司全球副总裁兼中国区总裁 杨旭

电讯盈科中国区总裁 程十庆

找到实现梦想的路径

许戈辉：现在流行一句话，叫“世界那么大，我想去看看”，今天我们为什么在这儿？就是因为杨元庆的一句话：“世界那么大，到我的家乡来看看吧！家乡这么美，最美在科大。”

杨元庆：在我们那个年代，很多青年学生的理想就是“上科大”，这其中包括我和我的太太，我们都为能在这样一所大学里学习感到骄傲。我除了是科大校友外，也是土生土长的安徽合肥人。我对家乡有着特殊情结，一直以来希望对家乡有所贡献，这个愿望在几年前终于得以实现。2011年，联想集团开始在安徽规划投资建设全球最大的笔记本电脑生产制造厂，我们只用了14个月就投产了，建成的速度堪称世界一流。到今年3月，制造厂运行了两年的时间，现在已经成为全球第三大笔记本电脑的生产制造基地。如果从单体工厂来说，属于全球最大。目前联想集团安徽基地已经成为合肥最大的工业企业、安徽最大的出口型企业，带动了家乡经济的发展，也带动了联想集团整体业绩的成长和发展。

联想集团目前只有三成业务在中国，七成业务在海外。与此同时，我们七成员工在中

国，只有三成员工在海外，可以说是用中国制造和中国“智造”带动了中国经济的发展，带动了中国的就业。

许戈辉：我相信是故乡情和校园梦把杨元庆带回来，也把我们吸引来的。青春其实是一段既充满激情又充满迷茫的日子，台上的嘉宾都有很多故事可以跟大家分享，我们请杨澜和吴征为大家述说他们所经历的坎坷和他们曾经的梦想。

杨澜：我一直认为，人不是因为有青春才有梦想，而是因为有梦想才有青春。最重要的是通过大量的实践找到什么是最适合自己的，实现梦想首先要弄清楚三个“B”——Being（你是谁）、Becoming（你想成为谁）、Belonging（你与谁在一起）。我们这群朋友有着相同的世界观和人生观，我们都很看重家庭、追求事业、追求创新，希望给这个社会留下的是价值而不是仅仅留下更多的钱，而这些东西是同学们在青春时期可以逐渐探索的。

两年前，阳光媒体集团成立了“正青春”校园成长助力计划，希望帮助一批白手起家、富于创意、心灵美好的“白富美”成长、成才。我们将准备一笔不菲的基金为这些年轻人提供成长的助力，希望更多的科大学生能够加入进来，让“正青春”来到大家当中，让大家感受到青春的能量。

吴征：非常高兴来到中国科大，这是一所有着民主和科学传统的大学。我们国家如今取得了伟大的成就，这与民主和科学的发展有很大关系，民主和科学在如今经济发展新常态的伟大时代仍然有特别意义。

当年我们创业的时候，也经历了一些坎坷。从单纯的理想型创业，到兼顾商业利益的创业，我们也是痛定思痛，跨越了坎坷。目前，阳光集团一年的电视剧（主要是美剧和英剧）产量在400小时左右，去年我们制作的电视剧连续23周成为全美收视冠军，此外，我们还有近150个栏目在全球46个国家播出。

选择做正确的事

许戈辉：杨旭从大学开始就在英特尔工作了，到现在已经有29年了吧，与我们分享您的收获吧！

杨旭：我到现在还清楚地记得，1986年5月我去英特尔实习，第一天跨入办公室的时候，看到公司前台的醒目位置有一句话“客户是我们的第一财富”，这句话对我有很大的震动，也影响了我一辈子，我后来在英特尔29年的工作经历确实证明了这一点。我的经历也证明了选择做正确的事的重要性。

许戈辉：在我们这些来宾里面，程十庆是为数不多的文科生，本科是在中国人民大学读的历史，硕士是在北京大学读的法律，后来成为电讯盈科的总裁，您觉得是怎样的梦想和经验成就了今天的自己？

程十庆：在座的学生都是学理工科的，我作为文科生有一个小建议：在重视专业课学习的同时，也要多读读“闲书”，多阅读人文社科类的书籍，多接触文学艺术和音乐绘画，注重人文素养的提高。这些不仅会让人变得丰富，还会对科学研究有不同的启发。大家回顾一下心目中的大科学家，比如说李四光、竺可桢、华罗庚和钱学森，他们都是科技界的领军人物，同时也都有着很深的人文素养，深厚的人文素养与他们在专业领域里的成功一定是有直接关系的。

许戈辉：在攻读自己专业的同时，要尽可能多地接触人文学科，我非常赞同。雨果曾经说过，科学和艺术就像在一座山峰上的两个攀登者，他们总有一天会在山顶相遇，殊途同归。我有个问题想问杨元庆，你在科大读书的时候，对你影响最大的是什么？

杨元庆：科大对我的影响很深，最重要的是教会了我学习和思考的方法。大家知道，联想是我过去 26 年中服务过的唯一一家公司，可能也是要终身服务的公司了。1988 年，我在中国科大读研究生的时候，去中科院计算所做毕业论文，恰逢中科院计算技术研究所公司(联想集团前身)第一次对外招聘，因为有着科大的背景，我顺利应聘成功。此后我从技术销售到部门主管，再一步步成长为联想集团 CEO、董事长，这跟我当初的人生设计完全不一样。我希望大家在学校里要打好基础和基本功，特别是学习、思考的方法，这些在未来的工作中会更加有用处。

许戈辉：我觉得刚才杨元庆说的一点特别重要，在校园里要学会学习的方法，重要的不是你学到了什么，而是知道怎样去学。这是对学弟、学妹一个特别好的建议。

【现场互动】

提问：我想问一下杨元庆师兄，目前手机端、APP 端这些客户端的影响会对 PC 端有一个冲击，很多企业在布局的时候，可能不会那么侧重 PC 端，这样的形式对您的企业有没有什么影响？您是怎么看待这个趋势变化的？

杨元庆：正是因为很早就看到这样趋势的变化，我们很早就开始了在移动端的布局。联想开始做手机是在 2002 年，当然还是功能手机不是智能手机。但是早在那个时候，我们就觉得将来随着芯片技术越来越成熟，越来越强大，我们可以把手机的功能做得跟个人电脑一样强大。进入智能手机的时代，在国内我们也是最早推出智能手机的，在国际上比苹果稍微晚一点。我们发展移动终端不仅仅是硬件设备本身，我们考虑的是给用户有一个更好的使用体验，所以未来我们在软件应用方面也会有很大的投入和投资。

许戈辉：所有关注联想和向往联想的学生，以后可以去那里实习，联想在合肥有一个非常大的基地，未来也可以到那里就业，相信会给联想带来青春和创造力。

提问：联想集团目前成立了四个独立的业务集团，联想集团是出于怎样的考虑来做这样的结构性全球调整的？请杨元庆师兄将联想集团未来发展的大致规划为我们简单介绍一下。

杨元庆：联想现在的战略非常清楚、非常简单，我们就是三个增长引擎：个人电脑、移动终端、后台服务器存储。未来我们依然是以制造设备为主，当然未来的设备不能简单地理解为硬件，而是硬件、软件和服务要完美地集成融合的终端设备。从产品的角度来说，我们要将这些硬件、软件和服务更好地集成在一起，这就是我们积极推动的转型方向。

提问：有个问题想问杨澜女士，您如何看待目前的创业热潮，以及创业者如何处理创业和创新的关系？

杨澜：关于创业，我有一个找到自身定位的比较科学的方法：大家画三个圆圈，第一个圆圈是爱做的事情，第二个圆圈是能做的事情，第三个圆圈是有市场需求的事情，这三个圆圈的交集点就是最适合的方向。更多的更好的回答我们还是留到下半场，会有很多成功的企业家与大家分享经验。

提问：我想请问台上四位如何看待创业与读博？

方方：投资人看重的并不是创业者的学历，而是看你有没有坚持、有没有理想、有没有韧性，这是最重要的。

吴亦兵：我觉得这两者没有矛盾，读博士还是有很大的好处的。我在美国读了五年书，见识更广了。中国有句老话"读万卷书，行万里路"，只要基础打得扎实，创业不怕晚。

陈宏：我就是读了博士出来创业的，我觉得两者之间没有特别大的关系。创业最重要的是要有丰富的社会经验、潜在的市场、优秀的团队和良好的商业模式。希望大家在校学习期间要尽量多地参加一些社会活动，积累经验。

丁健：从某种角度上说，博士毕业去创业可能会走得更远，但是更重要的一点是，不是每一个人都适合创业，创业可以成为一个选项，在学校一定要打好扎实的功底。

吴鹰：时间过得飞快，我的答案是跟着你的心走。中国科大是一所非常了不起的学校，大家有机会进入科大学习，又赶上了这个好时代，我相信在座的各位将来都非常有前途。

下半场：主题"创新与创业"
如何把握创业"黄金时代"

主持人：吴鹰（中泽嘉盟董事长）

主讲嘉宾：

淡马锡高级董事总经理、中国业务负责人　吴亦兵

水木投资创始人、董事长　方方

汉能投资集团董事长兼CEO　陈宏

金沙江创投创始人　丁健

拥有学习的能力最重要

吴鹰：我们后半场的主题是"创新创业"。在今年的政府工作报告中，李克强总理提出"万众创业、全民创新"，希望激发民族的创业精神和创新基因，可以说这是个创业者的"黄金时代"。那么创业者怎样融资？投资公司需要什么样的创业人才？先从方方开始，您希望创业人员应该具备怎样的素质？

方方：如今社会技术门槛的降低和资本环境的改变为创业者提供了更加优良的环境。我觉得创业者需要具备两种素质：一是要拥有核心竞争力，二是要找到项目的市场定位。

吴鹰：下面请丁健讲讲他的看法。

丁健：我听朋友说最近我有一张照片在网络上挺火，后来我才知道是大三时我在自己创办的咖啡厅里的照片，照片是"八十年代的大学生"组图里的一张。那是1985年，我20岁，

和同学在北京大学校内开设了第一家高校咖啡厅。从严格意义上来说那不完全叫创业,我实际上是在勤工俭学,想给大学生提供一个平台,也给我自己提供一个平台。第一次"创业",我融资了一万元,在当时那可是一笔巨款啊。

但是我想说的是,并不是每一个人都适合创业,创业可以成为一个选项,可以时刻为创业做好准备,在学校一定要打好扎实的功底。做科学家也不妨碍创业,做好每一件小事,特别是在学习期间,在知识折旧率太高的当下,拥有学习的能力最重要。大学一定要专注两样东西:一是你感兴趣的;二是你擅长的。

创业需要"软精神"

吴鹰:陈宏是早期的留学生,也是一个百折不挠的创业者。

陈宏:我是从工程师转向创业者的,为什么有这样的转变?20世纪90年代初,中国人在美国做得成功的主要是工程师和厨师,我想突破美国人对中国人的这种刻板印象,就特别想做一个成功的企业家,做一名老板,跻身硅谷主流商圈。1993年,我开始在美国创业,1999年,我创立的公司冲向了纳斯达克,成了美国第一个将企业带上市的中国留学生。2003年,我又回国创办汉能投资集团,我想告诉大家,创业没有早晚之分,毕业以后积累了社会经验照样可以创业。

吴鹰:咱们的会场气氛比较热烈,下面我们请科大的优秀校友吴亦兵谈谈。

吴亦兵:我是从联想出来的,联想有一句话"投资就是投人",这是最关键的。我非常有幸在这辈子的职业生涯中,最有意义的九年是在联想度过的,从杨元庆身上我学到了优秀创业者应具备的四项基本素质,在这里也想告诉大家:一要有坚定的理想,二要有勇气,三要有坚韧不拔的精神,四要有自信心。作为投资者,最想看到的不是创业者的业务模式或业务计划,而是你是否具备上述四点"软精神"。

(《中国教育报》 2015年7月13日)

注:中国新闻网、新安晚报、安徽商报、市场星报、合肥晚报、江淮晨报等也做了报道。

别装嫩了!"00后"侠们上大学了

8月14日,很多学校还处在暑期"空城"状态,而中科大校园里1845名本科生已经从全国各地赶来报到了。昨日的报到现场,最"惹人注目"的就是少年班报到台,今年该班迎来了8名"00后"大学生。

"00后"独自一人从河南前来报到

按照正常上学计划,不到14周岁这个年龄,还在上初中,就算是提前上学,也顶多是高中生。而中科大少年班的8名“00后”大学生真是“刷新”了常人的见识，也让记者看到了什么是“年轻有为”。他们虽然缺了一整个“冲刺年”的复习巩固，但这些入围者的高考成绩依然十分优秀，普遍高出当地一本线100分左右。可以说，他们不仅“低龄”，而且优秀。

今年中科大少年班共招生55人，其中我省考生占了16席，分别来自合肥一中、寿县一中、太和一中、庐江中学等数十所高中。

经过几番核对，记者终于“发现”了最年轻的新生，她就是来自河南实验中学的小姑娘王子怡，2001年8月28日出生。让记者惊讶的是，她昨日前来报到，是只身一人。

“父母都比较忙，我自己可以办好。”当和记者谈到校园生活能不能自己“摆平”时，这位年轻的大学生还有些腼腆，收拾好刚刚领取到的东西后，笑着对记者说：“肯定可以啊，大学就是锻炼人的时候，没问题的……”

办好入学手续后，在工作人员的带领下，她走向了宿舍。

重庆女孩跳级已成为一种习惯

相比王子怡的腼腆，来自重庆巴县中学的高二学生李心仪要活泼得多。

采访中，《市场星报》、安徽财经网记者获悉，16岁的她是重庆成为直辖市以来第二位被少年班录取的学生。

据悉，李心仪的高考成绩总分为652分。对这位小学霸来说，跳级已经是常事。

“小学五年级的暑假，我在家里自学了六年级的课程，把课本上的语文、数学题都做完了。爸爸妈妈看我六年级知识都会了，干脆就让我跳级，于是暑假一结束，我就去重庆实验中学读初中。”在初中，李心仪利用初一暑假，完成了初二数学课程的学习。并在初三还未结束时，直接跳级至重庆市巴县中学，进行高中课程的学习。高一上学期，老师看到她的成绩非常棒，加上年纪又很合适，就推荐她去考中科大少年班……就这样李心仪来到了少年班。

李心仪不仅学习好，并且还热爱科技创新。她曾经发明的“带电动清洁刷的键盘”和“电脑显示器无人自动关机插线板”，还申请到了国家发明专利。

这样的“神童”有何秘籍呢？李心仪告诉记者，就是“劳逸结合，充足的睡眠”。学习从不熬夜，只要想看书就看书，不想看书就不看，每个周六晚上，她都会和朋友一起去看电影放松放松。

20多位1米87以上的大个子，学校为其改床

“今年中科大共招收本科新生1845人，学校在火车站继续设有接站点。”据中科大招生办老师韦巍巍介绍，今年，中科大为每个新生免费提供了一套价值400多元的床上用品，包括垫被、盖被、床单、枕头等。宿舍则配备了暖气、空调，这样一来，学生到校不用再买日用品，可以直接“拎包入住”。家庭困难的新生可先入学、缓交学费，还可申请奖学金、助学金和助学贷款。

“8月中旬报到，是科大近几年的惯例。出于教学、军训等各方面的综合考虑和安排，新

生们较早报到能更好地适应大学生活，效果也非常不错。”韦巍巍告诉记者，新生报到后，各院系将分别召开新生家长会，新生体检、个人心理健康普查、军训以及入学教育等活动随即展开。并将在15日(今日)对全校新生进行摸底考试，考试科目包括英语、数学、物理、计算机等，这一成绩不会淘汰学生，仅仅是对学生科目学习情况做一个了解，以便于在后期分班，有针对性地进行辅导等。

“今年还有一项招新工作比较有特色，就是为高个子学生提前改床的尺寸。”据介绍，每年学校都会有一群大个子同学寻求帮助，要求将寝室的床改长点。今年提前摸清了大个子学生情况，有20多位1米87以上的，最高的有2米多的，将床都改好了，进来就可以住了。

此外，中科大男女生人数比例，今年大概为5∶1，跟往年差不多。

(《市场星报》 2015年8月15日)

注：人民政协报、新安晚报、安徽商报、合肥晚报、江淮晨报、大江晚报等也做了报道。

中美名校地球科学夏令营开营

本报讯　昨天下午，“斯坦福-中科大-麻省理工”(SUM)2015年地球科学夏令营在中科大开营。本次夏令营共有34名营员参加，包括12名来自美国斯坦福大学和麻省理工学院的研究生和博士后、17名中科大研究生及5名来自北京大学等国内其他高校地球科学专业的研究生。除了学习和交流专业知识外，这些外国学生将在活动期间体味中文书法等中国传统文化。

据介绍，本次夏令营对象覆盖广义的地球科学学科，34名营员分别来自地球物理、大气科学、空间物理及环境科学等不同专业。活动期间将有两场专业学术研讨会，所有营员都将在研讨会中以口头报告或论文展板的形式展示自己的研究成果，同时还将邀请国内许多高校青年学者与学生参加会议并作学术交流。

据介绍，SUM(三校英文名称的缩写)系列活动作为三校师生交流与合作的平台，开始于2012年，经过几年的扩大，中科大已有31位学生在SUM协议下先后赴麻省理工学院和斯坦福大学免学费短期学习，两校教授也多次来科大开设课程。

(《合肥晚报》 2015年9月8日)

注：安徽商报、市场星报等也做了报道。

新版学位证明年亮相　科大征集设计方案

根据国务院学位委员会、教育部文件的规定，自2016年1月1日起，国务院学位委员会办公室印制的学位证书不再使用，学位证书由各学位授予单位自行印制。消息一出，让准毕业生们有些期待。前几天，中国科大正式启动新版学位证书设计方案征集活动，科大研究生院副院长倪瑞透露，未来导师签名、成绩单都有可能印上高校的学位证书。

提升高校责任感

记者了解到，学位证是为了证明学生专业知识和技术水平而授予的证书，自 1981 年我国实行学位制度以后，除了 1985 年至 1992 年期间，本科毕业证书和学士学位证书合一制发，证书由高等学校自行设计印制外，学位证均由国务院学位委员会和教育部制定格式和统一印制。

根据规定，传统“国徽版”学位证书将在明年彻底退出历史舞台，印制学位证的权限将“下放”给高校。“我觉得此举首先会让高校提升自己的自律意识和责任感。”倪瑞说，如果一些高校拼命印证、发证，结果却没有学生愿意考，拿到这些学校的证书，反而有负面影响。

培养定制化人才

在倪瑞看来，高校自行印制学位证书的好处，还在于能够提升高校办学的自主权，“比如学校可以根据市场或者企业的需求，设置学位项目，培养定制化的人才”。

倪瑞说，现在高校主要按专业开课，但用人单位更看重学生学到了什么。“比如某公司要招收了解电子商务、懂网络还学过行政管理的人才，如果学生修过这些课程，未来还可以把成绩单印在学位证书上。”

此外，传统的学位证书上只有校长以及学位评定委员会主席的签名，倪瑞表示，未来导师签名也可以印在学位证上。“这其实更会增加高校的学术意识和自律性，因为未来学生在学术上出了问题，将直接影响到导师以及学校的声誉。”

最早明年三月发

前几天，科大正式向老师、学生以及全球的校友征集新版学位证书设计方案。“一些科大老师还把自己在国外名校取得的学位证书拿来，供我们参考。”倪瑞表示，今年的设计方案将体现科大的使命与特色，展示科大的文化与精神，反映科大历史积淀又兼具国际通行风格，如果符合这些条件的话，哪怕是本科新生的方案都会采用，当然也有可能是多个设计方案的综合。

倪瑞说，由于这是学位证书由各学位授予单位自行印制的第一年，科大的步子也不会迈太大，比如为保持证书风格的历史延续性，科大新版证书的设计色调仍建议博士以红色为主，硕士以蓝色为主，学士以淡绿色为主。“我们未来有可能会考虑把导师签名甚至成绩单印在学位证书上，但目前还不考虑这么做。”

今年 11 月下旬，科大将组织专门委员会，通过大众评审和专家评审等多种形式对设计方案展开评审。最早到明年三月份，在科大春季学位授予仪式上，第一批学子就能领到新版的学位证了。

（陈牧 《新安晚报》 2015 年 9 月 30 日）

注：江淮晨报等也做了报道。

民俗艺术家们 机器人大咖来“叫板”了

每年这个时候，中科大 RoboGame 机器人大赛就成了合肥小朋友们最期待的盛事之一。这项创办于 2001 年的比赛，十多年来早已名声在外，不断更新的技术和创意，年年都让人那么期待！在昨日的比赛中，机器人们又秀出了新绝活：舞狮、书法、糖画、沙画、皮影戏……

机器狮表演舞绣球

舞狮表演是今年机器人大赛的亮点。第一个上台的“机器狮”来自自动化系的“萌萌哒小狮子”队，精致小巧的身躯、蓝白相间的皮肤，还有清澈的小眼神，走起路来轻巧又神气。“我们在它身上装有高灵敏度摄像头，通过优化的识别算法，让它可以跟着绣球而动，完成‘追绣球’表演。”队员们介绍说，特别是它的步态，还参考了校园里经常碰到的“科大猫”呢！

另外一只“小狮子”上台表演了“本宝宝不高兴了”的小插曲。制作者利用了语音模块，增强了人机交互体验，将超声波探测技术与舞狮这项传统民俗完美地契合。

“毛笔侠”泼墨挥毫

“Playboys”队的机器人泼墨挥毫，随着它的缓缓移动，纸上留下了一幅工工整整的书法作品。“我们通过控制毛笔的倾斜度，来让机器人写出有笔锋的字。”参赛队员介绍说，由于现场展示时间有限，这个身披青花素衣的“机器毛笔侠”只来得及写一幅字，实际上，再给它十分钟，它还能画出有荷花、荷叶、莲蓬的国画呢！

同样有“文艺范”的还有“FTD”队的沙画机器人，这个机器人站在沙池内，移动着小身躯，一边舞蹈一边作画，几分钟时间就在沙地上画好一只小狗。

皮影戏随时随地点播

在当天的比赛中，“机器民俗大师”们有模拟人手指的结构来拉二胡、吹笛子和弹琵琶的，还有用复杂的程序控制演皮影戏的，各参赛队展示着不同的艺术内容。

最受观众们喜爱的“机器人皮影小戏班”来自少年班学院“翱翔的雄鹰”队，表演的是《唐明皇与杨贵妃》选段。以前需要由艺人们来操纵的皮影，这次由机器人用灵活的机械臂来完成一系列动作。

桌面机器人讲俏皮段子

“欢迎光临油煎豆腐酒吧，我叫大白，请问需要什么服务吗?”这是核科学技术学院“油煎豆腐”队的桌面机器人。作为桌面机器人，“大白”的贴心周到令人难忘：张口就是历代歌神的经典曲目，还有一个接一个幽默俏皮的笑话，它还会调制色彩缤纷的鸡尾酒！

在当天的比赛中，除了民俗机器人，还有13支桌面娱乐机器人进行了激烈竞争，桌面娱乐机器人是指以服务为主，能在聚会、聚餐中提供娱乐活动，活跃气氛的商业机器人。

（《安徽商报》 2015年10月12日）

注：新华网、新华每日电讯、经济日报、中国新闻网、科技日报、中国科学报、安徽日报、安徽卫视、新安晚报、市场星报、合肥晚报、合肥日报、合肥电视台、江淮晨报、皖东日报、山西晚报、山西经济日报、河桥日报、西江都市报、渤海早报、安顺日报、洛阳日报等也做了报道。

雪龙号今天启程赴南极科考 中国科大两学生随船出征

今天上午10点，雪龙号科考船将从上海起航，执行我国第32次南极科学考察任务。昨天，记者联系上两位随船出征的中国科大学子。目前，他们已经提前上船做好了准备。今年年底及明年年初，中国科大还有两位老师将赴南极开展研究。

在雪龙号上待159天

作为大洋科考队成员之一，中国科大基地环境研究实验室的研究生李伯焜，将在雪龙号科考船上待足159天。让他最担心的问题就是晕船。据了解，此次雪龙号将经澳大利亚，到达中国南极科考站中山站、长城站，经罗斯海维多利亚地到达澳大利亚凯西站，然后再次到达中山站。完成预定任务后，雪龙号经澳大利亚回国，总航程约为3万海里，历时159天。

“我的主要任务是做大气气溶胶和汞的采集。”李伯焜介绍，通过采集这些样本，来研究南极大气中的污染物和气候效应。由于提前几天上了船，李伯焜已经把船上的实验室和生活空间都参观了一遍。“我住在三人间，里面每人有一张床和一张桌子，还有一个独立卫生间。”对于住宿环境，李伯焜挺满意的。至于船上伙食，李伯焜说他们已经品尝过了，“有青菜、土豆，还有海鱼和虾”。据了解，雪龙号中途还会在智利进行补给。

对于此次科学考察，李伯焜有两个期待，一个是希望仪器不出问题，能够顺利采集到样品；另一个是在雪龙号短暂停靠的时候，能够上岸偶遇一下海豹和企鹅。

学生分组做科研

同为今天启程，中国科大基地环境研究实验室的研究生高月嵩就要轻松一些。他的工作是从12月10日抵达中山站才开始。“到达中山站之后，我主要采集表层土壤，检测土壤里的重金属，了解污染程度。中山站条件挺好的，那边不会总是有暴风雪。”高月嵩说，与船上通信受限不同，中山站里有网络和电话，和家人可以一直保持联系，只是网速可能会慢一点。

据了解，由于中国科大极地环境研究实验室与美国一所大学有合作，该实验室的刘晓东教授将在年底飞往麦克默多站。这个科考站由美国于1956年建成，被称为“南极第一城”，是南极洲最大的科学研究中心。与学生们初次去南极感到新鲜不同，这将是刘晓东教授第四次去南极考察。“希望能带回一些理想的生物样品和沉积物等，对生态以及气候的变化做一些研究。”

南极科考将有“软课题”

在人们的印象中，南极科考一向是自然科学方面的研究，不过这一想法即将被更新。今年年底或明年年初，中国科大科学传播研究与发展中心副主任褚建勋将带着一个“软课题”前往南极科考站。“我主要做一些早期极地科考史料和科学传播方面的研究。”

褚建勋介绍，在此之前，他们已陆陆续续回访了一些长城站的奠基人，如长城站首任站长郭琨等，为这些年事已高的老人做了口述史。他们希望更多年轻人了解到早期南极科考人的精神。此次奔赴南极科考站，他们还会搜集一些建站的照片、史料等，进行一些科学传播方面的研究。

（本报记者　陈牧　《新安晚报》　2015年11月7日）

5000名单身大学生在中科大“美丽邂逅”

人民网合肥11月15日电（刘颖）　玫瑰、巧克力、初识时羞涩的笑容……11月14日晚，在中国科学技术大学西区学生活动中心到处可见。一年一度的中科大大型校园相亲活动“美丽邂逅”正式举行，吸引了合肥乃至南京等高校的近5000名“优质”单身男女参与。

“我们的活动不仅仅强调相亲这一个目的，也希望通过与合肥其他高校学生的联谊，扩大同学们的社交范围，增强几所高校之间的联系。”此次交友活动相关负责人介绍，中科大男女比例与合肥其他院校相比较为互补，可以在这方面实现“资源整合、优势互补”。

“今年我们还邀请了南京部分高校的同学参加，活动本身已经开始走出合肥，向周边城市高校辐射。”据介绍，自2003年举办至今，活动已经吸引了中国科学技术大学、合肥工业大学、安徽大学、安徽医科大学、安徽农业大学、安徽中医药大学、安徽建筑大学、合肥学院、合肥师范学院等多所高校的学子参与，为上万名学子留下了美好、幸福的回忆。

（人民网　2015 年 11 月 15 日）

注：中国网、安徽商报、市场星报等也做了报道。

撒下阳光的种子　谱一曲青春之歌
——中国科大原创歌曲致敬西部支教

连绵的黄土高坡、盛放的格桑花，八位支教队员，一群天真烂漫的孩子；镜头切换，课堂上、田野里、备课中、野餐时……今年 7 月，一首致敬西部支教的原创歌曲《如果不是你》及 MV 正式发布。这是一首由中国科技大学在校学生作词作曲并演唱的原创歌曲，以支教队员和支教地学生互动演唱的方式，讲述了支教老师和孩子们一起生活学习、共同成长的深情厚谊。

“支教是一份事业”

《如果不是你》的词曲作者是中国科大地空学院博二学生赵若灿，演唱者姚素丽、冯万泉分别是地空学院和数学学院的学生。作为校内小有名气的“音乐人”，赵若灿从大学时就自己写歌自己演唱。而这次的创作早就在他的心里埋下了种子。

两年前，赵若灿的妈妈去太行山区开会期间，与当地一户只有奶奶和孙女的人家结下深厚友谊，之后双方家庭一直保持联系。“我们不时给那户家庭一些帮助，创作的种子应该是那时候就埋下了。今年年初，学校新闻中心的老师找到我，希望我能作一首反映支教生活的歌曲，并给了我很大的支持，创作就这样开始了。”赵若灿说。

随着创作的深入，中国科大人远在西部的支教故事也被一点点挖掘。

中国科大研究生支教团第 16 届队员蔡波的支教决定始于大一。2010 年，还是工程学院大一新生的蔡波，了解到学校芳草社“一帮一”启明星导航活动。“一帮一”被称为“科大人自己的希望工程”，是中国科大由支教和三下乡延伸出的对口帮扶活动。从大一下学期开始，蔡波就用自己做家教的钱，对口资助宁夏海原的孩子，每年资助三四个，迄今已有十多个。“在与孩子们通信的过程中，我了解到他们的困境，更想近距离地帮助他们，这也坚定了我要去支教的决心。”

周鹏的支教故事一波两折。大四时，周鹏曾经报名去支教，可是未被选中。然而支教的愿望并未在他心中熄灭，2013 年，已经在中国科大信息学院读研二的周鹏，再次申请去支教。这次，他作为中国科大研究生支教团第 16 届支教队的队长带着 7 名队员奔赴宁夏海原。“人的一生很短暂，实现人生价值的方式也有很多种，我希望将支教当成一份事业。”周鹏说。

“放飞心灵的窗口”

据了解，从1999年迄今，中国科大研究生支教团共有17届111名支教队员扎实行走在“爱心接力、薪火相传”的西部支教之路上。2011年，李克强总理在中国科大为即将出征的第13届中国科大支教队员们题词“志愿服务，报效社会”，这八个字正成为越来越多科大人的自觉行动。

随着创作的深入，支教队的故事让赵若灿对支教有了新的认识：“如今挂在支教队员口头上的轻松和曾经压在心头里的沉重，都让支教的意义变得沉甸甸的。”

2013年，作为中国科大支教队第15届队员的刘翼，前往宁夏兴仁中学支教一年。一年间，刘翼经历过激烈的师生冲突，也收获了无数的感动，既有看到学生取得点滴进步、充满希望时的豪情万丈，也有面对学生难以改变的现状无能为力时的失望沮丧。然而，因为意识到言传身教是一种无形的教育投资，刘翼时刻注意自己的言行。“无论到哪儿，我都时刻谨记自己是科大人，我的一言一行始终代表科大。”

一次，在海原县城的街道上，刘翼与学生同行，手中拿着的塑料袋直到找到垃圾桶才扔了进去。同行的学生对刘翼说：“老师你真有素质。”“那一刻我很受触动，短短一年的时间，我们不可能从根本上改变什么，可是细节上的影响是潜移默化的。”刘翼回忆道。

蔡波尽量找机会给孩子讲述外面的世界，主动为海原二中初三年级学生做关于“大学、大学生活是什么样的”报告。“开始只是在一两个班讲授”，因为反响很好，“后来每个班的班主任都来邀请我做主题报告”。做完这些报告，蔡波整整花了两个月。“非常值得。”蔡波说，“这种补偿教育，投入小，回报大。我们的支教不该仅仅是狭义的课程教学，而是带给他们放飞心灵的窗口。”

“每天的成长暖暖地鼓舞着我”

《如果不是你》中最打动蔡波的一句话是“谢谢你每天的成长暖暖地鼓舞着我”，他说：“每当看到他们的一点点成长时，自己的一切付出都值得了。”他认为：“支教的影响其实是双方面的。”

2000年8月，作为中国科大研究生支教团第2届支教队的一员，23岁的杨锋来到海原县西安中学支教。他还记得一个年过七旬的老人，走了十几里路到学校找到他，只为说一句话：“非常感谢老师！我这一辈子第一次在家里听到了读书的声音，这是我的孙子在读书。”

“每当想到这些，我的血液中总会有激荡和悲怆。那一年的时光深深印刻在我的生命中，成为我非常宝贵的精神财富。”他回忆道。几乎每个支教队员都与支教地的孩子保持长期联系，而在每个支教队员手里，都有不少学生亲手制作的礼物和写下的信件，礼物情深意重，信件令人读之落泪。“我们收获的不仅仅是感动，而是一份沉甸甸的责任以及对自我的历练。”如今回校攻读研究生的刘翼坚定了当老师的理想，正在准备接下来的教师资格证考试；周鹏则在这一年中学会了包容，作为南方人的他决定硕士毕业后回到西部；蔡波想继续读完博士，能拥有更大的力量去帮助更多需要帮助的人。

每一个梦想都值得呵护

随着国家支持力度的不断加大，支教地的条件越来越好，教学楼从低矮的平房到簇新的瓦房，再到带有先进教学设备的楼房，一届届支教队员们见证着支教地的变化。面对当地日益完善的教学条件，如今支教的意义到底何在？

这也是一直萦绕在支教队员们心头的问题。在采访过程中，支教队员们反复提到"眼界""自信""意识"。刘翼清楚地记得，在一次支教队员们的内部交流会上，一位支教队员说："对于孩子们，我们更多给予的是启发。"

在蔡波的班上，有一个"问题学生"。对这个很多老师都放弃了的男生，蔡波以朋友身份与他长谈了几次，之后，这个学生发生了翻天覆地的变化，开始遵守课堂纪律并且认真学习。然而，转变仅仅持续了两周，当所有人都为这种转变感到高兴的时候，他又恢复了常态。

蔡波再次耐心和他深入交流后，了解到学生"想退学去学汽修"的想法。"不是每个孩子都适合读大学，我挺支持他的想法的。我对他说，生活有无数种可能，只要勤恳踏实做事就行，遇到困难还可以来找我。"

后来，这个男生真的去学了汽修，一次在县城路上遇到，两人聊了很久。

"我们希望能在孩子们心中种下一颗种子，培养一种信念。"蔡波说，"鼓励孩子们勇敢地去发现并坚持自己的梦想，我们要做的是帮他们找到实现梦想的方法。"

（《中国科学报》 2015 年 11 月 19 日）

注：安徽日报、安徽商报、市场星报、安徽青年报、中安在线等也做了报道。

中科大情书大赛学霸玩浪漫：你是电我是磁　交织产生光子

央广网北京 12 月 6 日消息（安徽台记者　张建亚）　据中国之声《央广新闻》报道，日前，中国科学技术大学人文学院分团委、少年班学院分团委共同举办了一场非常有意思的"Say love"情书大赛。让评委们称赞的是，收集来的作品或充满奇思妙想，或文学范儿十足。

自从 10 月底开始征集后，情书大赛可谓一呼百应，很多院系都是本科生、硕博士生齐上阵，还有少年班学院的学生参加，主办方一共收到各类情书近 150 封。

学霸们写的情书到底如何？读一读这些情诗就明了了！比如说，有物理味的："你是弹簧/我是滑块，让我们相遇/寻找我们的频率；你是电/我是磁，让我们交织/产生照亮世界的光子。"

——这首"理工范"十足的诗，能看懂说明物理学得还不错。

还有数学味的："有我在的地方，你这波函数总会坍缩。如果我们的对易子不为零，那么我愿意退出，以保证在你的表象下的确定性。"

——这首诗我读完了不太懂，但我想，不管怎么说，学霸的浪漫，总有人会懂的。

文学味的："北冰洋里四季如春，撒哈拉沙漠繁花似锦，夏威夷下大雪堵住房门，斯里兰卡之夜极光变幻不停，我去过这世上的任何一个角落。我却从来就没有遇见过她。"

——这首诗的名字就叫《假命题》，支持率特别高，有读者感慨："学霸"们可真的不仅仅擅长数理化哦！

科大少年班学院赵林老师表示，情书大赛是校园文化的组成部分，学生们的表现确实给力。跟他们读书那会儿相比，现在的学生思维更为活跃，受到网络文化的影响，他们写情书的风格是更加的活泼，没有以前含蓄。不管怎么说，让我们来给学霸们点个赞吧！

（中国广播网　2015 年 12 月 6 日）

注：安徽商报等也做了报道。

科大学人篇

“用语音点亮生活是我们的梦想”
——科大讯飞董事长刘庆峰的追梦故事

新华网合肥1月8日电(记者　施永南　杨丁淼　周瑜)　在安徽合肥,他带领创业团队蜗居在租来的民房中,“捧”起了中国语音产业的新星科大讯飞。他,就是刘庆峰。

“微软把图形做到了极致,苹果把触摸做到了极致,改变了我们的生活,也点燃了人类的需求与梦想,下一个极致在哪里呢?”科大讯飞董事长刘庆峰激情飞扬地讲述自己的追梦故事。

以语音点亮生活

“随着可穿戴智能设备的普及,作为最自然的交互方式,下一轮变革就在语音领域。”刘庆峰这样认为。

“开灯”“关上加湿器”,随着一个个声控命令,灯开了,正在喷雾的加湿器停工了。这是记者在科大讯飞产品展示中心看到的“灵犀3.0”的功能之一。它全面接入智能家庭领域,成为人与家电设备之间沟通的桥梁。

靠着一股豪情和几项技术,在创富神话频出的1999年,26岁的刘庆峰带领18个人创立了科大讯飞。

“当时,以为世界就在脚下!”忆当年,刘庆峰仍然抑制不住激动的心情。

现实却给了他们当头一棒。2000年,创业团队不得不在安徽巢湖的半汤宾馆总结反思。“以前做产品是拍脑袋,但是做出来没有市场。”科大讯飞轮值总裁吴晓如介绍,“半汤会议”把所有的产品一一分析,将有市场前景的加以保留,重点开发。

“半汤会议”成为科大讯飞从实验室走向市场的转折点。2004年,讯飞开始盈利。

2008年,科大讯飞上市,如今市值已达200多亿元。

从过度乐观,到脚踏实地,是科大讯飞十几年追梦成功的关键。

“梦想与市值无关。实现人机和人人无障碍沟通,用语音点亮生活才是我们的梦想,我们还会一直走下去。”

他没哭,她哭了

“在创业最艰苦的时候,您有没有流过泪?”

“从来没有!我是天生的乐观派,对未来充满信心。”

这是记者和刘庆峰的对话。

但是,联想的财务经理哭了。“2001年联想投资向科大讯飞投入300万美元。参加科大讯飞的半年度经营会议后,她没想到科大讯飞的财务状况那么差。”

但是,投资人未追求短期的财务回报,使得科大讯飞在追梦中一路前行。

2000年,上海复星成为科大讯飞的大股东。时任公司董事的梁信军,发现团队过得很艰苦,不关心何时盈利,而是体贴地说:“庆峰啊,给你们自己多发点工资吧。”

导师王仁华的支持和胸襟,更使刘庆峰念念不忘。

刘庆峰大学的专业是无线电电子学,大二时就被王仁华选拔到语音实验室,开创了中科大选拔本科生进入实验室的先例。因为刘庆峰逐渐展露的语音技术天赋,王仁华放手让刘庆峰实现自己的想法,并且不遗余力地支持。

“千里马常有,而伯乐不常有。”刘庆峰动情地说。

科大讯飞继承了伯乐精神。草根开发者可免费使用讯飞语音云平台进行研发和测试。目前,讯飞语音云平台的创业项目超过5万个,终端用户数量超过6个亿。

“理科男”的侠骨柔情

采访结束于午餐时分,刘庆峰当即收拾行李准备出差。

“如果不出差,也没有特别重要的会客,刘总都要回家吃午饭。”科大讯飞媒介经理陈卫民介绍。

与不少家庭一样,刘庆峰的父母提前退休,从老家到合肥帮他们带孩子。只要有可能,刘庆峰就会回家跟他们一起吃饭,共享天伦之乐。

创业时同舟共济,成功后矛盾丛生——这是许多创业故事难以避免的“俗套”。

但在科大讯飞公司,从创业时一起吃盒饭、啃黄瓜,到上市后股价飙升,核心的6个“合伙人”一个没走。

“如果以科大讯飞为原型拍一部《中国合伙人》,您觉得结局会怎样?”记者问。

“2013年公司14周年庆,我们一起看了《中国合伙人》。其中有句台词:‘千万别跟好朋友合伙开公司。’我的想法正好相反,创业过程中共同奋斗结成的战友情谊历久弥坚。”刘庆峰这样回答。

共同的价值观和梦想,让这个团队在十几年的共同战斗中拧成一股绳。这个“最佳合伙人”的合伙计划还在不断扩大,将为人机交互的信息沟通无障碍贡献更大力量。

(新华网 2015年1月8日)

喜欢什么,就该学什么
——对话国际量子科学界“大牛”潘建伟

青年人都热爱偶像。

急公好义的英雄人物，是年轻人砥砺品行的楷模；能力超群的业界精英，是年轻人开创事业的典范；活力四射的文体明星，是年轻人放飞青春的榜样；思想睿智的学术大家，是年轻人寻找方向的灯塔……

年轻人热爱偶像，常常是因为自己的经验不够丰富，渴望从榜样身上汲取养分。人们常说，榜样的力量是无穷的。从榜样的身上，或可以得到智慧的启迪，或可以受到情感的熏陶，或能找到人生的方向，总归有一种催人向上的力量。

新的一年，《新青年》新设"青主张"栏目，对话社会各行业、各领域的领军、偶像人物，与广大青年谈人生、谈理想、谈学习、谈事业、谈成长的烦恼和困惑，希望能给年轻人的学习和生活以借鉴。

——编者

潘建伟，个子不高，其貌不扬，如今已处于不惑之年，却仍如邻家大哥一般亲切。

利用量子光学手段，潘建伟在量子调控领域取得了一系列有重要意义的研究成果，他的一些研究成果使得量子信息实验研究成为近年来物理学发展最迅速的方向之一。早在1999年，他的关于实现量子隐形传态的研究成果就同伦琴发现X射线、爱因斯坦建立相对论等一起被《自然》杂志选为"百年物理学21篇经典论文"。

"70后"潘建伟有很多头衔：中国科学技术大学副校长，中国科学院院士，发展中国家科学院院士，中组部首批"千人计划"入选者……

今天，潘建伟走进《新青年》"青主张"栏目，跟广大年轻人谈一谈科学的魅力。

兴趣是最好的老师，喜欢什么就该学什么

记者：我们都知道现在您是国际量子信息与量子科技领域的"大牛"，您从小就有科学天赋吗？

潘建伟：那倒不是。我小时候，正是科学的春天，当时最流行的一句话就是"学好数理化，走遍天下都不怕"。从我接受的教育当中，也感受到科学工作者所受到的尊重，当时就对从事科学产生了向往。

小时候我在农村长大，还记得那时有一次爬山，看到一种很新奇的植物，问了身边的人都不认识，于是当时就想到给中科院研究所写封信看看，想知道到底是什么。所以说，对于新鲜事物的好奇心和对于科学的求知欲望，引导我走上了科学之路。

记者：您做科研最大的动力是什么？

潘建伟：虽然是老生常谈，但我依然觉得"兴趣是最好的老师"，我在初中、高中的学习和生活中，对科学倾注了巨大的热情。学习牛顿的万有引力，学习太阳、星星的轨道计算，掌握简单的科学原理，感受宇宙中的奥秘，真的像是在科学的海洋中徜徉，激动人心，令人满足。至今仍记得1987年上大学之前，我和父母一起散步，当我向他们征求我所选择的专业的意见时，他们的话也让我更加坚定："喜欢什么，就该学什么。"

从事科学研究，不管你有声望也好，没有声望也好，科学中的对错，跟你的声望、社会地

位、出身都没有关系，规律就是规律，有一种让人十分舒服的平等的感觉。

科学研究带给我心灵的平静，做科研要有耐心、恒心

记者：在您科研的道路上有没有遇到过挫折？年轻人在科研中遇到挫折应该如何对待？

潘建伟：科学发展离不开实验支撑，我在其中遇到的挫折有很多，有时候做着做着就能发现很多问题，一些数据调试甚至得花上大半年的时间。所以我觉得做科研不仅要有好的理论功底，能够及时分析原因，还要有耐心、恒心，能够坚持分析问题，解决问题。不能指望一蹴而就，要能沉下心慢慢钻研。

记者：您做了20多年科研，有没有疲倦的时候？您觉得科研带给您最大的快乐是什么？

潘建伟：科学研究带给我心灵的安宁。许多发现的科学规律，在过去、现在、将来都是正确的，具有永恒感。而在自己的坚持中发现这种永恒感，就觉得内心特别宁静、平和，不会因为名利声望而觉得浮躁。

科学也给我带来巨大的成就感。回过头来看，科学研究过程中积累的知识，已经比较大地用于改造世界、建设世界，甚至一些基础的研究，也给世界带来巨大的改变。我在这个过程中贡献着自己的力量，我能找到我的价值，所以我始终是快乐的。

从事科学不能功利，不能急着说有没有用

记者：能否给我们介绍一下您所从事领域的前景如何？

潘建伟：首先要说的一点就是，从事科学不能功利，不能急着说有没有用，科学是总结研究自然界的方法，循序渐进，慢慢就能发挥巨大的作用。就像上世纪的量子力学、相对论这两大重要发现，刚发现的时候并不指望有什么用，只是揭示了一些规律和事实，然而慢慢研究就能有众多应用。

我现在做的，还是对量子力学的基础做进一步研究，跟今天的信息科学进一步联系在一起，能够对微观的系统进行主动的操纵和控制。当前，已经有越来越多的人重视信息传递安全。我们在研究的量子通信，是目前理论上唯一被证明无条件安全的通信手段，整个传输过程是安全的。利用量子力学的叠加原理，可以用来研制量子计算机，功能比现在的计算机要强大得多。例如对一个300位的自然数进行质因数分解，目前万亿次的计算机需要15万年才能完成，而如果是万亿次的量子计算机，一秒钟就行了。

如果对“美”没有什么欣赏力的话，就提不出好的理论

记者：您觉得青年从事科研应该具备什么样的素质？是否应该有意识地去做一些准备？

潘建伟：科学要发现规律，创造新的知识，而不仅仅是学习知识。年轻人对科学有兴趣的话，应该尽可能培养自己的好奇心、洞察力、动手能力和创造力。

更重要的一点，我觉得“物理学是美的”，物理学的规律是美妙的，如果对“美”没有什么

欣赏力的话，就没有办法提出好的理论，这一点，功夫也在书外。或许很多人不知道，爱因斯坦写的散文就很美，小提琴也拉得很好，我能从他的文字和音乐中，感受到深刻与美好。只有这样，科学家建立的理论，也才会美妙。

要有选择的胆量和放弃的勇气，遵从自己的内心

记者：您个人经历中最想分享给年轻人的经验或者教训是什么？有些什么话想和还处于选择阶段的年轻人说？

潘建伟：我觉得年轻人把科学选为自己的职业，是一件很美好的事情，能真正带来心灵上的安宁。同时，我们现在是一个科技大国，还不是科技强国，国家也需要更多的人从事科学研究工作。

我呼吁更多的青年人来从事科学，但也希望真正喜欢才来做，不要有太多的功利性，要有耐心。不管做哪一项事业，尤其是科学研究，一定不能惧怕失败，实验中一个数据调试半年、一年，也是常有的事情。所以，不要期望自己一蹴而就，也不能要求一定轰轰烈烈，要能守住初心，忍耐寂寞，只要是在做有意义的事情，就一定会有收获。我现在做科研，生活也很丰富、开心，所以一项事业做得怎么样、能给你带来什么，更多的要看自己的心态，凭借自己的努力。

对于好多还在徘徊中的青年人来说，选择不应该被浮躁的环境影响，如果没有兴趣，不是擅长，选择就是徒增烦恼。不要整天考虑做这项事业能不能赚钱，做事业要有选择的胆量和放弃的勇气，所以一定要遵从自己的内心，不功利，不畏缩，事事瞻前顾后是成就不了事业的。

（记者　钱伟　《人民日报》 2015 年 1 月 13 日）

“接地气校长”侯建国履新科技部
让口号落地比说说更重要

1 月 28 日，2015 年的第一场雪终于结结实实地落在合肥的大地上，伴随着这场春雪落地的是：该校校长侯建国院士出任科学技术部副部长的消息终于得到证实，他将离开工作了整整 20 年的母校。

上午 9 时，一则内容只有 12 个字的消息——“侯建国任科学技术部副部长”，出现在共产党员网的首页上。这是继清华大学校长陈吉宁之后，又一位大学校长赴中央部委任职。

当天，中国科学院官微“中科院之声”发出的第一条微博，用“科学史”的形式回顾起这位化学家的学术成果。

2008 年 9 月，侯建国出任中国科大校长。在第二个任期里，他刚好履职一年。6 年任

期，侯建国给中国科大带来了什么？

“他是一个接地气的校长，总是主动地走到学生中间，去体察学生的真实诉求，不管出台什么政策，他总是要求，之前要和学生多谈谈。”中国科大学生工作部部长董雨清晰地记得，侯建国曾经接连3天，在食堂里陪学生代表吃饭。

从2009年起，中国科大为了试行三学期制，自筹经费给学生宿舍装上了空调。后来，在一次座谈会上，有学生给侯建国递条子说：“空调使用得不错，可惜宿舍里没有热水洗澡。”

没想到，面对这个“略显过分”的要求，侯建国当场表态，学校会考虑这一意见。一年后，中国科大学生宿舍楼都装上了淋浴设施。

依照惯例，被中国科大人视为最高荣誉的“郭沫若奖学金”，唯一的评选标准就是专业课成绩的排名。出于对当下大学生发展状况的了解，侯建国坚定地提出，要对多年未变的奖学金评审制度进行改革，引导学生注重综合能力的培养。

在这所向来以学风严谨著称的理工科学校里，也曾有老师存疑此举。侯建国的解释是：“当年潘建伟（该校的另外一位‘70后’中科院院士）也没有获得‘郭沫若奖学金’，不一样科研做得很好吗？”

而对一个大学校长来说，“如何让口号落地，不只是说说而已”，至关重要。

中国科大教务处处长周丛照教授介绍，侯建国任期内，学校的科研经费由2008年的12.9亿元快速增长到目前的30亿元；中国科大逐步试点，最终实现了自己的承诺，让本科生100％自主选择专业，开创全国高校之先河；自2009年起，中国科大与中国科学院的院所合作，先后开设了11个“英才班”，探索拔尖人才培养模式。

此外，中国科大开门办学，主动争取外界资源，尤其注重加强与地方的合作，扎实推进科教融合，先后成立中国科大纳米科学技术学院、中国科大合肥先进技术研究院……

“只要部署了，他就会时刻关注着这项工作的进展，不断督促着你，还会临时检查。”中国科大研究生院副院长古继宝教授介绍，“侯校长临去北京的那天，还在一个会议上盯着我问，本研贯通课程体系打通了吗？”

这种自上而来的压力让很多行政管理人员不敢放松，但是在古继宝和很多科大人心目中，“侯校长永远是那么儒雅，极少见他发火，沟通时特别尊重别人”。

几天来，侯建国那张身穿西装、内衬蓝色衬衫、扎着碎花领带的标准照，被各大网站和社交媒体所转载。

可生活中的他往往不是这个样子：半个月以来，他还是经常穿着那件墨绿色的“冲锋衣”出席各种活动，其中不乏重要的外事接待。只不过在1月14日教代会的颁奖现场，他才穿起了西装，和校党委书记许武分站在获奖教师的两侧，合影留念。

在中国科大人的共识中，教授理应受到最庄重的礼遇。在这所有着“教授治学”深厚传统的学校里，“以学术为本”往往与“以学生为本”相提并论。为了在学科布局、资源配置、学术价值判定等方面体现出教授的“话语权”，学校成立了由教授组成的学术委员会。

为了真正做到行政与学术分开，侯建国并未担任学术委员会主任一职。此后一段时间，他又主动提出，彻底退出学术委员会。在他看来，作为一校之长，“也应当接受学术委员会的质询”。

“中国科大地理位置、办学资源都不是最优越的，可近年来原创性成果却不断涌现，知名教授趋之若鹜。”在中国科大人事处处长褚家如看来，侯建国对“千人计划”的敏感性和重视程度起到了关键性的作用。“人才引进过程中，事无巨细，校长都要亲自过问，甚至是教授的住房，有时候他也会亲自安排。”

为了延揽人才，举办宣讲会，自2009年以来，侯建国接连4次带队赴美，走访哈佛、麻省理工、斯坦福等高校。一天一座城市，接连10座城市，这种“急行军”般的节奏，让很多年轻的同事都跟不上趟。

“他对人才充满了强烈的渴望，尤其对青年教师，充满了期待。”中国科大科研部副部长王峰说，每年学校都会把“青年千人计划”的候选人请到学校，为他们组织预答辩，以提升通过率。“答辩会持续整整两天，侯校长坚持全程参与，为他们理清思路，中午一边吃着盒饭，一边乐呵呵地听。”

“他总是鼓励我们将自己的科研与国家的需要结合起来，而不要局限在某一个小领域，不要急着发文章，要多做长远的考虑。”作为侯建国当初的研究生，赵爱迪对导师的调任感到些许的伤感。

同赵爱迪一样，一位科大的老师也体会到这丝不舍之情。当年，作为一个摄影发烧友，他曾无意中抓拍到侯校长与毕业生班级一一合影的镜头。如今，这组照片又出现在学校的官方微博上，并且配文：“图中的情绪此刻都化作一声轻轻的祝福：再见，校长！珍重！”

（记者　王磊　《中国青年报》 2015年2月4日）

注：新华网、新华每日电讯、人民网、新安晚报、合肥晚报等也做了报道。

亲兄弟双双挑战人工智能

从早慧少年到青年科学家

“DianNao”和“DaDianNao”，分别是一种人工神经网络芯片一代和二代的名字。听外国人生硬地发着这几个音，许多人都会偷偷发笑。这两种芯片的设计者是一对亲兄弟，参加国际会议时，兄弟俩经常要给外国同行正音，特别是“脑”的三声发音，折磨许多人卷着舌头重复好多遍。可是在他们看来，这更独具魅力，因为之前没有中文发音的芯片。

让科研成果变成一件好玩的事，是陈云霁和陈天石——计算机界的一对“电脑兄弟”的真心希望。

1983年出生的陈云霁，曾任龙芯3号总设计师，获得首届国家自然科学基金优秀青年科学基金，现在计算机体系结构国家重点实验室任研究员。弟弟陈天石曾获中国计算机学会优秀博士论文奖，现在为计算所副研究员。兄弟两个先后毕业于中国科学技术大学少年班。今年1月31日，中国计算机学会(CCF)举行了颁奖大会，陈云霁以第一顺位荣获2014年度CCF青年科学家奖。

2014 年是兄弟俩丰收的一年。2014 年 3 月在美国召开的国际顶级学术会议 ASPLOS 上,《DianNao:一种小尺度的高吞吐率机器学习加速器》获得了最佳论文奖。这不但是中国内地科研机构首次在计算机系统和高性能计算领域顶级国际会议上获得最佳论文奖,也是亚洲首次。2014 年 12 月,陈氏兄弟又推出了寒武纪 2 号神经网络处理器(DaDianNao),荣获 2014 年度 Micro 最佳论文。这是 Micro 自 1963 年创办以来,美国以外国家首次获得这个奖项。

学术研究,压力与快乐并存

"DianNao"和"DaDianNao"可以概括为体系结构与人工智能交叉研究的成果,这是兄弟两人原来不同研究方向的跨界结合。

体系结构通俗地讲,就是研究如何用晶体管的"砖石"搭出计算机的"大楼"。选择这个方向,源于陈云霁 14 岁到中国科学技术大学读本科的研究经历。

大三上学期,对未来还有点懵懂的陈云霁把计算机系所有实验室的门挨个敲了一遍,问是否接收本科生。最后,当时教《计算机体系结构》课程的周学海教授所在的实验室收下了他。陈云霁回忆,虽然只是给老师和师兄们打下手,但研发工作让他感到:做一些有实际意义的工程、又是为国产化做贡献是非常快乐的事。

大学最后一年,听说中科院计算所开始研制国产处理器(即龙芯 1 号),陈云霁就特别希望能去读研究生:"如果能加入国产处理器的研发团队,那太光荣了。"

2002 年,陈云霁心愿达成,来到中科院计算所跟随胡伟武研究员硕博连读,成为国产处理器龙芯研发团队中最年轻的成员。

2007 年博士毕业后,陈云霁留在了中科院计算所龙芯团队,在胡老师的指导下进行龙芯 3 号的总体设计。

龙芯 3 号与龙芯 1 号、2 号有所不同,已从单核发展到多核了。陈云霁对此有个形象比喻:"以前一桌菜给一桌客人吃,现在一桌菜要给八桌客人吃。"

任务和性能要求大大提升,可是陈云霁和同事看了很多论文,也找不到现成的解决方法,只能自己摸索。

最终,他提出了一种巧妙的办法。

2008 年北京奥运会举办期间,单位放假。陈云霁在一个没有空调的宿舍里写论文,虽然挥汗如雨,但心里感觉很爽。论文最终被体系结构领域三大旗舰会议 HPCA 录用,这也是 HPCA 上第一篇第一作者来自中国内地的论文。

想让计算机更聪明

2010 年,弟弟陈天石毕业,到计算所工作,研究方向是人工智能,这是计算机科学的一个分支,希望用计算机模拟人的智能,并生产出能与人类智能方式相似的智能机器。

在同一个研究所工作,两兄弟经常在一起讨论问题。两人设想"做一个东西让计算机更聪明，终极目标是像人一样聪明”，也就是说通过体系结构来设计神经网络芯片，在此之前计算机硬件的速度和功能已经成为神经网络应用的瓶颈。

“在人类所有好奇的事物中，也许智能是最常见但又最神秘的一项。一旦人类能制造出和自己一样具有复杂认知和创造能力的强人工智能计算机，整个人类社会将会跨出前所未有的一大步。”陈云霁介绍，人脑就是利用一个由大量神经元以及连接神经元的突触组成的网络来解决问题的。1943 年，搞心理学和逻辑学的科学家提出人工神经网络这一概念，但是其发展一直受到传统通用处理器的低性能、高功耗的限制。

“专门的神经网络处理器有需求”——确定了这个目标，“电脑兄弟”开始发力。

但是在实践中，这条道路远没有想象得那么平坦，他们遇到了很多困难，在提出了一系列基于人工智能方法的处理器研发技术，并多次向体系结构顶级会议投稿后，最后都以被拒而告终。研究经费也是一大问题。

这些没有让他们放弃“人工智能”之梦，他们相信，只要把研究做得更深入，外在的困难总是能克服的。

一次偶然的机会，他们向南京大学周志华教授介绍使用人工智能方法来优化处理器结构方面的工作。周老师对此很感兴趣，并敏锐地意识到这类工作正是人工智能基础算法研究者所希望看到的关键应用。在他的鼓励和指导下，陈氏兄弟提出了一种基于半监督学习的处理器结构优化方法，并发表了论文。之后，各种论文不断出来，引起了同行关注。

在给这项成果命名的时候，兄弟俩也是费了一番心思，地质年代给了他们灵感。

“我经常看生物进化方面的内容，寒武纪是个转折点，现代动物开始登场，寒武纪大爆炸后，节肢动物、软体动物、腕足动物和环节动物等几乎所有类群祖先在内的大量生物突然出现。在此之前，几乎没有高等动物存在的证据。”于是兄弟俩把成果命名为“寒武纪 1 号”，“希望新一代计算机走上历史舞台，在人工智能领域开拓一个全新的局面”。

“寒武纪 1 号”的小名则被兄弟两个搞笑地起名为“DianNao”。

而“寒武纪 2 号”——“DaDianNao”又有多项突破，性能继续大幅度提高，与通用芯片和 GPU 相比，计算速度提高几十倍，功耗只有十分之一，整体能效提高 450 倍。

“如果用在手机上，图像、语音识别能力大大增强，而由于省电，电池待机时间会大大提高。”陈云霁透露，这种芯片将用在国产手机上。

“我们的梦想不是准确模拟人类的大脑，而是制造出强人工智能”，谈到这个领域的下一步发展，陈云霁的观点是：“一旦实现人类级别的强人工智能，凭借机器智能和脑机接口，人类将拥有近乎无限的记忆和计算能力，甚至无限的创造力，最终使得生物的进化迈上一个新的台阶，成为更高级的形态。”目前，他们已经着手开始和神经学研究者进行新的跨界合作。

学术枯燥，兴趣最重要

“寒武纪”的成功让陈云霁和陈天石兄弟备受关注，但甘苦自知。

兄弟俩对神经网络研究一开始只是在本身的科研任务之外进行的，没有立项更没有经费，后来只是有了陈天石青年科学基金的 20 万元项目经费，“学术很枯燥，兴趣是最大的支撑”。

“无兴趣驱动无法成为学术领先者。”陈云霁越来越体会到：如果只跟学术热点，不可能有大成果，“我们这个领域，很难跟上国际热点，看到别人发了文章，起码已经是两年前的工作了。有兴趣，就能发现别人没有认识到的方面，有眼光也才能做别人不愿做的事。”

当然，陈云霁知道，心理承受能力也非常重要，“我们年轻，即使失败了也没有关系”。

兄弟俩一个14岁上大学，一个16岁上大学，“神童兄弟”一直是他们头上的光环。对此，陈云霁不认同：“我们绝对不是神童，顶多算是‘早慧少年’，3岁多时1、2、3都数不清楚。”

回想起来，陈云霁认为自己的成长要归功于父母的教育。父母除了看了许多关于教育的书，还有很多办法。小时候，父母经常讲科学家的故事激励他们，还善用“激将法”。陈云霁记得，爸妈买回一套《十万个为什么》，但是告诉他，你还小看不懂，大了才能看。“这让我好奇心更强了，偷偷找出来拼命看。”

当然，父母对于兄弟的功课抓得很紧，陈云霁小学三年级把全部小学数学课程学完，9岁时小学毕业，已经把初中数学课程学完。同时考上了南昌十中的少年班。

不过在整个中学期间，除了数学多次拿过奥赛一等奖外，陈云霁在班里整体成绩并不突出。打游戏、看漫画也占去了不少时间，甚至不去参加月考。不过，他有自己的“科学家”梦想，知道考上好的大学是先决条件，所以在高考前真正努力了一段时间。

高考时，陈云霁数学考得很好，但满分150分的语文，他只考了80分。陈云霁从自己的成长经历体会到，少年班的孩子还是适合搞科研，尤其适合做基础研究。

经过十多年的学术研究，陈云霁越发觉得语文这门功课的重要：“语文小学时就不及格，后来又跳级提前上中学，语文成绩一直不好。最头疼写作文，这既与思维方式有关系，也与年龄小、阅读少有关系。但是写报告、与人交流都离不开文字表达。搞科学研究就更需要论文写作的能力。”

陈云霁现在觉得自己写文章文笔流畅多了，所以他认为中学老师除了让学生学写记叙文、议论文外，还应该让学生练习说明文，因为这对于今后选择理工科的学生太重要了：“理工科学生脑子里逻辑清晰，但还是要能完整而清晰地把观点表达出来。”

（本报记者　李新玲　《中国青年报》　2015年2月16日）

单革：非编码RNA的探索者

日前，国际知名杂志《自然·结构和分子生物学》刊发了中国科学技术大学单革教授的一篇文章，他的实验室发现了一类新型环状非编码RNA，并揭示了其功能和功能机理，相关成果得到了新华社、中科院官网等媒体的关注。

记者了解到，在2012年9月，《自然·通讯》也在线发表了单革的研究成果，那次他发现了曾被认为是“垃圾”的非编码RNA参与了物种间的基因调控。一位业内人士评价道，四年时间发表了两篇“具有重要影响力”的论文，还都是唯一通讯作者，实在是“凤毛麟角”。

听到这样的评价，单革告诉记者：只能说，挺不容易吧。

非编码RNA（核糖核酸）是一大类不编码蛋白质的RNA。最早的研究认为，非编码RNA不编码蛋白质，属于“垃圾”RNA。而随着研究的深入逐渐发现，其蕴含着丰富的信息，是生命体中有待探索的“暗物质”。目前已发现很多非编码RNA具有重要生物学功能，同时，越来越多的证据表明，一系列重大疾病的发生发展与非编码RNA调控失衡相关。

从美国博士毕业，后又在美国师从RNA酶的共同发现人、RNA世界的共同提出人、1989年诺贝尔化学奖获得者西德尼·奥尔特曼做博士后，单革一直坚持着独立创新严谨治学的信条。

继2012年首次发现细菌利用自身产生的非编码RNA，以类似RNA干扰的方式来调控秀丽线虫的基因表达之后，单革教授实验室此次发现了一类新型的环状非编码RNA，在这类环状RNA中，内含子没有被除去，而是被保留在环形RNA当中，因此这类RNA被命名为“外显子-内含子环形RNA（EIciRNA）”。

尽管一系列的术语与英文词汇使其研究听起来非常“玄妙”，但细心的单革向记者解释道：“这离普通人的生活并不遥远，这类新的RNA分子，很有可能会跟一些健康、疾病问题有关联，给生命科学提供了一个看问题的新角度。”

有的学者预测，非编码RNA研究将成为一种防治疾病的新型工具，单革实验室发现的这种环状非编码RNA，有望对探索生物复杂调控提供新的视角，在国际学界属于“前沿水平”。

2010年，单革来到中国科技大学执教，“白手起家”，从零开始建设实验室。

单革回忆说，由于PI制（研究组长负责制）实验室的负责人完全独立，“柴米油盐酱醋茶”，从申请经费到实验室建设，再到人才培养，完全要自力更生，“刚开始学生什么也做不了，培养两三年才能做些东西”。到这儿，记者才体会到，单革所说的“挺不容易”出自这里。

当然，单革表示也得到了来自学校和各方的帮助，几年里，其实验室已经渐渐成形，五六名博士，七八名硕士，再加上两位实验员，这是其心目中较为理想的人员配置。也正是在这样与学生一起的成长过程中，单革拿出了这两份沉甸甸的成果。

“实验室也承担了一些科研项目，但经费额度并不大。”因此，从投入和成果两端看，单革实验室的“性价比很高”。

现在看来，单革实验室各方面早期建设已经结束，初步成形，而且已经开始产出好的研究成果，且基本上是在基础研究方面，“目前，应用研究方面的工作也已经发展起来”。

（本报记者　滕继濮　《科技日报》　2015年3月25日）

刘有成：为祖国耕耘自由基

作为中国自由基化学奠基人，刘有成毕生为国，堪为典范。回顾他经历丰富的一生，不仅可以看出他为中国的科学和教育事业做出了突出贡献，而且可以发现他坚定不移的爱国情怀、求真务实的工作态度以及勇于创新、乐于奉献的科学精神。

求学路颠沛流离，苦读书立志报国

刘有成1920年出生于安徽省舒城县城冲乡一个书香之家。由于家境清贫，刘有成靠奖学金入读庐州中学。1937年7月，日军侵华战争全面爆发。12月13日南京沦陷，合肥告急，庐州中学随即宣告解散。

1938年年初，安徽省在舒城中学校址成立安徽省立第二临时中学（以下简称二临中），刘有成报名进入该校高中部继续学习。5月11日，日军侵华战事蔓延至舒城，县城遭到三架日军飞机的轰炸，一枚炸弹落进了二临中校园。师生们紧急动员，向大后方迁移。刘有成背起行囊跟随学校远行，在兵荒马乱中踏上了颠沛流离的求学之路。

他们从安徽舒城的晓天镇出发，步行翻越大别山，经过霍山、罗田，赶往湖北武汉。当师生到达武汉时正逢武汉会战。刘有成亲眼看到日本飞机来轰炸，中国的飞机飞上去打，打不赢，他当时心里特别难受，于是便立下了读书报国的志向。回忆起当年的战争场景，刘有成甚为感慨，为之动容。

在武汉，学校让刘有成等高三学生就地毕业，之后学校继续西迁，到达湖南湘西后并入国立八中。毕业后的刘有成搭乘内迁的船只奔赴重庆，于1938年9月顺利考入国立中央大学学习农业化学。

抗战时期，内迁至重庆的中央大学为了减轻贫困学生负担，设有公费、奖学金、贷金等救济学生的制度。当时的刘有成只能靠政府发放的贷金勉强度日，生活十分艰苦。直到1940年他获得了穆藕初奖学金，才总算解决了生活问题，能安心学业，并取得了优异成绩。

在中央大学，刘有成遇到了引导其入门化学的两位老师——倪则埙和高济宇。他们都是留美归国的教授，讲课十分精彩，激发了刘有成对化学的浓厚兴趣。从此，刘有成立下了学习有机化学的志向。

赴英美学海泛舟，从名师得其真传

1944年，刘有成考取英国文化委员会研究生奖学金。次年8月，他怀抱科学救国之梦，从重庆珊瑚坝机场乘机飞赴印度加尔各答，再转往孟买搭乘英国运兵船前往英格兰。历经约一个月的海上之旅，刘有成抵达英国，不久之后进入利兹大学学习。

在利兹大学，刘有成师从有机化学系教授F. Challenger（1887～1983）学习生物化学。Challenger教授是英国著名的生物甲基化专家，他指导刘有成进行微生物化学方面的研究。在毕业前夕，刘有成决定到美国继续深造，以期积累经验，开阔眼界。1948年12月，刘有成在完成博士论文答辩后飞跃大西洋，开始了留美深造的旅程。

刘有成在美国西北大学的导师Byron Riegel（1906～1975）是美国著名的有机化学教授，曾担任过美国化学学会主席。在导师的指导下，刘有成开展了两项研究工作，其一是研究雌激素（Estrogen）和孕激素（Progestogen）之间的结构转化关系。1951年，刘有成发表论文，介绍了用微量放射性乙炔合成17-α-乙炔基睾丸素-20,21-14C的方法,被收入国外出版的同位素标记化合物制备专著。另一项工作是在胆固醇B环中引入14C。经过一年多的反复试验没有做出理想的结果,这成为刘有成心中一个永远的遗憾。他曾说:"如果有谁做出来了,我就要向他请教,为后面积累一些经验。"这种在科研上锲而不舍的精神,正是刘有成取得优异成绩的重要原因之一。

自由基化学是20世纪50年代新兴的学科。为了学习和研究自由基,1951年10月,刘有成到芝加哥大学师从国际自由基化学的奠基人之一M. S. Kharasch(1895～1957)教授做研究。在Kharasch教授的指导下,刘有成开展了格式试剂与二氯化钴($CoCl_2$)的反应、过氧化物分解的反应,以及气相溴化的反应和光反应等自由基化学的基础研究工作。他发表的有关自由基重排反应的论文是国际上关于该问题的首次报道。

在西北大学和芝加哥大学期间,刘有成年富力强,精力充沛,思想活跃。他积极参加了美国化学会、瑞士化学会、英国化学会和全美科学促进会等学术组织,并参加各种学术活动,交流研究成果,了解自由基化学的前沿信息。经过在英美十年的留学和深造,刘有成充分学习和研究了自由基化学领域各方面的学术理论,发表多篇学术论文,成长为一位杰出的青年有机化学家。

念祖国归心似箭,大西北建功立业

身在异国,心在故乡。刘有成到美国后不久便得知了新中国成立的消息,欣喜万分,立即想着回国,但因有约在先,他只好耐心把在西北大学的研究工作做完。1951年,他着手办理回国手续,预订了10月份的船票,计划从旧金山乘轮船回国。可是就在即将离开的前几天,刘有成突然接到美国移民局的一封信,命令他不得擅自离开美国,并注明如果企图离开,将罚5000美元并判刑。此事对刘有成打击重大,"经过这件事以后,我的意志却更加坚定了,不管怎样,我一定要争取回到祖国的怀抱。"刘有成回忆说。经多次与移民局交涉无果,刘有成不得不留下来继续进行研究工作。

1954年的日内瓦会议后,美国政府同意分批放中国留美人员回国。刘有成得到消息后,立即辞掉工作,订了回国船票。11月28日,他搭乘"威尔逊总统号"从旧金山起程回国。经过20多天的海上航行,于12月20日晚上到达香港。刘有成等人从九龙上岸后,连夜搭火车赶到深圳,第二天早晨乘火车到广州。离家十年的游子终于回到祖国的怀抱。

1955年1月,刘有成在北京向高等教育部报到。高等教育部的李云扬司长希望刘有成到兰州大学(以下简称兰大)工作,刘有成坦然接受了建议。"我们那时回国的人,回来的目的就是要回到祖国来。到哪工作,我服从分配。祖国哪里最需要,我就到哪里去。"刘有成坚定地说。他说服在南京工作的爱人,带着儿子和岳母,一家老少四口从南京搭乘开往兰州的火车,加入到建设大西北的行列。

20世纪50年代,兰州的生活和工作条件都很艰苦。刘有成回忆道:"我们刚去兰州的时候,城市建设比较落后,连自来水都没有,都是从黄河打上来的水,需要放进水缸里打明矾澄清后才能喝。当时公共汽车也比较少,出门有时候得乘马拉车。"在如此艰苦的环境中,刘有成白手起家，创建了国内第一个自由基化学研究小组。1956 年刘有成被评为教授。

为了配合兰州化工厂和兰州炼油厂的石油科研需求，刘有成开展了石油化学专门化教育，招收学生，培养急需人才。他还登台授课，为第一班学生讲授有机物化学结构理论和石油化学课程。

在 1957 年“反右”运动中，化学系主任左宗杞被划为“右派”，刘有成担任系主任，并加入了中国共产党。然而，在接下来的“大跃进”“插红旗拔白旗”运动中，刘有成与广大科技工作者一样，经受了巨大的“折腾”。

由于“反右”和“大跃进”等政治运动打乱了正常的科研工作秩序，挫伤了广大知识分子的积极性，党中央于 1962 年召开了“广州会议”，为知识分子“脱帽加冕”。刘有成应邀参加会议，聆听了周恩来总理所作的关于知识分子问题的讲话。他回忆说：“周总理的讲话很有深度，令人感到亲切，受到鼓舞，是我一生中听过的关于知识分子问题最感动人的一次讲话，觉得非常有意义，使我终生受益。”“广州会议”极大地调动了知识分子的积极性。但好景不长，1966 年爆发的“文革”对科技和教育界造成了巨大冲击，刘有成也遭受打击，历尽磨难。但是，他矢志不改报国愿，始终坚定跟党走。

在科学的春天里，刘有成恢复工作。他迅速重整旗鼓，全力开展科研和教学工作，在自由基化学、单电子转移反应、辅酶 NADH 模型还原反应机理等研究领域，取得了一系列原创性科研成果，相继荣获甘肃省科技成果一等奖（1981 年）、国家自然科学奖三等奖（1982 年）和国家教育委员会科技进步奖一等奖（1987 年、1995 年）等奖项。同时，他还积极参加国家科学技术委员会、国务院学位委员会、国家自然科学基金委员会和第六届全国人民代表大会等部门的各种会议，参与了大量的学术咨询和服务工作，为国家的科学技术和高等教育事业出谋划策，做出了应有的贡献。

为了与国内外同行建立学术交流，在 20 世纪八九十年代，刘有成积极参加了各种国内外学术会议，在了解最新学术动态的同时，向学界同行积极介绍兰大有机化学的科研成果，扩大影响。1985 年，刘有成与加拿大皇后大学化学系尹国声（Jeffrey K. S. Wan）教授合作，在兰大成功举办了“国际自由基化学研讨会”，为发展自由基化学的国际交流与合作打开了局面。这次会议也成为中国自由基化学发展的新起点。

兰大的有机化学学科拥有天然有机、物理有机、有机分析和有机合成四个研究方向，分别由朱子清、刘有成、陈耀祖和黄文魁教授带领各自的科研团队，齐头并进地发展。在他们的共同努力下，1983 年兰大有机化学被评定为国家重点学科。在当时全国高校中，有机化学被评定为国家重点学科的只有兰大、北京大学、南开大学三所学校。坐落在大西北的兰大有机化学能入围首批国家重点学科，绝非易事。1985 年国家计委决定在高校和研究所建立首批若干所国家重点实验室，正是有了前期的积累，兰大的应用有机化学国家重点实验室（现为功能有机分子化学国家重点实验室）被列入其中。刘有成担任实验室首任主任兼学术委员会主任，为实验室的建设和发展做出了重要贡献。

归故里老骥伏枥，带团队再谱新篇

1994年孟春，74岁的刘有成告别工作39年的兰大，叶落归根，回到中学读书之地合肥，加盟中国科学技术大学(以下简称中科大)。虽已至古稀之年，他并不是想着到中科大养老，而是开创了一番崭新的事业。

那时中科大的有机化学方向只有一个教研室，课程很少，没有专业学生，科研十分薄弱。刘有成来到中科大，着手补起有机化学这块短板。

他除了继续加强教学工作之外，更重要的是迅速建立起学术团队，开展科学研究，由此带动了中科大有机化学的快速发展：1998年有机化学获得了化学一级学科博士学位授予权，2002年被评为安徽省重点学科，2007年被评为国家重点学科。与原有的无机化学和化学物理两个国家重点学科相配合，中科大的化学拥有了三个国家重点学科而成为国家一级重点学科，大大提升了在全国高校中的地位。

作为化学教育家，刘有成从兰大到中科大，登台执教半个世纪，培养了50多位硕、博士研究生。他们中已有多位成长为国内外有机化学界的杰出学者，可谓桃李满天下。

2008年仲秋，在中科大建校五十周年庆典之际，刘有成拿出30万积蓄捐献给学校，设立"刘有成奖学金"，奖励给贫困学生，让他们安心读书。他说："我出生于清贫的书香世家，没钱念书，只有靠奖学金才能完成学业，并且出国深造，这些难得的机遇是我料想不到的。在长达五十多年的工作时间里，我体会到人生的价值在于奉献这一真谛。"

诚如刘有成所言："我走过的路是和国家民族的命运息息相关、荣辱与共的。"90多年的岁月，一路走过来，他所经历的曲折跌宕、酸甜苦辣，非亲身经历者是难以体验的。回顾刘有成经历丰富的一生，不仅可以看出他为中国的科学和教育事业做出了突出贡献，而且可以发现他坚定不移的爱国情怀、求真务实的工作态度以及勇于创新、乐于奉献的科学精神，堪为典范，是中国科学界的宝贵财富。

精 彩 语 录

我走过的路是和国家民族的命运息息相关、荣辱与共的。

我们那时回国的人，回来的目的就是要回到祖国来。到哪工作，我服从分配。祖国哪里最需要，我就到哪里去。

在长达五十多年的工作时间里，我体会到人生的价值在于奉献这一真谛。

——刘有成

延伸阅读：青年刘有成归国感想

1955年1月，刘有成回国后到高等教育部报到，按要求填写了《回国留学生工作分配登记表》。下文是该表中的三个问题，刘有成逐一作答。这份珍贵史料展示出一位海外学子的归国历程、对新中国的认识,以及参加祖国建设的美好愿望。历经半个多世纪的荣辱沧桑,刘有成初衷未改,执着追求,终于实现了科学报国的承诺和梦想。读后令人不禁为之感慨,肃然起敬。

问:回国经过情形如何?

1951 年在美国西北大学研究结束时,即准备回国,当时曾将各项手续办妥,预备搭轮于 10 月 14 日离开旧金山,但在 10 月初接到美国移民归化局通知,不许离境。不得已退回船票,转往芝加哥大学工作,以后曾不断向美国移民局交涉,争取回国,但均遭到拒绝。同时期曾设法由其他国家和地区(如英国、加拿大和中国香港等)绕道,但因为护照签证困难,也没有能实现愿望。

1954 年日内瓦会议召开后,我国代表提出美国无理扣押中国留学生的事实,引起国际注意,美国开始考虑释放中国留学生,我遂更加紧向美国移民局交涉,并请律师直接向华盛顿写信,终于 8 月 25 日得到离境许可通知,随即将香港签证办妥(费时 6 个星期),于 11 月 29 日搭轮由美国旧金山出发,经美国檀香山、日本等回国。

问:在国外对新中国的认识及回国动机是什么?

中华人民共和国成立后,统一独立的新中国出现了,中国人民经历了长期的艰苦斗争,终于摧毁了卖国集团的统治,把中国从帝国主义势力操纵下的半殖民地状态中拯救出来,同时消灭了旧社会里的封建制度和官僚资本主义,从此中国人民成为自己国家的主人。当时我在国外感到莫大兴奋,虽然美国和其他资本主义国家的报纸大部分对于新中国内各项措施和运动作了很多歪曲事实的报道,但那种欺骗性的宣传是很容易被看穿的。

朝鲜战争发生后,美帝国主义对于新中国的侵略野心彻底暴露出来,当时全中国人民团结一致支持抗美援朝的运动,把侵略者的武装力量击退,新中国在国际上的地位日渐提高,由此更增强了新中国人民决心保卫国家安全和维护世界和平的信念。我们的政府在外交方面与一些民主国家和中立国家签订的协议或发表的宣言,充分表达了我们爱护和平的意志。中国人民的目标是建立自己的祖国,使之成为一个繁荣、幸福的民主国家。

在前面回国经历中已经提出,本人决定于 1951 年回国,但是遭到美国政府无理的阻挠。我回国的动机是想参加祖国的建设工作,为全体人民服务,在使我们的社会主义工业化早日实现的计划中贡献我所有的力量。

问:你在回国后有何感想?

进入国门那一天起,便深切体会到新中国和以前不同了,海关、车站和火车上服务人员的态度都很认真而和善,充分表现了新中国人民的自尊心。途中所经过的地方,社会秩序都很好,人民的生活水平较之前有所提高。这证明祖国在新中国成立后的短短五年里,人民的生活水平已经有了显著改善,在国外以美帝为首的侵略集团仍然企图对我们进行战争威胁的时候,除加紧国防准备以外,同时进行大规模的文化、教育、交通、卫生等方面的建设,并推动第一个五年计划,表示我们的国家已经有了一个明确的方针——走向社会主义国家。

我们回国后,受到政府的热烈欢迎和接待,政府对于我们的问题表示亲切的关怀,并且把我们照顾得十分周到,实在深受感动。今后到达工作岗位时,我一定要做好我的工作和学习。

(张志辉　刘培　《中国科学报》 2015 年 3 月 27 日)

最年轻的中科院女院士，前不久荣获“世界杰出女科学家成就奖”

谢毅：做科研需要一份洒脱

北京时间3月19日凌晨，中国科学技术大学谢毅教授荣获欧莱雅-联合国教科文组织颁发的第十七届“世界杰出女科学家成就奖”，成为本届亚太地区的唯一获奖人，也是自1998年该奖项设立以来第四位获得这一荣誉的中国女性。

谢毅的获奖理由是：利用纳米固体化学原理寻找新型能源材料，发现二维超薄半导体能提升光电、热电转换效率。评委会指出，包括谢毅在内的5位获奖者在基础科学领域取得深具突破性的研究成果，推动着人类社会的进步。

谈及获奖感受，这位女科学家谦逊地表示：“‘世界杰出女科学家成就奖’是对我个人和我的研究组的肯定。我深知每个奖项都不仅仅是对我过去工作的肯定，更是对我未来工作的期望，激励我继续从事出色的研究工作。”

【谢毅小传】

1967年出生于安徽，中科院院士，中国科学技术大学教授、博士生导师。国家杰出青年基金获得者，2000年10月入选教育部第三批长江特聘教授；2004年1月～2009年12月担任国家基金委创新群体基金学术带头人；2009年1月～2013年11月担任科技部重大研究计划首席科学家。

大学毕业后被分配到合肥一家化工厂当助理工程师
在工厂的4年不是浪费，“锻炼了我注重细节的习惯和不怕困难的勇气”

如今在固体化学领域斩获颇丰的谢毅，真正确认自己对科研的兴趣，是在大四。

“在大学的前三年，我并不确定是否喜欢化学。”谢毅回忆，高中时，她最喜欢物理，还得过全校竞赛的第一名，但高考时意外失利，化学却考得特别好，被录取到厦门大学化学系。“记得大四的一堂课上，一位教授向我们展示出原子不同排列构造出的美妙的固体晶体结构，这是我第一次意识到化学的魅力。这些美妙的晶体结构激发了我极大的兴趣，从此我决定一生投身科研工作。”

1988年，谢毅大学毕业。在统一分配工作的年代，她并没有机会直接走上科研之路，而是被分配到合肥的一家化工厂当助理工程师。刚刚大学毕业的她正好赶上了工厂的一件大事——新成立的分厂上马新产品，要筹备3个分析化验室。从化验室的整体设计、仪器购置，到原料、中间物和最终产品的质检标准制定，以及对37位分析技工的培训，这些很有挑战性的工作都落在年仅21岁的谢毅身上。

谢毅并没有把在工厂的4年当作是一种时间的浪费：“那段时光是我第一次独当一面去

做一项系统、复杂又责任重大的工作，培养了我注重细节的习惯和坚定了我不怕困难的勇气。”分厂正式建成投产之后，谢毅的生活归于日复一日的生产和质检，这让谢毅想重返校园，继续自己的科研梦。她报考了中科大应用化学系，成为钱逸泰院士的弟子，开启了自己的学术科研之路。

两年里她的课题组没有发表一篇有分量的论文
她给自己和学生们减压："别人运气好吃肉，咱们就啃骨头"

在谢毅的科研"图谱"上，有两次非常清晰的转型。

将溶剂热合成技术发展成制备Ⅲ～Ⅴ族非氧化物的方法，是谢毅的博士论文选题，有关成果于1996年发表在美国《科学》杂志上，谢毅是第一作者。这一系列成果不仅入选了无机专业教科书，还获得2001年国家自然科学奖二等奖(排名第二)。迄今在无机合成领域，溶剂热合成仍然是重要的固体合成方法。

之后，谢毅继续开拓新的研究领域。她敏锐地洞察到，当时学界对无机材料结构的探索往往很难建立在清晰的原子分子层次上。

谢毅带领自己的课题组另辟蹊径，注重从固体化学的基本原理出发，以物质的内在特征结构为导向来控制它们的生长，同时建立和发展了系列结合特征晶体结构和特征模板导向的二元协同策略来构筑三维组装结构。这些成果后来获得了2012年国家自然科学奖二等奖。

这次转型之后，谢毅和她的小组遭遇了研究上的瓶颈。

从2007到2008年，她的课题组没有发表一篇有分量的论文。学生们都有些泄气，而这位女掌舵人却没有乱了阵脚，她一方面分析原因，另一方面幽默地给自己和学生们减压："别人运气好吃肉，咱们就啃骨头呗。"她鼓励研究生们耐住寂寞，把难啃的"硬骨头"拿下。

2008年下半年，谢毅带领着她的团队开始了第二次转型，这次她把目光投向了固体化学中更重要、难度更大的电、声调控方面。她利用纳米固体化学原理寻找新型能源材料，发现系列二维超薄半导体这类新型材料能最大限度地提升光电、热电转换效率的潜力。凭借这些工作，谢毅小组成为目前国际上在该领域持续活跃的几个主要研究小组之一，她也因此荣膺"世界杰出女科学家成就奖"。

"做科研需要一份洒脱，特别是在不顺利的时候。"谢毅说，"在科研路上，一定要有不屈的韧劲、坚持的毅力和开阔的胸怀。"

荣誉和称号仅仅是从事科研过程中所收获的"副产品"
"我只是一名普通的科技工作者，做着科学研究和教书育人的本职工作"

最年轻的中科院女院士，教育部化学领域第一位女性长江特聘教授，迄今为止国家基金委化学部唯一的女性创新群体带头人，首位获得国际纯粹与应用化学联合会化学化工杰出女性奖的华人科学家，发展中国家科学院化学奖得主……在谢毅心中，这些荣誉和称号只是从事科研过程中收获的“副产品”。

“荣誉对我来说，是鞭策和鼓励，更是新的起点。”谢毅保持着一份谦逊和冷静，“我只是一名普普通通的科技工作者，做着科学研究和教书育人的本职工作，踏踏实实地做好每一件事。”

尽管科研任务繁重，她一直坚守在教学第一线，十几年来一直给本科生和研究生讲授“固体化学”。在课堂上，她特别注重把国际上最新的研究进展介绍给学生。

谢毅严谨认真的作风深深地影响着弟子。“每天早晨7点，谢老师就来办公室工作了。她思维活跃，对科研的敏感度高，有新想法就随时找学生来讨论。她总是会替学生考虑很多，为学生做科研创造条件，帮学生解决后顾之忧。”说到与导师的相处，自然科学基金委首批优秀青年基金获得者、特任教授吴长征很是动容。

谢毅已经培养了30多名博士。目前，有14位在国内高校晋升为教授，包括2名“基金委优青”、1名“青年千人计划学者”和5名教育部“新世纪优秀人才”。

谈及未来，谢毅思路明晰：“过去几年，我们一直致力于通过电声调制实现一些能源转换材料的效率提高。目前，对太阳能的有效使用已被视为减少对日益稀缺的化石燃料依赖、降低污染的最重要方式。因此，我希望我们的研究能够找到更有效的转换材料，带给人类一个更好的未来。”

（曾皓　赵永新　《人民日报》 2015年3月30日）

注：中国科学报等也做了报道。

陈小平：欲与世界一流试比高

陈小平一直很忙，在外行人看起来“高大上”的机器人领域里忙碌无比——忙7月中下旬在合肥举行的2015RoboCup机器人世界杯及学术大会筹备工作；忙7月下旬在阿根廷进行的2015世界人工智能联合大会机器人相关活动的筹备工作；忙自己手头的一应研究……

作为国内智能机器人研发应用领域的领头羊，陈小平拥有多重身份：他是中国科技大学机器人中心和人工智能中心主任，还担任着RoboCup中国委员会主席。今年3月，出现在安徽某商场的云交互导购智能机器人“可佳”就出自他的团队。2011年，“可佳”在第15届RoboCup机器人世界杯比赛中荣获了亚军；2014年，“可佳”一举问鼎。

从“一穷二白”搞研究到头戴桂冠接受世界同行的祝贺，陈小平用了20年。

两个重要的决定

20多年前，陈小平的专业与机器人几乎没有关联。

“我一开始的专业是计算理论和计算模型。”陈小平告诉《中国科学报》记者。20世纪90年代初，国内进行机器人研究的科研人员屈指可数，而计算理论研究在那个年代属于“热门”。“一段时间之后，我觉得计算模型距离现实应用距离太大，所以决定转行，进入人工智能领域。”陈小平说。

其时，网络在美国刚刚普及，国内人尚不知互联网为何物，搜索引擎更是闻所未闻，所有关于人工智能机器人的资料只能依靠在极少数几家图书馆查阅、复印。“当时我们积累了大量复印的资料，但是毕竟印刷品需要时间，我们拿到的资料也不是最新的内容。”陈小平对于那段时间依然记忆犹新。

在国内的机器人研究摸不着头脑时，国外的相关研究却早在20世纪50年代就开始了。“因为我们没有机器人的硬件，所以提出的理论、算法、程序很难验证，只能‘摸黑’前进。”

1999年，陈小平作为第一作者和通讯作者的论文 *A logic of intention* 成为我国内地在IJCAI(国际人工智能联合会议)1999上的唯一一篇论文。在该会议上做报告的陈小平本来带着一丝沾沾自喜，但是通过和世界同行的交流，他意识到，这篇论文并非一个高峰，而是另一个研究阶段的起点。“对比国际上的开创性工作，经得起后世检验的都是牢牢把握原始应用需求的，而不是单纯的理论研究。但如何才能把握应用需求，对当时国内的研究者来说，具有极大挑战性。”陈小平说。于是他决定，要自己开始做机器人，让理论“落地”。

一旦有了想法，陈小平带领团队就开始实施。但那时他们对机器人的认识只停留在“只有直观的概念”，从哪里着手还是个问题。“当时，为了避免完全‘白手起家’，我们首先选择了仿真机器人足球，这样就不至于完全白手起家。这个课题涉及多智能体合作与对抗，也涉及抽象化的机器人运动控制和环境感知。我们一边深化多智能体研究，一边学习、摸索机器人运动控制和环境感知。”

然而，即便是一个需要完成踢球动作的机器人，也是个基础的雏形，它没有四肢，甚至发出“跑”的指令时，它做出的动作也只是平移而已。而那时，日本索尼公司已经做出了当时世界最高水平的四足机器人，俗称“机器狗”。“四足机器人在机器人控制方面比仿真机器人复杂得多，它的每一个四肢都拥有3个关节，脖子上还有两个关节。”陈小平说。

索尼公司采取较为开放的合作和推广策略，以四足机器人做奖励，招募全世界的智能机器人学科带头人参与竞赛，以展开国际性合作研究，最终陈小平脱颖而出。这场胜利，让他们以极低的价格购入了四个“四足机器人”。

8年磨剑斩世界桂冠

四足机器人让陈小平的团队能够真正接触到实体机器人。2000年，他带领团队参加了RoboCup机器人世界杯赛，成为我国第一支通过预选的队伍，并一举进入前十名。然而直到2004年，虽然成绩有所提高，却在所有参赛项目上始终没有进入4强。“当时，我们几乎所有成员都想放弃，产生了全面危机。”陈小平回忆说。

经过冷静的分析，陈小平发现当时来自发达国家的参赛选手一般都由一流机构和团队组成，而来自发展中国家的大部分是学生团队，不能形成真正的实力。“后来，我们发现我们当时的主要问题不在于关键技术的创新，而在于技术集成存在‘短板’，欧美强队在关键技术和系统集成两方面都很强。因此，我对团队构成和工作模式进行了全面调整。"陈小平告诉记者。

经过调整，2005年在大阪机器人世界杯上，陈小平的团队获得了仿真机器人赛第二名，在次年德国不莱梅举行的比赛中更是斩获冠军，接着于2007年在美国亚特兰大又获得两项冠军、一项亚军，总成绩居世界第一。"经过8年努力，我们终于站到全球最高领奖台上!"

研产结合要继续

这个冠军对于陈小平来说，依然不是终点，而是起点。

"我们再次面临重大抉择，这也是一种危机。经过一年多的思考和内部反复讨论，2008年我们决定开展智能服务机器人研究，以便继承和发扬我们在人工智能和自主机器人两方面的优势，同时开展服务机器人硬件平台的自主研发。"陈小平说。

又经过6年的持续努力，陈小平团队自主研发的"可佳"机器人获得了服务机器人比赛的世界冠军，不仅成功打破了美、德、日对本领域的长期垄断，更为开展服务机器人的应用奠定了坚实基础。

2014年，秀美的"可佳"机器人，走进安徽某大型商场，开始了自己的导购生涯。这是陈小平尝试机器人研发与市场结合的第一步。"虽然欧美对于机器人的研究领先于我们，但是我认为国内对于机器人的需求更大，而我国则会因为这种巨大的需求量成为机器人大国。"陈小平表示。

"过去15年，我们致力于打通人工智能和机器人两个领域，目前我们的最大愿望是打通智能机器人科研与产业应用，让自己的研究成果服务于国家，服务于社会大众。"陈小平说，"同时，从服务机器人的大规模应用中凝练新的科学技术问题，让智能机器人科研获得根本性升级。我们认为，只有从理论到实践和从实践到理论两个方向都走通了，才算打通了科研与应用，才能够使我国智能机器人事业像发达国家那样，形成具有自我提升能力的良性循环。"

对话：人工智能是人类的威胁吗

《中国科学报》：一直有科学家担心，人工智能机器人最终可能会威胁人类。对此说法，你怎么看?

陈小平：历史上多次出现对新技术普遍应用的恐惧心理，也确实出现了一些人类无法完全掌控的情况(比如计算机病毒)，而且新技术带来的巨大风险(如核武器)也将长期存在。因此，一方面不能"因噎废食"，由于担心风险而坐失发展良机；另一方面不能掉以轻心，放弃对风险的管控。

从人-机关系的角度说，短期内人工智能和机器人都不太可能对人类造成太大的危害。更值得关注和警惕的是：一部分人利用人工智能和机器人技术优势，对另一部分人造成危害或威胁，类似于核武器的情况。所以，从国家安全和世界和平的需要出发，完全有必要形成某种"技术平衡"。另一方面,由于国情的特殊性,我国对服务机器人应用的社会需求,明显超过美国等发达国家的社会需求。从这两方面看,我国都有必要加速人工智能和服务机器人的研发。

《中国科学报》:如果将人类大脑的复杂程度设定为100%,你认为目前人工智能机器人"大脑"可以达到多少?想要追上人脑还需要多少年?

陈小平:计算机科学等学科已经发展了多种技术,比如"表示的复杂度""算法复杂度""计算复杂性"等,用于严格定义和衡量"机器复杂性"。可是,这些衡量标准并不适用于"人脑复杂性"。反之,目前用于衡量大脑复杂程度的标准(如果确实有的话),也不适合于机器。所以,目前我们无法真正合理地比较人脑和机器的"复杂程度"。

但是,对于一些具体功能,比如国际象棋中涉及的"规划"和"决策",机器已经明显超过了人类。而对于一些具体行为,比如"拧螺丝",目前机器与人的差距非常大。所以,机器和人脑的比较要看具体功能。

对比上述两方面情况可以看出,只要一个问题能够建立合适的数学模型,机器往往比人强,反之就不如人。由此可见,人工智能的根本挑战之一是"自动建模"。一旦机器具有了这种能力,就会变得非常厉害。另一个办法是让机器绕过"建模"而能完成复杂任务,这是现在"学习途径"所追求的目标。无论哪条途径,机器人"一般地""追上人脑"都不是短期内可以实现的。

《中国科学报》:你认为发展人工智能机器人的意义是什么?未来发展是利大于弊还是弊大于利?

陈小平:长期看,智能机器人将彻底改变人类的生存方式。机器人将成为未来"人机社会"的基本成员,机器人为人类提供必不可少的帮助,人类将前所未有地受益于机器的全面服务。那时,人和机器人将相互依存,人与机器的界限也将变得越来越模糊,人与机器人越来越难以分割,难以相互脱离。所以,人类与机器人对抗的局面几乎是不可能出现的。现实可能的人机对抗,将来源于人类个体之间或群体之间的对抗,而机器人仅仅是被其他人或群体用作对抗的工具。在这个意义上,任何人类群体限制自己发展机器人,其实质是向自己的潜在敌人或竞争对手投降。

《中国科学报》:你认为是否有必要适度控制人工智能机器人的发展?

陈小平:从用户安全的角度,有必要采取有效措施,以保证机器人产品的可靠性、可控性,防止出现产品安全问题。当存在现实的安全隐患时,不能把不成熟的产品推向市场。所以,当我们考虑机器人安全问题时,至少目前应该把注意力集中在产品安全方面,不必过分担忧短期内不可能发生的事情,以免干扰、妨碍对真正的安全隐患的预警和防范。

(本报见习记者　袁一雪　《中国科学报》 2015年5月22日)

中科大两校友获美国劳伦斯奖

记者日前从中科大获悉，该校校友杨培东、柏梅与其他 7 位科学家，因在各自领域所取得的突出成就而荣获美国劳伦斯奖。

杨培东，纳米材料学家，现为美国加州大学伯克利分校化学系教授，美国艺术与科学院院士。1988 年，他考入中科大应用化学系；2014 年 4 月，出任上海科技大学物质科学与技术学院院长。柏梅，主要从事粒子加速器研究，现为美国布鲁克海文国家实验室科学家，美国物理学会会士。1992 年，她获得中科大国家同步辐射实验室物理学硕士学位。

劳伦斯奖，是美国前总统艾森豪威尔为纪念诺贝尔物理学奖获得者劳伦斯而创建的，主要用于奖励为科学做出重要贡献的中年科学家。

（桂运安 《安徽日报》 2015 年 5 月 28 日）

中国科学院院士、量子信息研究专家潘建伟
“抓住在信息技术领域赶超的机会”

在位于上海浦东新区的中国科学技术大学（以下简称“中科大”）上海研究院，潘建伟院士和他的同事正在为将于 2016 年发射的量子科学实验卫星忙碌着。从大学时与“量子”结缘，潘建伟已和“量子”打了 20 多年交道。

要建立世界领先的量子光学实验室

在中科大念本科时，潘建伟第一次接触量子力学。毕业后，他留在中科大攻读理论物理学硕士学位，研究量子基本理论。其间他意识到验证量子理论的设想需尖端的实验技术，而当时国内没这个条件。

英语能力的不足一度让潘建伟很受挫，但怀着探究量子世界的热情，1996 年他克服困难来到量子研究重镇奥地利因斯布鲁克大学。

“你的梦想是什么?”这是导师塞林格初次见面问潘建伟的话。“我要在中国建一个和您的实验室一样的世界领先的量子光学实验室。”潘建伟说。

20 余年来，潘建伟用行动努力实现他的梦想。仅隔一年，潘建伟与同事在《自然》杂志上发表了首次实现量子隐形传态的论文，该成果被美国物理学会、欧洲物理学会和《科学》杂志评为年度十大进展，《自然》杂志还将其选为“百年物理学 21 篇经典论文”。其后他又先后

在国际上首次完成量子纠缠交换，三光子、四光子纠缠及其非定域性检验，量子纠缠纯化等重要实验。

20世纪90年代末，量子信息学科在中国有争议，甚至有人说是伪科学。但在潘建伟看来，量子信息科技革命是一个重要机遇，即可以从经典信息技术时代的跟踪者、模仿者迈向未来信息技术的领跑者。

“我们要抓住这次在信息技术领域赶超发达国家的机会。”潘建伟说，从1997年起潘建伟每年利用假期回国讲学，和国内前辈一起探讨我国量子信息领域发展，并组建了研究团队。

2001年，中科院给予650万元资金支持，加上国家自然科学基金委的40万元，潘建伟有了690万元的研究经费。在导师张永德教授和中科大近代物理系同仁的支持下，从零开始，他着手实验室的组建。

让中国团队成为量子研究的世界劲旅

实验室如何吸引人才、提高研究水平？潘建伟再回欧洲“取经”，跟导师塞林格继续从事多光子纠缠方面的研究。

很长一段时间，潘建伟像候鸟般国内国外两头跑：国外学习经验，国内指导研究生。实验室建立不到一年，潘建伟在国内的研究组就以第一单位在权威杂志《物理评论快报》上发表了7篇论文。2004年，研究组又在国际上首次实现了五光子纠缠和终端开放的量子态隐形传输，《自然》杂志发表了这一成果，其并入选欧洲物理学会和美国物理学会评选出的年度国际物理学重大进展。

2003～2008年，在推进实验室建设的同时，潘建伟继续在欧洲从事冷原子量子调控方面的学习研究，并通过从国内招收研究生和博士后、选派学生到国际先进小组学习等方式培养研究力量。

几年下来，潘建伟研究团队已分布在奥地利因斯布鲁克大学、英国剑桥大学等多个世界量子研究前沿阵地。2008年，他带领德国团队回中科大，分布在海外各地的年轻人也陆续回国，组成了以陈宇翱、陆朝阳、张强、赵博等一批优秀青年学者为骨干的研究团队。

2004年至今，潘建伟团队取得了一系列有国际影响的研究成果：首次在国际上实现五光子纠缠和终端开放的量子态隐形传输；首次实现具有存储和读出功能的纠缠交换，实现长程量子通信中亟须的“量子中继器”；首次实验实现八光子薛定谔猫态；利用八光子纠缠首次实验实现拓扑量子纠错；首次实验实现百公里量级的自由空间量子隐形传态和纠缠分发……

《自然》杂志在报道潘建伟团队量子通信研究成果时写道：“在量子通信领域，中国用了不到十年的时间，由一个不起眼的国家发展成为现在的世界劲旅，将领先于欧洲和北美。”

让老百姓享受科技带来的福利

近年来，中科院以中科大为依托，成立中科院量子信息与量子科技前沿卓越创新中心，同时通过整合中科院相关研究所和南京大学、国防科大等优势高校资源，在教育部支持下成立量子信息与量子科技前沿协同创新中心。量子信息领域主体研究力量的整合，为我国下一步研究量子信息打下基础。

“德国发达的科技和精良的制造业，为经济发展起了强大推动作用，受益者就是普通百姓。”潘建伟说，我们在做量子信息的基础研究外，也在关注能否转化这些研究成果，为经济发展做点实事。

“我们要让这些尖端研究，为国计民生做点贡献，让老百姓享受科技带来的福利。”潘建伟说。

早在2008年，潘建伟团队在合肥建立了世界上第一个光量子电话网，实现了“一次一密”加密方式的实时网络通话。2012年和2014年，潘建伟团队分别建成国际上规模最大的量子通信网络“合肥城域量子通信试验示范网络”和“济南量子通信试验网”，大容量的城域量子通信网络技术已经成熟。

目前，国家发改委支持的千公里光纤量子通信骨干网工程“京沪干线”建设正稳步推动，有望于2016年年底前后建成连接北京、上海的高可信、可扩展、军民融合的广域光纤量子通信网络，推动量子通信技术在国防、政务、金融等领域的应用。此外，潘建伟团队正牵头实施的中科院空间科学战略性先导科技专项，将于2016年发射首颗“量子科学实验卫星”，该项目旨在实现高速星地量子通信，并连接地面的城域量子通信网络，初步构建我国的广域量子通信体系。

（喻思娈　刘爱华　《人民日报》　2015年6月2日）

注：新华社、中央人民广播电台、中央电视台-新闻联播、中央电视台-焦点访谈、光明日报、经济日报、新华每日电讯、工人日报、科技日报、中国青年报、中国教育报、农民日报、中国科学报、福建日报、江西日报、邢台日报、青年报、开封日报、吉林日报、安徽日报、曲靖日报、甘肃日报、云南日报、浦江时报、湖北日报、东阳日报、上海证券报等也做了报道。

熊宇杰：“小宇宙”爆发大能量

这位36岁的年轻教授，回国短短几年，就在国际期刊上发表通讯作者论文36篇，并获香港求是科技基金会杰出青年学者奖、首届中国化学会纳米化学新锐奖、2015年度Biomatik杰出教授奖等荣誉。他的“小宇宙”正在爆发强盛的创新能量。

近日，中国科学技术大学教授熊宇杰荣获美国华人化学与化学生物学教授协会颁发的

“2015 年度 Biomatik 杰出教授奖”，该奖项每年只颁发两人。

这位年轻教授回国短短几年时间，先后获香港求是科技基金会杰出青年学者奖、首届中国化学会纳米化学新锐奖、中国化学会青年化学奖、中国科学院优秀导师奖、首届“最美青年科技工作者”等荣誉。

回国才有归宿感

在熊宇杰 36 年的人生历程中，他的成长仿佛正应了“宇杰”二字——才华卓尔，天下俊杰。

早先，熊宇杰是中科大少年班的毕业生，后来在中科大谢毅院士门下攻读硕士、博士。2004 年，熊宇杰提前一年获得中科大无机化学博士学位，赴美国华盛顿大学（西雅图）做博士后研究，师从著名材料学家夏幼南教授。三年后，任美国伊利诺伊大学香槟分校材料与科学工程系助理研究员，在美国工程院和科学院院士 John Rogers 教授实验室工作。

由于突出的科研表现，2009 年，年仅 30 岁的熊宇杰担任华盛顿大学（圣路易斯）国家纳米技术基础设施组织首席研究员，并兼任纳米中心管理主任。

此时的他已结婚生子，在美国买了房子，工作和生活都顺顺当当的。但熊宇杰内心深处却感觉空落落的，找不到“归宿”感。恰在此时，我国启动“千人计划”项目。看到一些优秀人才纷纷回国，熊宇杰也开始思考去留问题。但由于在外多年，他对国内科研形势不太了解，一时犹豫不决。谢毅教授获悉后，建议他先回来看看。

“我 2010 年 3 月回母校，看到科研条件、发展态势都很好，感到在国内也能做出好成果，就决定回来了。”熊宇杰告诉《中国科学报》记者。同年年底，他入选中科院“百人计划”，次年 3 月到中国科大报到，8 月入选国家首批“青年千人计划”。

熊宇杰的科研领域是面向能源问题的纳米复合材料设计与可控合成及催化性能研究。回国后，他立即着手组建实验室和研究组。但这时“青年千人”的科研经费还没到位，学校陆续预借了 400 万元给他购买仪器设备。只用半年多的时间，实验室便已初步建成。

“科大有一批水平很高的中青年教师，大家合作交流得很好，国家投入也多，我的科研进展比国外同事要快得多。”熊宇杰说，对此他有一种“满足感”。

交叉合作结硕果

有了实验室这个平台之后的熊宇杰更显如虎添翼。不算回国第一年建实验室的时间，仅用三年时间，他就在国际期刊上发表通讯作者论文 36 篇，其中包括《美国化学会志》《德国应用化学》《先进材料》等国际重要化学与材料科学期刊论文 13 篇，真可谓“小宇宙爆发”。

自认为做研究“并不算刻苦”的熊宇杰，何以在短时间内取得如此骄人成绩？他告诉记者：“首先是学校支持多，实验室建得快。”其次，得到了学校很多资深教授的支持和指导，经常和谢毅、罗毅这些国际知名学者探讨科学问题，逐步领会到跨领域科学研究的重要性。“第三，主要是认识了一批研究兴趣相投的教授，各种合作方向的老师都能找到。”

回国后，熊宇杰与江俊、张群、武晓君、宋礼等校内年轻教师交往较多，江俊和武晓君擅长理论模拟，张群等擅长微观过程的先进表征。他们常在食堂用餐或业余时间聊天，擦出“思想火花”，于是就开展了“精准制备-理论模拟-先进表征”三位一体的交叉学科合作研究。

“尽管我本科学的是化学物理专业，属于交叉学科，但对一些原理的理解还是很肤浅的。与他们经常讨论，不断加深理解，这对我设计材料很有好处。”熊宇杰说，材料设计好后，再请做表征的老师来验证，这样更容易产生设计和验证的方法。采取这种交叉研究的方法，前不久他们在英国皇家化学会《化学会评论》上发表了一篇综述论文。

“国内科研合作一般比较困难，因为涉及成果排名问题，但科大的学术氛围不错，我们合作得很高效、愉快。”熊宇杰说。

平和细心的导师

极富亲和力，是作为导师的熊宇杰给学生最深刻的印象。

读博二的刘东，已在《德国应用化学》上发表了一篇第一作者论文，目前还有两篇国际论文准备投稿。在他的印象中，熊老师平时话不多，但一讨论科学问题，往往滔滔不绝。“他不仅对科研大方向把握得很准，对小的细节也不放过，他总是说细节可能蕴藏着重要的科学问题。”尤其让刘东感到高兴的是，熊老师为人很平和，从没发过脾气，与他交流比较轻松，敢于大胆说出自己不成熟的想法。

熊宇杰回国当年即开始带研究生，去年毕业的一名博士生获中科院院长特别奖，今年又将有 4 名博士和 1 名硕士研究生毕业，目前在读的十余人都表现出较强的创新能力，原创成果不断涌现。

说起来，熊宇杰指导研究生也经历了一个过程。回国头两年，为加快进展，设计实验流程、分析数据、写论文，熊宇杰往往亲力亲为。但后来发现，这对学生的能力培养不利，于是就花更多时间与学生讨论交流，更多的让他们动手。

研究生入学伊始，熊宇杰都要与学生们一一面谈，了解其兴趣爱好，然后确定研究方向和课题，介绍相关前沿文献让他们研读。课题开始简单，等做出成果、学生的兴趣和自信增强后，逐步加大难度。

熊宇杰和学生们交流、互动有一个规定安排，叫“两会”——每周一、周三上午是一对一的见面会，每次安排 4～5 名同学依次面谈，及时了解学生的科研进展，讨论存在的困难和问题，以及下一步工作如何开展；组会则安排在每周二晚上，所有研究生一起参加，一次 4～5 人依次用 PPT 做报告，介绍自己课题的背景、研究进展、潜在的问题等，然后大家提出问题，进行讨论。熊宇杰每次都参加讨论，点评报告，提出改进意见，“目的是培养学生的表达、交流能力，因为做好学术报告是今后从事学术研究的必备素质”。

英文论文写作是国际化人才培养的重要环节。实验成果出来后，熊宇杰讲清写作思路和框架，尽量让学生写初稿，然后他来修改。“尽管改起来很费时间，有的甚至要改几十遍，但对培养国际化人才很有必要。”

（本报记者　杨保国　《中国科学报》　2015 年 6 月 12 日）

注：科技日报、中国新闻网、安徽日报等也做了报道。

戴晨光:“我的大学比高中辛苦”

一米九零的个头,阳光帅气,从中国科学技术大学毕业,即将赴美国哈佛大学读博,这个“别人家的孩子”,会让许多中国家长艳羡。

他叫戴晨光,中国科学技术大学少年班学院2011级本科生。在该校不久前举行的郭沫若奖学金颁奖典礼上,他与专程从老家赶来的“亲友团”一起走上主席台,从中国科大校长万立骏手中接过被视为该校学生最高荣誉的“郭奖”证书。

中学从没参加过补习班

戴晨光出生在嘉兴市一个普通家庭,父亲是警察,母亲是医生,平时工作都很繁忙,对孩子的学习过问得并不多。

坊间调侃一个人的数学不好,说是“体育老师教的”。而戴晨光对数学的兴趣,恰恰源于初中曾担任过体育老师的班主任俞老师。运动员出身、原来教体育的俞老师,后来改教数学,“他不仅数学课上得好,而且课余时间经常跟我们一起打球,很有亲和力。”戴晨光说。

在许多家长眼里,孩子上什么小学、中学甚至幼儿园,都事关重大,“不能让孩子输在起跑线上”。而戴晨光的父母对此并不太“关心”,他小学、初中都是划片入学,中学期间也没参加过补习班,一切顺其自然。但戴晨光的学习成绩一直名列前茅,初中曾有一年多的时间位于年级第一,高中也始终位于年级前十。他的秘密何在?

“最重要的是要有信心,并且要有良好的学习生活习惯,知道什么时候该做什么事情。”戴晨光说,初中的学习成绩使他很自信,即使偶尔考得不理想,父母、老师也不责怪。因此,尽管高中强手很多,成绩并非遥遥领先,他始终信心满满。

好成绩来自勤奋

学习上一直比较从容的戴晨光,在大学头两年感到了压力。

2011年,戴晨光以优异成绩考入中国科大“教学改革实验班”。该班属于少年班学院,是针对高考成绩优异的学生,仿照少年班模式开办的,可谓高手如云。入校后,第一年不分专业,第二年自主选择学科平台,第三年选择具体专业。

作为该班的学生,戴晨光学习的课程内容比较难。大一时,一门课小测验他只考了60多分。“题目很难,给我个下马威,但对我的打击并不大。”戴晨光笑言。大二“线性代数”课又遇到了“杀手级”教师王新茂。尽管戴晨光觉得学得不错,但期中考试又只考了60多分。此外,大二的“实分析”“复分析”等课,戴晨光也感受到了难度。

怎么办?“认真听课,重视细节,老师讲的课要百分之百搞懂,而且要认真做好作业,千万不能翘课。”戴晨光说。以三个学期的“数学分析”为例，三本书习题有几千道，学的时候、小测验的时候、期末考试的时候各做一遍，这样，知识就牢牢掌握了。“前两年的基础打牢了，后面的专业学习就比较容易了。”

大二选了数学平台、大三选了统计学专业的戴晨光，学习成绩一路领先，大三上学期6门课的GPA甚至达到最高值4.3，成为名副其实的“学霸”！在一次“室友帮助报的名”的全国大学生数学竞赛中，他没做任何准备就去“裸考”，“没想到拿了一等奖”。

除课堂学习外，戴晨光还积极参加学校大学生研究计划、美国大学生建模竞赛等课外科研创新活动。大三暑期，他申请到美国加州大学洛杉矶分校交流十周，学习用概率模式与机器学习相结合方面的研究，日常带他的是一名博士生，一般只给些框架性的指导，更多的需要自己思考和动手。“导师是少年班毕业的校友，我随时都可以与他邮件联系，他总是在30分钟内就做答复、提出建议、给予鼓励。”戴晨光说，在这里他接触到了高水平的科研，开题和结题都用英文答辩，“对我锻炼很大”。

“我的大学比高中辛苦，身边的同学智商都很高，要想取得好成绩，必须勤奋，做聪明人里最勤奋的人。”戴晨光这样形容他的大学四年。

经历了就会有收获

戴晨光并不是那种死读书的人，喜欢书法、打球、参加各种课外活动。学习之外的他，青春同样精彩。

戴晨光小时候练过书法，这是他父亲为数不多的“关心”过的事情，还得过全国少儿书法奖一等奖。上大学后，他参加了学生社团“双馨书法协会”，还曾与同学们一起办过几次校园书法展。“练书法能让人安静，有耐心。”他如是说。

在中科大少年班学院，有一个不成文的“规矩”，高年级的同学担任助理班主任辅导低年级学生，但没有任何报酬，也不勉强参加。按少年班执行院长陈旸的话来说，“是为了培养学生的社会责任感”。从大四开始，戴晨光就加入到这个行列，给大一学生辅导“数学分析”。“学生自愿报名，每周周末一个上午讲课、答疑解惑，来我这里的有十几名同学。”

除了安排好自己的学习生活外，作为班长，四年来，协助班主任做好班级管理服务是戴晨光的另一份责任。“00班”学生大二后进入不同学科专业学习，平时并不在一起，为增强班级凝聚力和同学们之间的交流，戴晨光每年都组织几次比较大的活动，如晚会、出游、体育比赛等。

“他做事特别认真负责，交给他的事情都能圆满落实，组织能力很强，综合素质高。”班主任朱小虹说。

即将离别青葱的大学校园，回首四年大学生活，戴晨光建议学弟、学妹们除了“好好学习”之外，“大学四年不能光读书”，还要多参加科技、文体等方面的课外活动。“科大在这方面的机会多，选些自己喜欢的，参加过就会有收获，会给自己带来一段不错的回忆。”

（本报记者　杨保国　《中国科学报》　2015年6月25日）

注：中国青年报、科技日报等也做了报道。

中科大“女学神”是怎样炼成的

四年前，郑昱从湖北黄冈北上，前往位于安徽合肥的中国科学技术大学化学与材料科学学院求学；四年后，她以优异的成绩毕业，即将前往美国莱斯大学攻读博士学位。

四年中，她是个名副其实的优等生，斩获了多项荣誉：2 次“国家奖学金”、1 次“刘有成奖学金”、2 次“英才班奖学金”、“优秀新生奖”、“安徽省优秀毕业生”、“中科大优秀毕业生”……还有象征中科大学生最高荣誉的“郭沫若奖学金”。

同学眼中的“学神”

大部分人对优等生的理解，一定是每天宿舍、教室、食堂三点一线的刻苦生活。

郑昱却是“非典型”，她是个怎样的优等生？

这是郑昱的活动路线图：宿舍、图书馆、健身房、体育馆、操场、食堂、教室，构成了丰富多彩的多点多线。

大学期间，她花了大量时间阅读文学作品，从悬疑到现实，从侦探小说到网络穿越。她还是个运动达人，作为化学院足球队主力参加学校“巾帼杯”足球赛，所在团队三年中获得两金一银，她本人还获得了“巾帼杯”新人奖；此外，篮球、羽毛球都是她的强项……

学习上，别人花几天学完的知识，她一天就能掌握，GPA 高达 4.0 以上，考试总能拿高分，并在国际前沿学术期刊《化学物理快报》上以第一作者身份发表学术论文。

在同学眼里，郑昱是个令人艳羡的“学神”。网络上对学神有这样定义：从不学习也能拿高分。真是这样吗？“学神”是怎样炼成的？郑昱有一套奉为圭臬的经验：精深练习、允许犯错，在错误中不断成长。

“学神”怎样自学的

高中阶段，她经常买两套一模一样的测试卷，先认真做完一套，对照答案找出错误之处，然后仔细分析致错原因。之后再将试卷重做一遍，这次是检验自己对知识的掌握程度，“要做到真正弄懂，磨时间搞题海战术是自欺欺人”。

中国有句谚语“小和尚念经，有口无心”，是形容读书时三心二意，对所学并不理解的。郑昱非常反对这样“磨洋工”的学习方法，她有一个摸索出来的有用定律：追求效率、集中注意力、探索真知，“只有真正懂了的知识才是自己的知识”。

大学时代，郑昱采取“自学＋认真听讲＋提问”的方式。中科大重基础、尚自由的学习环境让郑昱如鱼得水。在张祖德老师化学原理 A 的课堂上，郑昱是最爱提问的一个，她经常提出各种看似“小儿科”的前沿问题，对此张祖德老师印象深刻。

自学要把教材啃透,“很多同学轻教材而重课外资料”,对此郑昱很不认同,“这是舍本逐末,教材是经过多年经验凝结出来的经典,是知识之源”。郑昱所学的化学学科,定理和概念比较多,她的方法是“三步走”:先将教材看一遍,找到重点,关键是要注意联想,将不同的知识点串联起来,尽量构建自己的知识体系;遇到公式推导,写下对公式的理解;遇到不懂的知识点先自己研究,不行一定要虚心请教。

知识点各不相同,可方法却是相似的。“学习的道路上没有捷径,目标明确的练习能让速度提高十倍。”

“快乐”是人生哲学

郑昱的母亲是中学老师,父亲是公务员,对郑昱的教育,他们的理念是“放养型”。初中时,家里买了一台电脑,当别人家的父母因为打游戏与孩子“爆发战争”时,郑昱的父母却从不干涉。“只有一次,我打游戏有点晚,父亲担心我伤着眼睛,提醒我早点休息。”

“父母给予的自由是一份尊重,要对得起这份尊重,就要对每个阶段的自己都有个清楚的认知。”

郑昱的父母从来没有给过她什么压力,对她的希望更多的是生活态度上的,“快乐生活、快乐学习、学会尊重”,宽松的环境给了郑昱很大的成长空间。中学时,郑昱就读于母亲任教的学校。有一次,因为在课堂上看课外读物,郑昱被校长当面摔了书。事后,母亲主动前去和校长沟通,觉得要选择适当的方式教育孩子,首要的是尊重。“妈妈后来提醒我要注意课堂纪律,但是没提到这事儿”,过了很久郑昱才从同学口中得知。

大一时,“单变量微积分”课程郑昱考得不是很理想,一时心情很低落,电话打回家中,经过父母耐心的开导,“结就解开了”。郑昱说:“学习求的是‘乐学’,而不是拘泥和刻板。”

在中科大前不久举行的第34届“郭沫若奖”颁奖礼上,远在湖北的父母受到学校邀请,与郑昱站在象征中科大学生最高荣誉的领奖台上。“那一刻,看到父母脸上的笑容,我觉得很快乐。”

(刘爱华　星级记者　俞宝强　《市场星报》　2015年7月5日)

注:中安在线等也做了报道。

突破机器人时代的创新障碍
——源于机器人世界杯的若干思考

第19届RoboCup机器人世界杯赛及学术大会7月在合肥成功举办。这是全球大规模机器人竞赛中专业性最强、水平最高的赛事。应邀在学术大会上做主旨演讲的高文院士在接受采访时指出,我国虽然在传统机器人领域起步较晚,“但是新型机器人不见得落后”。我国在本届世界杯上的出色表现有力地支持了高文院士的这一判断。

我国机器人事业正进入高速发展期，在此关键时刻举办机器人世界杯极大地提升了我国在本领域的国际影响力，同时也带给我们一些有益的启示。基于对机器人世界杯方方面面的观察与思考，围绕机器人领域的科技创新，本文就两个重点问题谈一些粗浅认识：一个是关于机器人研发及产业化发展模式的基本判断，另一个是关于消除科研与应用相互脱节的具体途径。

发展模式的创新：创新与创意有机结合

广义的创新包含多种形态，“创意”也是其中的一种，但与典型的科技创新有根本性区别。当前的“网络时代”建立在“创意为主的发展模式”之上——电子邮件、微信、微博和电商等服务的研发与推广，周期短、见效快，带来巨大的经济效益和社会效益，却不需要长期的科技攻关和根本性的技术突破。但是，更早的“计算机时代”则大为不同，是建立在大规模集成电路和计算机系统软件等一系列本质性技术突破的基础之上的，属于“创新为主的发展模式”。

那么，机器人时代的发展模式是什么？是延续“创意为主”，还是回归“创新为主”，或者二者都不是？对这个问题的判断将根本性地影响机器人时代的战略抉择。

回顾“RoboCup 机器人世界杯及学术大会”的历史，或许有助于我们找到答案。大会于 1997 年创立，参照“阿波罗登月”等国际重大科学工程，提出了一个 50 年的远景目标：到 2050 年前后，自主机器人足球队战胜人类足球的世界冠军队。这个目标的真正含义不是要让机器人与人对抗，而是要把机器人某些方面的能力发展到与人类相近的程度，从而能够为人类提供大范围的服务，完成一些以往只有人才能做到的事情。大赛最初只有“机器人足球”一个系列比赛，经过不断发展，2008 年开始稳定为五个大项：“机器人足球”重点关注机器人硬件和底层控制-感知技术，以及多机器人系统的合作与对抗；2003 年增设了“救援机器人”系列，以灾难情况下幸存者搜救为主要目的，重点发展机器人在恶劣复杂环境中的运动、感知和控制技术；2006 年起，增加了“服务机器人”系列，并从最初的一个大项迅速发展为本届的四个大项，分别涉及家庭等环境中的个人服务机器人和智能装配等应用领域的专用服务机器人。

本届大赛有不少新亮点。比如，中科大联合国内外高校，设立了“服务机器人精确测试”比赛项目，首次在实体机器人比赛中引进自动裁判系统，对服务机器人的行为和性能进行精确的自动测量和评价。再比如，首次对参赛机器人的硬件成本进行了限制，成本过高的机器人不能参赛。从某种程度上说，这些新亮点代表了机器人产业未来发展的趋势。“自动裁判”的价值远远超越比赛本身，对于提升服务机器人和特种机器人的科研水平，以及未来这些种类机器人产品的自动检测，都具有重大意义。而限制参赛成本则有利于科研成果的应用转化，也有利于改善国产机器人零部件的生存环境。中科大利用国产零部件研发的“可佳”低成本移动平台获得该项比赛第一名，从一个侧面证实了在服务机器人上使用国产零部件的发展潜力。

上述发展轨迹表明，十余年来，大家对机器人应用的关注度持续升高，在本届世界杯中表现尤为显著，但50年的远景目标仍然保持不变。在大部分比赛项目中，具有广泛应用背景的智能机器人关键技术，始终是研究和测试的主体对象。

再回到最初的问题，笔者认为，机器人应用这种长期性、全球性态势说明机器人时代将是一种创新与创意有机结合的发展模式，既需要创意新的服务功能和商业模式，也需要进行根本性的科技创新。两者不是简单的叠加，而是有机的结合，这样既能极大简化复杂的应用问题，同时也能提升科技创新的效率和效果。

笔者得出这个判断的根本依据是：机器人应用所面临的创新难度，很多情况下高于计算机应用。我们知道，计算机得以普及的一个关键因素是"标准化"，这不仅意味着大量不同的计算机可以统一到一个"标准"之下，更重要的是，意味着每一台（普通）计算机的内部运作与其外部环境是无关的——计算机的运作不需要考虑它的用户和环境的不同。但是一般而言，这种"环境无关性"对传统工业机器人以外的其他种类机器人是不成立的。面对一些普遍性的复杂应用，机器人必须能够适应大量不同的、变化的人类环境，这是一项前所未有的重大科技挑战。

上述判断意味着，与当前和以往的任何时代相比，机器人时代将非常不同——一个更加千姿百态、更加千变万化的时代。不仅发展空间更加广阔，而且"洗牌"的频率和幅度将更快更大。在更长久的时空内，新技术成果将源源不断地转化为新产品和新服务，带来源源不断的新机遇和新挑战。一次"胜者为王"将不再能一劳永逸，只有持续不断地创新才能真正"立于不败之地"。因此，局部的"短平快"和以创意为主的产品研发在一些情况下虽然仍然有效，但全局的"短平快"必将最终导致整体创新战略的落空。

研用结合的突破：在真实或接近真实的应用环境中测试

简单地说，"基于用例的测试"就是将机器人放到真实或接近真实的环境中，让它们完成真实世界中存在的任务，通过对其完成度的检验，测试参赛机器人的系统性能。比如服务机器人测试，就是看其在家庭环境中，是否能完成倒水等家务劳动任务；救灾机器人测试，就是看它们在模拟的地震、爆炸、火灾等环境中，能否成功找到被困人员。

在RoboCup机器人世界杯中，各项比赛都采用这一评价方法。这些任务的完成情况，主要取决于相关关键技术的研发水平。回顾历届大赛，应该说比赛应用环境的设置正逐年向真实环境靠拢，任务的难度也逐年提高，越来越接近真实应用。例如，本届大赛中"家庭服务机器人"项目，包含大约10个标准测试，所有测试都在简化的家庭环境，或者真实的超市、餐馆中进行。测试任务包括常规的室内服务（如端茶倒水、清理房间）和紧急情况（如失火）下的人员救助。能否完成测试任务，涉及一些前沿技术的研发。比如"紧急救助"测试，要求机器人能够对用户的姿态和行为进行识别。这是国际机器人前沿研究中的一个新课题，目前还没有成熟技术。

与学术论文中的传统实验评价相比,“基于用例的测试”有四个主要区别:第一,学术论文中的实验对象通常是某一个具体的方法、算法或理论模型等,而不是整机。第二,论文使用的测试数据通常是事先收集整理的,而不是直接在真实应用场景中由机器人自身获得的。第三,论文中的实验设计是由论文作者制定的,而“用例”的设计是由第三方专业机构经过专门研究制定的。这在 RoboCup 机器人世界杯各个项目的比赛中表现为一套详尽的规则。第四,相对于论文评审和项目验收等传统评价方式而言,成果评价的客观性得到了有效的提高。

归结起来,“基于用例的测试”是依据第三方专业机构制定的统一的测试准则,在真实或接近真实的应用环境中,测试真实用户任务的完成情况,对机器人整机进行客观的大规模对比实验。

近年来,国家自然科学基金委组织的智能车大赛、美国国防部高级计划局组织的无人车沙漠越野赛和机器人挑战赛等,都采用这种方式作为成果评价体系,并取得了显著效果。这种测试方法也是国外许多机器人公司的选择。在本届机器人世界杯产业峰会上,德国库卡机器人公司研发总监、欧洲机器人联合会副主席比斯乔夫介绍了库卡公司将“基于用例的测试”作为创新研发重要手段的做法和意义。目前全球最大的服务机器人厂商 Aldebaran,是另一个“基于用例的测试”的受益者。该公司为 RoboCup 机器人世界杯“标准平台组”提供硬件平台,根据参赛队连续多年的测试结果进行产品升级,大大加快了产品研发与推广。

长期以来,科研与应用之间的严重脱节是我国科技成果转化的“老大难”,严重阻碍了国家创新战略的有效实施。在机器人研究现阶段,在我国现有科研评价的体系下,论文中的科研成果绝大多数与实际应用之间存在很大距离,需要漫长的转化过程。可是,这个关键过程在国内几乎无人问津,已成为我国科研成果应用转化的最大瓶颈之一。

“基于用例的测试”是科研成果(包括论文和专利成果)向实际应用转化的一条快车道。经过“基于用例的测试”所获得的成果,与论文中的成果相比,大大缩短了与实际应用之间的距离,转化难度和转化所需的投入都大大降低了。笔者建议,在机器人及相关领域中更大范围、更大力度地开展“基于用例的测试”,并在科研评价体系中设置相应的评价指标,作为论文和专利两个传统指标的重要补充。同时,可以此为切入点,尝试突破成果转化瓶颈的新途径。相信这对于落实国家机器人创新战略,将是一种有益的探索。

(本文作者陈小平为中国科学技术大学教授,第 19 届 RoboCup 机器人世界杯及学术大会总主席。)

(《光明日报》 2015 年 9 月 11 日)

尹希:哈佛史上最年轻华人正教授

不到13岁考入中科大少年班,入读哈佛后成首例本科直接读到博士后的学生,未满32岁又获晋升

中国科技大学少年班又走出一位“大牛”:未满32岁的尹希被晋升为哈佛大学正教授,再次刷新华人学者获评哈佛大学正教授的年龄下限。

根据中国科技大学官网发布的消息,9月4日,哈佛大学高能理论研究组发布一句话新闻:“祝贺尹希晋升正教授。”在中科大,上一位广为公众所知的“史上最年轻”哈佛大学华人正教授是庄小威。庄小威是中科大87级少年班的学生,获评哈佛正教授时是34岁。

公开资料显示,尹希出生于1983年12月,儿时就读于北京八中少年班,不到13岁考入中科大少年班,17岁完成中科大5年制本科学业后留美,成为当年去哈佛大学攻读博士学位年龄最小的学生。入读哈佛后,他又成为首例本科直接读到博士后的学生……尹希的成长、求学历程,堪称是“学霸中的学霸”。

眼下,更让众多网友们感叹的是,这位新时代的学霸不仅不是书呆子,还是一位颜值颇高、“玩马拉松和户外的纯爷们”。

曾是最小的中科大少年班学员

尹希的求学经历,传奇一段接着一段。1993年,9岁半的尹希考入北京八中智力超常实验班。在当时全班30多个孩子里,他是倒数第二小的。不到13岁时,尹希以572分的高考成绩考入中国科技大学少年班,成为该校最小的一名学生。当年的《人民日报》《中国日报》等媒体都对他做过报道。

根据中科大官网披露的资料,在中科大少年班学习期间,尹希各科成绩均在90分以上,年年获奖学金,且心理素质、身体素质等得到全面发展。2001年,17岁的尹希在完成了中国科大五年制本科学业后赴美留学。当时他申请到了包括哈佛大学、耶鲁大学、哥伦比亚大学、芝加哥大学等多所美国名校,且均获全额奖学金,最终他选择到哈佛攻读博士学位,从事理论物理研究。

早年求学时,尹希就表现出了超强的知识接受能力和理解能力。在北京八中时,一位老师有一次曾跟尹希妈妈告状,称他上数学课不做笔记,且屡教不改。老师告状不是没道理:对一道几何题,一共有11种解决方法,连老师也要看笔记才能把所有解法完整讲下来。但尹希却说,他都记在脑子里。为了证实这一点,尹希拿出一张纸,将所有辅助线一一画出。妈妈继续要求他写出证明方法,尹希不解地问道:“画了辅助线,都已经一目了然了,还有必要写吗?”

2006年,尹希获哈佛物理学博士学位后,又继续在哈佛做博士后。这一年6月19日,国

际弦理论大会在北京开幕,22岁的尹希应邀为大会做30分钟的报告。时隔多年,一些学界人士仍然记得那一天的盛况:尹希以流利的英文侃侃而谈,而台下坐着的来自全世界各地的600多名科学家中,有诺贝尔奖得主格里斯教授、弦理论研究权威学者威腾教授,以及他在哈佛大学的博士后导师安迪·斯多明戈,还有中国著名数学家丘成桐等。虽然尹希是当天做报告的最后一位科学家,但他发言时,科学家们都饶有兴味地听着,并对这位年轻人的报告产生了浓厚兴趣。

从博士到留校打破哈佛惯例

对一件事只要产生兴趣,就会全力以赴——这一点在尹希身上表现得十分鲜明。这位天才少年的身上也兼具着勤奋的品质。

在哈佛学习期间,尹希就对弦理论表示出了强烈的学术兴趣。读博时的一年寒假,有教授布置了一堆关于弦理论方面的作业,就连教授本人也认为,布置的作业有点多,不会有学生全部做完。寒假临近尾声时,尹希拿出了一沓多达80页的作业——整个寒假他都用来做作业了。这不仅让他的同学们很惊讶,就连教授本人也非常惊讶。

但在哈佛这所全球顶尖的名校,关于防止学术近亲繁殖的"规矩"广为学界所知:在哈佛读了博士的,一般不留在本校读博士后;在哈佛读了博士后的也应避免在哈佛任教。但是尹希却破了这个例。

对于这一点,他本人曾专门做过一些解释:自己之所以能继续留在哈佛做博士后,是因为在博士期间做课题就比较独立,和原来导师的关系是合作关系。此外,他的研究资金并不是由哈佛物理学院发的,而是一个私人基金,所以和"近亲繁殖"不是一个概念。

2008年后,尹希在哈佛物理系先后任助理教授、副教授。他的研究领域包括:量子引力中的黑洞熵、弦论中的超对称束缚态、与物质场耦合的Chern-Simons理论及其在M膜中的应用、高自旋场论及其在引力/规范场对应中的应用等。这些工作对于近年来弦论的发展起到了重要的促进作用。2013年2月15日,尹希荣获2013年美国斯隆研究奖。

"超低龄"惊艳学界,喜欢马拉松运动

随着尹希成为新晋哈佛大学正教授,他的"超低龄"惊艳学界,也引出一段佳话,比如,哈佛"史上最年轻华人正教授"的年龄又被刷新了。此前,哈佛大学比较年轻的两位华人正教授,一位是庄小威,这位出生于1972年的女科学家评上哈佛正教授时是34岁,是哈佛的物理学教授、化学及化学生物学教授;另一位则是田晓菲,田晓菲13岁时考进北京大学,约35岁时评上哈佛教授,任教于哈佛东亚语言文明系。

不过,对于目前外界称赞尹希在评哈佛正教授的年龄上超越自己的中科大少年班学姐庄小威时,尹希却谦虚地表示:"人的成就跟年龄无关,我更没超越庄小威。"

在互联网上,尹希各成长年龄段的照片以及个人爱好也被热心网友一一"晒"了出来。比如,2004年10月31日,尹希的身影出现在马拉松跑道上。此前,尹希从网上搜集了大量

资料，细细阅读，多方比较，制订了较科学的训练计划。然而大强度的训练使尹希得了骨膜炎。整个 42 公里的路程比他自己想象的难多了，有时候还得穿越坑洼的山道。在 18 英里处他感觉很难受，拉伤没有完全恢复的小腿开始剧痛，尹希不得不放慢脚步，用近乎走的速度前进。最后 8 英里格外漫长，疼痛的汗水洒满一路，但尹希却没想过放弃。四个多小时后，他终于抵达终点。而为此付出的代价是，他被朋友架着回到了学校，休息三四天后才缓过劲来。

当然，还有尹希昔日的同窗也在微博、微信上发布这位"大牛"的个人情况——他已婚，女儿已经 7 岁了。

（本报首席记者　樊丽萍　《文汇报》 2015 年 9 月 17 日）

注：新华网、CCTV-4、人民日报海外版、中国科学报、安徽日报、安徽卫视、新安晚报、安徽商报、合肥日报、合肥电视台、合肥晚报、江淮晨报、金华晚报、西海都市报、千山晚报、南国都市报、贵州商报、兰州晨报、巢湖日报、荆门日报、西宁晚报、河源日报、大公报、保安日报、现代快报、北京晨报、现代金报、今日早报、钱江晚报、成都商报、楚天都市报、福州晚报、青年导报、济南时报、新京报、海南特区报、海峡导报、山东商报、南宁晚报、澎湃新闻、东方早报、环球网、成都商报、新京报、辽宁卫视、华商报、武汉晚报、北京电视台等也做了报道。

哈佛最年轻华人教授：少年班给了更多选择，弥补中国教育短板

1983 年 12 月出生的尹希成为历史上最年轻的哈佛大学华人正教授。

9 月 4 日，哈佛大学高能理论研究组发布一句话新闻"祝贺尹希晋升正教授"。1983 年 12 月出生的尹希，超越了他的学姐庄小威（1987 级少年班，34 岁出任哈佛大学正教授），成为历史上最年轻的哈佛大学华人正教授。

9 月 20 日，身在哈佛的尹希告诉澎湃新闻（www. thepaper. cn），晋升在自己的预料之中，这让他做研究时可以冒更大的风险去探索。

尹希童年就表现出异于常人的天赋。

中科大少年班

小学跳级之后，9 岁半的尹希考入北京八中智力超常实验班（简称少儿班）。1996 年，不到 13 岁的尹希以 572 分的高考成绩成为中科大少年班年龄最小的学生。

尹希说，他确实在小学时就读父亲的大学课本，包括微积分和量子力学，"当然只是皮毛"。据他身边的朋友介绍，这位学术领域的"大拿"，还喜爱跑马拉松和攀岩。

其实，尹希相当反感外界对其"神童"的评价："这词对我来说，带有诬蔑性含义。"

他也丝毫不认为少年班是"拔苗助长"，"这些所谓的成长规律都是人胡乱定出来的，没

有任何科学依据。中科大少年班给一群孩子更多的选择,这正是中国教育普遍缺乏的地方”。他希望,中国的教育能够给学生更多的选择,减少天赋的埋没。

2001年尹希赴哈佛大学攻读物理学博士,于2006年获得博士学位;同年,哈佛大学打破本校博士不得在本校继续博士后研究的惯例,破格允许尹希博士留校继续研究工作。2008年后,他在哈佛大学物理系先后任助理教授、副教授。2013年2月15日,尹希荣获2013年美国斯隆研究奖(Sloan Research Fellowships)。

他的研究工作包括量子引力中的黑洞熵、弦论中的超对称束缚态、与物质场耦合的Chern-Simons理论及其在M膜中的应用、高自旋场论及其在引力/规范场对应中的应用等,其是被国际物理学界寄予厚望的青年物理学家之一。

尹希说,自己的性格从小学阶段起改变了很多,既有内向和专注,也有叛逆和冒险。“我从来直截了当,也不屑于传统或礼节。”

31岁当上哈佛正教授,感受如何?尹希说,过了30岁后,突然感觉自己很老,还没做出真正有创造性的工作。他正打算重新寻找自己的生活动力。“如果我现在就知道5年后会做什么,那接下来的5年会很无趣。生活的动力在于探索未知。”

【对话尹希】

晋升在意料之中,不在乎职位是什么

问:恭喜你晋升成为哈佛大学教授,而且以31岁的年纪还打破了华人记录。这次晋升在你的预料中吗?

尹希:在预料之中。我不花时间想升职这类事。我不在乎我的职位是什么,重要的是能有机会做自己想做的事情。终身教授的好处是做研究的时候可以冒更大的风险,几年做不出成果也不会被解雇。

问:你是如何看待自己在而立之年就做到了大部分人可能需要更久才能取得的成就?

尹希:人做出的东西才是重要的,和年龄无关。

问:从八中的少儿班到中科大少年班,你打小就是别人眼里的“超常儿童”。你怎样看待这种“超前”?

尹希:我不觉得超常,也没有压力。

问:被媒体报道之后,很多人称你为“学神”,你有什么特别的学习方法吗?

尹希:我并不比同龄人更努力。我只是做事情的时候比较专注,不容易受干扰,不浪费时间在没用的东西上。

问:从八中的少儿班到中科大少年班,一路成长中,你身边的同学大部分也是智力超长的孩子。你们在生活和相处中有区别于普通人的有趣地方吗?

尹希:我不喜欢“智力”这一词,也不知道它的定义。我身边的人和我自己,都是普通人。

问:是否有过因为比别人厉害而带来的优越感呢?

尹希:我不回答这样的问题,因为答案没有意义。

问：你的小学班主任——五四路小学（今爱民小学五四路校区）贾老师，告诉《保定晚报》，2001 年考上哈佛大学后，你母亲告诉他，你的志向是拿诺贝尔奖。现在还是这么想吗？

尹希：我的母亲并不了解现在的我。我对拿奖没有兴趣，我做研究只是因为有趣，如果有一天觉得我做的东西没有意思了，我会改行做别的。

问：小学班主任对你的印象是文静、专注、认真，理解力和归纳总结能力超强；你的朋友说你是内外兼修的“纯爷们”。你觉得自己的性格是什么样的呢？

尹希：我从小学那时起性格改变了很多。一方面是内向和专注，另一方面是叛逆和冒险。

父母都毕业于中国地质大学

问：有媒体曾介绍，你小学二年级就能看大学的微积分了。有网友好奇你出生在什么样的家庭？父母是做什么工作的？

尹希：我的确小学时看过我父亲的大学课本，包括微积分和量子力学，当然，读的只是皮毛。我的父母都是中国地质大学毕业的。小学时我父亲经常带我去他的实验室做我想做的化学实验。自上中学后我很少见我的父亲，因为我母亲一个人带我到北京上学，我父亲在河北工作。自那时起我没有一个紧密的家庭，也不想在家，只想拥有一片自己的天空。

问：当初在报考美国的大学时，你同时被耶鲁大学、哥伦比亚大学、芝加哥大学等多所大学录取，这些名校均提供全额奖学金。为何最终选择去了哈佛？

尹希：我没拿到普林斯顿和加州理工的 offer，所以去了哈佛。

问：跳级、破格录取、天才班，也许你所受教育的环境和大部分孩子不太一样，但是从中国到美国，你也体验了两国不同的教育方式。可以谈谈对中美教育的见解吗？

尹希：美国的教育给孩子更多的选择。中国教育的主要问题是没有给学生足够的选择，太多的天赋被埋没了。

问：听说业余时间你热爱跑马拉松、攀岩，为什么喜爱这些户外运动？

尹希：我喜欢跑步的原因是想跑得更快，我喜欢比赛的感觉。自从两年前跟腱伤了以后我跑得很少了。练习攀岩的目的是为了登山。

“神童这个词对我是诬蔑”

问：你也是从中科大走出来的。过去的 30 多年中，中科大少年班孕育了许许多多的精英人才，然而，国内也存在一些争议的声音认为应该更尊重少年的成长规律，你有什么看法？

尹希：这些所谓的成长规律都是人胡乱定出来的，没有任何科学依据。中科大少年班给一群孩子更多的选择，这正是中国教育普遍缺乏的地方。

问：很多人把你看作是“神童”的代表，也有很多早慧的孩子错失了被培养的机会，埋没了才华。作为过来人，你对他们在人格的塑造和才能的开发上有什么样的建议吗？

尹希：我非常反感“神童”这个词。对我来说，这个词有污蔑性的含义。我的建议是让孩子做他们想做的事，家长不要过多干预。

问：你对目前生活状态的评价，以及对未来工作或者生活的设想或梦想是什么？

尹希：我过了30岁的时候突然感觉自己很老，觉得还没做出真正有创造性的工作，觉得需要重新寻找生活的目的。也是这时放弃了数年的严格马拉松训练，因为我没有跑步的天赋，觉得不该把很多时间放在一件我做不好的事上，而是应该做没做过、真正想做的事。如果我现在就知道5年后会做什么，那接下来的5年会很无趣。生活的动力在于探索未知。

（澎湃新闻　2015年9月22日）

又一华人科学家获美“天才奖”

新华网北京9月30日电　据新华社“新华国际”客户端报道，美国麦克阿瑟基金会本年度“天才奖”得主29日揭晓，44岁的著名华人纳米材料学家杨培东为24位获奖者之一，他因对半导体纳米导线和纳米导线光子学研究领域做出的杰出贡献而获奖。

麦克阿瑟基金会在对杨培东的获奖评价中说，过去十多年来，从研制出第一个纳米导线激光器到现在设计纳米导线太阳能电池，杨培东领导的团队在纳米导线光子学研究领域做出多个重大突破。除了基础研究外，杨培东还注重纳米导线的实际应用，他的研究成果已体现在热电废热利用商用设备、化学传感器、光学开关等方面。

该基金会说，杨培东现在的研究重点是人工光合作用，利用半导体纳米导线与细菌成功开发出“人工树叶”，能够把二氧化碳有效合成天然气的主要成分——甲烷，展现出商业化应用的前景。“杨培东在纳米材料科学方面的进展为应对清洁、可持续能源方面的全球挑战开辟了新天地。”

杨培东对“新华国际”客户端记者表示：“这是对我们过去十来年在半导体纳米导线方面研究的认可，对于我们现在正在做的人工光合作用是一个非常大的促进，鼓励我们继续利用半导体纳米导线在人工光合作用方面做出更大的贡献。”

杨培东祖籍江苏，1993年从中国科技大学毕业后赴美留学。1999年，年仅28岁便成为加州大学伯克利分校助理教授，5年后被聘为终身教授。去年，杨培东被汤森路透集团预测有可能获得诺贝尔奖。

杨培东说，对于自己被提名以及得奖，他事前“真的一点都不知情”，这个基金会的运作过程“非常秘密”，得奖对他而言“是一个非常大的惊喜”。谈到“人工树叶”时，他说，这是他们最近在做的工作，是“基础研究领域的突破”。“我们现在的燃料都是汽油，‘人工树叶’就相当于从大气中利用太阳能合成汽油，所以这是一个革命性的突破。”

据他介绍，该“人工树叶”利用太阳能，把水和二氧化碳转化成有用的燃料，比如甲烷、丁醇与乙酸，其原理跟大自然中绿叶的光合作用类似，但其效率高于大自然光合作用。

但他也强调，现在无法预测“人工树叶”什么时候能够进入应用。“我们经过10多年的努力，直到今年年初才有这个突破。可行性是可以了，但能不能大规模应用，还要今后5到

10 年内继续努力。”

麦克阿瑟基金会“天才奖”创设于 1981 年，旨在表彰在社会发展中发挥重要作用的创造性人才，每年评选各领域 20～25 名杰出人士，并在 5 年中给每人提供总额 62.5 万美元的奖金，让他们能更自由地继续探索。在杨培东之前，已有陶哲轩、庄小威、陈露、何琳和张益唐等华人科学家获奖。

（新华网　2015 年 9 月 30 日）

注：中国新闻网等也做了报道。

中国科大 6 位校友新晋美国物理学会会士

中新社合肥 10 月 11 日电（记者　吴兰）　记者 11 日从中国科技大学获悉，该校校友何小刚、张卓敏、吴小华、平源、陈候通、申猛燕新晋为美国物理学会会士。这一消息是在美国物理学会会士（APS Fellow）10 月公布 2015 年会士增选名单上公布的。美国物理学会成立于 1899 年，拥有会员 40000 多人，是世界上最具声望的物理学专业学会之一。该学会每年从全体会员中推选出不超过 0.5%的对物理学有重要贡献者授予会士称号。该物理学会编辑和出版的《物理评论快报》（*Physical Review Letters*）是物理界著名刊物。

何小刚，台湾大学物理系教授，已发表论文 200 多篇，其中 16 篇发表在《物理评论快报》上；担任 Mod. Phys. Lett. A 和 Int. J. Mod. Phys. A 学术杂志编委。

张卓敏，乔治亚理工大学教授，美国机械工程学会高级会员；发表 100 余篇专业论文，出版六部著作，获得两项美国专利；荣获 1999 年美国青年科学家总统奖，2000 年美国机械工程师协会传热司最佳论文奖，2005 年美国航空工业协会热物理学最佳论文奖。

吴小华，加拿大皇家军事学院机械和航空航天工程系教授；兼任美国航空航天研究所副研究员，2013 年获美国物理学会颁发的米尔顿·范戴克奖，2014 年获得加拿大皇家军事学院颁发的约翰·斯科特·考恩优秀研究奖。

平源，现为劳伦斯-利弗莫尔国家实验室物理学家；曾在 2011 年 7 月荣获美国物理学会等离子体物理分部 Katherine E. Weimer 奖，2013 年获得美国能源部早期研究生涯奖。

陈候通，美国洛斯阿拉莫斯国家实验室资深科学家，太赫兹波超材料器件制造领域专家，在超材料与表面等离子激元光学、太赫兹波科学与技术、超快光谱学等领域进行了一系列开创性的工作，先后在 *Science*、*Nature* 等国际顶尖学术期刊上发表多篇论文。

申猛燕，马萨诸塞大学洛厄尔分校副教授；1990 年获得中国科大物理学博士学位，师从徐叙瑢院士。

据统计，截至 2015 年 10 月，中科大校友中已有 56 人当选为美国物理学会会士，位列中国高校前茅。

（中国新闻网　2015 年 10 月 11 日）

暗物质卫星BGO量能器"新兵":攻坚虽苦　回忆尤甜

空间科学先导专项研制的中国科学卫星系列首发星——暗物质粒子探测卫星即将于今年年底升空。

作为我国首次研制的大型空间科学探测卫星,暗物质卫星主要的科学仪器无论在重量、功耗,还是在电子学线路的复杂度、工程实现难度方面,均超出了以往传统意义上有效载荷的定义。

带着对这颗首次由中科院承担全部研制、生产工作的卫星的好奇,记者走进承担其中BGO量能器分系统的中国科学技术大学团队。

我与BGO量能器的情缘

暗物质卫星由有效载荷和卫星平台两大部分构成。其中,有效载荷包括五大分系统:塑闪阵列探测器、硅阵列探测器、BGO量能器、中子探测器及载荷数据获取(即载荷数管)分系统。

BGO量能器作为有效载荷的主体,承担着高能粒子的精密能量测量(5 GeV~10 TeV)、太空中的高能强子本底鉴别以及为整个有效载荷提供触发信息等关键任务。从功能上来说,可以将BGO量能器的组件划分为探测器(负责实现物理探测)、读出电子学(负责对探测器输出的信号进行测量并转换成科学数据)及其机械结构三个部分。

"高能段电子的能谱测量,是暗物质卫星探测的核心目标。"中国科大核探测与核电子学国家重点实验室教授、BGO量能器分系统主任设计师刘树彬告诉《科学新闻》。中国科大作为分系统主体单位,与中科院紫金山天文台共同承担BGO量能器的研制任务。

事实上,早在卫星工程项目启动之前的2009年,中国科大的科研团队就参与了紫金山天文台研究员、暗物质卫星首席科学家常进所领导的暗物质探测卫星地面原理样机的研制工作,并得到了中科院知识创新工程重要方向项目的支持。

当时还是核探测与核电子学国家重点实验室博士研究生、现任BGO量能器分系统副主任设计师的封常青、张云龙,通过两年的努力,完成了地面原理样机BGO量能器的探测器和读出电子学的关键技术攻关,确定了PMT多打拿极信号输出以及高集成度电荷测量ASIC芯片的读出方案。

两位博士生出色的毕业成绩单,也成为此后暗物质粒子探测卫星BGO量能器的技术基础。但作为卫星载荷,还必须在重量、体积、功耗等各种资源条件十分有限的情况下,达到高可靠的要求。因此,原有的地面原理样机成果并不能直接继承,要在此基础上,按照航天工程的管理要求继续进行技术攻关。

2011年,封常青和张云龙戴上博士帽,以优异的成绩从中国科大毕业。但摆在两位年轻人面前的，却是一次艰难的人生选择。

这一年年底，暗物质卫星正式立项，中国科大承担 BGO 量能器的工程研制工作。同时，由于封常青和张云龙博士出色的科研成就，不少企事业单位向他们抛来了橄榄枝。

但正如二人所说的，“这是博士期间我们付出努力做出的成果，我们和项目有很深的感情”，他们心意相通地共同放弃了其他的工作机会，选择以博士后身份留在母校，致力于暗物质卫星工程 BGO 量能器的工程设计和研制。

“能够亲身参与我国首次开展的大型空间粒子探测实验，我们真的感觉很高兴，也很荣耀。”封常青说。

“新兵”挑战接二连三

但是作为暗物质工程航天队伍中的“新兵”，如何符合卫星标准，让 BGO 量能器顺利升空，并非易事。

BGO 量能器结构复杂、指标先进、技术难度高，而且是我国空间型号任务中此类探测器装置的首次实现，并无先例可循，加之对质量和可靠性要求严格，其工程研制是一项艰巨的任务。

在刘树彬的主持下，已经是特任副研究员的张云龙和封常青带领着研究生团队，分别负责探测器、读出电子学的设计和工程研制，并密切配合，共同完成整机总装测试、地面环境模拟试验、加速器束流实验及数据分析等工作。

而摆在他们面前的另一大挑战，就是科研团队对航天工程经验的欠缺。

该科研团队的主力是中青年教职工和研究生，虽然他们都曾经在北京正负电子对撞机、兰州重离子加速器等地面加速器工程中积累了很多的经验，但却是生平第一次承担航天工程，而且首次面对的就是极富有挑战的一项任务。在实践中，他们发现从高校的自由探索研究到投身航天工程，实际上有很大的鸿沟需要跨越，也有很多知识需要弥补。

“虽然中国科学技术大学建校的最初使命就是为我国‘两弹一星’工程输送人才，在人才素质上自然不存在问题，但以本校的教师和研究生作为主力军来直接承担航天任务，却是近几年来才有的趋势。”封常青分析道，这也是得益于我国经济实力和综合国力的增强，当航天技术发展到一定程度之后，除了用于国家安全和民用领域之外，反过来也急需空间科学的拉动实现新的技术突破。国家增大对空间科学等基础研究的投入，使得在基础研究领域有优势的高校和科研院所，也开始加入原本以工程技术专家为主体的航天队伍。

由于空间暗物质探测是当今国际实验物理学的热点，美国阿尔法磁谱仪早已开始了科学观测和数据积累，而日本航天局领导的 CALET 探测谱仪也于今年 8 月份刚刚发射。

为了赶超国际同行，早日获得科学发现，暗物质卫星预定的最终发射节点为 2015 年年底，其进度要求甚至比我国以往的航天工程更加苛刻。

“暗物质粒子探测作为我国首个大型空间高能宇宙线探测项目，其探测方法把粒子物理与空间科学相结合，采用了诸多新的技术。要在 4 年内完成方案阶段的关键技术攻关，方案样机、初样鉴定件、正样飞行件的研制，以及多次在欧洲核子研究中心的束流实验，不能不说是一项相当艰巨的任务。”张云龙表示。

工程立项后，BGO量能器科研团队开始直面挑战，迎难而上。针对航天经验不足的问题，这个年轻的团队开始认真查阅文献，弥补航天工程知识和管理经验的不足，同时在卫星工程总体的协调下，向其他航天单位虚心求教。

针对人员队伍紧缺问题，除了封常青、张云龙之外，团队还组建了一支从低年级硕士生到高年级博士生的科研梯队，从零开始“边学边做、边做边学”。最终，形成了这支同时具备科学知识和工程能力的空间科学队伍。

交叉学科协作融合

实际上，BGO量能器项目组包括同一个国家重点实验室下的两个专业领域人才，一个是粒子物理专业，另一个则是物理电子学专业。

前者属于实验物理学科，更偏重基础研究；后者属于电子科学与技术学科，更偏重工程技术。这两个专业的知识领域刚好构成互补，而两个专业的师生也配合默契，形成了良好的团队氛围。

“在项目最艰苦的时候，正是这种团结协作的氛围，让大家能够互相鼓励，克服困难。”刘树彬表示，为了载荷主体项目的顺利完成，整个团队都投入了很多心血。

在初样鉴定件和正样件的工程安装期间，为了保证进度，所有参与的人员，不管是教师还是研究生，往往都要加班到凌晨两三点。“大家虽然很辛苦，但都毫无怨言。”刘树彬说。初样鉴定件、正样飞行件的地面环境模拟试验包括多个项目，一个试验项目往往最长要持续半个月以上。试验期间，BGO量能器需要持续加电，必须有多位值班人员各司其职守候在现场，不间断地进行测试，并定期巡视试验设备的工作状态。

“这是一个很枯燥的任务，尤其是对于夜班人员更是如此。但各位教职工和学生不分昼夜地轮流值班，坚守住了岗位，保证了试验的质量。”刘树彬表示。

他们清晰地记得，BGO量能器初样鉴定件、正样飞行件的整机装配恰好与春节前夕重合。“在这个意味着亲人团聚的传统节日里，虽然大家都归心似箭，但仍然坚守岗位，并自觉加班加点，最终赶在除夕前一两天完成总装任务，然后紧急赶火车回家过除夕。”

为了在整机装配完成后尽快开展环境模拟试验，正月初二、初三，团队的各个成员就陆续从全国各地的家中出发赶到试验现场。队友成了共同度过佳节的亲人。

“封常青老师的老家在湖南，交通不便利，因为路途耗时较长而休假时间又短，已经连续两年春节无法赶回老家看望父母。而且因为工程任务太紧，甚至在女儿出生之后没几天，就得赶赴工作岗位，他的父母也只能千里迢迢赶来安徽看望儿子和孙女，做短暂的团聚。”团队中的科研骨干高山山博士介绍道。

而对他们来说，那时的苦也已成为如今回忆中的甜。

经过了四年的艰苦努力，中国科大项目团队圆满完成了方案阶段的技术攻关研究和初样、正样阶段的研制生产，并于2015年5月11日将正样飞行件交付给总体单位，为暗物质卫星年底升空提供了有力的保障。

四年风雨历程，这支当年暗物质工程航天队伍中的“新兵”，也在科学精度和工程难度中不断磨炼和成长，为我国以后开展类似的空间实验项目，积累了丰富的工程研制和项目管理经验。

（记者　姜天海　《科学新闻》 2015 年 9 月刊　封面）

科大“中等生”创出“六千万企业”

3 年前带着 6 个人辞职，走上创新创业之路，如今员工已有 120 多人

他曾被认为是中国科大的“差生”，但最后在创新创业中实现了人生的价值。从中国科大本科毕业的刘国强，2012 年走进科大先研院，开始了创新创业之路。而他也与这座由安徽省、中科院、中国科大、合肥市四方共建的“江淮硅谷”，一起迎来了安徽科技创新的辉煌。

带着 6 个人辞职创业

今年 32 岁的刘国强本科就读于中国科大，学的是机械专业。在学校里，他不是学习成绩最好的学生，但是，看着一些同学在科研和考试中拿到高分，刘国强从没感到过气馁，他一直对自己很有信心。

“对人的评价体系有很多种，在一种体系中我不算优秀，但我在其他的领域里会发光。”刘国强说。

毕业后，刘国强在导师的介绍下，进入了一家企业。做了一段时间后，刘国强不安分的心荡起了涟漪：“当时所在的企业，做的产品是在细分领域，市场有限，而我想做一个面向广大市场的产品。”导师一直很看好刘国强，鼓励他去闯闯，于是 2012 年，刘国强带着 6 个人辞职，创办了合肥全象教育科技有限公司。

这一年，也是被称为“江淮硅谷”的科大先进技术研究院起航的年份。这个由安徽省、中科院、中国科大、合肥市四方共建的全新创新创业平台，被寄予了让科技成果与市场对接、与资本“握手”的希望。很快，刘国强投入了科大先研院的怀抱。

在上海打出一片天

“科大先研院给我们创新团队很大的支持。”刘国强说，首先，科大先研院将产学研结合在一起，让科研项目更容易转化成产品，从而形成企业，“另外，它还将资本与创业结合，让创业者更容易获得资金的支持”。

刘国强还说，科大先研院有很多创新创业团队，“大家在一起，形成浓厚的氛围，互相鼓励，也让合作更加顺畅”。

刘国强创业的领域是在基础教育方面，采用高科技让孩子们的学习更加容易。“比如物理中的电阻，如果仅仅是老师在台上讲，或者仅仅是纸面上的灌输，孩子在台下听、书上学，有的孩子弄不懂。我们则用高科技手段制作教学资源包、设计知识引擎工具，来引导学生。丰富有趣的资源包让孩子们乐意学，这样孩子们更容易学会，而知识引擎会关联其他知识点，帮助他们举一反三。”

另一方面，刘国强的团队致力于打破教育空间壁垒，让教学评价更智能与客观。2014年，国务院下发通知，以后的中高考加入对学生综合能力的评价。“对于教育评价一直是教育界研究的课题，我们就从大数据的方向入手，将家庭、社会、学校的教学过程与评价进行收集与智能分析，帮助学校及教育主管部门了解每个学生的成长数据。”

研发出自己的教育产品后，刘国强将市场放在了上海市。这几年来，他从无到有，在上海基础教育领域开拓出自己的一片天地，不仅将产品打出去，还开始与上海教育部门合作建立平台，提供服务。而在2015年，他又开始开辟合肥的市场，并已经与100多个中小学开展了合作。今年以来，刘国强公司的产值已经达到了6000万元，而员工也从最早的6人达到现在的120多人，“除了来自科大的优秀人才外，其中有很多全职的中小学教师，负责开发新的教学工具与评价工具等高科技产品”。

先研院成创新母体

刘国强的成功，离不开团队的努力，也离不开科大先研院的帮助。这个全新的平台，将科研、生产、资本等元素结合在一起，在全国开创了协同创新的先河。在先研院，安徽省、合肥市先后投入数十亿元，在项目申报、科研经费、人才引进、产业引导等方面给予重点支持；中科院则开放下属的百余家科研单位创新资源，提供科研项目对接机会；科大则调动海内外校友资源，吸收先进科技项目落户。协同创新的力量在这里尽情释放，体制的障碍在这里被合力破除。

截至目前，科大先研院已建立量子通信网络先导工程——京沪干线运管中心、未来网络运营与管理中心等战略性科技创新平台10家，并与中科院自动化所、计算所等多家科研院所及微软、Intel等知名企业共建联合研发单元34家，共投入研发经费超过1亿元。此外，科大先研院里的团队已经申请专利76项，其中发明专利为59项，授权实用新型专利7项。

科大先研院也开始像硅谷一样涌现出一大批科技创新企业，先后成立了云杉光电、安徽芯核防务、阿巴赛3D打印、诺迈新材料等创新企业110家，注册资本金近6亿元。这些企业开发新产品60项，累计销售收入2.58亿元。同时，科大先研院已经累计引进各类人才471人，包括国家“千人计划”、“长江学者”、安徽省“百人计划”等各类科教创新高端人才31名。同时，先研院通过探索“企业导师＋学术导师＋创业导师”的“三导师制”培养模式，培养硕士以上研究生900余名，其中来自美国、德国等31个国家的外国留学生共计178名。

创新堡垒纷纷涌现

在科大先研院的带动下，我省又涌现出了一批协同创新的平台，比如清华安全院、北大未名院、中科院创新院等，在这些创新堡垒里，时刻都在涌动着创新创业的热情，为我省科技创新实力的提高，注入永不停歇的青春动力。

而科大先研院也将继续前行，探索建设知识产权交易平台和创客中心等创新创业平台，推进量子信息、未来网络、新材料技术、生物医药等领域的成果转化与产业发展，努力建设成为在国际上具有鲜明特色、在国内具有引领作用的产学研用协同创新研究院。

我的“十二五”

研发：科大先研院已建立战略性科技创新平台 10 家，与多家科研院所及知名企业共建联合研发单元 34 家，投入研发经费超过 1 亿元。

专利：科大先研院团队已经申请专利 76 项，其中发明专利为 59 项，授权实用新型专利 7 项。

孵化：科大先研院先后成立创新企业 110 家，注册资本金近 6 亿元。这些企业开发新产品 60 项，累计销售收入 2.58 亿元。

揽才：科大先研院累计引进各类人才 471 人，包括国家“千人计划”、“长江学者”、安徽省“百人计划”等各类科教创新高端人才 31 名。

培育：科大先研院通过探索“企业导师＋学术导师＋创业导师”的“三导师制”培养模式，培养硕士以上研究生 900 余名，其中来自美国、德国等 31 个国家的外国留学生共计 178 名。

（孙琳俊　项磊　《新安晚报》 2015 年 10 月 28 日）

给超导学术界一个大大的惊叹号
——访 2015 年中国科学院新增院士陈仙辉

2015 年，有两件事让人再次关注陈仙辉这个名字。年初，“2015 年马蒂亚斯奖”揭晓，陈仙辉是三位获奖者之一，这是中国内地科学家首次获得这一大奖；12 月 7 日，2015 年中国科学院新增院士名单公布，陈仙辉当选为数学物理学部院士。

而在此前的 2013 年，由赵忠贤、陈仙辉等人完成的“40 K 以上铁基高温超导体的发现及若干基本物理性质研究”，荣获连续空缺 3 年的国家自然科学奖一等奖。

这不得不让人关注到陈仙辉和中国超导研究的力量。

为超导家族增添"铁基高温超导"新成员

初出茅庐,陈仙辉就与"超导"不期而遇。

"超导"是20世纪最伟大的科学发现之一,指的是某些材料在降到一定温度时,电阻消失为零的现象。超导体具有零电阻和完全抗磁性等一系列神奇的物理特性,在科学研究、信息通信、生物医学、航空航天等领域均有重大的应用前景,受到世界广泛关注。

20世纪80年代,国际学术界曾掀起"超导热"。国内当时除中国科学院物理所外,中国科大是高温超导研究的重要单位之一。1987年年初,24岁的陈仙辉在杭州大学(现浙江大学)读研一,作为联合培养的硕士研究生,他前往中国科大应用化学系钱逸泰和陈祖耀实验室学习。

这一时期,国际超导研究鲜有进展。除了已发现的金属和合金超导体、铜氧化物超导体、重费米子超导体、有机超导体外,超导家族没有新发现,很多研究人员都重新选择了研究方向。1989年,硕士毕业的陈仙辉继续在科大学习,师从吴杭生院士读博士,1992年留校工作,时至今日,他一直默默耕耘在超导研究领域。

2008年2月,在外开会的陈仙辉得知,日本科学家发现氟掺杂的镧氧铁砷化合物在−247.15 ℃时具有超导电性。开完会的陈仙辉,旋即赶往学校,深夜11点,他回到办公室,召集学生讨论和开始工作。

"日本科学家的工作给了我们一个启示",基于长期的积累,陈仙辉首先想到用钐替换镧作为研究对象。一个多月,夜以继日,3月25日,陈仙辉小组经过反复实验验证,在国际上首次在常压下获得临界温度达到43 K(−230.15 ℃)的铁基化合物超导体,这标志着人类发现了新一类的高温超导体,超导家族又多了"铁基高温超导"这一新成员。

该成果发表在国际顶级学术期刊《自然》上,并入选当年"世界十大科技进展"。目前,该论文已被他引1100余次,是2002~2012十年期间我国被引用次数最高的十篇论文之一,在物理领域排名第一。

"坚持原始创新是科研人员的生命"

在陈仙辉眼里,超导充满魅力。"有人说,人类文明史可以用材料来划分,石器时代、青铜时代、铁器时代……下一个可以用来划分时代的材料,可能就是室温超导体。"陈仙辉用坚定的语调描述他的超导世界,"如果发现室温超导,它给人们生活带来的变化将是天翻地覆的。到那个时候,我们出门可以坐上悬浮的超导车,甚至手机、手提电脑充一次电就能用上好几个月。"

面对科研之路,陈仙辉自信而清醒,"坚持原始创新是科研人员的生命";面对取得的成绩,陈仙辉低调而谦逊,"我很幸运,正好遇上了超导研究的两次热潮"。

做研究不能有功利心,在陈仙辉看来,"基础科学的研究是一个甘苦自知的漫长过程,也是积累的过程。从自由探索到深入研究,再到实验阶段,积累到一定程度之后,出成果就是水到渠成的事情了”。

不功利的科研态度，成就了“柳成荫”的创新成果：近年来，陈仙辉和他的弟子们组成的科研小组取得的成果呈现井喷式爆发，团队发现的新型超导体涵盖铜氧化合物、富勒烯、铁基和有机超导体等体系，取得了系统性和创新性的成果，在《自然》《科学》《物理评论快报》等国际著名学术期刊上先后发表多篇高质量的论文。2013 年，陈仙辉基于黑磷具有与石墨类似的二维结构且有能隙，提出开展对其研究的思想。随后，他利用高温高压技术生长出高质量黑磷单晶，并与复旦大学张远波等小组合作，成功地在二维黑磷薄层晶体上实现了场效应晶体管。

陈仙辉以及中国高温超导研究团队，给了国际超导学术界一个大大的惊叹号！

“陈老师的课就像一部逻辑严密的大片儿”

在陈仙辉的事业版图里，教师始终占据着一席重要之地。

“我是一名科研人员，同时也是一位老师，教书育人是我的本职工作。”给本科生开课，也是陈仙辉一直以来的坚持。从 1996 年开始给本科生教授“热力学与统计物理”课程，一直到 2014 年，这门课陈仙辉整整讲授了 19 年。

而当年，在正式走上三尺讲台前，导师吴杭生让陈仙辉足足跟堂听了三年的课。在讲授“热力学与统计物理”的前两年，陈仙辉的课堂上时常有一位神秘的旁听者。后来陈仙辉才知道，旁听者是吴杭生的研究生，被派来“偷偷”听课、“监督”陈仙辉的教学能力的。当听到学生“反应很好”后，“先生才真正放下心来”。

“先生对教学非常重视，这一点也深深影响了我。”2014 年，为了让本科生更快地接触凝聚态物理的前沿知识，陈仙辉开设了“凝聚态物理前沿”一课。因为是前沿性的课程，陈仙辉没有教材。讲课时，他就用大量直观、清晰的物理图像来描述复杂的概念和机理。“陈老师的课程不受复杂的物理概念和现象的羁绊，他总是很自由地穿梭其中，逻辑清晰连贯却又不失拓展和发散，还将自己的科研理念渗透在课程中，就像演绎一部逻辑严密的大片儿。”少年班学院 2012 级本科生江宏达在陈仙辉的课上受益良多。

爱憎分明的“严厉导师”

2011 年，陈仙辉拿出 20 万元，在中国科大物理学院设立“吴杭生纪念奖学金”，以表达对恩师的怀念和感恩。

“先生很严格，对我的博士论文，几乎是逐字逐句地修改”，陈仙辉记忆深刻。吴杭生奉行的是“授人以渔”的教学方法，从来不直接说“是什么”，而是让学生主动去探寻“为什么”。

如今，陈仙辉的身上也有着鲜明的“吴氏风格”。

他坚持“一对一”地指导研究生，经常到实验室和学生一起做实验、分析数据。对于实验数据，陈仙辉的要求几乎苛刻。实验结果出来后，他要求多次重复，做到确定无疑。他经常问弟子："你能确定吗？""你能拍着胸脯说是正确的吗？"

刚刚通过"青年千人计划"（南京大学）的刘荣华在跟随陈仙辉读博士时，为研究一种铁砷超导新材料，整整做了一年的实验，获得了一些进展。但由于超导体积含量比较低，陈仙辉不让他急于写论文，要求做到超导体积含量很高时再写。

"坊间都说我很严格，"陈仙辉爽朗地笑言，"严格是为了把学生培养成才，没有严格的训练，以后就没有竞争力。"陈仙辉有个准则，"学生在校期间对我有抱怨，我可以不在意。如果学生毕业三年后还对我有看法，那我就要认真反省自己了。"

严格只是在科研和学习上，陈仙辉在生活上很爱学生。为了保证组里研究生的生活质量良好，除了国家和学校发的助学金和补贴外，陈仙辉每个月在政策允许的范围内尽可能多地给每个学生提供额外的助研费；有国际学术会议，他尽可能让学生参加；学生打算毕业后出国，他就写推荐信向同行积极推荐。

近年来，这个位于安徽合肥的中国科大研究团队开始闻名于世。在位于纽约长岛的布鲁克海文国家实验室，有个不成文的规定，只要是陈仙辉的学生，都能放心接收。

（刘爱华 《科技日报》 2015年12月9日）

注：中国教育报、中国青年报、中国新闻网、安徽日报、安徽卫视、新安晚报、安徽商报、合肥日报、合肥电视台、合肥晚报、江淮晨报等也做了报道。

在量子计算领域享受科研快乐

——访2015年中国科学院新增院士杜江峰

杜江峰和他的科研团队迄今已发表了2篇《自然》、2篇《科学》、6篇《自然》子刊、25篇《物理评论快报》论文，在其他国际学术期刊上发表论文100余篇，SCI他引2000余次。

中国科学院7日公布，2015年新当选院士共61名，平均年龄为53.9岁，46岁的杜江峰名列其中。

"其实我从有记忆的童年开始，就梦想成为科学家。"杜江峰说，"这么多年，这个梦想都没有变过，科学的未知与挑战性对我来说，有着巨大的吸引力。"

从少年班到量子计算　取得多项重大成果

从16岁时保送中科大少年班，到如今已是中科大物理学院的执行院长，杜江峰在这所校园学习、成长，30年间实现了从学生到青年科学家，再到中国科学院院士的华丽蜕变。

28岁时，杜江峰开始进军当时最新的量子计算实验研究领域，成为我国最早从事这项研究的科学家之一；接下来的近20年里，杜江峰一头扎进量子计算领域，取得多项重大研究成果。

2002年,杜江峰在国际上第一次成功地实现了量子博弈的实验研究,实现中国国内量子计算实验研究工作首次刊发在国际权威杂志《物理评论快报》上的愿望。由于这项研究成果的新颖性,《自然》的科学新闻对该工作成果作了专题报道,英国的《新科学家》以及美国物理学会与欧洲物理学会的新闻网站也都报道了该项研究成果。

“这个成果是我发表的第一篇PRL(《物理评论快报》)论文,在我的科研道路上很有意义。”杜江峰说,“当时牛津大学已经有了这个方向的理论成果,我们的这个成果则很好地跟踪了国际前沿方向,从实验的角度做出了很好的展示。”

2009年,他带领自己的科研团队做出的又一项重要成果产生了:首次在真实固态体系中实现了最优动力学去耦,这项成果发表于国际权威杂志《自然》。这项研究的重要性在于极大提升了现实物理体系的性能,从而朝实现量子计算迈出重要的一步。该成果入选了“两院院士”评选的2009年度中国高校十大科技进展。

眼光独到 “钻石探针”惊艳亮相

今天,在杜江峰看来,这两项重要成果都属于技术上的突破,为自己之后的研究奠定了坚实的技术基础。当时的他也为自己定下了新的发展目标:有朝一日要从跟踪前沿研究,转化为引领前沿研究。

达到这个目标的第一步,就是要实现从购买仪器到自主研制仪器的跃变。之前的研究,不管是核磁共振,还是电子自旋磁共振的研究,都是在购买的商用谱仪上完成的。

2009年之后,杜江峰开始尝试用新的方法,将研究深入到光探测磁共振领域,购买的谱仪已经不能满足实验需求了。

“从那时开始,我们实验室开始尝试自己设计、建设新的科学谱仪,以满足我们在单分子层面上的科学研究。”杜江峰说。他对方向的准确把握又带来了重大的成果。

2015年3月,杜江峰领衔的研究团队再一次创造了一项惊艳世界的研究成果:他们利用钻石中的氮-空位点缺陷作为量子探针(简称“钻石探针”),选取了细胞分裂中的一种重要蛋白为探测对象,将量子技术应用于单个蛋白分子研究,在室温大气条件下获得了世界上首张单蛋白质分子的磁共振谱。这项成果发表于国际著名学术期刊《科学》上,同期《科学》“展望”栏目专文报道称赞“此工作是通往活体细胞中单蛋白质分子实时成像的里程碑”。

这项研究从酝酿到最终完成,历时近三年。其间,杜江峰的团队与从事蛋白质研究的生物领域科学家展开了交叉学科的合作,同时,他们还着手自主设计、建设专门的科学仪器。

“以钻石为‘探针’的磁共振方法可以把以前看不见的东西变得‘看得见’,在化学、材料、生命等领域都有广阔的应用前景。”杜江峰解释道,“之所以这项研究是与生命科学的交叉,源于我个人的看法:如果能将生命科学的探索推进到单分子水平,那么就有可能对探明很多疾病的起源有所帮助。”

“遭遇挫折，是做科研的常态”

“遭遇挫折，是做科研的常态。”杜江峰认为，“好的研究成果一定是建立在解决了很多问题的基础上。”

“钻石探针”是一项跨学科的研究成果，也遭遇了很多意想不到的挫折。

首先要解决的是探针的制备和筛选，这也是进行后续实验的前提；接着又碰到了新的问题：如何将制备好的蛋白质样本与探针靠近呢？实验组与生物科学家之间都进行了多次讨论，最后确定了用多聚赖氨酸对蛋白质分子进行固定和保护的方案。

他们将发展起来的量子操控技术用于提高探针灵敏度，经过多次实验，最终成功测得了单蛋白质分子磁共振信号；这时又出现了一个难题：信号的实验结果与预想的结果并不一致。大家多方查阅文献和讨论，最终确定了问题所在：开始用的计算模型没有把蛋白质分子的微观“扭动”即动力学行为考虑进去，加上这个因素以后，实验结果与理论计算就吻合了。

该成果的第一作者、杜江峰团队的特任研究员石发展回忆说：“遇到困难时肯定有过郁闷和沮丧的心情，但还好，杜老师带着我们把一个一个问题都攻克下来了。”

享受科研的过程 不要“混文章”

享受科研的过程，是杜江峰的一个理念，这也渗透到他的团队成员心里。

“记得‘钻石探针’收到《科学》编辑修改意见的时候，正值春节，我们需要很快做出回复。那几天杜老师和我几乎都泡在这件事情上，反复沟通商量文章细节，丝毫不觉得苦与累。”石发展依然记得当时的情景，“杜老师时常告诫我们不要‘混文章’，而要做真正有价值的研究，这个过程是非常充实而快乐的。”

杜江峰的实验室人数规模不算大，加上他自己，大约有 10 人，基本上都是年轻人，平均年龄只有 30 多岁。这样一支年轻团队却展现出了对科研惊人的投入与激情，进而迸发出巨大的能量。

“我们的这个团队，真的是蛮拼的。全年没有休假日，几乎每天在凌晨以后，还有人在工作。”杜江峰说起这点颇感自豪，“但事实上，我的实验室从来没有打卡制度，科研人员和学生们都是自愿把精力和时间投入在实验室里，我想这是因为他们感受到了科研的快乐吧！”

对科研的“享受”过程，还在于不束缚大家的思维，给人“天马行空”的空间。

在团队成员的眼中，实验室是个团结而平等的“大家庭”。每个人既有相互独立的研究方向，又有很多合作的机会，在学术探讨上只有对错，没有高低。杜江峰说，在他的实验室里，有 80％的研究内容是课题组确定好的选题，还有 20％的空间留给个人去“天马行空”，提出自己感兴趣的选题，课题组会进行讨论，如果选题有合理性，就会支持个人去开展研究。

除了科研之外，杜江峰对其他方面并不愿多谈。他始终保持着科学家特有的严谨与谦虚：“其实我没有太多科研之外的时间，几乎每天都待在实验室和学院里，所以还是多谈谈科研吧。”杜江峰说，科研就是他所热爱并为之奋斗的事业，他不会停下探索未知的脚步。他希望能多做出一些原创性创新成果，有朝一日在这个领域能够引领世界前沿研究。

（曾皓 《科技日报》 2015 年 12 月 16 日）

注：中国教育报、中国青年报、中国新闻网、安徽日报、安徽卫视、新安晚报、安徽商报、合肥日报、合肥电视台、合肥晚报、江淮晨报等也做了报道。

读懂大地的“心跳”
——访 2015 年中国科学院新增院士陈晓非

迄今为止，陈晓非已经在国内外学术刊物上发表论文 120 余篇，并应邀担任国际知名学术期刊 *Geophysical Journal International* 编辑。2015 年年初，陈晓非当选为首批国际大地测量与地球物理学联合会（IUGG）会士，IUGG 在正式公告中表彰了他在地震波传播、震源破裂动力学以及强地面运动评估领域所做出的突出学术贡献。2015 年 12 月，他当选为中国科学院院士。

走进陈晓非的办公室，很容易将他与“学者”两字联系在一起。20 多平方米的空间里，摆放着两组书柜与三张书桌，书柜里和书桌上放满了各类科研著作与学术杂志。身为蜚声国内外的地球物理学专家，陈晓非依然保持着谦和与低调的作风。面对新当选中科院院士的荣誉，他的反应十分平淡，仿佛这只是一件平常小事。

求知欲是学习的最大动力

陈晓非的科研履历上写着很多荣誉：1996 年获“国家杰出青年基金”，2000 年入选教育部“长江学者”特聘教授，2013 年被聘为教育部高校地球物理类教学指导委员会主任，2015 年当选为首批国际大地测量与地球物理学联合会（IUGG）会士。但在陈晓非看来，自己只是一名普通的科研工作者。

1958 年，陈晓非出生于辽宁省本溪市一个普通知识分子家庭。身为教师的父母从小言传身教，时常对子女讲一些著名科学家的故事，鼓励他们努力学习、报效祖国。1977 年恢复高考，他以数学满分的优异成绩考入中国科学技术大学，进入地球物理专业学习。

中国科大的求学生涯，给陈晓非留下最深的印象是“学风淳厚、治学严谨”，“在这里遇到了最优秀的同学和老师”。他几年的大学生活基本是教室、图书馆和寝室三点一线，每天除了上课，就是在图书馆复习功课，也会借阅相关的经典著作研读。他说，当年的大学生没有 GPA 的概念，也不在乎考试排名。在科大朴实浓厚的学风中，大家都勤奋学习，有时明知一些知识点不会考，也依然会努力钻研，有着一种对知识的强烈渴望。

大学四年时光为陈晓非日后走上科研道路打下了坚实的基础。1982 年，他以优异成绩提前考入国家地震局地球物理研究所攻读硕士研究生，从事震源理论方面的研究。读研期间，恩师严谨的治学态度、深厚的人文素养以及虚怀若谷的人格魅力深深地影响了陈晓非日后的治学与为人，成为他一生的楷模。

回国的最大感受就是踏实

1985年获得硕士学位后，陈晓非留在地球物理研究所工作。当时我国科研条件落后，1986年陈晓非前往美国南加州大学地球科学系攻读博士学位。在此期间，他系统发展了能够解决横向非均匀地球介质中地震波传播问题的广义反射率方法，在国际同行中崭露头角。此外，他还应邀前往斯坦福大学等高校做访问学者，开展合作研究。但无论走到哪里，陈晓非始终心怀祖国，关注着国内的发展。

在美国学习工作十年后，1996年，陈晓非说服了当时正在美国攻读硕士学位的妻子，独自踏上了归国的旅途，到北京大学任教。面对工作和生活环境都与美国相距甚远的现实，陈晓非始终心态平和。“物质上的需求只是生活中很小的一部分，真正的人生追求应该是更高层面的东西。”他说，回国最大的感受就是心里踏实，“这是‘看客’与亲历者的差别”，“我们这一代人最幸运之处，是恰逢中国巨变而能够亲身参与，这会使人生更加精彩”。

彼时的国内学术界，“海归”还比较少见，一些人认为陈晓非很快就会回到美国。但他始终对祖国的发展充满信心，认为困难都将是暂时的。没有高端的计算机设备，他就选择那些不过于依赖计算的课题去研究，全身心投入到教学和科研工作中。在他的带领下，北大的固体地球物理专业取得了很大进步，先后入选全国重点学科和基金委优秀创新群体，并在学科评估中取得全国第一名的好成绩。对此，陈晓非强调，“这是学术前辈们的全力帮助和同事们大力支持的结果”。

科研就是要精益求精

在陈晓非眼中，做科研需要一种“至善”的精神，一种对完美、极致境界的孜孜不倦的追求。“有时会有一个‘低效’的阶段，看似是在‘磨蹭’，久久也出不了成果。而这种‘低效’，很可能是科研工作者深入探究、精益求精的过程。”陈晓非说，我们所做的很多基础性的科研工作，特别是在研究一些学科领域内公认的难题时，前面99%的部分可能是其他人也可以做得到的常规部分，而恰恰是在反复琢磨最后1%的工作时，你才有机会做出创新的东西。

无论是早期从事的地震波研究、还是后来的震源动力学研究，陈晓非都十分注重积累，很多工作前后经历七八年甚至是十多年成果才正式发表。正因为此，陈晓非说自己的科研工作是一项“水到渠成”的事情。近年来，他领导课题组在震源破裂动力学研究领域、近场强地面震动模拟等方面提出很多新的发现和理论，在国内外同行中产生了较大的反响。

2006年，陈晓非离开北大，回到母校中国科大任教。很多人不解他的选择，他却认为，身处合肥的中国科大，最大的优势就是能排除纷扰，“安静做科研”。此外，中国科大的地球物理专业当年急缺人才，母校的求贤若渴也坚定了他的决心。回到母校后，陈晓非很快就融入了这里的科研环境，取得了一批优秀科研成果，其中包括关于自由表面诱发地震超剪切破裂扩展的发现及其物理机制、非平面断层破裂动力学理论等重要工作。此外，他还与同事一道组建了地震学与地球内部物理学重点实验室。

陈晓非的研究领域是偏理论性的地震波传播研究、地震震源物理及动力学理论等。近年来，他也一直努力将理论应用于防震减灾、石油勘探等领域。“尽管人类的科学手段在短期内还无法做到准确地预报地震，但通过研究地震的本质，就有可能为未来的突破奠定基础，所获的成果也可用于指导防震减灾工作。”他说，用来研究地震学的方法，还可以用于探测地球内部结构，“就像是用地震波给地球做 CT 成像”，可以在石油勘探领域发挥重大作用。

引导年轻人耐心解决困难

陈晓非培养的学生中，已涌现出一批优秀的青年学者，有的已成为北京大学、中国科技大学等高校和科研院所的教授、研究员。这些学生对陈晓非的评价中，“温和”与“耐心”两个词出现频率最高。

谈及对学生的培养，陈晓非说他不喜欢给学生太大的压力，而是尽量给他们自由的空间，“因为学术研究不是事务性工作，保持愉悦的心情才更有可能做出创新性成果”。他常引用北大名师侯仁之的“为师之道如叩钟”来形容自己与学生之间的关系，鼓励学生勤学、多问，学生有任何事情，第一时间便可以找他探讨。

日常的组会，陈晓非几乎每次都参加，询问了解弟子们的科研进展。“陈老师涉猎广博、学识深厚，无论我们从事哪个方向的研究，他总能给我们以很好的点拨，经他指点，科研往往事半功倍。”博士生胡峰提起陈老师，语气中充满敬佩。

2009 年，陈晓非担任中国科大地球和空间科学学院执行院长。他抓住时机，引进了一批高水平人才，其中“青年千人计划”学者就有 14 名。他说：“对一个科研工作者来说，没有比纯粹做学术的科研团队更具有吸引力的了。”

对引进的这些优秀人才，陈晓非尽力为他们创造从容宽松的学术氛围。对青年学者，他从不催促加压，始终是耐心指导、悉心关怀。他认为：“新的学术思想的产生，来自于宽松的学术氛围，科学家最需要自由的时间。”在陈晓非担任地空学院执行院长的几年间，学院的科研和教学成绩斐然。

面对当选院士的荣誉，陈晓非将其视为“下一段科研道路新的开始”，他期待未来能带领研究团队继续在地球物理学科研领域做出更多的贡献。

（姚琼　《科技日报》　2015 年 12 月 23 日）

注：中国教育报、中国青年报、中国新闻网、安徽日报、安徽卫视、新安晚报、安徽商报、合肥日报、合肥电视台、合肥晚报、江淮晨报等也做了报道。

中科大教授获“中国青年女科学家奖”

本报讯(记者　胡霈霖)　日前,第十二届“中国青年女科学家奖”颁奖典礼在京举行,中科大物理学院彭新华教授获此殊荣。

据介绍,“中国青年女科学家奖”每年评选10位在基础科学领域和生命科学领域取得重大科技成果的、45岁以下的优秀青年女科学家,并向每人颁发奖金10万元人民币。今年有9位女科学家获得“中国青年女科学家奖”。

出生于1978年的彭新华,现任中科大物理学院教授、博士生导师。她主要从事基于磁共振量子计算的实验研究,累计发表SCI论文52篇。就在今年年初,她与香港中文大学刘仁保教授的理论研究组合作,在国际上首次探测到虚磁场中的“李-杨零点”。“李-杨零点”是63年前由诺贝尔物理学奖获得者李政道、杨振宁提出的,但此前一直存在于理论之中。

(《安徽商报》 2015年12月26日)

注:中国青年报、安徽日报、合肥日报、合肥晚报等也做了报道。

附　录

中国科学技术大学2015年
对外报道目录

综合报道篇

媒体名称	时 间	文 章 标 题	作 者
人民网	01.07	中国科大先进技术研究院项目取得首份房产证	王亚红
市场星报	01.12	2014年度国家科技奖揭晓　中科大2项成果获奖	俞宝强
合肥日报	01.12	中科大先研院首届创新人才联谊会举行	许超众
江淮晨报	01.22	中国科学院合肥大科学中心成立	于巧妮 李福凯
新安晚报	01.22	中科院建合肥大科学中心	陈 牧
安徽广播电台	01.26	中科大首个国家级国际联合研究中心获认定	王 莹
安徽日报	01.27	中科大新增国家国际科技合作基地	桂运安
安徽电视台	02.02	中科大量子通信安全传输成果入选十大科技进展	
安徽日报	02.02	中科大量子通信安全传输成果入选十大科技进展	桂运安
安徽商报	02.25	2015年全球高校排名公布　中科大位列143名	
安徽日报	03.03	中科院合肥大科学中心筹建	桂运安
江淮网	03.10	中科大入席国际"精英"商学院	于巧妮
人民网	03.10	中国科大管理学院迈入国际精英商学院"俱乐部"	刘 颖
合肥晚报	03.10	科大步入国际"精英"商学院行列	蒋瑜香
中国广播网	03.10	全球首个通过AACSB新标准认证机构在中国产生	刘 军
大公网	03.10	中国科大管理学院获国际认证　系AASCB新标准后全球首家	柏 永
中国新闻网	03.10	中科大管理学院步入国际精英商学院行列	吴 兰
市场星报	03.11	中国科大管理学院步入国际精英商学院行列	张华玮
合肥电视台	03.11	中科大管理学院步入国际精英商学院行列	储 刚 郑连军
新华网	03.11	中国科技大学管理学院通过国际精英商学院协会新标准认证	鲍晓菁 徐海涛
安徽广播电视台	03.11	中国科大管理学院跻身国际精英商学院行列	王 莹
合肥日报	03.12	中国科大管理学院通过AACSB认证	杨保国 刘 标

续表

媒体名称	时 间	文章标题	作 者
中国教育报	03.16	中国科技大学管理学院步入国际精英商学院行列	刘爱华
安徽日报	03.17	中科大管理学院通过 AACSB 认证　全球仅 5%商学院获得	桂运安
安徽电视台	03.17	中国科大管理学院步入国际精英商学院行列	姜相明
中国新闻网	03.27	中科大新校长万立骏:尽心尽力当好服务员	
人民网	03.27	万立骏出任中科大新校长:不负组织所托和师生厚望	赵永新
人民网	03.27	中科大新校长万立骏走马上任　系中央候补委员	常国水 韩震震
澎湃新闻网	03.27	中科大迎来第九任校长万立骏,系海归院士的杰出代表	钟煜豪 李闻莺
合肥晚报	03.28	中科大第九任校长来了　万立骏:早与科大结缘,愿做好服务员	魏　永 高　勇
中国教育报	03.28	万立骏出任中国科学技术大学校长	俞路石
河南商报	03.28	万立骏任中科大校长	
安徽商报	03.28	好巧,与北大清华一样科大也来了"化学掌门"	胡霈霖 刘职伟 姚　琼
安徽商报	03.28	化学家校长有发明专利二十余项	
市场星报	03.28	新校长驾到,中科大首现"东北二人转"	刘爱华 俞宝强
市场星报	03.28	新校长万立骏有何特别?	
江淮晨报	03.28	万立骏任职中科大校长	
财新网	03.28	候补中委万立骏院士"空降"中科大校长	罗国平
新安晚报	03.28	科大迎来第九任校长	刘爱华 陈　牧
中国青年报	03.28	中国科大新掌门万立骏:"当好大家的服务员"	王　磊
泉州晚报	03.29	万立骏任中科大校长	徽　商
中国科学报	03.30	中科大迎来第九任校长	甘　晓
光明日报	03.30	万立骏院士:坚持正确的办学方向	李陈续 刘爱华 姚　琼

续表

媒体名称	时 间	文 章 标 题	作 者
安徽日报	03.30	《自然指数 2015(亚太区)》发布　中科大居全国高校第四	
市场星报	03.30	自然指数 2015 发布:中科大位列亚太区第 9 位　国内第 4	俞宝强
大公报	04.12	房企转型主攻服务机器人	
大公报	04.12	机器人世界杯七月移师合肥	
大公报	04.12	皖机器人集聚试点初见效	
大公报	04.12	中国机器人产业概要	
中国证券报	04.13	技术突破＋出海提速　核电产业链迎爆发期	李　波
合肥日报	04.20	坚定信心　务实推进　助力创新发展	宗　合 礼　存
中安在线	04.21	中科大先研院研发国产服务器　网络名人点赞安徽创造	徐晓景 符秀云
合肥日报	04.21	合肥拟建"量子科技产业园"	王弘毅
合肥日报	04.28	中科大先研院为大湖名城鼓与呼	朱永梅
安徽日报	05.04	中国科学技术大学理科物理跻身世界百强	
安徽电视台	05.06	中国科大先研院获国际发明奖	
金华日报	05.18	我市与中科大签署战略合作协议	吴振荣
01net.	06.03	Sicurezza inattaccabile: il quid non sta in un'unica tecnologia	
合肥晚报	06.03	科大毕业生创业上演"凤还巢"	赵　明 谷薇薇
上海证券报	06.04	中国量子通信先声夺人　"京沪干线"明年建成	李雁争
Phys. org	06.11	Winners of Bernd T. Matthias Prize Announced	
中国新闻网	06.13	第一届合肥国际放射医学物理论坛开幕　癌症治疗现新疗法	吴　兰
市场星报	06.14	"首届合肥国际放射医学物理论坛"举行　中科大或筹划建立医学院	俞宝强
合肥日报	06.14	首届合肥国际放射医学物理论坛开幕	杨保国 刘　标
安徽日报	06.14	国际放射医学顶尖专家合肥"论剑"	桂运安

续表

媒体名称	时间	文章标题	作者
江淮晨报	06.14	质子、重离子治疗肿瘤技术有望被引入合肥	于巧妮
中国科学报	06.15	质子重离子放疗技术发展引关注	杨保国
合肥电视台	06.15	国际放射医学物理论坛在中科大举行	储　刚 梁　庆
合肥日报	06.15	国际放射医学物理论坛在肥举行	刘　标
科技日报	06.16	合肥国际放射医学物理论坛举行	吴长锋 杨保国
人民网	06.18	北京消防总队与清华大学、中国科技大学达成消防科技战略合作协议	张　雨 李争杰
合肥日报	06.21	中科大先研院播种“创新种子”	任　琨 朱永梅
安徽电视台	06.21	中科大先研院打造3D教育中心	
科技日报	06.24	中科大与《自然》联合举办首个免疫学术会议	王　怡
安徽日报	07.03	中国科技大学刊物跻身国际免疫学期刊前列	桂运安
中国网	07.06	国金宝与中科大“联姻”　共话产业新模式	
安徽日报	07.07	放射治疗迈入粒子时代	桂运安
新安晚报	07.13	五湖四海机器人周日“激战”合肥	项　磊
合肥日报	07.17	中科大神州买卖提电子商务工程实践教育中心揭牌	朱震宇
安徽日报	07.17	中科大4支队伍征战机器人世界杯	桂运安
新华网	07.19	机器人世界杯开幕　全球2000多名选手参赛	徐海涛 周　畅
中国新闻网	07.19	中国机器人在机器人世界杯上任翻译　口译曾获第一	张　素 吴　兰
中国新闻网	07.19	专家解读第19届机器人世界杯三大亮点	张　素 吴　兰
中国广播网	07.19	第19届RoboCup机器人世界杯在合肥开幕	黄光辉
中国经济网	07.19	19年来创新性最强机器人世界杯决战中国	余惠敏
人民网	07.19	“机器人世界杯”中国开战　19年来创新性最强	赵竹青
合肥晚报	07.19	中科大四支机器人队伍参赛	
合肥晚报	07.19	合肥机器人产业发展迅速　中科大已获得10个世界杯冠军	蒋瑜香

续表

媒体名称	时 间	文章标题	作 者
合肥日报	07.20	“一场最具创新性的世界级智能机器人盛会”——专访RoboCup2015大会主席、RoboCup中国委员会主席、中科大教授陈小平	王弘毅
合肥日报	07.20	4支队伍参加机器人世界杯赛	刘 标
光明日报	07.20	机器人“高手”合肥过招	齐 芳 李陈续
中国青年报	07.20	机器人走进普通家庭的转折点到了	邱晨辉
人民日报	07.20	第十九届机器人世界杯开赛 19年来创新性最强	吴月辉 叶 琦
光明日报	07.20	“RoboCup有史以来最具创新性的比赛”——RoboCup2015大会主席陈小平介绍本届大会新亮点	齐 芳 李陈续
科技日报	07.20	机器人世界杯赛在合肥开锣	刘晓莹 吴长锋
经济日报	07.20	机器人世界杯:“高大上”更“接地气”	佘惠敏
中国证券报	07.20	机器人世界杯赛开幕 科大讯飞语音机器人亮相	
人民日报海外版	07.20	RoboCup机器人世界杯合肥开赛 2000中外选手巅峰对决	吴月辉 何曙光
China Daily	07.20	Automatic challenge	Zhang Duan
China Daily	07.20	RoboCup competition brings fresh ‘challenges in each field’	Cheng Yingqi Zhu Lixin
CCTV-13新闻直播间	07.20	第19届机器人世界杯开赛:足球机器人足球赛场比拼球技	
新安晚报	07.20	聪明会服务,才能走进百姓家	
东方卫视	07.20	机器人世界杯开赛 全方位展示智能技术	
人民网	07.21	机器人世界杯全新演绎“速度与激情”	赵竹青
中国教育报	07.21	第19届机器人世界杯赛开赛	俞路石 方梦宇
Xinhua	07.22	RoboCup shows industry dreaming of more than electric sheep	
安徽卫视-新闻联播	07.22	中国军团闪耀第19届机器人世界杯赛	
安徽卫视-新闻联播	07.22	第19届机器人世界杯:搭建中国人自己的赛场	
中国经济网	07.22	机器人世界杯:二次元一骑绝尘 三次元胜负参半	佘惠敏

续表

媒体名称	时间	文章标题	作者
中国科技网	07.22	机器人世界杯赛今天收官　首个冠军“花落”中国	刘晓莹
新华网	07.22	2015 年 Robocup 机器人世界杯在合肥闭幕	詹婷婷 朱　青
新华网	07.22	中科大机器人足球队夺得世界杯仿真 2D 组冠军	张　端
安徽日报	07.22	创新性最强的一次机器人盛会	桂运安
合肥日报	07.23	低成本移动平台赛中科大夺冠	许超众
合肥日报	07.23	中科大蓝鹰夺得足球仿真 2D 组冠军	王弘毅
安徽商报	07.23	2015RoboCup 机器人世界杯大赛　中科大获得两个冠军	汪日贵 喻学超
合肥日报	07.23	服务机器人“可佳”秀茶艺获亚军	许超众
北京娱乐信报	07.23	中科大蓝鹰机器人足球队实现了世界杯三连冠	
中国科学报	07.23	中国科大固态量子芯片研究取得重要进展	杨保国
宁波日报	07.23	机器人足球世界杯　中科大夺得仿真 2D 组三连冠	周　畅 徐海涛
合肥晚报	07.23	中科大队伍斩获“两金一银”	罗　敏 李京鹏
安徽日报	07.23	中科大斩获两金一银	桂运安
安徽商报	07.23	首个世界冠军花落中科大	
新快报	07.23	机器人足球世界杯中国三连冠	
科技日报	07.23	机器人世界杯赛多个冠军“花落”中国	刘晓莹
中国新闻网	07.23	第 19 届机器人世界杯赛收官　“可佳”惜败德国队	吴　兰
安徽日报	07.23	第 19 届机器人世界杯落下帷幕	
经济日报	07.23	机器人世界杯进入决赛阶段——巅峰对决亮点	佘惠敏
春城晚报	07.23	机器人世界杯中国队夺冠	
江淮晨报	07.23	咱“中国足球队”在“世界杯”夺冠了	
合肥日报	07.24	中科大成机器人世界杯赛最大赢家	王蔚蔚
人民日报	07.24	“我”是冠军	
中国科学报	07.24	合肥，机器人总动员	丁　佳
安徽商报	07.24	机器人世界杯落幕　赛事创新拿下多个“第一”	张　沛 熊秋月 叶　倩

续表

媒体名称	时 间	文章标题	作 者
安徽日报农村版	07.24	第19届机器人世界杯赛落幕　首个冠军"花落"中科大	
人民日报海外版	07.25	服务机器人迎来"婴儿潮"	张保淑
NYC Today	07.26	19TH ROBOCUP BRINGS TOGETHER 2,000 PARTICIPANTS FROM 47 DIFFERENT NATIONS	Gloria Bradley
中国科学报	07.27	中科大获机器人世界杯大赛两金一银	姚彩霞 杨保国
中国经济网	07.30	中国科大上海构建量子信息技术研究政产学研协同创新平台	沈则瑾
中国新闻网	07.30	中国科学院携手阿里巴巴在沪成立量子计算机实验室	李姝徽 张　素
东方卫视	07.30	中科院携手阿里共建量子实验室　研制量子计算机	
CCTV-13 新闻直播间	07.30	中科院:引入民间资本参与量子计算研究	
澎湃新闻	07.30	中科院与阿里巴巴合作研究"超级超级超级计算机"	
Street Insider	07.30	Alibaba's (BABA) Aliyun and Chinese Academy of Sciences Enter Agreement to Form Quantum Computing Laboratory	
Business Wire	07.30	Aliyun and Chinese Academy of Sciences Sign MoU for Quantum Computing Laboratory	
新浪科技	07.30	阿里云中科院成立量子计算联合实验室	无　双
Yesky 天极新闻	07.30	阿里云联合中科院成立量子计算实验室	
中国青年报	07.31	中科院与阿里巴巴合作成立量子计算实验室	王烨捷 王　磊
解放日报	07.31	上海启动量子计算机研制	任　翀 徐瑞哲
中国教育报	07.31	中国科大:构建量子信息技术研究协同创新平台	俞路石
文汇报	07.31	中科院量子信息与量子科技前沿卓越中心(上海)挂牌	许琦敏
经济日报	07.31	推动量子信息技术产业化	沈则瑾
科技日报	07.31	中科院联合阿里巴巴成立量子计算实验室	朱　雯 王　春
杭州日报	07.31	阿里云与中科院成立量子计算联合实验室	张丽华
都市快报	07.31	阿里云联合中科院成立量子计算联合实验室	

续表

媒体名称	时间	文章标题	作者
新华网	07.31	中国科学院携手阿里巴巴在沪建立“量子计算实验室”	王琳琳 吴晶晶
东方早报	07.31	中科院阿里建量子计算实验室	庄春晖
China Daily	07.31	Govt, business propose quantum leap	Cheng Yingqi
新民晚报美国版	07.31	上海启动量子计算机研制　中科院量子信息与量子科技中心挂牌	马亚宁
羊城晚报	07.31	与中科大共建量子计算实验室　阿里云超前布局未来产业:研制量子计算机	林　曦
浦东时报	07.31	国家级量子科技前沿创新中心昨揭牌　浦东有望占据未来信息技术制高点	王　延
大公网	07.31	中国构建量子信息政产学研协同创新平台	柏　永
合肥日报	08.02	中国科大分子化学研究再获重要进展	刘　标
21世纪经济报道	08.03	阿里云联手中科院研发量子计算机　量子保密通信或率先落地结果	陈宝亮
中国科学报	08.03	中科院量子信息与量子科技前沿卓越中心(上海)挂牌　多项协议促量子技术研发	黄　辛 丁　佳 彭科峰
人民日报	08.03	中科院携手阿里巴巴在沪成立量子计算实验室	姜泓冰
Business Cloud News	08.03	Alibaba looks to quantum computing for next-gen cloud	
China Tech News	08.03	Quantum Computing Lab Formed in China	
光明日报	08.06	中科院与上海共建量子信息科研基地	曹继军 颜维琦 徐丹丹
eGov	08.09	Chinese Academy of Sciences, Aliyun to establish Quantum Computing Lab	
Telecom Asia	08.10	CAS, Aliyun open quantum computing lab	
山西日报	08.15	中国科学技术大学2015年本科新生入学报到工作全面展开	
安徽商报	08.15	中科大少年班最年轻新生不到14周岁　独自跨省报到	胡霈霖
市场星报	08.15	别装嫩了!“00后”侠们上大学了	
合肥晚报	08.15	科大少年班迎来8名00后新生	蒋瑜香

续表

媒体名称	时 间	文 章 标 题	作 者
新安晚报	08.15	科大新生报到　最小只有14岁	陈 牧
新华网	08.16	中国科技大学:128名贫困生获得救助	周 畅 徐海涛
安徽商报	08.16	中科大新生开学报到:新生25.6%来自农村	杨保国 胡霈霖
合肥晚报	08.17	中科大少年班迎来8名全国各地的00后新生	蒋瑜香
皖西日报	08.17	中国科技大学:128名贫困生获得救助	周 畅 徐海涛
安徽日报	08.17	贫困生“绿色通道”上科大	桂运安 杨保国
人民政协报	08.26	中科大新生报到	
合肥晚报	08.27	中科大先研院孵化科技企业84家	
合肥日报	09.07	深化市校合作　助力创新发展	宗 合 礼 存
新安晚报	09.19	科技大腕今天齐聚合肥	陈 牧
新安晚报	09.19	时隔八年,杨振宁又回家乡了	陈 牧
安徽网	09.19	中国科大举办“求是奖颁奖典礼”　杨振宁携夫人参加	陈 牧 卞世鹏
中青在线	09.19	“求是奖颁奖典礼”在中国科大举行	王 磊
新华网	09.19	2015年度“求是奖”颁发　白血病专家张亭栋获得杰出科学家奖	徐海涛
中国新闻网	09.19	2015年度求是奖颁奖　83岁张亭栋获杰出科学家奖	吴 兰
文汇网	09.19	港求是奖颁奖典礼安徽举行	张玲杰
中安在线	09.19	“2015求是奖”颁奖典礼在合肥举行	赵孝刚
中国新闻网	09.19	杨振宁:兴趣、能力、机遇成就科研创新	吴 兰
安徽日报	09.20	兴趣是创新之源	桂运安
China Daily	09.20	TCM doctor receives ‘grand award’ from Qiu Shi foundation	朱立新
江淮晨报	09.20	时隔8年　93岁杨振宁再“回家”	刘梅梅 李福凯 杨保国
安徽日报	09.20	求是奖颁奖典礼在中科大举行	桂运安

续表

媒体名称	时间	文章标题	作者
厦门晚报	09.20	用砒霜治疗白血病 83岁老教授获大奖	吴 兰
合肥日报	09.20	2015年度"求是"科学奖在肥颁奖	刘 标
海口晚报	09.20	张亭栋获2015年度"求是奖"	徐海涛
深圳特区报	09.20	2015年度"求是奖"颁发 白血病专家张亭栋获奖	
安徽商报	09.20	时隔八年杨振宁携妻再回肥	王素英
安徽商报	09.20	时隔八年 杨振宁携妻再回肥	胡霈霖
重庆日报	09.20	砒霜治白血病 张亭栋获杰出科学家奖	徐海涛
安徽广播电视台	09.20	2015求是科技奖在合肥揭晓	吴晶晶
市场星报	09.20	杨振宁携妻翁帆 时隔8年再回故乡	俞宝强
大公网	09.20	香港求是科技基金会在皖颁发2015年度求是奖	柏 永 杨保国
成都商报	09.20	使用砒霜治疗白血病 哈医大教授获颁"求是奖"	徐海涛
青岛早报	09.20	张亭栋获得"求是奖"	徐海涛
西安晚报	09.20	张亭栋教授获颁"求是奖"	徐海涛
安徽卫视	09.20	2015年度求是奖在中科大揭晓	姜相民
新安晚报	09.21	搞科研,光有兴趣和能力还不够	陈 牧
中国科学报	09.21	2015求是奖在中国科大揭晓	杨保国
China Daily	09.21	Scientists receive top accolades	朱立新
安徽日报	09.22	加快建设世界一流大学 更好服务地方发展	尚 实
黑龙江日报	09.23	砒霜治疗白血病 张亭栋获"求是杰出科学家"奖	徐 旭 车 轮
兰州日报	09.25	中科大技术转移甘肃中心在我市成立	孙 理
甘肃日报	09.25	中国科大技术转移甘肃中心在兰成立 郝远揭牌	秦 娜
合肥晚报	09.27	以创新领军智能语音产业 合肥打造具有全球影响力的"中国声谷"	蒋瑜香
China Daily	09.28	Qiu Shi foundation acclaims scientists at USTC ceremony	朱立新
中国科学报	09.30	中国科大技术转移甘肃中心成立	刘晓倩
中国科学报	10.19	中科院与安徽省政府举行会谈 共促合肥大科学中心及中科大先研院建设	倪思洁
安徽日报	10.19	中科大斩获iGEM金牌	桂运安

续表

媒体名称	时 间	文 章 标 题	作 者
安徽商报	10.21	中科大学子支教归来　收到李克强总理亲切问候	胡霈霖
市场星报	10.21	8名学生给总理写信　汇报支教心得　李克强总理批示向中科大研究生支教队员表示问候	刘爱华 俞宝强
China Daily	10.22	Scientists and entrepreneurs gather for China's largest computer event	朱立新
中国新闻网	10.22	2015中国计算机大会开幕　量子计算机15年内有望重大突破	吴　兰
安徽商报	10.22	计算机界诺奖得主将来肥	汪日贵
合肥晚报	10.22	"计算机界诺贝尔奖"得主来肥论道	
安徽日报	10.23	薪火相传播撒爱的种子	桂运安 刘爱华
人民日报	10.23	中国计算机大会合肥开幕	叶　琦
合肥日报	10.23	2015中国计算机大会昨盛大开幕	王弘毅
安徽日报	10.23	中国计算机大会在肥举行	徐旻昊
安徽商报	10.23	姑娘们　再别怕网购衣服不合身了	汪日贵 喻学超
合肥日报	10.25	2015中国计算机大会展览展示活动启动	王弘毅
合肥日报	10.25	合肥2015中国计算机大会昨日闭幕	王弘毅
合肥日报	10.27	中科大先研院多个团队获佳绩	王弘毅
安徽日报	11.03	王晓东院士做客科大论坛	桂运安
市场星报	11.07	中科大"车停哪儿项目"获得金奖	刘爱华 俞宝强
中国新闻网	11.07	第40届ACM国际大学生程序设计竞赛亚洲区合肥赛区开赛	吴　兰
安徽日报	11.08	61所高校学子在肥竞技程序设计	桂运安
合肥日报	11.09	61所高校计算机学霸比"脑力"	刘　标
中国科学报	11.17	中国科大蝉联全国并行应用挑战赛冠军	赵广立
人民网	11.17	中国科大蝉联国际大学生RDMA编程竞赛中国赛区一等奖	
安徽日报	11.18	国际大学生远程直接数据访问竞赛揭晓 中科大蝉联中国赛区一等奖	桂运安

续表

媒体名称	时间	文章标题	作者
中国科学报	11.19	我们离世界一流大学有多远	
中国科学报	11.20	值得期待的量子 CPU	李海欧 曹　刚 肖　明 郭光灿 郭国平
中国科学报	11.20	中国科大蝉联国际大学生 RDMA 编程竞赛中国赛区一等奖	杨保国
合肥晚报	11.25	科大与中航共建量子技术研发中心	蒋瑜香
中国科学报	11.26	中国科大与中航工业签署合作协议	杨保国
中国新闻网	12.11	中国科大量子研究成果荣登 2015 年度国际物理学十大突破榜首	吴　兰
新华网	12.11	我国学者成果荣登 2015 年度国际物理学领域十项重大突破榜首	徐海涛
安徽日报	12.12	中科大成果荣登国际物理学十大突破榜首	桂运安
大公网	12.12	中科大量子研究成果国际登顶	柏　永
江淮晨报	12.12	中科大研究成果登上国际物理学十大突破榜首	于巧妮 杨保国
人民日报海外版	12.12	中国量子研究成果居国际物理学十大突破榜首	徐海涛
文汇报	12.12	中科大研究成果荣登榜首	许琦敏
中国教育报	12.12	中国科大研究成果登国际物理学领域十项重大突破榜首	徐海涛
海口日报	12.12	2015 国际物理学领域十项重大突破　中科大成果荣登榜首	徐海涛
安徽商报	12.12	中科大科研成果荣登“国际物理学十大突破”榜首	胡霈霖
合肥晚报	12.12	科大成果登国际物理学十大突破之榜首	蒋瑜香
安徽电视台	12.12	中国科大成果荣登 2015 年度国际物理学十大突破之榜首	姜相明 王　臻
北京日报	12.12	我国学者成果荣登 2015 年度国际物理学领域十项重大突破榜首	徐海涛
大众日报	12.12	2015 年度国际物理学领域十项重大突破公布　我国学者成果荣登榜首	徐海涛

续表

媒体名称	时 间	文 章 标 题	作 者
CCTV-中国新闻	12.13	中国科大成果荣登2015年度国际物理学十大突破之榜首	
河北卫视	12.13	2015国际物理学十大突破公布:中国科研成果居首	
中国科学报	12.14	中科院两项成果入选国际物理学十大突破	杨保国 闫 洁
科技日报	12.17	中科大成果荣登本年度国际物理学十大突破榜首	吴长锋
安徽日报	12.20	中国量子通信产业联盟成立	吴晶晶
光明日报	12.21	中科院牵头成立“中国量子通信产业联盟”“科技‘双创’联盟”	齐 芳
江淮晨报	12.21	合肥科研产出全国第五	于巧妮
中国科学报	12.22	中科大在GE科技创新大赛摘冠	黄 辛
安徽商报	12.26	中科大一科研项目获全国大奖	胡霈霖
合肥日报	12.27	2015年度“中国高等学校十大科技进展”在京揭晓	刘 标
中国科学报	12.29	中科大成果入选年度高校十大科技进展	杨保国

人才培养篇

媒体名称	时 间	文 章 标 题	作 者
中国青年报	01.26	怎样把握研究生成长的六个阶段	范洪义
中国教育报	02.03	以创新为经 以融合为纬——中国科大探索“科教结合”研究生培养模式纪实	俞路石 刘爱华
合肥晚报	03.02	中科大自主招生昨起报名	蒋瑜香
安徽日报	03.03	中科大研究生院科学岛分院揭牌	桂运安
安徽日报	03.04	中科大自主招生21日报名结束	
江淮晨报	03.04	中科大发布2015自主招生简章 竞赛“尖子”有望直接面试	于巧妮
中国科学报	03.16	以创新为经 以融合为纬	刘爱华

续表

媒体名称	时间	文章标题	作者
合肥晚报	03.18	高考只有这次补报名机会了	魏　永
金陵晚报	04.07	哪些学生可以报考中科大少年班?	潘　冬
重庆晚报	04.12	中科大教授:小学奥数题,我都做不起	
温州商报	04.12	中科大携手嘉禾中学开办少年创新实验班	
广州日报	04.13	这真是小学奥数题?难倒中科大老教授	
人民网	04.13	奥数题难倒中科大教授揭了应试教育硬伤	
CCTV-2	04.13	中科大教授批小学奥数　有些题我都做不起	叶祝颐
广州日报	04.13	“教授不会做奥数题”背后的思考	张　涨
安徽卫视	04.13	中科大教授:小学奥数题我都做不起	
东方卫视	04.13	中科大教授:小学奥数题我都做不了	
南方都市报	04.13	教授做不出小学“奥赛”题很正常	果　冻
法制晚报	04.13	奥数怪题别再误人子弟	叶祝颐
生活日报	04.13	教授不会做的奥数题为何有市场	叶祝颐
茂名日报	04.13	中科大教授——小学奥数题我都做不起	
燕赵都市报	04.13	奥数热何以真正退烧	王石川
河南商报	04.13	奥数热不能一直高烧不退	张松超
大河报	04.13	数学家炮轰奥数值得反思	赵志疆
渤海早报	04.13	奥数热如何才能真正“退烧”	王石川
南京日报	04.13	奥数热难退　根在仍“作数”	宋广玉
安徽日报	04.18	中科大“自强计划”招生启动　农村学生可报考	桂运安
哈尔滨日报	04.18	中科大哈三中共建优质生源基地	尹明
市场星报	04.19	中科大公布2015年“自强计划”招生简章	俞宝强
安徽电视台	04.19	中科大“自强计划”招生启动　农村学生可报考	
合肥晚报	04.19	中科大启动“自强计划”招生	蒋瑜香
市场星报	04.19	中科大公布2015年“自强计划”招生简章　农村学生可报考	俞宝强
安徽电视台	05.06	中科大“自强计划”招生启动　农村学生可报考	
中国教育新闻网	05.13	中国科技大学:2015年国家贫困专项计划招130人	李　烨
新浪教育	05.13	中科大只招理工科　学生100%自主选择专业	

续表

媒体名称	时　间	文　章　标　题	作　者
中国科学报	05.14	实验室种下科研的“种子”——中国科大实验教学改革纪实	杨保国
科技日报	05.19	从实验室开始撒下创新的种子	杨保国
中国新闻网	05.23	新中国第一奖学金的前世今生	吴　兰
安徽日报	05.24	中科大34名学子获郭沫若奖学金　每人奖励1万元	桂运安
市场星报	05.24	中科大34名学子荣获郭沫若奖学金	李　静 俞宝强
中国教育报	05.25	吸引学生走进科研实验室——记中国科大实验教学改革	杨保国
合肥日报	05.25	34名中国科大学子获郭沫若奖学金	
合肥电视台	05.26	中科大34名学子获郭沫若奖学金	储　刚 梁　庆
长春晚报	06.07	16岁男孩走进考场追梦中科大少年班	肖　虹
新安晚报	06.07	“冲刺”科大少年班　16岁男孩“很放松”	陈　牧
中国科学报	06.11	还原一个真实的中科大少年班	陈　彬
新华网	06.11	中科大2015年自主招生开考	张　端
中国广播网	06.11	自主招生考试难度大　参加中科大考试的考生:物理基本不会	王　楷 满朝旭
安徽商报	06.12	中科大自主招生开考　“学霸”都说物理题挺难的	
合肥日报	06.12	自主招生考试中科大“抢先”开考	刘　标
石家庄日报	06.12	中国科大2015年自主招生测试开考	
江淮晨报	06.12	中科大自主招生　物理难度堪比竞赛	刘梅梅
郑州晚报	06.18	三所985高校在豫招745人　中科大入学1年后自主选专业	张竞昳
中国教育报	06.22	转型:少年班迈过青春期	储召生 蒋家平
中国青年报	06.24	中国科大少年班:精英教育不能培养冷漠的人	王　磊
兰州晨报	06.25	中国科技大学在甘拟招25人	魏　娟 魏巧玲
甘肃日报	06.25	中国科学技术大学在甘增招56%	
新安晚报	06.25	全省前500名有望被中国科学技术大学录取	叶　晓

续表

媒体名称	时间	文章标题	作者
安徽商报	06.25	中科大:在安徽计划招168人　百分百满足专业兴趣	胡霈霖 刘媛媛
安徽日报	06.26	揭开少年班的神秘面纱	桂运安
生活日报	06.27	他高二就拿到了中科大入场券	朱紫瑛
东南快报	06.29	中国科学技术大学:直接招收部分科技英才班学生	齐　榕 陈　楠
人民日报	06.29	少年班长成了少年班学院	沈小根
红网	06.30	少年天才少年班,量体裁衣何必酸	游　洋
南方都市报	07.03	纪中高二这位“骚年”中科大少年班收了　全广东8人被录取,盛兆华是中山唯一一个	侯玉晓
济南时报	07.05	省实验中学今年设中科大创新班	潘　奕
楚天都市报	07.05	武汉高二男生高考605　跳进中科大少年班	郭会桥 徐　凯
新华网	07.05	“少年班不像电影里那样low”——探寻《少年班》银幕内外异同	徐海涛 周　畅
现代快报	07.06	“不像电影里那样low”　探寻电影《少年班》银幕内外异同	
荆门日报	07.06	上学像“组队打怪”? 真实少年班啥样　“少年班不像电影里那样low”	
宁夏日报	07.06	少年班不像电影里那样LOW	
新华每日电讯	07.06	“真实少年班不像电影里那么low”——探索《少年班》银幕内外异同	徐海涛 周　畅
新疆日报	07.06	少年班没有过时	
安徽商报	07.07	中科大少年班复试名单发布　怀宁小才女王警钰入围	胡霈霖
江淮晨报	07.07	65名小将入围中科大少年班复试	于巧妮
合肥晚报	07.07	皖18名“神童”入围科大少年班	蒋瑜香
中国新闻网	07.09	中科大严济慈班毕业生　39人中38人赴顶尖大学深造	杨保国 吴　兰
中国网	07.09	百度、中科大举办暑期创新创业训练营　加速高校精英培养孵化进程	
安徽商报	07.10	牛津! 普林斯顿! 麻省理工! 39人毕业38人去名校深造	杨保国 胡霈霖

续表

媒体名称	时 间	文 章 标 题	作 者
江淮晨报	07.10	中科大有个物理"学霸"聚集的"严济慈班" 39 人中有 38 人赴顶尖大学深造	于巧妮 杨保国
市场星报	07.10	一个本科班 39 人 38 人去了世界顶级大学深造	杨保国 俞宝强
合肥晚报	07.10	39 名毕业生中 38 人进顶尖大学深造	杨保国 蒋瑜香
安徽商报	07.11	中科大少年班学院院长:不主动寻早慧学生	胡霈霖 王素英
江淮晨报	07.11	一大批"00 后"来肥闯关少年班	于巧妮
合肥晚报	07.11	58 名"小小少年"赴少年班复试	蒋瑜香
新安晚报	07.11	58 位少年"冲刺"科大少年班	陈 牧
中央人民广播电台	07.13	58 名神童参加中科大少年班复试 最后一次招"90 后"	刘 军
人民网	07.13	机器人世界杯本周五合肥开赛 科大派 4 支队伍出战	苗子健
北京晨报	07.14	中科大少年班"00 后"成主力	
半岛晨报	07.14	中科大少年班复试"00"后成主力 很多孩子的父母是教师	
科技日报	07.14	"严济慈班"的毕业生都去哪儿了	杨保国
旺报	07.14	大陆中科大少年班复试 家长轻松以对	
新安晚报	07.15	科大少年班拟录取 55 人	陈 牧
重庆晚报	07.16	直辖以来第二位 重庆女孩考入中科大少年班	蒋海涛 朱梦倩
合肥晚报	07.19	赛场上见！科大队伍信心十足	
新华网	07.22	机器人足球世界冠军炼成记:制作者因热爱坚持	詹婷婷 周 畅
安徽日报	07.23	实验室播撒科学的"种子"	桂运安 杨保国
人民日报海外版	07.25	机器人足球冠军这样炼成	詹婷婷 周 畅
安徽日报	07.27	中科大"严济慈班"平均深造率超过 98%	桂运安 杨保国
中国科学报	07.30	"严济慈班"的毕业生都去哪儿了	杨保国

续表

媒体名称	时间	文章标题	作者
海峡都市报	08.04	福州高二少年"跳级"逐梦中科大	
大江晚报	08.17	芜湖"00后"小学霸被科大少年班录取	
安徽日报	08.17	校企合作培养电商人才	何 珂
中国科学报	08.17	中国科大增加贫困地区招生指标	杨保国
光明日报	08.17	中国科大农贫地区新生超 1/4	李陈续 杨保国
中国新闻网	08.17	中科大与百度推大学生创业家成长计划	吴 兰
安徽日报	08.18	"大学生创业家成长计划"启动	桂运安
合肥日报	08.18	大学生创业家成长计划启动	王蔚蔚
科技日报	08.18	中科大增加贫困地区招生指标　录取农村新生占新生总数近 26%	杨保国
中国科学报	08.20	中国科大与百度推出"大学生创业家成长计划"	杨保国
科技日报	08.20	百度联手中国科大打造"大学生创业家成长计划"	吴长锋 杨保国
中国广播网	08.20	中国科大农村新生录取总数占比超四分之一	刘 军 杨保国
燕赵都市报	08.20	"牛孩"的中科大少年班之路	
承德晚报	08.21	中国科大与百度推出"大学生创业家成长计划"	
新安晚报	09.21	"中国互联网第一人"回科大开课	陈 牧
半岛都市报	10.07	天才少年想上大学明天报名吧	魏海洋
安徽商报	10.08	报中科大少年班"00后"才有资格	胡霈霖
江淮晨报	10.08	中科大少年班启动网络报名	于巧妮
合肥日报	10.08	中科大少年班招生方案出台	刘 标
楚天金报	10.09	中科大少年班明年只招00后	刘 辉
安徽日报	10.09	科大少年班、创新试点班报名	桂运安
郑州日报	10.10	中科大少年班招生报名启动	郑 州
东方今报	10.10	报考中科大少年班"00后"才有资格	张 静
泉州晚报	10.14	中科大少年班开始报名了	陈玉珍
澎湃新闻	10.15	少年班神童今何在：牛人辈出，"让他们按常规读书才是摧残"	徐笛薇
扬子晚报	10.16	少年班的舆论沉浮史　印证因材施教的重要	陈广江

科学研究篇

媒体名称	时　间	文　章　标　题	作　者
中国新闻网	01.05	中国首台专用同步辐射装置重大维修通过验收	吴　兰
中国新闻网	01.05	中国学者实现纳米空间操控　精确度约万分之一头发丝粗细	杨保国 吴　兰
人民网	01.05	中国科大取得量子材料研究新进展	魏　艳
安徽日报	01.07	中科大制备出新型纳米框架结构材料　应用前景广阔	桂运安
中国科学报	01.08	中国科大公共平台:科技创新的“总装备部”	曾　皓 蒋家平
光明日报	01.08	苹果锈果病防治取得新突破	杨　舒
科技日报	01.08	光学超分辨成像精度破极限达 4.1 纳米	吴长锋 杨保国
中国广播网	01.08	高精度量子态成像和操控技术获突破	刘　军 杨保国
安徽日报	01.12	中科大光学成像技术迈入“纳米时代”	桂运安
中国科学报	01.13	中国科大双金属多级结构材料制备获进展	杨保国
每日商报	01.14	中科大智能机器人“可佳”商场首秀导购服务	刘军喜
杭州日报	01.14	中科大智能机器人“可佳”商场首秀导购服务	
安徽商报	01.14	初入职场　美女机器人可佳蛮拼的	胡霈霖 王素英
江淮晨报	01.14	机器人可佳做导购　被围观会“害羞”哦	于巧妮 李福凯
合肥日报	01.14	大卖场来了位机器人导购员	刘　标
中华工商时报	01.14	“可佳”首秀导购服务	刘军喜
深圳商报	01.14	智能机器人首秀导购服务	
深圳特区报	01.14	智能机器人“可佳”商场首秀导购服务	刘军喜
齐齐哈尔日报	01.14	中科大智能机器人“可佳”商场首秀导购服务	刘军喜
山西晚报	01.14	机器人当导购	
贵阳日报	01.14	智能机器人商场导购	

续表

媒体名称	时间	文章标题	作者
安徽日报	01.14	“可佳”首秀大型商场导购	桂运安 杨　竹
新安晚报	01.14	逛商场迷路？问问“美女机器人”吧	陈　牧 卞世鹏
市场星报	01.14	中科大“可佳”机器人商场首秀“导购员”	俞宝强 王　恒
市场星报	01.14	别叫她机器人　叫她“导购员”	
海南日报	01.14	中科大智能机器人“可佳”商场首秀导购服务	刘军喜
太原晚报	01.14	机器人当导购	
人民日报海外版	01.14	机器人为顾客导购	刘军喜
新华网	01.14	中科大智能机器人“可佳”商场首秀导购服务	刘军喜
宁夏日报	01.14	机器人“可佳”商场首秀导购服务	
安阳晚报	01.14	中科大智能机器人商场首秀导购服务	刘军喜
中国新闻网	01.14	世界知名机器人可佳首次进大型公共场所当导购	吴　兰 李振威
黑龙江日报	01.14	机器人可佳商场首秀	刘军喜
本溪日报	01.14	机器人“可佳”商场首秀导购服务	
湖州日报	01.14	中科大智能机器人“可佳”商场首秀导购服务	刘军喜
洛阳日报	01.14	中科大智能机器人“可佳”商场首秀导购服务	刘军喜
安徽广播电台	01.14	中科大自主研发机器人可佳首次走进商场当导购员	王　莹
靖江日报	01.14	智能机器人商场首秀导购服务	
九江日报	01.14	中科大智能机器人“可佳”商场首秀导购服务	刘军喜
衢州日报	01.14	智能机器人“可佳”商场首秀导购服务	刘军喜
湛江日报	01.14	中科大智能机器人“可佳”商场首秀导购服务	
都市快报	01.14	合肥:机器人导购	
新安晚报	01.14	机器人带你逛商场	卞世鹏
梅州日报	01.14	中科大智能机器人商场首秀导购服务	
常德晚报	01.14	机器人导购	
沧州晚报	01.14	机器人“美女”商场当导购	
张家界日报	01.14	机器人当导购	刘军喜

续表

媒体名称	时 间	文 章 标 题	作 者
金华日报	01.14	智能机器人首秀导购服务	刘军喜
鞍山日报	01.14	中科大智能机器人“可佳”商场首秀导购服务	
江门日报	01.14	机器人导购	
永州日报	01.14	机器人导购	刘军喜
福州日报	01.14	中科大智能机器人商场首秀导购	
广西日报	01.14	机器人商场秀导购	
合肥电视台	01.14	可佳机器人首秀导购服务	
中国国门时报	01.15	“可佳”云交互机器人提供导购服务	刘军喜
七台河日报	01.15	中科大智能机器人“可佳”商场首秀导购服务	刘军喜
中国科学报	01.15	“可佳”机器人首次在大型商场当导购	杨保国
河北经济日报	01.15	中科大智能机器人“可佳”商场首秀导购服务	
科技日报	01.15	画中有话	刘军喜
安徽日报	01.18	中科大成功合成高效催化剂	桂运安
安徽日报	01.19	《细胞》刊发中科大天然免疫研究成果	桂运安
科技日报	01.19	大商场里来了机器人俏导购	吴长锋
中国科学报	01.19	合肥光源:“神奇之光”再创辉煌	姜天海
中国新闻网	01.20	机器人餐厅受青睐　中国智能服务机器人进入实用化	
人民日报	01.21	中科大发现缓解炎症新机制	钱　伟
中国新闻网	01.21	探访中国第一个国家实验室内的“合肥光源”	吴　兰
山西日报	01.22	中科大智能机器人“可佳”商场首秀导购服务	吴　兰 路　梦
安徽日报	01.22	“合肥光源”重大改造项目通过验收	桂运安
合肥日报	01.22	“合肥光源”升级改造	
科技日报	01.22	合肥光源改造项目通过工艺验收	刘军喜
江淮晨报	01.22	同步辐射实验室完成升级	
人民日报	01.22	国家同步辐射实验室合肥光源升级	刘军喜
新华网	01.22	合肥光源改造项目通过工艺验收	刘军喜
新安晚报	01.22	中科大国家同步辐射实验室改造完成　“合肥光源”成功升级	陈　牧 卞世鹏
安徽商报	01.22	“合肥光源”升级	胡霈霖

续表

媒体名称	时间	文章标题	作者
江西日报	01.22	合肥光源改造　项目通过工艺验收	
市场星报	01.22	“合肥光源”成功升级　今后路过科大西区可看“飞碟”	俞宝强 王　恒
闽东日报	01.22	安徽合肥光源重大维修改造项目通过工艺验收	刘军喜
安徽日报	01.23	中科大最新研究成果揭示硅材料可助力“光解水制氢”	桂运安
中卫日报	01.23	合肥光源改造项目通过工艺验收	
安徽电视台	01.23	国家同步辐射实验室“合肥光源”完成升级改造	
中国科学报	01.23	壮“智”凌“云”:机器人的进化	袁一雪
中国广播网	01.24	合肥光源重大升级改造通过验收	刘　军 杨保国
安徽日报	01.25	中科大首次探测到“李-杨零点”　验证诺奖获得者理论成果	桂运安
市场星报	01.25	中科大拨开硅材料“光解水制氢”机制迷雾	俞宝强
大公报	01.25	合肥同步辐射光源通过验收	柏　永 杨保国
科技日报	01.25	我首次实现虚磁场中“李-杨零点”探测	吴长锋 杨保国
经济日报	01.26	合肥光源改造项目通过工艺验收	刘军喜
中国科学报	01.26	中国科大揭示硅材料“光解水制氢”机制	刘爱华
CCTV-新闻联播	01.26	国家同步辐射实验室完成升级改造	
合肥电视台-新闻联播	01.26	中科大国家同步辐射实验室改造完成　“合肥光源”成功升级	储　刚 郑连军
文汇报	01.27	合肥光源达到国际先进水平	杨保国 许琦敏
中国科学报	01.27	科学家首次探测到虚磁场中“李-杨零点”	杨保国
中国青年报	01.28	中国科大发现缓解炎症新机制	曾　皓 王　磊
中国科学报	01.28	科学家发现缓解炎症新机制	曾　皓
中国新闻网	01.29	中国科大揭示头号“杀手”细菌传播“秘密”	杨保国 吴　兰
合肥日报	01.30	中科大发布一重要研究成果	杨保国 刘　标

续表

媒体名称	时 间	文章标题	作 者
光明日报	01.30	我科学家揭示绿脓杆菌传播机制	李陈续 杨保国
人民日报	01.30	中科大解开绿脓杆菌传播之谜	赵永新 杨保国
合肥晚报	01.30	科大新成果聚焦绿脓杆菌	蒋瑜香
光明日报	01.30	“刷脸支付”的历史与未来	刘心霈
中国科学报	02.02	揭示绿脓杆菌传播机制	杨保国
中国科学报	02.03	中科大实现高精度量子态成像和操控	杨保国
科技日报	02.03	中国科大发现“光解水制氢”新路径	吴长锋 刘爱华
安徽日报	02.03	探秘“合肥光源”	桂运安 杨 竹
安徽日报	02.03	中科大摘得中科院杰出科技成就奖	桂运安
文汇报	02.03	头号细菌“杀手”传播之谜解开	杨保国 许琦敏
经济日报	02.05	中国科大揭示细菌“杀手”传播机制	佘惠敏 杨保国
安徽日报	02.06	中国科大解开头号“杀手”细菌传播之谜	
光明日报	02.06	3D 技术的前世今生(科技史话)	叶雪洁
中国新闻网	02.06	中国学者量子领域又获重要进展	吴 兰
科技日报	02.08	中国科大发现缓解炎症新机制	吴长锋 曾 皓
安徽日报	02.09	中科大研制出新型低聚物水凝胶 有广泛应用前景	
安徽日报	02.10	中科大 4 个高端外国专家项目获立项	桂运安
安徽日报	02.12	中科大量子存储实现新突破	桂运安 杨保国
中国科学报	02.12	中国科大合成混价钒氧化物三维纳米网络结构	杨保国
光明日报	02.13	从结绳记事到数字时代	许应媛
安徽日报	02.13	科大合成新材料提升锂电池动能	桂运安 杨保国
科技日报	02.15	我首次实现光子轨道角动量纠缠量子存储	吴长锋 杨保国

续表

媒体名称	时间	文章标题	作者
安徽日报	02.22	中科大发现新型生命“暗物质”	桂运安
现代快报	02.23	中科大发现新型生命“暗物质”	
新华网	02.23	我国学者发现新型非编码核糖核酸　可为重大疾病临床提供参考	徐海涛
解放日报	02.24	中科大发现新核糖核酸	徐海涛
扬子晚报	02.24	我国学者发现新 RNA　可助力大病防治	
闽西日报	02.24	我国发现新型非编码核糖核酸	徐海涛
成都日报	02.24	我国学者发现新型非编码核糖核酸	
湖南日报	02.24	我国学者发现新型非编码核糖核酸	
佛山日报	02.24	我国发现新型非编码核糖核酸	
新华每日电讯	02.24	我国科学家发现新型非编码 RNA	徐海涛
光明日报	02.24	我国学者发现新型非编码核糖核酸　可为重大疾病临床提供参考	徐海涛
大连日报	02.24	我国学者发现新型非编码核糖核酸　可为重大疾病临床提供参考	徐海涛
沈阳日报	02.24	我国学者发现新型非编码核糖核酸	徐海涛
安徽商报	02.25	中科大发现新型生命“暗物质”	胡霈霖
深圳特区报	02.25	中科大发现新型生命“暗物质”	桂运安
人民日报	02.26	中科大发现新型非编码核糖核酸	何　聪
科技日报	02.26	我国学者发现新型非编码核糖核酸	徐海涛
科技日报	02.27	中国科大成功合成混价钒氧化物的三维纳米网络结构	吴长锋 杨保国
光明日报	02.27	中国古代的“机器人梦”(科技史话)	李浩淼
安徽商报	02.28	国际科学可视化竞赛　中科大《美丽化学》获奖	
中国航空报	02.28	我国首次实现虚磁场中“李-杨零点”探测	钟　达
中国科学报	03.02	研究发现新型非编码 RNA	柯　讯
安徽日报	03.03	化学竟能如此美丽	桂运安
中国科学报	03.03	中国大陆作品首获国际科学可视化竞赛大奖	杨保国
中国科学报	03.03	光子轨道角动量纠缠量子存储实现	杨保国
安徽日报	03.03	再访企鹅家族(上)	孙立广

续表

媒体名称	时 间	文章标题	作 者
中国青年报	03.03	中国科大首次实现光子轨道角动量纠缠的量子存储	王 磊 杨保国
合肥日报	03.04	中科大《美丽化学》首获国际大奖	朱永梅 王弘毅
安徽日报	03.04	中科大发明新型金属催化剂	桂运安
光明日报	03.05	我科学家发明新型金属催化剂	李陈续 杨保国
中国新闻网	03.05	中国科学家实现多自由度量子体系的隐形传态	吴 兰
新华网	03.05	我国在世界上首次实现多自由度量子体系的隐形传态	吴晶晶
新华网	03.05	中科大发明光驱动有机反应钯金催化剂	鲍晓菁 徐海涛
安徽日报	03.06	多自由度量子隐形传态首次实现	桂运安
人民日报海外版	03.06	中国率先实现多自由度量子隐形传态	吴晶晶
重庆日报	03.06	量子信息研究领域取得重大突破	吴晶晶
新快报	03.06	我国科学家完成实验　让量子态“星际旅行”	
江淮晨报	03.06	中科大研究成果登《自然》封面	于巧妮
科技日报	03.06	“瞬间传送”,又近一步	高 博
CCTV-朝闻天下	03.06	我国取得量子研究世界重大突破　首次实现多自由度量子隐形传态	
深圳特区报	03.06	太阳能转化技术可望突破	
北京日报	03.06	世界首次　我国实现多自由度量子体系隐形传态　为量子网络技术奠定基础	吴晶晶
海南日报	03.06	我国在世界上首次实现多自由度量子体系的隐形传态	吴晶晶
呼和浩特日报	03.06	我国在世界上首次实现多自由度量子体系的隐形传态　为量子网络技术奠定基础	
中国经济网	03.06	中国科学家为量子计算奠下重要基石	佘惠敏
观察者网	03.06	中科大潘建伟项目组实现量子瞬间传输技术重大突破	
中国证券网	03.06	中国量子通信研究取得重大突破　相关概念股受关注	
阿坝日报	03.06	我国在世界上首次实现多自由度量子体系的隐形传态	
CCTV-1 晚间新闻	03.06	隐形传态获突破　“星际穿越”成可能	

续表

媒体名称	时间	文章标题	作者
CCTV-13 东方时空	03.06	我国取得量子研究世界重大突破　首次实现多自由度量子隐形传态	
四川卫视-现场快报	03.06	我国首次实现多自由度量子隐形传态	
天津卫视	03.06	我国取得量子研究世界重大突破:首次实现多自由度量子隐形传态	
吉林卫视	03.06	我国取得量子研究世界重大突破　首次实现多自由度量子隐形传态	
太原日报	03.06	我国在世界上首次实现多自由度量子体系的隐形传态	吴晶晶
新华网	03.06	专家在室温下首次用磁共振探到单个分子	林小春
江苏公共频道	03.06	隐形传态获突破　“星际穿越”成可能	
香港中国通讯社	03.06	中国科学家为量子计算奠下重要基石	
鹤壁日报	03.07	中国专家带领的团队在室温下首次用磁共振探到单个分子	
江淮晨报	03.07	首次在室温下用磁共振探到单个分子　中国科大研究团队拓宽了该领域研究范围	
海南日报	03.07	我国专家在室温下首次用磁共振探到单个分子	林小春
合肥日报	03.07	我国量子信息实验研究取得重大突破,首次实现多自由度量子体系隐形传态	刘　标
石家庄日报	03.07	“隐身穿越”或成现实　我国量子瞬间传输研究获世界性重大突破	
安徽商报	03.07	中科大一研究成果登《自然》封面　世界上首次实现“多自由度量子体系的隐形传态”	
东阳日报	03.07	“瞬间传送”取得重大突破	胡剑文
燕赵晚报	03.07	“隐身穿越”或成现实	
CCTV-4 中国新闻	03.07	中国首次实现多自由度量子隐形传态	
中国青年报	03.08	我科学家在量子信息领域取得重大突破	邱晨辉 黄仪婷
东阳日报	03.08	东阳籍科学家实现多自由度量子隐形传态	王　健
合肥电视台	03.09	科大发明新型金属催化剂	吴　伟 储　刚
中国科学报	03.09	多自由度量子体系隐形传态首次实现	丁　佳

续表

媒体名称	时 间	文 章 标 题	作 者
合肥日报	03.09	中科大原子光学研究获重要进展	杨保国 刘 标
安徽日报	03.09	中科大非线性光学研究获进展 首次观测到光前驱波	桂运安
中国能源报	03.09	中科大发明钯金催化剂	牧 心
曲靖日报	03.09	中科大:太阳能转化技术可望突破	
中国新闻网	03.10	“钻石钥匙”开启磁共振研究新领域	杨保国 吴 兰
安徽日报	03.10	全球首张室温单分子磁共振谱“科大造”	桂运安 杨保国
中国科学报	03.10	中国科大在非线性过程中观测到光学前驱波	杨保国
文汇报	03.10	“钻石探针”开启生命科研新视界	杨保国 许琦敏
安徽广播电视台	03.10	中科大首次在室温大气环境下探测到单个蛋白质分子磁共振谱	王 莹
中国科学报	03.10	“钻石钥匙”打开单分子磁共振新天地	杨保国
中国科学报	03.10	科学家发明光驱动有机反应金属催化剂	杨保国
中国青年报	03.11	中国科大发明一种新型金属催化剂	王 磊 杨保国
光明日报	03.11	“钻石探针”洞悉单分子世界	李陈续 杨保国
人民日报	03.16	我国科学家获得世界首张单个蛋白质分子磁共振谱	赵永新 杨保国
人民日报海外版	03.16	我获得世界首张磁共振谱	赵永新 杨保国
安徽电视台	03.16	中科大量子信息研究再获重大突破	姜相民 潘 奥 张锡强
安徽日报	03.17	中科大低温合成新型锂电池材料	
中国新闻网	03.17	未来扫描大脑或测出恋爱状况	
安徽日报	03.17	大科学装置“大”在哪?	李跃波
新华网	03.18	我国学者研制出超薄铂镍合金高效纳米催化剂	徐海涛

续表

媒体名称	时间	文章标题	作者
安徽日报	03.18	中科大提出多方量子通信新理论　密钥分发距离提升两个数量级	桂运安
中国广播网	03.18	中国科大提出多方量子通信新理论	刘　军
中国医药报	03.18	我国首获室温大气下单个蛋白质分子磁共振谱	白　毅
中国科学报	03.19	探索单分子尺度的量子调控	张晴丹
中国新闻网	03.19	中科大成功研制出高效纳米催化剂	杨保国 吴　兰
人民日报海外版	03.19	新一代燃料电池突破开发瓶颈	徐海涛
经济日报	03.19	新型催化剂"俘获"更多阳光	佘惠敏 杨保国
科技日报	03.19	我首次在非线性过程中观测到光学前驱波	吴长锋 杨保国
中国广播网	03.19	中国开发出新一代燃料电池高效纳米催化剂	刘　军 杨保国
光明日报	03.19	燃料电池性能改善有了新思路	李陈续 杨保国
安徽日报	03.20	中科大研制出高效超薄纳米催化剂	桂运安
中国质量报	03.23	我国学者研制出超薄铂镍合金高效纳米催化剂	
中国科学报	03.23	中国科大发明超薄铂镍合金高效纳米催化剂	杨保国
科技日报	03.23	室温下探测到单个蛋白质分子磁共振谱	吴长锋 杨保国
新华网	03.25	"你爱不爱我?"——中国科学家:扫描大脑可以作证	詹婷婷
安徽商报	03.26	你爱我吗　扫个描先	胡霈霖
广州日报	03.26	问我爱你有多深　扫描大脑可作证	
西海都市报	03.26	你爱不爱我?扫描大脑就知道	
包头晚报	03.26	"你爱不爱我"?一扫描大脑就知道	
南昌晚报	03.26	"你爱不爱我?"　扫描大脑可以作证!	
中国科学报	03.27	化学反应之美	梁　琰
中国科学报	03.30	"钻石钥匙"开启单分子磁共振研究之门	张晴丹
新华网	03.31	中科大在国际上首次实现量子机器学习算法	徐海涛

续表

媒体名称	时间	文章标题	作者
中国新闻网	03.31	中国学者在国际上首次实现量子机器学习算法	杨保国 吴　兰
安徽商报	04.01	科大全球首实现量子机器学习算法	胡霈霖
安徽日报	04.01	中科大首次实现量子机器学习算法	桂运安
中国科学报	04.01	科学家首次实现量子机器学习算法	杨保国
光明日报	04.01	中国科大首次实现量子机器学习算法	李陈续 杨保国
科技日报	04.01	中科大首次实现量子机器学习算法	吴长锋 杨保国
人民日报	04.01	中科大在国际上第一次实现量子机器学习算法	喻思娈
北方新报	04.01	中科大全球首次实现量子计算机学习算法	徐海涛
宁夏日报	04.01	中科大实现量子机器学习算法	
东方卫视	04.01	中国科大首次实现量子机器学习算法	
安徽卫视	04.01	中科大在国际上首次实现量子机器学习算法	
江淮晨报	04.02	超级计算机算几年　量子计算机“秒懂”	于巧妮
大公网	04.02	中国科大实现量子机器学习算法　系国际首次	柏　永 杨保国
中国新闻网	04.04	中国科研人员揭示肿瘤代谢新机制	杨保国 吴　兰
合肥日报	04.04	中国科大一项研究为肝癌临床诊治提供新启示	杨保国 刘　标
中国科学报	04.07	中科大揭示肿瘤细胞氨基酸代谢异常新机制	杨保国
中国科学报	04.07	宽带高速量子通信研究迈出关键一步	刘爱华
常州日报	04.07	中国科研人员揭示肿瘤代谢新机制	
北京日报	04.08	“你爱不爱我?”——扫描大脑可作证	詹婷婷 杨孝文
中国新闻网	04.08	中国聚变领域又添大型实验装置	杨保国 吴　兰
中国科学报	04.08	“科大一环”部件研制完成	陆　琦
科技日报	04.08	我成功迈出宽带高速量子通信关键一步	吴长锋
山西日报	04.09	中科大实现量子机器学习算法	

续表

媒体名称	时间	文章标题	作者
安徽日报	04.09	我国首台大型反场箍缩装置安装调试	桂运安 杨保国
合肥日报	04.09	“科大一环”在肥调试	杨保国 刘　标
市场星报	04.09	“科大一环”在肥建成　系我国首台聚变装置	
观察者网	04.09	中国大型可控核聚变装置完工　中美竞争激烈	
大公网	04.09	中国首台大型 KTX 正安装调试	
中国科学报	04.10	化学仪器之美	梁　琰
科技日报	04.10	肿瘤细胞“挨饿”　交出隐秘“饭辙”	吴长锋 杨保国
中国教育报	04.10	爱你有多深，扫描图谱全知道	姬　时
光明日报	04.10	从皂角到香波——洗发水进化史	陈　婷
浙江日报	04.11	“科大一环”开始安装	刘军喜
常州日报	04.11	“科大一环”聚变实验装置安装调试　主机直径 8 米	
科技日报	04.11	“科大一环”进入整体安装调试阶段	吴长锋 杨保国
合肥日报	04.11	“科大一环”安装调试	刘军喜
陕西日报	04.11	“科大一号”安装调试	刘军喜
安阳晚报	04.11	工作人员对“科大一环”进行安装	
新华网	04.11	我国首台大型反场箍缩磁约束聚变实验装置安装调试	刘军喜
赣洲晚报	04.11	聚变实验装置安装调试	刘军喜
济宁日报	04.11	我国首台大型反场箍缩磁约束聚变实验装置安装调试	刘军喜
海南日报	04.11	我国首台大型反场箍缩磁约束聚变实验装置安装调试	刘军喜
枣庄日报	04.11	我国首台大型反场箍缩磁约束聚变实验装置安装调试	刘军喜
北海日报	04.11	我国首台大型反场箍缩磁约束聚变实验装置安装调试	刘军喜
闽东日报	04.11	我国首台大型反场箍缩磁约束聚变实验装置安装调试	刘军喜
日照日报	04.11	我国首台大型反场箍缩磁约束聚变实验装置安装调试	刘军喜
安阳日报	04.11	我国首台大型反场箍缩磁约束聚变实验装置安装调试	刘军喜
周口日报	04.11	我国首台大型反场箍缩磁约束聚变实验装置安装调试	刘军喜
辽宁日报	04.11	我国首台大型反场箍缩磁约束聚变实验装置安装调试	刘军喜

续表

媒体名称	时　间	文 章 标 题	作　者
大公报	04.12	机器人世界冠军的"大白"梦	柏　永
合肥晚报	04.14	科大联合清华打造化学"艺术大片"	蒋瑜香
中国新闻网	04.14	中科大量子纳米显微技术研究取得重要进展	吴　兰
安徽日报	04.17	中科大教授:水常温下能以平面方形冰形式存在	桂运安
中国科学报	04.20	科学家发现常温下水的全新存在形式	刘爱华
合肥日报	04.22	中科大先研院 3 项目摘 2 金 1 银	陈　林
安徽日报	04.23	日内瓦国际发明展大奖揭晓:中科大先研院斩获两金一银	桂运安
光明日报	04.24	新能源:磁约束核聚变	王寻瑀
科技日报	04.27	受限水能在常温下以平面方形冰形式存在	吴长锋
安徽日报	04.28	智能靶向磁共振探针诞生	
合肥日报	04.30	中科大先研院成功研发易燃物监测装置　多条公交线已试用	朱永梅 王弘毅
中国教育报	05.04	中国科技大学:"科大一环"建设取得重大进展	杨保国
安徽日报	05.07	中科大新技术可监测公交车易燃挥发物	桂运安
China Daily	05.07	New device detects flammable liquids on buses	Zhu Lixin
SCMP	05.10	Carpet that directs walkers developed by Chinese scientists	Stephen Chen
中国新闻网	05.12	中国科学家打开通往新型光量子器件新路	张　素
新华网	05.12	中美学者发现类石墨烯新型单光子源　开辟光量子器件新途径	徐海涛
观察者网	05.12	中国潘建伟科学家团队打开类石墨烯材料通往光量子器件新路	
梅州日报	05.13	开辟光量子器件新途径	
安徽日报	05.14	中科大教授与美国科学家合作首次发现新型单光子源	桂运安
科技日报	05.14	类石墨烯材料中发现新型单光子源	吴长锋 杨保国
Nanowerk	05.19	Laser technique for low-cost self-assembly of nanostructures	
中国科学报	05.20	研究发现基于单原子层的新型单光子源	杨保国

续表

媒体名称	时间	文章标题	作者
中国新闻网	05.20	中科大微纳研究新进展　或破微纳米仿生功能器件制备瓶颈	蒋家平 吴　兰
新华网	05.20	我国微纳加工技术获突破　有望开辟“微尺度仿生器件”新路	徐海涛
光明日报	05.20	微纳米加工技术研究获新进展	蒋家平 李陈续
中国科学报	05.21	中国科大实现多类型微纳米尺度组装体可控制备	蒋家平
安徽日报	05.21	中科大实现微纳米仿生器件可控制备	桂运安 蒋家平
常州日报	05.21	我国微纳加工技术获突破	徐海涛
台州日报	05.21	我国微纳加工技术获突破	徐海涛
三江都市报	05.21	我国微纳加工技术获突破　有望开辟“微尺度仿生器件”新路	徐海涛
中华工商时报	05.21	我国微纳加工技术获突破	徐海涛
太行晚报	05.21	我国微纳加工技术获突破　有望开辟“微尺度仿生器件”新路	徐海涛
科技日报	05.22	类似猫头鹰羽毛的仿生结构制备有望实现	蒋家平 吴长锋
中国教育报	05.22	中科大发现基于单原子层的新型单光子源	杨保国
大公报	05.22	微纳米结构或可控制造	柏　永 蒋家平
安徽日报	05.22	纳米科技改变生活	桂运安
安徽日报	05.23	中科大合作实现高容错率量子密钥分发	桂运安
中国教育报	05.29	走进最后的均衡点	梁　兴
SCMP	05.29	New cancer therapies could be on the way as research unlocks the secrets of plasma beams	
安徽日报	06.05	中科大制造首颗暗物质卫星量能器通过验收	桂运安
江淮晨报	06.05	中科大“本土制造”的机器人秀绝活根本停不下来	刘梅梅
Imperial Valley News	06.08	Researchers discover molecular rules that govern autoimmune disorders	Bill Kisliuk
科技日报	06.13	治疗红斑狼疮有望找到新方法	吴长锋 杨保国

续表

媒体名称	时 间	文 章 标 题	作 者
安徽日报	06.14	科学家揭示自身性免疫疾病发病机制	桂运安 杨保国
安徽商报	06.15	今后治疗癌症或出现新疗法	胡霈霖
中国科学报	06.15	牛皮癣或能治	杨保国
中国科学报	06.16	量子力学将迎“二次革命”:追问“为什么”	赵广立
中国医药报	06.16	引起自身性免疫疾病的分子机制被揭示	白 毅 杨保国
经济日报	06.18	中国科大微纳加工技术研究获突破——微纳仿生器件可望应用	佘惠敏 蒋家平
中国广播网	06.29	我国首台 KTX 建设取得重大进展	刘 军 杨保国
中国新闻网	06.29	中国科大发现克服肿瘤多药耐药新方法	杨保国 吴 兰
中国广播网	06.30	中国科大发现克服肿瘤多药耐药性新方法	刘 军 杨保国
人民日报	06.30	中国科学技术大学发现克服肿瘤多药耐药性方法	喻思娈
文汇报	06.30	“智能”药物可克服肿瘤耐药性	杨保国 许琦敏
安徽商报	07.01	中科大教授让药物变“聪明”	胡霈霖
中国科学报	07.01	中科大发现克服肿瘤多药耐药性新方法	杨保国
中国妇女报	07.01	我国学者发现克服肿瘤多药耐药性新方法	徐海涛
新华网	07.01	我国学者发现克服肿瘤多药耐药性新方法	徐海涛
沈阳日报	07.01	克服肿瘤多药耐药性有了“智能”新方法	
黑龙江日报	07.01	我国学者发现新方法 肿瘤多药耐药性被克服	徐海涛
生活日报	07.01	智能克服肿瘤多药耐药性	
经济日报	07.02	“智能”小分子:克服肿瘤多药耐药性	佘惠敏 杨保国
安徽日报	07.03	中科大肿瘤治疗研究获进展	桂运安
中国教育报	07.03	中科大发现克服肿瘤多药耐药性新方法	杨保国
安徽商报	07.05	金牌机器人“可佳”将实现产业化	张 沛

续表

媒体名称	时间	文章标题	作者
科技日报	07.05	新方法破解癌细胞多药耐药性	吴长锋 杨保国
中国科学报	07.08	世界最快量子随机数发生器问世	柯　讯
合肥晚报	07.08	再过两三年　“可佳”飞入百姓家	蒋瑜香
新华网	07.09	中科大智能机器人“可佳”在低成本化方面取得重要进展	张　端
安徽商报	07.09	中科大发布新成果　将来万元内可买个机器人做饭	刘媛媛
安徽日报	07.09	中科大“可佳”机器人移动平台成本降低75%	桂运安
合肥日报	07.09	“可佳”有望“降身段”进入百姓家	刘　标
江淮晨报	07.09	“可佳”姑娘“自降身价”　只为走入寻常百姓家	于巧妮 杨保国
科技日报	07.09	服务机器人产业化研究获重要进展	吴长锋 杨保国
新安晚报	07.09	买台机器人回家　两三年后不是梦	陈　牧
营口日报	07.09	智能机器人“可佳”价格降到1.5万	张　端
闽东日报	07.09	中国科学技术大学启动了“可佳低成本移动平台”项目	张　端
中国科学报	07.09	中国科大发力服务机器人产业化	杨保国
新华网	07.09	中国科学技术大学智能服务机器人取得进展	徐海涛
大公网	07.09	中国科大突破服务机器人产业化瓶颈	
合肥晚报	07.09	“可佳”两三年后进驻百姓家　突破产业化瓶颈　未来售价或在万元以下	蒋瑜香
宁波日报	07.10	中科大服务机器人研究获进展	徐海涛
中国教育报	07.10	服务机器人有望实现自动检测和低成本化	杨保国
科技日报	07.10	机器人	张　端
经济日报	07.13	智能机器人“可佳”	张　端
安徽日报	07.15	中科大用酵母“酿制”药用蛇毒蛋白	桂运安
北京日报	07.15	酵母“酿”出药用蛇毒蛋白	刘　欢
中国青年报	07.15	中国科大正在突破机器人产业化瓶颈	王　磊 杨保国
中国科学报	07.16	科学家用酵母“酿制”药用价值蛇毒蛋白	刘爱华
山西日报	07.16	中国科学技术大学启动“可佳低成本移动平台”项目	

续表

媒体名称	时 间	文 章 标 题	作 者
合肥日报	07.17	智能机器人,离我们还有多远?	高新竹 许超众
SCMP	07.20	Chinese scientists use yeast to brew blood clot fighting snake venom like beer	Stephen Chen
江淮晨报	07.20	好用不贵　机器人未来更讲“性价比”	于巧妮
中国新闻网	07.20	中科大固态量子芯片研究取得重要进展　操控速度提高数百倍	吴　兰
新华网	07.20	中科大“可佳工人”亮相机器人世界杯	张　端
江淮晨报	07.21	中科大工业机器人首登国际舞台	于巧妮
深圳商报	07.21	中科大“可佳工人”亮相机器人世界杯	
山西日报	07.21	中科大“可佳工人”亮相机器人世界杯	张　端
经济日报	07.21	更懂你的机器人来了	佘惠敏
江淮晨报	07.21	“可佳平台”精度能达到毫米级	刘　淑
江淮晨报	07.21	23 日机器人“可佳”将放“大招”	于巧妮
新安晚报	07.21	学者发现对付抗癌药耐药性新招	冯立中
新华网	07.21	机器人世界杯首次精确测试服务型机器人	朱　青 詹婷婷
科技日报	07.22	半导体超快量子控制非逻辑单元实现	吴长锋 杨保国
光明日报	07.24	中国洁牙的前世今生	熊　川
Clean Technica	07.27	High-Performance 3-D Silicon Anodes Made From Reed Leaves	
中青在线	07.28	中国科大分子化学识别研究再获重要进展	王　磊 杨保国
人民日报	07.29	中国科技大学实现分子纳米尺度的化学识别	赵永新 杨保国
安徽日报	07.29	中科大新技术可识别紧邻不同分子“身份”	桂运安
中国科学报	07.30	纳米尺度化学识别获重要进展	杨保国
科技日报	07.30	我率先实现紧邻不同分子的拉曼光谱识别	吴长锋 杨保国
PHYS	08.05	Tip-enhanced Raman scattering can distinguish between two structurally similar adjacent molecules	

续表

媒体名称	时 间	文 章 标 题	作 者
光明日报	08.07	海洋科考的奇幻旅程	陈 婷
人民日报	08.11	学霸和他们的"田螺姑娘"	叶 琦
中国新闻网	08.19	中国科大在国际上首次研制成功高维固态量子存储器	杨保国 吴 兰
新华网	08.19	中国探索用高科技手段为古建筑织就"防火网"	朱 青
安徽日报	08.20	中科大首次成功研制高维固态量子存储器	桂运安
新华网	08.20	中国科学家首次成功研制高维固态量子存储器	詹婷婷 徐海涛
光明日报	08.20	激光:小身材大作为	雷鸣宇
新华网	08.21	突破性研究助力开启量子通信千亿市场　中科大国际上首次研制成功高维固态量子存储器	
人民日报海外版	08.22	定制个性化消防方案高科技保护文物安全　科学家为古建筑织就"防火网"	
科技日报	08.23	高维固态量子存储器研制成功	吴长锋
经济日报	08.24	"海螺姑娘"不再是个传说	佘惠敏
经济日报	08.24	服务机器人:广阔市场在招手	佘惠敏
安徽日报	08.25	"可佳"名称源于"海螺姑娘"	桂运安
中国科学报	08.26	中国科大高维固态量子存储器研制成功	杨保国
光明日报	08.28	从"掘井取水"到"万米钻探"	王 申
中国教育报	08.28	中科大研制成功高维固态量子存储器	杨保国
江淮晨报	09.07	通过手机 APP 找到最近的停车位	刘梅梅 周 慧
江淮晨报	09.08	中科大先研院新技术实现"种地＋种电"一光两用	于巧妮
合肥日报	09.08	光合作用有望产低成本氢能	杨保国 刘 标
中国科学报	09.08	新非贵金属光催化制氢材料研制成功	杨保国
新华网	09.08	我国高效低成本光催化制氢研究取得重要进展	徐海涛
合肥晚报	09.08	农业光伏:一边种地一边"种"电	
科技日报	09.09	非贵金属光催化制氢材料研发成功	吴长锋 杨保国
光明日报	09.11	重回"草木染"(科技史话)	徐津津

续表

媒体名称	时 间	文 章 标 题	作 者
安徽日报	09.13	中国科大研制出新型光催化制氢材料	桂运安
Materials Views	09.18	Metal-semiconductor heteronanorods for efficient photocatalytic hydrogen	
人民政协报	09.23	中国科大研制出新型光催化制氢材料	
凤凰网	09.25	中科大:利用飓风触发的微弱地震信号可实时监测飓风	
中新网	09.25	中科大研究表明利用微弱地震信号可实时监测飓风	吴 兰
人民网	09.25	中国科大教授发现飓风监测新方法	蒋家平 赵永新
中安在线	09.25	中国科大:利用飓风触发的微弱地震信号可实时监测飓风	蒋家平 赵孝刚
江淮晨报	09.26	中国科大发表新研究成果　飓风触发的地震波可实时监测飓风	于巧妮 蒋家平
安徽商报	09.26	天上飓风也可以地下监测　中科大研究成果在国际权威杂志发表	胡霈霖
市场星报	09.26	中科大新技术可实时监测飓风	蒋家平 俞宝强
新华网	09.27	中国学者研究发现可利用地震信号实时监测飓风	徐海涛
大公网	09.28	中科大研究新发现:利用微弱地震信号可实时监测飓风	蒋家平
中国科学报	09.29	中国科大发现用微弱地震信号可实时监测飓风	蒋家平
现代金报	09.29	中国将发射暗物质探测卫星	徐海涛
新华网	09.29	中国首颗暗物质探测卫星年底发射　现向全球征名	聂 可 喻 菲 姬少婷
中新网	09.29	中国首颗暗物质粒子探测卫星向全球公开征名	杨颜慈
重庆日报	09.30	中国年底发射卫星探测暗物质	聂 可 喻 菲 姬少婷
科技日报	10.01	监测飓风,听听它的“脚步声”就行了	吴长锋
安徽日报	10.05	中科大最新研究让实时监测飓风成为可能	桂运安
中国教育报	10.09	中国科大:微弱地震信号可实时监测飓风	蒋家平

续表

媒体名称	时 间	文 章 标 题	作 者
中国科学报	10.13	中科大首次在宏观系统探索量子与经典界限	赵广立
中国科学报	10.16	迫近量子与经典之间的界限	赵广立
中国科学报	10.19	超导量子器件与量子信息联合实验室成立	科 讯
中青在线	10.20	中国科大首次实现确定性单光子的多模式固态量子存储	王 磊 杨保国
新华网	10.20	中国学者实现确定性单光子多模式固态量子存储	徐海涛
科技日报	10.21	我研制出世界最高效固态量子存储器	吴长锋 杨保国
中国科学报	10.21	中国科大首次实现确定性单光子多模式固态量子存储	杨保国
中国教育报	10.21	“智停”的城市不会闹哄哄	李薇薇 田苗华 霍 睿
乐清日报	10.22	中国研制出世界最高效固态量子存储器	
中国新闻网	10.22	中国科大设计出新型光解水制氢助催化剂	杨保国 吴 兰
安徽日报	10.23	新型光解水制氢助催化剂“科大造”	桂运安 杨保国
人民日报海外版	10.23	最高效固态量子存储器制成	吴长锋 杨保国
安徽日报	10.25	中科大实现多模式固态量子存储	桂运安
合肥日报	10.25	中国科大量子研究再获新成果　向实现全固态量子网络迈出重要一步	刘 标
中国科学报	10.27	新型光解水制氢助催化剂研制成功	杨保国
人民日报	10.27	我科学家研制出高效固态量子存储器	赵永新 杨保国
安徽日报	11.03	让火患无处遁形	桂运安
安徽日报	11.03	石墨烯量子芯片单元可集成	桂运安
合肥晚报	11.03	“科大一环”今日首次试验放电　有望破解能源不足难题	杨保国 蒋瑜香 斗 牛
新华网	11.03	我国首台大型反场箍缩磁约束聚变实验装置建成运行	刘军喜
人民网	11.03	国内首台反场箍缩磁约束聚变装置在中科大正式运行	胡 磊

续表

媒体名称	时 间	文章标题	作 者
安徽日报	11.04	我国首台反场箍缩磁约束聚变装置“安徽造”	桂运安
江淮晨报	11.04	“水中取火”又前进了一步	于巧妮
新安晚报	11.04	“科大一环”首次试验放电	陈 牧
安徽商报	11.04	“人造小太阳”有弟弟了，叫“科大一环”	胡霈霖
市场星报	11.04	“科大一环”昨日首次试验放电	俞宝强
中国新闻网	11.04	中国大型实验装置“科大一环”实现常态运行　获国际同行“点赞”	吴 兰
科技日报	11.04	大型反场箍缩磁约束聚变实验装置	刘军喜
科技鑫报	11.04	已进入常态化运行的大型反场箍缩磁约束聚变实验装置	刘军喜
海南日报	11.04	大型反场箍缩磁约束聚变实验装置进入常态化运行	刘军喜
安庆日报	11.04	大型反场箍缩磁约束聚变实验装置	刘军喜
阳江日报	11.04	我国首台大型反场箍缩磁约束聚变实验装置	刘军喜
邢台日报	11.04	大型反场箍缩磁约束聚变实验装置	刘军喜
中国科学报	11.05	首台KTX完成安装调试并进入常态化运行	刘军喜
合肥日报	11.05	“科大一环”建成运行	刘 标
中卫日报	11.05	我国首台大型反场箍缩磁约束聚变实验装置建成运行	刘军喜
常州日报	11.05	我国首台大型反场箍缩磁约束聚变实验装置建成运行	刘军喜
经济日报	11.06	突破传统监测手段局限——用地震波监测飓风	佘惠敏
经济日报	11.06	我国首台大型反场箍缩磁约束聚变实验装置运行	刘军喜
光明日报	11.06	量子密码学的诞生	吴杨梓
中安在线	11.06	中科大研发“车停哪儿”APP　手机帮你找车位	刘爱华 赵孝刚
安徽商报	11.07	“车停哪儿”？出门不用愁了	胡霈霖
新华网安徽频道	11.07	中科大研发“找车位”软件　车停哪儿再也不发愁	胡霈霖 余红霞
网易新闻	11.07	中科大研发“找车位”软件　车停哪儿再也不发愁	
安徽网络电视台	11.07	中科大研发“找车位”软件　车停哪儿再也不发愁	
人民网安徽频道	11.07	中科大研发“找车位”软件　车停哪儿再也不发愁	
中国新闻网	11.10	中国科大研制出全新催化剂　有望摆脱贵金属局限	杨保国 吴 兰

续表

媒体名称	时间	文章标题	作者
安徽日报	11.11	中科大研制出全新水溶性小分子助催化剂	杨保国
安徽日报	11.11	中科大获量子密码分配新突破	桂运安
科技日报	11.12	中科大智慧停车项目获大学生双创大赛金奖　“找车位”软件告诉你“车停哪儿”	刘爱华
中国科学报	11.12	中国科大研制出全新水溶性小分子助催化剂	杨保国
中国广播网	11.13	中国科大取得量子密码分配领域国际新突破	刘　军
人民网	11.13	我国最大的航空制造企业提前布局“量子时代”	杨铁虎 任　毅
中国青年报	11.14	中航工业与中国科大共建量子技术研发中心	李新玲
合肥日报	11.15	中国科大研制出全新水溶性小分子助催化剂	杨保国 刘　标
中国新闻网	11.15	中航工业与中国科大将共建量子技术研发中心	周　音
中国科学报	11.16	中科大量子密码分配研究获新突破	刘爱华
安徽日报	11.17	中科大“车停哪儿”智慧停车项目夺全国创新创业大赛金奖	桂运安
安徽日报	11.20	中航与科大共建量子技术研发中心	桂运安
经济日报	11.23	全新分子助催化剂研制成功	佘惠敏 杨保国
安徽商报	11.23	中国保险学会联手中国科大共建火灾风险与保险实验室	徐　炜
中国新闻网	11.25	中国学者提出2.6亿年前生命灭绝新机制	杨保国 吴　兰
大公网	11.25	中国科大提出中-晚二叠世之交生命灭绝新机制	柏　永 杨保国
文汇报	11.26	富含硫化氢的海水上涌是主因	郭超豪 杨保国
光明日报	11.26	我学者提出生命大灭绝新机制	李陈续 杨保国
安徽日报	11.28	中科大学者揭示2.6亿年前生命灭绝原因	桂运安 杨保国
中国新闻网	11.28	中国学者研究发现太阳大气喷流可触发剧烈日冕物质抛射	杨保国 吴　兰

续表

媒体名称	时　间	文　章　标　题	作　者
合肥日报	11.29	中科大学者提出2.6亿年前生命大灭绝新机制	杨保国 刘　标
科技日报	11.29	硫化氢海水上涌酿成上古生命灭绝惨案	吴长锋 杨保国
安徽商报	11.30	中科大最新研究　2.6亿年前富含硫化氢海水上涌致生命大灭绝	胡霈霖
中国科学报	11.30	中国科大提出中-晚二叠世之交生命灭绝新机制	杨保国
安徽日报	11.30	中科大最新研究表明太阳喷流触发日冕物质抛射	桂运安
合肥晚报	12.01	中科大学者揭示2.6亿年前生命灭绝原因	蒋瑜香
中国新闻网	12.02	中国科学家揭示28万年来西太平洋降雨带移动规律	杨保国 吴　兰
安徽日报	12.03	中科大科学家还原28万年迁移史　解密西太平洋低纬度降雨带	桂运安
中国科学报	12.03	太阳大气喷流可触发剧烈日冕物质抛射	杨保国
新华网	12.04	中国学者揭示西太平洋降雨带移动规律	徐海涛
中国青年报	12.09	西太平洋低纬度降雨带28万年迁移史	王　磊 杨保国
安徽商报	12.18	中科大助力卫星“悟空”腾云驾雾寻“暗物质”	
合肥晚报	12.18	“悟空”腾云去　怀揣科大“心”	蒋瑜香
安徽日报	12.20	中科大助力暗物质卫星升空	桂运安
中国化工报	12.24	中科大锂硫电池研究取得新进展	仲　科
中国新闻网	12.26	中国学者地球磁层辐射带动力学研究取得重要进展	杨保国 吴　兰
合肥日报	12.29	中科大揭秘范艾伦辐射带	刘　标
科技日报	12.29	超低频波对辐射带高能电子加速效应证实	吴长锋 杨保国
中国经济网	12.29	中国科大在世界上首次验证六光子量子非局域性	佘惠敏
中国科学报	12.31	科学家首次验证六光子量子非局域性	刘爱华

校园文化篇

媒体名称	时间	文章标题	作者
安徽日报	01.07	科大就是我的“家”	吴文兵
合肥电视台	01.11	“国际光年”首场报告会在中国科大举行	储　刚 郑连军
中国新闻网	01.11	中国举办系列纪念“国际光年”活动	吴　兰
安徽电视台	01.11	“国际光年”大型报告会在中国科大举行	
安徽广播网	01.12	“国际光年”首场大型报告会在中科大举行	王　莹
市场星报	01.12	“国际光年”首场大型报告会在中科大举行	俞宝强
安徽商报	01.12	“国际光年”首场大型报告会在中科大举行	胡霈霖
新安晚报	01.12	多少科学家因“光”获诺奖	陈　牧
安徽日报	01.13	院士揭秘“光是什么”	桂运安
安徽日报	01.13	“国际光年”首场大型报告会举行	
安徽商报	01.15	俄罗斯总理梅德韦杰夫科大摄影展举行	胡霈霖
江淮晨报	01.15	中科大举办俄总理梅德韦杰夫摄影展	于巧妮 蒋家平
中国科学报	02.05	“国际光年”首场大型报告会　纪念千年来光领域重大发现	杨保国
合肥晚报	03.09	真人CS庆祝“女生节”	牛国梁
江淮晨报	03.24	中科大樱花本周末将露脸　仍将向市民免费开放	于巧妮
合肥晚报	03.26	中科大樱花含苞待放迎游客	杨　兵 斗　牛
安徽日报	04.01	樱花大道春意浓	杨　竹
新华网	04.01	春日在大学赏樱	杜　宇
合肥日报	04.02	科大樱花“任性”开	杜怀才 张大岗
安徽电视台	04.03	中科大樱花盛开　赏花还需带上文明	
三门峡日报	04.06	中科大举办“春风汉韵”樱花游园会	
宁波日报	04.07	中科大举办“春风汉韵”樱花游园会	王素英

续表

媒体名称	时　间	文章标题	作　者
新华网	04.07	中科大举办“春风汉韵”樱花游园会	王素英
山西日报	04.07	“春风汉韵”樱花游园会	
四川日报	04.07	“春风汉韵”赏樱花	王素英
周口晚报	04.07	中科大举办“春风汉韵”樱花游园会	
周口日报	04.07	中科大举办“春风汉韵”樱花游园会	
每日商报	04.07	中科大举办“春风汉韵”樱花游园会	
盐阜大众报	04.07	中国科学技术大学举办“春风汉韵”樱花游园会	王素英
辽宁日报	04.07	中科大举办“春风汉韵”樱花游园会	
中国科学报	04.07	中科大举办“春风汉韵”樱花游园会	
大连日报	04.07	樱花游园会	王素英
光明日报	04.07	人间四月天	王素英
三亚日报	04.07	中科大举办“春风汉韵”樱花游园会	
常州日报	04.07	“春风汉韵”樱花游园会	
大理日报	04.07	“春风汉韵”樱花游园会	
沈阳晚报	04.07	中科大举办樱花游园会	
通化日报	04.07	“春风汉韵”樱花游园会	王素英
i时代报	04.07	中科大樱花游园会	
安徽商报	04.07	“樱花飘香，汉韵悠悠”	胡霈霖 王素英
新疆日报	04.07	中科大举办樱花游园会	王素英
安徽商报	04.07	春风汉韵赏樱花	王素英
揭阳日报	04.07	“春风汉韵”樱花游园会开幕	
北海晚报	04.07	中科大举办“春风汉韵”樱花游园会	王素英
合肥晚报	04.07	“春风汉韵”赏樱花	蒋瑜香 斗　牛
合肥晚报	04.08	科大樱花全盛开　劝君赏樱勿折枝	杨　兵 斗　牛
新华网	04.09	大学校园樱花美	张　端
太原晚报	04.09	大学校园樱花美	
中国科学报	04.09	科大的樱花	蒋家平

续表

媒体名称	时 间	文 章 标 题	作 者
科技日报	04.09	"春风汉韵"	王素英
合肥日报	04.13	校园"彩虹跑"	张大岗
江淮晨报	04.14	中科大老师梁琰和他的团队制作的《美丽化学》获得中国版"搞笑诺贝尔"——"菠萝U奖"	于巧妮 姚 琼
市场星报	04.14	中科大再获中国版搞笑诺贝尔奖　美丽化学获"菠萝U奖"	
安徽商报	04.15	中国版"搞笑诺贝尔"揭晓　科大《美丽化学》获奖	
中国教育报	04.15	不一样的理科生	杨晓萍
安徽卫视	04.15	校园彩色跑　快乐五公里	
江淮晨报	04.16	南极生活　"老干妈"是难得的美味	于巧妮
安徽商报	04.16	雪龙船上见到了习大大　中科大学子讲述南极科考	胡霈霖 王素英
市场星报	04.16	中科大学生回忆南极科考经历:最难忘是"习大大"的慰问	刘爱华 俞宝强 王 恒
中国新闻网	04.16	中国第31次南极科考队员的难忘记忆	吴 兰 张 强
新安晚报	04.16	穿企鹅服,铲企鹅粪,拍企鹅照	陈 牧 陈 群
中安在线	04.24	科大女学霸七个月读完210本书	刘爱华 赵孝刚
中国新闻网	04.24	中国科大:学霸1.46天读完一本书	刘爱华 吴 兰
新安晚报	04.25	科大"女学霸"212天读书210本	刘爱华 陈 牧 宛 婧
合肥晚报	04.25	科大"读书王"7个月读书212本　图书借阅排行榜表明:前十位平均1.46天读完一本书	
安徽日报	04.28	触摸南极	桂运安
安徽日报	04.28	南极观大潮(下)	孙立广
中国科学报	04.30	中科大"学霸"们的读书经	刘爱华
合肥晚报	05.04	"世界那么大,来我家乡看看"	蒋瑜香

续表

媒体名称	时　间	文章标题	作　者
安徽商报	05.05	杨元庆:世界那么大,到我家乡看看吧	姚　琼 胡霈霖
江淮晨报	05.05	杨元庆携朋友圈科大“致青春”	于巧妮 李福凯
市场星报	05.05	学会学习、思考方法,为梦想插上翅膀	姚　琼 俞宝强
新安晚报	05.05	杨元庆携“小伙伴”回科大“致青春”	陈　牧
陕西传媒网	05.06	中国科技大学原创音乐剧《爱在天际》西安首演	余诚忠
中国新闻网	05.06	杨元庆吴征杨澜一场特殊的“聚青春”	刘爱华 吴　兰
安徽电视台	05.06	科大女学霸七个月读完 210 本书	
安徽商报	05.13	中科大开放日活动“升级”　多个神秘实验室可参观	胡霈霖
新安晚报	05.15	中科大学霸建打豆豆兼职平台　整合校内学霸资源	陈　牧
新华网	05.16	中科大“科技周”开幕　近距离感受科技魅力	张　端
中国新闻网	05.16	中科大科技周开幕　近距离“探秘”科技	韩苏原
合肥网第 e 时间	05.16	合肥科技周内市民争相感受“科技”魅力	
安徽日报	05.17	无人机“飞”进科技周	汪永安 朱永梅
安徽日报	05.17	中科大先进技术研究院开放　集中展示高端创新成果	汪永安 朱永梅
江淮晨报	05.17	88 面古铜镜亮相中科大博物馆	于巧妮
合肥日报	05.17	在“未来中心”体验科技魅力	朱咏梅 苏　玲
安徽商报	05.17	看机器人听创业经逛科学岛　安徽科技活动周亮点纷呈	胡霈霖 王素英
人民日报	05.17	全国科技活动周正式启动　近距离感受科技魅力	张　端
光明日报	05.17	机器人表演	杨晓原
人民网	05.17	中科大“科技活动周”上演“科技盛宴”	刘　颖 朱永梅
合肥电视台	05.17	维族少年在肥点燃科技梦　中科大科技活动周开幕	储　刚 郑连军
海南日报	05.18	中科大“科技周”开幕　近距离感受科技魅力	张　端

续表

媒体名称	时间	文章标题	作者
中国科学报	05.18	播撒科学种子　激发创新热情	
合肥晚报	05.19	第五届合肥高校舞蹈交流晚会在中科大上演	袁　兵
安徽日报	05.30	黄梅戏《小乔初嫁》在中科大上演	陈婉婉
安徽广播电台	05.30	徽风皖韵走进中科大　《小乔初嫁》精彩上演	王　莹
新安晚报	06.08	和你一起对母校说："再见"	陈　牧 卞世鹏
新安晚报	06.08	走上红毯这一天	
新华网	06.21	毕业季　新旅程	张　端
市场星报	06.22	中科大毕业典礼校长"临别忠告"：别把骂人当成豪爽　别把低俗当时髦	姚　琼 俞宝强
山西日报	06.22	中国科学技术大学举行2015届本科生毕业典礼	
工人日报	06.22	毕业季　新旅程	张　端
安徽商报	06.23	中科大办毕业典礼　如何面对不如意校长给出"法宝"	胡霈霖
市场星报	06.23	中科大万立骏校长对毕业生进行"拨穗礼"	姚　琼 俞宝强
中国教育报	06.29	艺术相伴的离情是最美	刘爱华
凤凰网	07.09	中科大展出华罗庚、钱学森等著名科学家手迹	
江淮晨报	07.10	科大展出多位大师手迹　严济慈"拖堂"成习惯	于巧妮
安徽商报	07.10	中科大展出科学家手迹	胡霈霖
央视网	07.10	科学大师的忠告：不要考第一	孔　华
安徽网	07.10	中国科大举办"科学家手迹展"　大师忠告不要考第一	陈　牧
中国新闻网	07.10	中科大举办科学家手迹展　大师忠告"不要考第一"	吴　兰
安徽商报	07.11	机器人"世界杯"下周日办开幕式　46国3200多名选手来肥参赛	张　沛
合肥日报	07.11	中科大举办"科学家手迹展"	刘　标
新安晚报	07.11	考试争第一？看看科学家咋说	陈　牧
中国教育报	07.13	中国科大举办"科学家手迹展"	蒋家平
中国教育报	07.13	一场整理梦想的"聚青春"	
南国都市报	07.13	不要误解大师"不要考第一"的忠告	陈清华
CCTV	07.17	毕业季·我的毕业典礼：承大学之道　君子之风	

续表

媒体名称	时 间	文 章 标 题	作 者
中国科学报	07.30	中国科大举办“科学家手迹展”	蒋家平
新安晚报	08.03	科大创校元老难忘“泥鳅面”	
安徽商报	09.02	“上大学不是为了当大款开豪车”	胡霈霖 杨保国
安徽日报	09.02	中科大校长寄语新生:回归常识　胸怀天下	桂运安 杨保国
中国科学报	09.02	中科院院士、中科大校长万立骏寄语新生:回归常识 开启人生新篇章	杨保国
新安晚报	09.02	胸怀天下,读书不要太功利	杨保国 藕　荣 陈　牧
江淮晨报	09.02	14 岁女生独自报到　校长开学礼上点赞	于巧妮 杨保国
合肥晚报	09.02	“读大学不是拿文凭作敲门砖”	杨保国 蒋瑜香
安徽广播电视台	09.04	我省高校师生热议中国抗战胜利 70 周年纪念活动	王　莹
新华网	09.05	中科大校长答新生问:懂得爱情时再找女友最好	徐海涛
劳动报	09.06	懂得爱情时再找女友最好　中科大校长答新生问	徐海涛
重庆商报	09.06	中科大校长:懂得爱情时再找女友最好	徐海涛
晶报	09.06	大学新生问:“应在大学交女朋友吗?”　中科大校长 答:“懂得爱情时再找最好”	徐海涛
江海晚报	09.06	中科大校长答新生提问——懂得爱情时,再找女友	徐海涛
西宁晚报	09.06	懂得爱情时再找女友最好　中科大校长答新生问	徐海涛
科技日报	09.08	中科大校长寄语新生:回归读书科研的常识	杨保国
安徽商报	09.08	世界名校学霸来肥	胡霈霖
合肥晚报	09.08	中美名校地球科学夏令营开营	蒋瑜香
市场星报	09.08	斯坦福、中科大、麻省理工三高校学生可互访	俞宝强
中国教育报	09.21	回归常识　不负大学好时光	万立骏
光明日报	09.28	回归常识　开启人生新篇章	李陈续

续表

媒体名称	时间	文章标题	作者
合肥晚报	09.28	陶行知曾创作大量抗日儿歌　中科大退休教授提议谱曲广泛传唱抗日儿歌	方　涛 郑　静
新安晚报	09.30	新版学位证明年亮相　科大征集设计方案	陈　牧
合肥日报	10.10	中科大机器人赛周日拉开战幕	刘　标
市场星报	10.10	本周日来科大看机器人大赛	杨保国 俞宝强
安徽网	10.11	中科大机器人决赛:演奏“梁祝”惹观众尖叫	卞世鹏 郭娟娟
合肥晚报	10.11	萌萌的！机器人画画拉二胡　中科大 2015 年 RoboGame 机器人大赛决赛举行	蒋瑜香
xinhuanet	10.11	2015 RoboGame Competition held in east China's university	刘军喜
山西日报	10.12	中国科学技术大学 2015RoboGame 机器人大赛举行总决赛	刘军喜
科技日报	10.12	中国科学技术大学 2015RoboGame 机器人大赛举行总决赛	刘军喜
经济日报	10.12	图片新闻	刘军喜
渤海早报	10.12	民俗艺术机器人　校园里赛技能	刘军喜
山西经济日报	10.12	民俗艺术机器人校园里赛技能	刘军喜
市场星报	10.12	炒菜做饭踢足球？太简单　看机器人舞狮、奏乐、演皮影戏	俞宝强
柯桥日报	10.12	民俗艺术机器人　校园里赛技能	刘军喜
合肥日报	10.12	机器人舞狮获赞“萌萌哒”　中科大 RoboGame 机器人大赛昨日拉开战幕	杨保国 刘　标
江淮晨报	10.12	技艺高超能卖萌　这些机器人真可人	于巧妮
安徽日报	10.12	机器人“秀”传统文化	桂运安
新安晚报	10.12	打牌想作弊？躲不过智能扑克机器人的眼	于巧妮
中国科学报	10.12	中国科学技术大学第 15 届 RoboGame 机器人大赛	刘爱华 姚　琼
西江都市报	10.12	民俗艺术机器人校园里赛技能	刘军喜

续表

媒体名称	时间	文章标题	作者
安徽商报	10.12	民俗艺术家们机器人大咖来"叫板"了	胡需霖
新华每日电讯	10.12	机器人校园赛技能	刘军喜
安顺日报	10.12	民俗艺术机器人校园里赛技能	刘军喜
皖东晨报	10.12	民俗艺术机器人校园里赛技能	刘军喜
洛阳日报	10.12	民俗艺术机器人校园里赛技能	刘军喜
铜陵日报	10.12	民俗艺术机器人校园里赛技能	刘军喜
人民日报	10.19	秀才艺	王展翅 姚 琼
中安在线	10.20	洒下阳光的种子　谱一曲青春之歌	刘爱华
安徽青年报	10.30	原创歌曲《如果不是你》飞至中南海　李克强转达对中国科大支教队问候	刘爱华 谢婷婷
江淮晨报	11.05	卷轴式 or 学院风？学位证自己说了算	于巧妮
安徽商报	11.07	中科大学子开展创新实践活动	胡需霖
中国科学报	11.09	"科学智慧火花"点亮中国科大	杨保国
安徽日报	11.09	中科大启动"科学智慧火花"活动	陈婉婉
安徽商报	11.15	"我有个恋爱想和你谈谈！"	胡需霖
人民网	11.15	5000 名单身大学生在中科大"美丽邂逅"	刘 颖
市场星报	11.16	8 高校 5000 单身男女　"美丽邂逅"中寻找爱情	俞宝强
中国科学报	11.19	撒下阳光的种子　谱一曲青春之歌	刘爱华
中国网	11.19	高校版"非诚勿扰"，只为与你"美丽邂逅"	张瑞鑫
荆楚网	11.19	毛开云："美丽邂逅"成功与否都值得赞美	毛开云
南方都市报	11.24	湖科大终场绝杀未果，中科大点球大战加冕	李硅光 王 瑶
安徽商报	12.05	中科大办情书大赛　学霸情诗大家看懂没	曾 皓 胡需霖
中国广播网	12.06	中科大情书大赛学霸玩浪漫：你是电我是磁　交织产生光子	张建亚

科大学人篇

媒体名称	时间	文章标题	作者
安徽日报	01.03	中科大谢毅院士入选"十佳全国科技工作者"	汪永安
江淮晨报	01.09	徐正元:灯光上网技术,将让LED灯光"照亮"网络盲区	于巧妮 苏一凡
江淮晨报	01.09	徐铜文:一张薄膜　轻松分离海水	于巧妮 苏一凡
江淮晨报	01.09	李传锋:挑战"大牛们"的经典理论	于巧妮 杨保国 李福凯
人民日报	01.13	喜欢什么,就该学什么	钱　伟
新华网	01.18	"用语音点亮生活是我们的梦想"——科大讯飞董事长刘庆峰的追梦故事	施永南 杨丁淼 周　瑜
中国新闻网	01.20	中科大教授当选IUGG首批会士　中国仅6人当选	吴　兰
安徽日报	01.21	中科大一教授当选IUGG会士	
广州日报	01.25	中科大首届毕业生	
澎湃新闻	01.29	中科大校长侯建国任科技部副部长,曾一上任就为学生装空调	
人民网	01.30	中国科学技术大学校长侯建国出任科技部副部长	欧兴荣
新安晚报	01.30	中国科大校长侯建国履新科技部	陈　牧
新京报新媒体	01.30	中科大校长侯建国履新科技部副部长	许路阳
合肥晚报	01.30	侯建国履新科技部副部长	蒋瑜香
新华网	02.02	不会敬酒的校长侯建国调任　中科大师生连呼"舍不得"	徐海涛
新华每日电讯	02.02	不会敬酒的大学校长调任,师生连呼"舍不得"	徐海涛
中国青年报	02.04	"接地气校长"侯建国履新科技部　让口号落地比说说更重要	王　磊
新京报新媒体	02.10	侯建国履新科技部副部长　负责基础研究、科技奖励等	许路阳

续表

媒体名称	时 间	文 章 标 题	作 者
安徽商报	02.28	中科大3名“85后”入选“青年千人计划”	胡霈霖
中国科学报	03.05	物理学家“盯上”小垃圾	
新华网	03.05	中国教授谢毅获“世界杰出女科学家奖”	尚 栩
钱江晚报	03.06	她致力于保护地球的事业	
日照日报	03.06	中国教授谢毅获“世界杰出女科学家奖”	
昆明日报	03.06	中国教授谢毅获“世界杰出女科学家奖”	
重庆日报	03.06	中国教授谢毅获“世界杰出女科学家奖”	尚 栩
科技日报	03.06	潘建伟委员:科研评审应多请国际同行	王 飞
深圳特区报	03.06	中国科学技术大学教授谢毅获“世界杰出女科学家奖”	
新安晚报	03.07	全国政协委员潘建伟:希望量子卫星在不远的将来发射	项 磊 陈丽卿 吴碧琦 叶 晓 王 从
新华网	03.07	潘建伟委员:抓住量子信息科技创新突破新机遇	蔡 敏 徐 扬 李来房
安徽日报	03.08	中科大教授谢毅获年度“世界杰出女科学家奖”	桂运安
新安晚报	03.09	侯建国:科研项目评审或引入第三方机构	项 磊 吴碧琦 陈丽卿 叶 晓 王从启
安徽日报	03.09	中科大6人入选科技部创新人才推进计划	桂运安
人民日报	03.10	中科院院士潘建伟委员:我国科学家首次实现多自由度量子“穿越”	巩育华
中国新闻网	03.10	中科大教授当选为国际低温生物学会常务理事	吴 兰
新安晚报	03.10	全国人大代表、中科院院士郑永飞:老城区太“挤”	
安徽商报	03.10	“大”院士的两份“小提案”	
中国青年网	03.10	侯建国:创新创业人才培养要避免唯知识导向	刘洪侠

续表

媒体名称	时间	文章标题	作者
安徽商报	03.12	中科大副校长:大学校长别频换　最好当10年20年	张　沛 汪日贵 马翔宇 郜　征 刘忠玉
新华网	03.18	联合国教科文组织颁发2015年度“世界杰出女科学家奖”	尚　栩
中国新闻网	03.19	中科大谢毅获“世界杰出女科学家成就奖”	
第一财经网	03.19	中国女科学家谢毅教授折桂“女性诺贝尔奖”	
南方网	03.19	中科大教授谢毅获世界杰出女科学家成就奖	
新华网	03.19	中国教授谢毅获“世界杰出女科学家奖”	陈晓伟
新华网	03.19	中国学者谢毅获得“世界杰出女科学家成就奖”	徐海涛
中国广播网	03.19	中科大谢毅院士获“世界杰出女科学家成就奖”	刘　军 曾　皓
科技日报	03.19	中科大谢毅获“世界杰出女科学家成就奖”	李宏策
安徽广播电视台	03.19	中国科大谢毅教授获“世界杰出女科学家成就奖”	王　莹
中国日报网	03.19	中科院院士谢毅获“世界杰出女科学家成就奖”	庹燕南
郑州日报	03.20	中科大教授谢毅获“世界杰出女科学家奖”	
合肥日报	03.20	中国科大教授获“世界杰出女科学家奖”	
西安日报	03.20	我国女教授获世界杰出女科学家奖	
三晋都市报	03.20	中国教授谢毅荣获“世界杰出女科学家奖”	
贵州日报	03.20	2015年度“世界杰出女科学家奖”颁奖仪式	
国际在线	03.20	中科院院士谢毅获颁世界杰出女科学家成就奖	范婷玉
海南日报	03.20	中国教授谢毅获“世界杰出女科学家奖”	
长沙晚报	03.20	中国教授谢毅获“世界杰出女科学家奖”	陈晓伟
重庆日报	03.20	中国教授谢毅获2015年度“世界杰出女科学家奖”	尚　栩
南宁日报	03.20	谢毅获“世界杰出女科学家奖”	陈晓伟
光明日报	03.20	谢毅获“世界杰出女科学家成就奖”	李陈续 曾　皓
新疆经济报	03.20	中国教授谢毅荣获“世界杰出女科学家奖”	

续表

媒体名称	时 间	文 章 标 题	作 者
科技日报	03.20	谢毅院士获“世界杰出女科学家成就奖”	吴长锋 曾 皓
江苏卫视	03.20	中国教授谢毅获“世界杰出女科学家奖”	
安徽日报	03.20	中科大教授谢毅获“世界杰出女科学家奖”	桂运安
兰州日报	03.20	中国教授谢毅获“世界杰出女科学家奖”	
焦作日报	03.20	中国教授谢毅获“世界杰出女科学家奖”	
江西日报	03.20	中国教授获“世界杰出女科学家奖”	
韶关日报	03.20	谢毅获“世界杰出女科学家奖”	
青年时报	03.20	中国教授谢毅获“世界杰出女科学家奖”	
江淮晨报	03.20	中科大教授谢毅折桂“世界杰出女科学家成就奖”	于巧妮
江门日报	03.20	中国教授谢毅获“世界杰出女科学家奖”	
佛山日报	03.20	中国教授谢毅获“世界杰出女科学家奖”	
石家庄日报	03.20	中国教授谢毅获“世界杰出女科学家奖”	
内蒙古日报	03.20	中国教授谢毅获“世界杰出女科学家奖”	
人民网	03.20	中国科大谢毅院士获“世界杰出女科学家成就奖”	赵永新 曾 皓
云南信息报	03.20	中国教授获“世界杰出女科学家奖”	
商丘日报	03.20	中国教授谢毅获“世界杰出女科学家奖”	
中国科学报	03.20	一周人物——杜江峰(获世界首张单个蛋白质分子磁共振谱)	
哈尔滨日报	03.20	谢毅获“世界杰出女科学家奖”	
青岛财经日报	03.20	中国教授谢毅获“世界杰出女科学家奖”	
青海日报	03.20	中国教授谢毅获“世界杰出女科学家奖”	
柳州日报	03.20	中国教授谢毅获“世界杰出女科学家奖”	
大公报	03.20	谢毅荣膺科学巾帼奖	
闽西日报	03.20	中国教授谢毅获“世界杰出女科学家奖”	陈晓伟
大江晚报	03.20	中国教授谢毅获“世界杰出女科学家奖”	
烟台日报	03.20	中国教授谢毅获“世界杰出女科学家奖”	
云南日报	03.20	中国教授谢毅获“世界杰出女科学家奖”	
新消息报	03.20	谢毅获“世界杰出女科学家奖”	

续表

媒体名称	时间	文章标题	作者
中国妇女报	03.20	中国教授谢毅获“世界杰出女科学家奖”	陈晓伟
邯郸日报	03.20	中国教授谢毅获“世界杰出女科学家奖”	
潮州日报	03.20	谢毅获“世界杰出女科学家奖”	
中国时报	03.21	大陆院士谢毅　夺世界女科学家奖	
大连晚报	03.21	中国最年轻女院士谢毅获世界杰出女科学家成就奖	
CCTV-新闻直播间	03.21	中国科学家折桂女性诺贝尔奖	
现代快报	03.21	中国教授谢毅获“世界杰出女科学家奖”	
新安晚报	03.21	科大教授谢毅获评“世界杰出女科学家”　凭借在新能源材料上的发现,成为第四位获奖的中国女性	
华商报	03.21	致力于降低污染、提高能源利用效率　48岁女院士谢毅获“世界杰出女科学家成就奖”	
安徽商报	03.21	中科大教授谢毅荣获世界杰出女科学家成就奖	曾　皓 胡霈霖
信息时报	03.21	中国最年轻女院士获奖	
荆门日报	03.21	谢毅获“女性诺贝尔科学奖”	
新商报	03.21	中国女院士获颁世界杰出女科学家成就奖	
东江时报	03.21	谢毅获世界杰出女科学家成就奖	
泉州晚报	03.21	我国最年轻女院士获世界杰出女科学家奖	
潍坊晚报	03.21	谢毅获“女性诺贝尔奖”	
国际旅游岛商报	03.21	我国科学家谢毅折桂“女性诺贝尔奖”	
海南特区报	03.21	中国最年轻女院士谢毅获奖	
合肥晚报	03.21	中科大女教授获世界女科学家成就奖	谷薇薇
信息时报	03.21	中国最年轻女院士获奖	
中国科学报	03.21	谢毅获“世界杰出女科学家成就奖”	曾　皓
中国教育报	03.23	中国科大谢毅获杰出女科学家奖	俞路石 曾　皓
科技日报	03.25	单革:非编码RNA的探索者	滕继濮
中国青年报	03.25	谢毅获世界杰出女科学家成就奖	曾　皓 王　磊
中国科学报	03.27	刘有成:为祖国耕耘自由基	张志辉 刘　培

续表

媒体名称	时 间	文 章 标 题	作 者
中国科学报	03.30	谢毅:轻松上阵做科研	王晨绯
人民日报	03.30	谢毅:做科研需要一份洒脱	曾 皓 赵永新
合肥日报	03.31	人才风采录:潘建伟	
中华儿女	04.09	万立骏:中科大“新掌门”	梁 伟
光明日报	04.14	科研道路要怎样走?——首批十八位博士谈治学与科研	李玉兰
安徽日报	05.11	中科大教授获评“最美青年科技工作者”	桂运安
小康	5.14	谢毅:实验室就是她的战场	韩 静
中国科学报	05.22	陈小平:欲与世界一流试比高	袁一雪
安徽日报	05.23	中科大教授夺电离辐射测量大奖	桂运安
中国新闻网	05.25	中科大教授熊宇杰:回国才有“归宿感”	杨保国 吴 兰
安徽日报	05.28	中科大两校友获美国劳伦斯奖	桂运安
安徽日报	05.31	熊宇杰 纳米世界尽翱翔	桂运安 杨保国
新华网	06.01	世界量子通信领航人潘建伟:与祖国并肩,不惑、不忧、不惧	朱 青 徐海涛
新华网	06.01	潘建伟团队:十年筑梦造就“中国机会”	徐海涛 朱 青
新华网	06.01	对话潘建伟:我爱科学,更深爱着祖国	徐海涛
光明日报	06.02	潘建伟:量子世界的“中国耕者”	李陈续 刘爱华
经济日报	06.02	潘建伟:深耕在量子世界	文 晶 刘爱华
中国青年报	06.02	潘建伟院士:科技创新要“心”大	王烨捷
科技日报	06.02	潘建伟:量子世界里的领跑者	吴长锋
人民日报	06.02	中国科学院院士、量子信息研究专家潘建伟:“抓住在信息技术领域赶超的机会”	喻思娈 刘爱华
中国教育报	06.02	与量子“纠缠”的人——记中科院院士、中国科学技术大学副校长潘建伟	方梦宇 俞路石

续表

媒体名称	时间	文章标题	作者
中央人民广播电台	06.02	潘建伟:做世界量子通信领跑者	刘　军 王　利 张建亚
青年报	06.02	潘建伟院士的量子梦与报国情	
新华网	06.02	潘建伟的量子梦与报国情	张　端
农民日报	06.02	潘建伟的量子梦与报国情	徐海涛
江西日报	06.02	潘建伟的量子梦与报国情	
邢台日报	06.02	潘建伟:爱科学　更深爱祖国	徐海涛
福建日报	06.02	潘建伟的量子梦与报国情	
新华每日电讯	06.02	量子通信领航人潘建伟的量子梦报国情	徐海涛
工人日报	06.02	潘建伟团队:十年筑梦造就“中国机会”	徐海涛 朱　青
开封日报	06.02	我爱科学　更深爱着祖国	
吉林日报	06.02	潘建伟团队——十年筑梦造就“中国机会”	徐海涛 朱　青
安徽日报	06.02	潘建伟团队:十年筑梦造就“中国机会”	徐海涛 朱　青
曲靖日报	06.02	对话潘建伟:我爱科学,更深爱着祖国	徐海涛 朱　青
甘肃日报	06.02	潘建伟的量子梦与报国情	徐海涛
云南日报	06.02	潘建伟的量子梦与报国情	
浦东时报	06.02	潘建伟:“创新的春天”已经到来	
CCTV-焦点访谈	06.02	仰望星空　脚踏实地	
CCTV-新闻联播	06.02	潘建伟:量子信息　抢占高地	
湖北日报	06.03	潘建伟:最年轻院士的量子梦	
东阳日报	06.03	潘建伟:量子信息　抢占高地	金烨轩
中国科学报	06.12	熊宇杰:“小宇宙”爆发大能量	杨保国
中国新闻网	06.16	中国两位科学家荣获2015年马蒂亚斯奖	杨保国 吴　兰
安徽日报	06.17	中科大教授陈仙辉获马蒂亚斯奖	桂运安
中国科学报	06.17	中科院两位学者获马蒂亚斯奖	杨保国

续表

媒体名称	时 间	文 章 标 题	作 者
科技日报	06.17	熊宇杰:尽情翱翔在纳米世界	杨保国
新安晚报	06.17	科大科学家获超导领域大奖	陈 牧
合肥日报	06.18	中国科大陈仙辉教授荣获马蒂亚斯奖	刘 标
大公网	06.18	内地科学家首次获得超导研究最高奖	柏 永
光明日报	06.24	今日启程,你准备好了吗	万立骏
中国科学报	06.25	戴晨光:"我的大学比高中辛苦"	杨保国
中国青年报	06.29	戴晨光:做聪明人里最勤奋的人	王 磊 杨保国
中安在线	07.03	郑昱:"学神"是怎样炼成的?	刘爱华 赵孝刚
人民日报海外版	07.03	潘建伟的量子梦	徐海涛
市场星报	07.05	中科大"女学神"是怎样炼成的?	刘爱华 俞宝强
科技日报	07.07	戴晨光:做聪明人里的勤奋者	杨保国
江淮晨报	07.20	科大"海归"放弃高薪合肥创业	琚园园
江淮晨报	07.21	放弃读博 中科大"技术宅"创业云计算	琚园园
江淮晨报	07.24	"创业那么美,我们也想试一试"	琚园园 丁晓燕
People Daily	07.24	El robot 'Kejia' actuá en la XIX Robocup en China	
合肥日报	07.26	中科大一教授荣获"青年科学家奖"	刘 标
安徽日报	07.27	中科大教授获神经网络"青年科学家奖"	桂运安
合肥日报	08.05	"技术高手"休学创业深耕云计算	赵 莉 王 倩
江淮晨报	08.06	中科大博士攻克工业相机技术难题 努力与国际先进水平接轨	琚园园
合肥晚报	08.06	合肥电子产品体检仪填补国内空白	
光明日报	09.11	突破机器人时代的创新障碍——源于机器人世界杯的若干思考	陈小平
安徽商报	09.17	中国科大又出牛校友 31岁晋升哈佛大学正教授	胡霈霖
江淮晨报	09.17	31岁中科大校友晋升哈佛正教授 创造"科大人"出任哈佛正教授最年轻纪录	于巧妮

续表

媒体名称	时间	文章标题	作者
文汇报	09.17	尹希：哈佛史上最年轻华人正教授	樊丽萍
合肥晚报	09.17	31岁科大校友晋升哈佛正教授	蒋瑜香
市场星报	09.17	中科大学子31岁晋升哈佛正教授	俞宝强
安徽卫视	09.17	中科大又出牛校友　31岁晋升哈佛大学正教授	姜相民
新华网	09.18	中科大尹希31岁成哈佛正教授　破华人记录	徐海涛
楚天都市报	09.19	中科大毕业生31岁成哈佛教授	徐海涛
成都商报	09.19	31岁中科大校友晋升哈佛正教授	徐海涛
钱江晚报	09.19	彪悍的人生　中科大尹希31岁成哈佛正教授	徐海涛
今日早报	09.19	强！中科大毕业生尹希31岁成哈佛教授	徐海涛
现代金报	09.19	中科大尹希31岁成哈佛正教授	徐海涛
北京晨报	09.19	31岁成哈佛教授破华人纪录　曾考入中科大少年班	徐海涛
现代快报	09.19	中科大学霸31岁成哈佛正教授	徐海涛
保安日报	09.19	31岁学霸成哈佛正教授	徐海涛
大公报	09.19	少年班诞31岁哈佛教授	徐海涛
河源日报	09.19	他12岁上大学　31岁成哈佛正教授	徐海涛
西宁晚报	09.19	中科大毕业生31岁升哈佛教授	徐海涛
荆门日报	09.19	尹希：哈佛史上最年轻华人正教授	徐海涛
巢湖日报	09.19	中科大学子31岁　晋升哈佛正教授	胡霈霖
兰州晨报	09.19	中科大"神童"　31岁成哈佛正教授	徐海涛
贵州商报	09.19	中科大尹希成哈佛正教授	徐海涛
南国都市报	09.19	中科大学霸破华人记录　31岁当上哈佛教授	徐海涛
千山晚报	09.19	破纪录　31岁华人成哈佛正教授	徐海涛
西海都市报	09.19	中科大学霸31岁成哈佛正教授	徐海涛
金华晚报	09.19	中科大毕业生31岁成哈佛正教授	徐海涛
福州晚报	09.19	中科大毕业生尹希31岁成哈佛正教授	徐海涛
山东商报	09.19	中科大学霸31岁成哈佛教授	徐海涛
海峡导报	09.19	31岁当上哈佛大学教授	徐海涛
海南特区报	09.19	31岁中科大学霸成哈佛教授	徐海涛
青年导报	09.19	中国31岁晋升哈佛大学正教授是谁	徐海涛

续表

媒体名称	时 间	文章标题	作 者
长江日报	09.20	中科大最牛学霸破华人记录	
济南时报	09.20	中国“学霸”尹希	徐海涛
新京报	09.21	哈佛最年轻华人教授:适合即好	张田勘
澎湃新闻	09.22	专访31岁哈佛华人教授尹希:反感“神童”一词	
新京报	09.23	“史上最年轻”哈佛华人教授尹希:“对我来说生活快乐是最重要的”	王梦遥
成都商报	09.23	哈佛最年轻华人教授尹希:神童这个词对我是诬蔑	
东方早报	09.23	哈佛最年轻华人教授尹希:神童这个词对我是诬蔑	
环球网	09.24	哈佛最年轻华人教授:兴趣和专注力对成功很重要	朱天祺
南宁晚报	09.24	对话“史上最年轻”哈佛华人教授尹希——对我来说生活快乐最重要	
China Daily	09.28	Young USTC scholar honored for his ‘exciting’ discovery	
人民日报海外版	09.28	在海外的“明星”华人	朱立新
中国科学报	09.29	最年轻哈佛华人正教授尹希:“我是一个非传统的人”	王佳雯
中国新闻网	09.29	美2015麦克阿瑟天才奖揭晓 华人化学家杨培东获奖	刘 丹
新华网	09.30	又一华人科学家获美“天才奖”	
长沙日报	10.08	长沙伢子获评“全球高引科学家”	张仁武
中国科学报	10.09	缅怀恩师钱学森——纪念钱学森先生回国60周年	张 瑜
中国新闻网	10.11	中国科大6位校友新晋美国物理学会会士	吴 兰
China Daily	10.13	Volunteer offers computer classes，soccer lessons	朱立新
科学新闻	10.14	暗物质卫星BGO量能器“新兵”:攻坚虽苦 回忆尤甜	姜天海
中安在线	10.25	科大“三人组”创业“云计算” 自主研发打天下	王 佳
新安晚报	10.28	科大“中等生”创出“六千万企业”	孙琳俊 项 磊
安徽日报	11.06	两科学家获何梁何利奖 中科大14位科学家获此奖项	桂运安
新安晚报	11.07	雪龙号今天启程赴南极科考 中国科大两学生随船出征	陈 牧
安徽日报	11.08	中科大七校友入选美国物理学会会士	桂运安
合肥日报	11.18	中国科大女博士获国际学术界首肯	刘 标

续表

媒体名称	时　间	文　章　标　题	作　者
中国科学报	11.19	中国科大梁红瑾获评"学术新星"	杨保国
安徽日报	11.25	中科大教授当选发展中国家科学院院士	桂运安
安徽日报	11.29	中科大九校友入选美国电气和电子工程师协会(IEEE)会士	桂运安
中国新闻网	12.07	新晋院士陈仙辉:以"超导"为起点　漫长积累成绩水到渠成	刘爱华 吴　兰
中国新闻网	12.07	新晋院士杜江峰:期待更多引领世界前沿的研究成果	曾　皓 吴　兰
合肥日报	12.08	合肥再添3名中科院院士	杨保国 刘　标
安徽商报	12.08	新晋中科院院士有六位"科大人"	胡霈霖
安徽日报	12.08	我省新增5名"两院"院士	汪永安 桂运安
新安晚报	12.08	我省新增五名"两院"院士	陈　牧
新安晚报	12.08	孜孜不倦搞科研　不拘一格引人才	姚　琼 陈　牧
新安晚报	12.08	做学术不能功利　对学生既严又爱	刘爱华 陈　牧
新安晚报	12.08	搞研究天马行空　带团队甘为人梯	曾　皓 陈　牧
合肥晚报	12.08	科大三教授当选今年新晋院士	曾　皓 刘爱华 姚　琼 蒋瑜香
江淮晨报	12.08	五位在皖科学家新晋两院院士	于巧妮 刘　淑 曾　皓 姚　琼 刘爱华
市场星报	12.08	安徽新增五名"两院"院士　在皖院士升至34人	任金如
安徽电视台	12.08	中科院院士增选:3人来自中科大	姜相民
科技日报	12.09	给超导学术界一个大大的惊叹号	刘爱华
太原晚报	12.12	我国学者成果荣登榜首	徐海涛

续表

媒体名称	时 间	文章标题	作 者
中国教育报	12.14	杜江峰:做引领世界前沿的研究	曾 皓
中国教育报	12.14	陈晓非:科研上的完美主义者	姚 琼
中国教育报	12.14	陈仙辉:原始创新是科研人的生命	刘爱华
科技日报	12.16	在量子计算领域享受科研快乐	曾 皓
安徽日报	12.18	中科大教授陈仙辉:在坚守中"超导"人生	桂运安
安徽日报	12.20	陈晓非 倾听大地的"声音"	桂运安
中国青年报	12.23	第十二届中国青年女科学家奖揭晓	邱晨辉
中国青年报	12.23	教学始终占一席之地	王 磊 刘爱华 曾 皓
科技日报	12.23	读懂大地的"心跳"	姚 琼
合肥日报	12.25	中国科大一教授喜捧"中国青年女科学家奖"	刘爱华 刘 标
合肥晚报	12.25	科大教授彭新华获"中国青年女科学家奖"	蒋瑜香
安徽商报	12.26	中科大教授获"中国青年女科学家奖"	胡霈霖